समाचारों की बिसात पर

आशुतोष चतुर्वेदी

प्रभात प्रकाशन

प्रकाशक
प्रभात प्रकाशन प्रा. लि.
4/19 आसफ अली रोड, नई दिल्ली–110002
फोन : 011–23289777 • हेल्पलाइन नं. : 7827007777
इ–मेल : prabhatbooks@gmail.com ❖ वेब ठिकाना : www.prabhatbooks.com

संस्करण
प्रथम, 2024

पेपरबैक मूल्य
चार सौ रुपए

मुद्रक
आर–टेक ऑफसेट प्रिंटर्स, दिल्ली

SAMACHARON KI BISAT PAR
by Shri Ashutosh Chaturvedi

Published by **PRABHAT PRAKASHAN PVT. LTD.**
4/19 Asaf Ali Road, New Delhi-110002

ISBN 978-93-5562-471-0

₹ 400.00 (PB)

समाचारों की बिसात पर

दादाजी पत्रकार शिरोमणि

बनारसीदास चतुर्वेदी

को

समर्पित

भूमिका

'प्रभात खबर' अपने प्रकाशन के 40वें वर्ष में है। यह सुखद सूचना आशुतोष चतुर्वेदी (प्रधान संपादक, प्रभात खबर) ने दी। इसका प्रकाशन अविभाजित बिहार के राँची (अब झारखंड) से 1984 (अगस्त) में शुरू हुआ। वर्ष 1988 के अंत तक यह गंभीर चुनौतियों से घिर चुका था। प्रबंधन, प्रसार, संपादकीय, छपाई, लगभग हर मोरचे पर वर्ष 1989 (जून-जुलाई) से इससे जुड़ना हुआ। पहले कलकत्ता में, पर आधिकारिक तौर पर राँची (अखबार प्रकाशन केंद्र) अक्तूबर 1989 में आया, तब मीडिया विशेषज्ञ इस प्रकाशन के अनिश्चित भविष्य को लेकर एकमत थे। इसकी उम्र को लेकर प्राय: रोज आकलन सुनता—मीडिया पर्यवेक्षकों या मीडिया की दुनिया से जुड़े लोगों से। वे कुछ महीनों की या बहुत उदार होकर एकाध वर्ष की उम्र बताते, तब इस अखबार को लेकर इसके 'चार साल' की उम्र की ख्वाहिश अखबार बाजार की कल्पना से परे था।

आज वही 'प्रभात खबर' अपनी उम्र के 40वें मुकाम पर है, सफल और ऊँचाई पर। यह और दीर्घजीवी हो, नई लकीर खींचे, यही कामना है। इस अखबार की सफलता, यहाँ कार्यरत पूरी टीम (प्रबंधन समेत हर विभाग) की जिद, संकल्प और बंजर को उपजाऊ बनाने के अटूट साहस का विवरण है। पत्रकारिता में लगातार नए प्रयोगों से यह 'अखबार नहीं आंदोलन' की छवि पा सका। उम्र की सबसे उर्वर पड़ाव-अवधि (1989 से जनवरी, 2017) में इस अखबार की साहस भरी यात्रा का मैं साक्षी रहा!

आज इस अखबार का दायित्व आशुतोष चतुर्वेदी सँभाल रहे हैं। उनसे पुराना परिचय है। वह हिंदी के वरिष्ठ पत्रकार, कुशल संपादक हैं। उनसे मिलना हुआ, जब वह 'संडे ऑब्जर्वर' में कार्यरत थे। 'माया', 'इंडिया टुडे', 'दैनिक जागरण', 'बीबीसी', 'अमर उजाला' जैसे प्रतिष्ठित संस्थानों में काम करने के बाद बतौर प्रधान संपादक वह 'प्रभात खबर' से जुड़े। इस संस्थान में जीवन का सबसे उर्वर, तकरीबन तीन दशक, समय गुजरा (1989 से जनवरी 2017) है, तो स्वाभाविक तौर पर एक आत्मीय अनुराग इस संस्थान से भी है। इसका नेतृत्व, मार्गदर्शन और संपादन अब आत्मीय आशुतोष सफलतापूर्वक कर रहे हैं, यह सुखद प्रसंग है।

आशुतोष चतुर्वेदी अध्ययनशील पत्रकार हैं। यह गुण उन्हें विरासत में भी मिला

है। हिंदी पत्रकारिता के सिरमौर नाम, आजादी की लड़ाई के मनीषी, यशस्वी संपादक, लेखक, राज्यसभा के पूर्व सांसद बनारसी दास चतुर्वेदीजी के परिवार से जुड़े होने की वजह से उनमें लेखन, पठन-पाठन का गुण बचपन से ही आया। पिछले साल आशुतोष ने श्रम कर बनारसी दास चतुर्वेदीजी पर एक पुस्तक संपादित की, इसके बाद यह उनकी दूसरी पुस्तक है। यह पुस्तक उनके संपादकीय लेखों (81) का संकलन है, जो वे 'प्रभात खबर' में नियमित तौर पर लिखते रहे हैं। आशुतोष चतुर्वेदी के लेखन का विषय विविधताओं से भरा है, बहुआयामी है

इस पुस्तक में 81 लेखों का संकलन है। इन अध्यायों में विषय की विविधता है तथा सामाजिक, सांस्कृतिक, आर्थिक, राजनीतिक विषयों का विस्तार है। इनके आलेखों में गांधी हैं, तो महेंद्र सिंह धोनी भी; आर्थिक असमानता का सवाल है, तो देश के विकास की बातें भी। संपादकों के ऐसे आलेखों की पुस्तक का महत्त्व है। आज संपादक शब्द और पद, दोनों की महत्ता घटती जा रही है। सोशल मीडिया और नए मीडिया के युग में तो अब हर कोई संपादक ही बन रहा है। पर इस जिम्मेवारी को निभाना आसान नहीं, संपादक अपने अखबार या किसी रूप में प्रकाशित-प्रसारित सूचनाओं, खबरों को ऑन करता है। उसकी जिम्मेवारी लेता है। एक अखबार के अनेक संस्करण होते हैं। कस्बे से लेकर राजधानी, सुदूर गाँव से लेकर बड़े शहरों तक की खबरें होती हैं अखबारों में। इन सबके दबाव और व्यस्तता के बीच संपादक का फर्ज है कि वह अपने ज्ञानप्रद और वैचारिक लेखन से पाठकों की वैचारिक दुनिया को समृद्ध करे। पत्रकारिता का मूल काम ही होता है—समाज जहाँ है, उसे वहाँ से आगे ले जाने में अपनी भूमिका निभाना।

इस दृष्टि से पत्रकारों, संपादकों के आलेखों की पुस्तकें महत्त्वपूर्ण होती हैं। नई पीढ़ी और भावी पीढ़ी के पत्रकार यह जान सकें कि सिर्फ क्राइम, क्रिकेट, सिनेमा, सेक्स, पॉलिटिक्स पर ही बात करना पत्रकारिता नहीं है। आर्थिक हालात कैसे हैं, सामाजिक स्तर पर क्या बदलाव हो रहे हैं, सृष्टि-प्रकृति के सामने क्या चुनौतियाँ हैं, उपभोक्तावादी समाज का भविष्य क्या है, किसी सरकार की योजनाओं से लोगों के जीवन पर क्या असर पड़ रहा है, इन बातों के प्रति जागरूक करना, ज्ञानसमृद्ध करना पत्रकारिता का ही मूल धर्म व काम है। आशुतोष के लेखन में यह विविधता है। वह अनछुए विषयों पर लिखते हैं, सिर्फ पॉपुलर विषयों पर लेखन नहीं करते। एक संपादक का युगधर्म भी यही होता है। हमें विश्वास है कि आशुतोष चतुर्वेदी की यह पुस्तक पाठकों को ज्ञानसमृद्ध बनाने में सार्थक भूमिका निभाएगी।

—हरिवंश

उपसभापति, राज्य सभा

प्रस्तावना

'प्रभात खबर' ने 14 अगस्त, 2024 को स्थापना के 40 वर्ष पूरे कर लिए हैं। किसी भी अखबार के लिए यह बड़ा अवसर है कि हम इतिहास के झरोखे में झाँकें। 'प्रभात खबर' का सफर संघर्षों की दास्ताँ है। 'प्रभात खबर' अपने पाठकों के सुख-दुःख का साथी रहा है, मार्गदर्शक रहा है। उनकी समस्याओं के हल का हर संभव प्रयास किया है। हर संकट में लोगों की आशा की किरण 'प्रभात खबर' अखबार बना है। इन 40 वर्षों में पृथक् राज्य बनने से पहले 16 साल 'प्रभात खबर' ने झारखंड राज्य निर्माण की दिशा में कार्य किया। बाद के 24 साल राज्य के पुनर्निर्माण में और राज्य हित में लगाए। हर दौर की अपनी चुनौतियाँ होती हैं। 40 साल पहले 'प्रभात खबर' के सामने चुनौतियाँ कुछ अलग तरह की थीं, पर आज के दौर की चुनौतियाँ कुछ अलग हैं। भारतीय मनीषियों ने कहा है कि हमारे जीवन की पहली साँस से लेकर अंतिम साँस तक चुनौतियाँ-ही-चुनौतियाँ हैं। चुनौतियाँ असंख्य हैं, परंतु जो लोग इन चुनौतियों के बीच रास्ता निकालते हैं, वे ही इतिहास बनाते हैं। अपनी यात्रा के दौरान 'प्रभात खबर' ने भी कई उतार-चढ़ाव देखे, लेकिन अखबार की यात्रा निरंतर जारी है। पिछले चार दशकों के दौरान राजनीति बदली है और अर्थनीति में भी भारी परिवर्तन आया है। अखबार निकालना पहले भी चुनौतीपूर्ण था, पर मौजूदा दौर में और अधिक चुनौतीपूर्ण हो गया है। यदि किसी संस्थान में बदलते दौर के साथ कदमताल करने की क्षमता है, तभी वह मैदान में टिका रह सकता है। आज भी 'प्रभात खबर' जैसे अखबार पाठकों के दर्द, उनके गुस्से और उनकी बेचैनी को उठा रहे हैं। यही वजह है कि कोविड के दौरान जब कहा गया कि अखबार खत्म हो जाएगा, तब 'प्रभात खबर' ने पाठकों के दर्द, समस्याओं को समझा और उन्हें जोर-शोर से उठाया, जिसने अखबार को जिंदा रखा। अगर एक वाक्य में कहूँ तो सामाजिक सरोकारों के प्रति प्रतिबद्धता और विश्वसनीय खबरें ही 'प्रभात खबर' की पत्रकारिता की पहचान हैं।

लोग आज भी अच्छी पत्रकारिता को महत्त्व देते हैं। चुनावों में वे समाचार माध्यमों

पर विशेष ध्यान देते हैं। लोग समाचार पढ़ना-देखना चाहते हैं। हमारे इलाके में लोगों में ज्ञान की और जानने की भूख है। पढ़ने का संस्कार है। आप पसंद करें या न करें, सोशल मीडिया से आप बच नहीं सकते हैं। अनेक अखबार हैं और रहेंगे। न्यूज चैनल्स हैं और रहेंगे; लेकिन मोबाइल पर व्हाट्सएप या फेसबुक के जरिए जो सूचनाएँ आप तक पहुँच रही हैं, वे लगातार बढ़ेंगी। तकनीक के विस्तार ने अखबारों के समक्ष नई चुनौती पेश की है। कहा जा रहा है कि यह सदी आर्टिफिशियल इंटेलिजेंस की है। इसे लेकर दुनिया भर में कहा जा रहा है कि लोगों को इसके माध्यम से वह समृद्धि मिलेगी, जो उन्होंने कभी देखी नहीं और इसके माध्यम से जो बदलाव होगा, उसकी किसी ने कल्पना भी नहीं की होगी। जाहिर है कि टेक्नोलॉजी के विस्तार का असर सभी अखबारों पर पड़ा है तथा आगे और पड़ेगा। आज डिजिटल मीडिया, सोशल मीडिया के बीच बने रहना प्रिंट मीडिया के लिए सबसे बड़ी चुनौती है। चाय के साथ अखबार पढ़ने का जमाना नहीं रहा, क्योंकि नई पीढ़ी सुबह उठती ही नहीं है। लेकिन यह भी सच है कि फेक न्यूज के इस दौर में प्रामाणिक खबरों की जरूरत बढ़ी है। लोग आज भी अच्छी पत्रकारिता को महत्त्व देते हैं। 'न्यूयॉर्क टाइम्स' का उदाहरण पूरी दुनिया के सामने है। उसने कमाल ही कर दिया है, उस जैसा ट्रांसफॉर्मेशन कोई अखबार नहीं कर पाया है। लेकिन एक बात मुझ जैसे पुरानी पीढ़ी के पत्रकार को अखरती है कि जो आदर मीडियाकर्मियों को मिलता था पूरे देश में, उसमें भारी कमी आई है। मीडिया पर एकतरफा टीका-टिप्पणी करने का चलन बढ़ा है। कोई भी और कभी भी पूरे मीडिया-जगत् के विषय में बयान दे देता है और उसकी विश्वसनीयता पर सवाल खड़े कर देता है, जबकि निर्भीक पत्रकारिता करना बेहद मुश्किल होता जा रहा है, मीडिया ही ऐसा माध्यम है, जो आप तक सूचनाएँ पहुँचाता है, आपके मुद्दे और समस्याएँ उठाता है और किसी भी विषय पर आपको अपनी राय कायम करने में मदद करता है। हम सबके लिए यह जानना भी जरूरी है कि मीडियाकर्मी कितनी कठिन और प्रतिकूल परिस्थितियों में अपने काम को अंजाम देते हैं। कभी-कभार यह चुनौतीपूर्ण माहौल उनकी जान तक ले लेता है। वह यह चुनौती इसलिए स्वीकार करते हैं, ताकि आप तक निष्पक्ष और सटीक खबरें पहुँच सकें। झारखंड और बिहार के सुदूर इलाकों में रिपोर्टिंग करना तो और भारी दुष्कर कार्य है। नक्सलवादियों से लेकर दबंगों तक का निशाना बनने का हमेशा खतरा बना रहता है। मीडिया के हमारे साथी इस चुनौती को स्वीकार कर आप तक खबरें पहुँचाने का जोखिम उठाते हैं। इतने दबावों के बीच आप अंदाजा लगा सकते हैं कि खबरों में संतुलन बनाए रखना कितना कठिन कार्य होता है। यह सच है कि मौजूदा दौर में खबरों की साख का संकट है, लेकिन आज भी अखबार खबरों के सबसे प्रामाणिक स्रोत हैं। यह सच है कि हिंदी पत्रकारों में राजनीति की समझ अन्य

भाषाई पत्रकारों से कहीं अधिक होती है। इसका असर यह होता है कि हिंदी अखबारों में राजनीतिक टिप्पणियों की भरमार रहती है, लेकिन मेरी कोशिश रही है कि संपादकीय पेज के मेरे लेखों में विषयों की विविधता रहे। मैंने प्रयास किया है कि राजनीति के अलावा अंतरराष्ट्रीय विषयों से लेकर सामाजिक व आर्थिक विषयों पर भी टीका कर सकूँ। हालाँकि मेरा पसंदीदा विषय युवा-मन को समझना रहा है। इस पुस्तक में मेरे 'प्रभात खबर' में प्रकाशित लेख संकलित हैं। उम्मीद है कि यह पुस्तक आपको पसंद आएगी, कृपया अपनी राय से अवगत अवश्य कराएँ।

—आशुतोष चतुर्वेदी
प्रधान संपादक
प्रभात खबर
15-पी, कोकर इंडस्ट्रियल एरिया, कोकर
राँची-834001, झारखंड
इ-मेल : ashutosh.chaturvedi@prabhatkhabar.in

अनुक्रम

जलवायु परिवर्तन से जूझने का वक्त

पर्यावरण संरक्षण पूरी दुनिया के लिए एक चुनौती बन गया है। इसके कारण कभी सुखाड़ आता है तो कभी बाढ़ का कहर झेलना पड़ता है। बिहार और झारखंड ने कुछ समय पहले गरमी का सितम झेला और आजकल बाढ़ की विभीषिका झेल रहे हैं। जलवायु परिवर्तन के दंश को पूरे देश को झेलना पड़ रहा है। इसके लिए हम आप भी दोषी हैं। अपने देश में पर्यावरण की अनदेखी आम बात है। हम लगातार वनों को काटते जा रहे हैं और कंक्रीट के जंगल खड़े करते जा रहे हैं। अगर हम अपने आसपास देखें तो हम पाएँगे कि नदी के किनारों पर अवैध कब्जे हो रहे हैं और उसके आसपास इमारतें खड़ी होती जा रही हैं। इसके कारण नदी के प्रवाह में दिक्कतें आती हैं और जब भी ज्यादा बारिश होती है, बाढ़ आ जाती है।

हाल में संपन्न हुए संयुक्त राष्ट्र सम्मेलन में जलवायु परिवर्तन पर भी चर्चा हुई, लेकिन यह विमर्श बहुत सुर्खियाँ नहीं बटोर सका। सम्मेलन में 16 साल की ग्रेटा थनबर्ग अपने भाषण से सबसे अधिक चर्चा में रहीं। संयुक्त राष्ट्र में उसने दुनिया के सभी बड़े नेताओं को पर्यावरण चिंताओं से स्पष्ट शब्दों में आगाह किया। स्वीडन की यह बेटी जलवायु परिवर्तन से उत्पन्न खतरों को लेकर अंतरराष्ट्रीय स्तर पर लगातार अपनी आवाज बुलंद करती आ रही है। ग्रेटा थनबर्ग ने दुनिया के ताकतवर देशों के नेताओं पर जमकर अपने गुस्से का इजहार किया। ग्रेटा ने कहा—"आप पैसों के लिए पर्यावरण से सौदा कर रहे हैं। आपने हमारे सपने, हमारा बचपन अपने खोखले शब्दों से छीन लिया है। हालाँकि, मैं अब भी भाग्यशाली हूँ, लेकिन अनेक लोग इसकी मार झेल रहे हैं, मर रहे हैं, पूरा पर्यावरण तंत्र बरबाद हो रहा है। आपने हमारी उम्मीदों पर पानी फेर दिया है। युवा मानने लगे हैं कि आपने हमें छला है। जबकि हम युवाओं की उम्मीदें आप लोगों पर हैं। अगर आपने हमें फिर निराश किया तो हम आपको कभी माफ नहीं करेंगे। हमारे अस्तित्व पर संकट है और आप धन और आर्थिक विकास की काल्पनिक कथाओं के बारे में बातें कर रहे हैं। आप इतना दुस्साहस कैसे कर लेते हैं?" अमेरिकी राष्ट्रपति

डोनाल्ड ट्रंप ने ग्रेटा के उस वीडियो को ट्वीट किया, जिसमें वे आँसुओं से भरी हुई थीं और गुस्से में भाषण दे रही थीं। इस पर ट्रंप ने व्यंग्यात्मक लहजे में लिखा कि एक खुश दिखने वाली लड़की उज्ज्वल भविष्य की तरफ देख रही है। देखकर खुशी हुई। इस ट्वीट को लेकर अमेरिकी राष्ट्रपति ट्रंप की खासी लानत-मलानत हुई। संयुक्त राष्ट्र सम्मेलन से एक वीडियो भी सामने आया, जिसमें ग्रेटा बाहर हॉल में खड़ी थीं और सामने से ही डोनाल्ड ट्रंप निकल रहे हैं। इस दौरान ग्रेटा ट्रंप को गुस्से में घूरती नजर आ रही हैं। यह पहला अवसर नहीं है जब ग्रेटा ने पर्यावरण को लेकर आवाज उठाई हो। अपने विरोध के कारण ग्रेटा दुनिया भर में चर्चा में हैं। वे 2018 से हर शुक्रवार को स्कूल छोड़कर जलवायु परिवर्तन के मुद्दे को उठाती आ रही हैं। ग्रेटा ने स्वीडन की संसद् के बाहर प्रदर्शन भी किया था। उन्होंने 2018 में पोलैंड में आयोजित जलवायु परिवर्तन सम्मेलन को भी संबोधित किया था और वर्ल्ड इकोनॉमिक फोरम में भी भाषण दिया है। उन्होंने अमेरिका, ब्रिटेन, इटली, यूरोपियन संसद् में भी अपनी बात रखी है।

आपको याद होगा कि पिछली सर्दियों में जम्मू-कश्मीर, हिमाचल और उत्तराखंड ने पुराने सारे रिकॉर्ड तोड़ दिए थे। उन पहाड़ी इलाकों में भी बर्फबारी हुई थी, जहाँ पिछले एक दशक से बर्फ नहीं गिरी थी। दक्षिण और पश्चिम भारत तक सर्दी नहीं पहुँचती थी, लेकिन सर्दी ने वहाँ तक मार कर दी थी। केवल भारत ही नहीं, आधी से ज्यादा दुनिया ने भीषण सर्दी की मार झेली थी। अमेरिका के कई शहरों में तो तापमान शून्य से 30 से 40 डिग्री तक नीचे चला गया था। मौसम के कहर को देखते हुए अमेरिका के कई हिस्सों में आपात स्थिति घोषित करनी पड़ी थी। चीन की राजधानी पेइचिंग में सारे स्कूल बंद करने पड़े थे। दक्षिण कोरिया की राजधानी सियोल में भारी बर्फबारी के कारण हवाई अड्डे को बंद कर देना पड़ा था। मौसम वैज्ञानिकों ने इस वैश्विक शीत लहर को जलवायु परिवर्तन का नतीजा माना था। उन्होंने चेतावनी दी थी कि आगामी वर्षों में ऐसी परिस्थितियों का और सामना करना पड़ सकता है। इसके पहले पूरे यूरोप को भारी गरमी का सामना करना पड़ा था। कुछ समय पहले नासा की ओर से पहले एक चेतावनी सामने आई थी कि जलवायु परिवर्तन के कारण पृथ्वी का तापमान लगातार बढ़ रहा है। सन् 1880 के बाद से धरती की सतह का औसत तापमान तकरीबन एक डिग्री सेल्सियस तक बढ़ गया है। नासा का कहना है कि यह गरमी कार्बन डाइऑक्साइड उत्सर्जन, ग्रीनहाउस गैसों और पर्यावरण के साथ छेड़छाड़ के कारण उत्पन्न हुई है। जंगलों की अंधाधुंध कटाई ने इस समस्या को गंभीर कर दिया है। जो कार्बन डाइऑक्साइड पेड़-पौधे सोख लेते थे, वह अब वातावरण में घुल रही है। दूसरी ओर ब्रिटिश मौसम वैज्ञानियों ने चेताया है कि अगले पाँच साल पिछले 150 वर्षों के मुकाबले सर्वाधिक गरम रहने वाले हैं। ब्रितानी वैज्ञानिकों के अनुसार, 2014 से 2023 के दशक में अगले पाँच साल सर्वाधिक गरम

रहने के आसार हैं। तापमान बढ़ने का सीधा असर खेती-किसानी पर पड़ेगा और पैदावार कम हो जाएगी। कृषि विशेषज्ञों का कहना है कि एक डिग्री तापमान बढ़ने से पैदावार में 3 से 7 फीसदी की कमी आ जाती है।

भारत में पर्यावरण को लेकर एक बड़ा खतरा पॉलीथीन और प्लास्टिक से भी है। बिहार, झारखंड समेत कई राज्यों में पॉलीथीन पर तो प्रतिबंध है और 2 अक्तूबर से देशभर में एक बार इस्तेमाल होने वाली प्लास्टिक पर प्रतिबंध लगने जा रहा है। सामान्य-सी दिखने वाली पॉलीथीन और प्लास्टिक हम सबके जी का जंजाल बन गई है। यह पूरे पर्यावरण के लिए बेहद खतरनाक है और इसमें वह जहर घोल रही है। इनसान, जानवर और पेड़-पौधों, इसने किसी को नहीं छोड़ा है। प्रकृति के लिए यह अत्यंत घातक है। माना जाता है कि प्लास्टिक अजर-अमर है और इसको नष्ट होने में एक हजार साल लग जाते हैं। इसके नुकसान की लंबी-चौड़ी सूची है। जलाने पर यह ऐसी गैसें छोड़ती है, जो जानलेवा होती हैं। यह जल-चक्र में बाधक बनकर बारिश को प्रभावित करती है। नदी-नालों को अवरुद्ध करती है। खेती की उर्वरा शक्ति को प्रभावित करती है। हम लोग अकसर खाने की वस्तुएँ प्लास्टिक में रख लेते हैं, जिससे कैंसर की संभावना बढ़ जाती है। पर्यावरण को बचाना एक सामूहिक जिम्मेदारी है। यह जान लीजिए कि जब तक लोग पर्यावरण के प्रति चेतन नहीं होंगे, तब तक कोई उपाय कारगर साबित नहीं होने वाले हैं। पर्यावरण का मसला सीधे तौर से खाद्य सुरक्षा से भी जुड़ा है, इसलिए इसकी अनदेखी की भारी कीमत चुकानी पड़ सकती है।

□

मातृशक्ति का सम्मान करें

भारतीय परंपरा में महिलाओं को उच्च स्थान दिया गया है। हम लोगों ने नौ दिनों तक नारी स्वरूपा देवी उपासना की और उन्हें पूजा है। कई राज्यों में कन्या जिमाने और उनके पैर पूजने की भी परंपरा है। एक तरह से यह त्योहार नारी के समाज में महत्त्व और सम्मान को भी रेखांकित करता है। लेकिन वास्तविकता में आदर का यह भाव समाज में केवल कुछ समय तक ही रहता है। महिला उत्पीड़न की घटनाएँ बताती हैं कि हम जल्द ही इसे भुला देते हैं। भारत का संविधान सभी महिलाओं को बिना किसी भेदभाव के समान अधिकार की गारंटी देता है। इसके अलावा संविधान ने राज्यों को महिलाओं और बच्चों के हित में विशेष प्रावधान बनाए जाने का अधिकार भी दिया है, ताकि महिलाओं की गरिमा बरकरार रहे, लेकिन इन सब बातों के बावजूद देश में महिलाओं की स्थिति अब भी मजबूत नहीं है। उनकी सुरक्षा को लेकर अकसर चिंता जाहिर की जाती है। उन्हें निशाना बनाया जाता है, कानून के बावजूद कार्यस्थलों पर उनके साथ भेदभाव किया जाता है।

दरअसल, हमारी सामाजिक संरचना ऐसी है, जिसमें बचपन से ही यह बात बच्चों के मन में स्थापित कर दी जाती है कि लड़का, लड़की से बेहतर है। इन बातों के मूल में यह धारणा है कि परिवार और समाज का मुखिया पुरुष है और महिलाओं को उसकी व्यवस्थाओं का पालन करना है। यह सही है कि परिस्थितियों में भारी बदलाव आया है, लेकिन अब भी ऐसे परिवारों की संख्या कम है, जिनमें बेटे और बेटी के बीच भेदभाव नहीं किया जाता है। समस्या यह है कि यह भेदभाव सार्वजनिक जीवन में प्रकट होने लगता है। जबकि पिछले कुछ वर्षों के दौरान महिला सशक्तीकरण की दिशा में भी उल्लेखनीय कार्य हुआ है। शिक्षा से लेकर खेलकूद और विभिन्न प्रतिष्ठित प्रतियोगी परीक्षाओं में उन्होंने अपनी प्रतिभा का लोहा मनवाया है। महिलाएँ जिंदगी के सभी क्षेत्रों में सक्रिय हैं। चाहे वह राजनीति का क्षेत्र हो या फिर शिक्षा, कला-संस्कृति अथवा आईटी या फिर मीडिया का क्षेत्र, सभी क्षेत्रों में महिलाओं ने सफलता के झंडे गाड़े हैं, लेकिन

देखने में आया है कि समाज में महिलाओं के काम का सही मूल्यांकन नहीं किया जाता है। घर को सुचारु रूप से संचालित करने में उनकी दक्षता की अकसर अनदेखी कर दी जाती है। अर्थव्यवस्था के संदर्भ में जीडीपी (सकल घरेलू उत्पाद) की अकसर चर्चा होती है, उसमें भी नारी शक्ति का बड़ा योगदान है। यह सही है कि आर्थिक विकास में महिलाओं की भागीदारी के मामले में भारत दुनिया के अन्य देशों के मुकाबले बहुत पीछे है। महिलाओं की अर्थव्यवस्था में भागीदारी बढ़ाने से न केवल सामाजिक, बल्कि अर्थव्यवस्था में भी बदलाव लाया जा सकता है। अंतरराष्ट्रीय मुद्रा कोष का मानना है कि अगर भारत में आर्थिक विकास में महिलाओं की भागीदारी पुरुषों के बराबर हो जाए तो भारत की जीडीपी में भारी वृद्धि हो सकती है। भारत सरकार के आँकड़ों के मुकाबिक देश के कुल श्रम बल में महिलाओं की हिस्सेदारी 25.5 फीसदी और पुरुषों की हिस्सेदारी 53.26 फीसदी है। और कुल कामकाजी महिलाओं में से लगभग 63 फीसदी खेतीबाड़ी के काम में लगी हैं। 2011 के जनसंख्या के आँकड़ों के अनुसार जब कॅरियर बनाने का समय आता है, उस समय अधिकांश लड़कियों की शादी हो जाती है। विश्व बैंक के आकलन के अनुसार भारत में महिलाओं की नौकरियाँ छोड़ने की दर बहुत अधिक है। यह पाया गया है कि एक बार किसी महिला ने नौकरी छोड़ी तो ज्यादातर दोबारा नौकरी पर वापस नहीं लौटती हैं।

एक ओर हम दस दिन तक नारी शक्ति को पूजते हैं तो दूसरी ओर बच्चों और महिलाओं के साथ यौन उत्पीड़न और छेड़छाड़ की घटनाएँ कोई नई बात नहीं है। अकसर इस तरह के अनेक मामले सामने आते रहते हैं। इन मामलों को बेहतर ढंग से सुलझाने के लिए भारत में प्रोटेक्शन ऑफ चिल्ड्रन फ्रॉम सेक्सुअल ऑफेंसेस यानी पॉक्सो एक्ट बनाया गया है। इस कानून के तहत आरोपी को सात साल या फिर उम्र कैद की सजा का प्रावधान है। हमारे पास एक मजबूत कानून उपलब्ध है, लेकिन बावजूद इसके ऐसी घटनाएँ रुक नहीं रही हैं। कुछ समय पहले महिला एवं बाल विकास मंत्रालय ने प्लान इंडिया की ओर से तैयार की गई रिपोर्ट में कहा गया था कि भारत में महिलाओं के लिए सबसे सुरक्षित राज्य गोवा है। इसके बाद केरल, मिजोरम, सिक्किम और मणिपुर आते हैं। चिंता की बात यह है कि बिहार, झारखंड, उत्तर प्रदेश और देश की राजधानी दिल्ली महिला सुरक्षा के मामले में फिसड्डी हैं। झारखंड को कुछ अलग तरह की समस्याओं का सामना करना पड़ रहा है। पिछले कुछ वर्षों में झारखंड से बच्चियों की तस्करी के कई मामले सामने आए हैं, जिसमें बच्चियों के माँ-बाप को बहला-फुसलाकर उन्हें दिल्ली से सटे गुरुग्राम ले जाया गया है। दरअसल, तमाम प्लेसमेंट एजेंसियों के एजेंट देशभर में सक्रिय हैं, जो गरीब माता-पिता को फुसलाकर लड़कियों को उन तक पहुँचाते हैं। कानूनन 18 वर्ष से कम उम्र की लड़कियों से घरेलू कामकाज नहीं कराया

जा सकता, लेकिन देश में ऐसे कानूनों की कौन परवाह करता है। कुछ समय पहले तक पश्चिम बंगाल में परिवार की बुजुर्ग और विधवा महिलाओं को वृंदावन और वाराणसी छोड़ आने की अमानवीय प्रथा का प्रचलन था। हालाँकि इसमें कमी आई है, लेकिन अब भी इन दोनों स्थानों पर विधवाएँ संघर्षमय जीवन व्यतीत करती नजर आ जाएँगी।

लेकिन परिदृश्य ऐसा भी नहीं है, जिसमें उम्मीद की कोई किरण नजर न आती हो। पिछले कुछ वर्षों में सरकारी कोशिशों और सामाजिक जागरूकता अभियानों के कारण महिलाओं की स्थिति में धीरे-धीरे ही सही, मगर सुधार आया है। यह बदलाव शिक्षा से लेकर स्वास्थ्य तक के आँकड़ों में दिखाई देता है। राष्ट्रीय परिवार स्वास्थ्य सर्वेक्षण के अनुसार शिक्षा में महिलाओं की भागीदारी बढ़ी है। सरकारी प्रयासों के कारण शिक्षण संस्थानों तक लड़कियों की पहुँच लगातार बढ़ रही है। मिड डे मील योजना बड़ी कारगर साबित हुई है। एक दशक पहले हुए सर्वेक्षण में शिक्षा में महिलाओं की भागीदारी 55.1 प्रतिशत थी, जो अब बढ़कर 68.4 तक पहुँच गई है यानी शिक्षा के क्षेत्र में 13 फीसदी से अधिक की वृद्धि दर्ज की गई है। बाल विवाह की दर में गिरावट को भी महिला स्वास्थ्य और शिक्षा के लिहाज से अहम माना जा रहा है। कानूनन अपराध घोषित किए जाने और लगातार जागरूकता अभियान के कारण बाल विवाह में कमी तो आई है, लेकिन इसका प्रचलन, खासकर गाँवों में, अब भी बरकरार है। शिक्षा और जागरूकता का सीधा संबंध घरेलू हिंसा से भी है। हालाँकि अब इन मामलों में भी कमी आई है। रिपोर्ट के मुताबिक वैवाहिक जीवन में हिंसा का सामना करने वाली महिलाओं का प्रतिशत 37.2 से घटकर 28.8 प्रतिशत रह गया है, लेकिन जान लीजिए, जब तक महिलाओं के प्रति समाज में सम्मान की चेतना पैदा नहीं होगी, तब तक ये सारे प्रयास नाकाफी हैं। साथ ही यह परिवार के बड़े-बुजुर्गों की जिम्मेदारी है कि वे नवयुवकों को बचपन से ही नारी शक्ति का आदर करना सिखाएँ।

□

धोनी ने क्रिकेट को नई पहचान दी है

राँची में टेस्ट मैच खेला जा रहा है और धोनी के प्रशंसक, जिनमें मैं भी शामिल हूँ, उन्हें यहाँ खेलते देखना चाहते थे। राँची में कोई बड़ा क्रिकेट मैच खेला जाए और टीम में धोनी नजर न आएँ, तो थोड़ी मायूसी जरूर होती है। धोनी के चाहने वालों की संख्या बहुत बड़ी है, तो दूसरी ओर एक लॉबी भी है, जो हमेशा धोनी के पीछे हाथ धो के पड़ी रहती है। वह सोशल मीडिया में एक सुनियोजित अभियान चलाती रही है। इसमें यह बताने की कोशिश की जाती है कि उन्हें अब विदा करने का वक्त आ गया है, लेकिन हर बार धोनी ने बल्लेबाजी और विकेटकीपिंग दोनों से अपने आलोचकों को करारा जवाब दिया है। उनकी आक्रामकता में भले ही कमी आ गई हो, लेकिन उनकी लय आज भी बरकरार है। हाल में ऑस्ट्रेलिया के पूर्व क्रिकेटर शेन वॉटसन ने कहा कि यह धोनी पर निर्भर करता है कि वे कब संन्यास का फैसला करते हैं, क्योंकि वे अब भी शानदार तरीके से खेल रहे हैं। वॉटसन ने कहा कि धोनी के पास कौशल की कोई कमी नहीं है। उनमें फुरती की कोई कमी नहीं है, वे विकेटों के बीच शानदार तरीके से दौड़ लगाते हैं और विकेटकीपिंग में भी लाजवाब हैं। यह फैसला उन्हें ही करना है। वे जो भी फैसला करेंगे, वह सही होगा, क्योंकि उन्हें पता है कि उनमें कितना क्रिकेट बचा है। दूसरी ओर धोनी-विरोधी लॉबी यह घोषणा कर चुकी है कि क्रिकेट के मैदान पर अब धोनी शायद ही वापस लौटेंगे। उनका कहना है कि चयनकर्ताओं ने अपना मन बना लिया है कि धोनी की जगह किसी अन्य भारतीय खिलाड़ी को टीम में स्थान दिया जाए। बीसीसीआई का अध्यक्ष पद सौरभ गांगुली सँभालने जा रहे हैं और वे स्पष्ट कर चुके हैं कि वह 23 अक्तूबर को कार्यभार सँभालने के बाद ही चयनकर्ताओं और व्यक्तिगत रूप से धोनी से इस संबंध में बात करेंगे। यह सही है कि धोनी ने जुलाई में इंग्लैंड में खेले गए वर्ल्ड कप के बाद कोई मैच नहीं खेला है। वे विश्व कप के बाद वेस्टइंडीज दौरे पर भी नहीं गए थे। दक्षिण अफ्रीका के खिलाफ सीरीज से भी उन्होंने अपना नाम वापस ले लिया था। ऐसा नहीं है कि धोनी खाली बैठे हों। उन्हें भारतीय सेना में लेफ्टिनेंट कर्नल की मानद उपाधि

मिली है और क्रिकेट से दो महीने का अवकाश लेकर उन्होंने टेरिटोरियल आर्मी के साथ जम्मू-कश्मीर में ड्यूटी निभाई।

धोनी में गजब का कौशल है। क्रिकेट विशेषज्ञ भी मानते हैं कि धोनी इसलिए महान् हैं, क्योंकि वे दबाव में भी सटीक निर्णय ले सकते हैं। उनमें मुश्किल परिस्थितियों में भी खुद को शांत रखने की गजब की क्षमता है। कठिन परिस्थितियों में उनके फैसलों ने भारत को अनेक बार जीत दिलाई है। कप्तान के रूप में उनके प्रशंसकों की संख्या व्यापक है। इंग्लैंड के पूर्व कप्तान माइकल वॉन ने धोनी को सीमित ओवर का इस दौर का सर्वश्रेष्ठ कप्तान बताया है। उनका कहना था कि सीमित ओवरों के मैच में उन्होंने जितने कप्तान देखे हैं, धोनी सर्वश्रेष्ठ हैं। जिस तरह वे विकेट के पीछे से सभी खिलाड़ियों को प्रेरित करते हैं, नए-नए विचार लाते हैं, दबाव झेलते हैं, वह देखने योग्य है। धोनी को कैप्टन कूल यूँ ही नहीं कहा जाता है। हालाँकि हाल में धोनी ने कहा कि वह भी आम इनसान की तरह ही सोचते हैं, लेकिन बस नकारात्मक विचारों पर नियंत्रण रखने के मामले में वह किसी अन्य की तुलना में बेहतर हैं। धोनी ने कहा कि हर किसी की तरह उन्हें भी निराशा होती है। कई बार उन्हें भी गुस्सा आता है, लेकिन महत्त्वपूर्ण यह है कि इनमें से कोई भी भावना रचनात्मक नहीं है। इन भावनाओं की तुलना में अभी क्या करना चाहिए, यह अधिक महत्त्वपूर्ण है। एक बार जब वह यह सोचने लगते हैं तो फिर वह अपनी भावनाओं को बेहतर तरीके से काबू कर लेते हैं। धोनी ने कहा कि टेस्ट मैच में तो आपके पास दो पारियाँ होती हैं और आपको अपनी अगली रणनीति तैयार करने के लिए थोड़ा अधिक समय मिलता है, लेकिन टी-20 में सबकुछ तुरत-फुरत होता है, इसमें अलग तरह की सोच की जरूरत होती है।

धोनी को उनकी कप्तानी और विकेटकीपिंग दोनों के लिए जाना जाता है। हाल ही में आईसीसी ने जब ट्वीट कर पूछा कि दुनिया में सबसे बेहतरीन विकेटकीपर कौन है, तो अधिकांश का जवाब था—महेंद्र सिंह धोनी। वे विकेट के पीछे से गेंदबाजों को कैसी और कहाँ गेंद करें, इसकी लगातार हिदायत देते रहते हैं। स्पिनर के वक्त तो उनकी सक्रियता और बढ़ जाती है। धोनी गेंदबाजों को खराब गेंदें डालने पर झिड़कते भी हैं। हालाँकि विकेट का सारा श्रेय गेंदबाजों को मिलता है और हम अकसर धोनी के योगदान की अनदेखी कर जाते हैं। यह अनुभव और विशेषता किसी अन्य विकेटकीपर में कहाँ मिलेगी। जब भी कोई रिव्यू लेने की बात आती है, तो धोनी का निर्णय अंतिम होता है। वनडे मैचों में 100 से अधिक स्टंपिंग करने वाले वे दुनिया के एकमात्र विकेटकीपर हैं। उनकी तेजी और फुरती में कोई कमी नहीं है। पलक झपकते ही वे बल्लेबाज की गिल्लियाँ उड़ा देते हैं। यह बात देश और विदेश के सभी खिलाड़ियों को पता है कि अगर धोनी के हाथ में गेंद आ गई और प्लेयर क्रीज से जरा सा भी बाहर है तो बल्लेबाज

किसी भी सूरत में बच नहीं सकता। धोनी के नाम एक-से-एक रिकॉर्ड दर्ज हैं। वे दुनिया के एकमात्र ऐसे कप्तान हैं, जिनके नेतृत्व में किसी टीम ने आईसीसी की तीनों ट्रॉफी जीती हैं। धोनी की कप्तानी में भारत ने 2011 का वर्ल्ड कप और 2007 का आईसीसी वर्ल्ड ट्वेंटी-20 और 2013 में आईसीसी चैंपियंस ट्रॉफी का खिताब जीता है।

धोनी ने क्रिकेट की चाल, चरित्र और चेहरा बदल दिया है। इसके पहले भारतीय क्रिकेट टीम में केवल मुंबई और दिल्ली के खिलाड़ियों का बोलबाला था। झारखंड से निकले इस क्रिकेटर ने न केवल टीम में जगह बनाई, बल्कि उसे नई ऊँचाइयों तक ले गया। उसने टीम का न केवल सफल नेतृत्व किया, बल्कि छोटी जगहों से आने वाले प्रतिभाशाली खिलाड़ियों के लिए टीम में आने का रास्ता भी खोला। कपिल देव को छोड़ दें तो इससे पहले टीम में ज्यादातर बड़े शहरों से आए अंग्रेजीदाँ खिलाड़ियों का ही बोलबाला रहा है। धोनी ने इस परंपरा को बदला और भारतीय क्रिकेट टीम को तीनों फॉर्मेट में सफल नेतृत्व भी प्रदान किया। इसमें तो कोई दो राय नहीं है कि उन्होंने झारखंड को राष्ट्रीय और अंतरराष्ट्रीय स्तर पर पहचान दी है। भारतीय क्रिकेट के प्रति धोनी से ज्यादा समर्पित कोई खिलाड़ी नहीं है। उन्होंने भारतीय क्रिकेट को बहुत कुछ दिया है। भारतीय टीम के मुख्य कोच रवि शास्त्री भी धोनी के मुरीद हैं। कुछ समय पहले उन्होंने कहा था कि धोनी जैसे खिलाड़ी 30-40 साल में एक बार आते हैं। जब तक वे सक्रिय हैं, हर भारतीय को उनके खेल का आनंद उठाना चाहिए। जब वे खेल के मैदान से चले जाएँगे, तो एक बड़ा खालीपन होगा, जिसे भरना मुश्किल होगा।

□

प्रदूषण को लेकर कब चेतेंगे

प्रदूषण इस देश के लिए गंभीर खतरा बनता जा रहा है। देश की राजधानी दिल्ली की स्थिति इतनी खराब है कि प्रदूषण के गंभीर स्तर को देखते हुए सुप्रीम कोर्ट के पैनल ने वहाँ हेल्थ इमरजेंसी घोषित कर दी है। दिल्ली–एनसीआर में सभी निर्माण गतिविधियों पर प्रतिबंध लगा दिया गया है और दिल्ली सरकार ने सभी स्कूलों को 5 नवंबर तक बंद कर दिया है, लेकिन दिल्ली की आबोहवा में सुधार के कोई संकेत नहीं हैं। केंद्रीय प्रदूषण नियंत्रण बोर्ड के आँकड़ों के अनुसार दिल्ली का वायु गुणवत्ता सूचकांक 419 पर पहुँच गया है, जो प्रदूषण का खतरनाक स्तर है। प्रदूषण इतना ज्यादा बढ़ गया है कि आसमान में धुएँ की परत साफ देखी जा सकती है। कई लोगों ने सोशल मीडिया पर कुछ महीने पहले और अभी की तसवीरें साझा की हैं, जिनमें धुएँ की परत साफ नजर आती है। दिल्ली सरकार ने सभी निजी और सरकारी स्कूलों को निर्देश दिए हैं कि बच्चों के अभिभावकों को मौजूदा वायु प्रदूषण के प्रति जागरूक किया जाए। अभिभावकों को समझाया जाए कि जब तक वायु प्रदूषण खतरनाक स्तर पर है तब तक बच्चों को बाहर न भेजें, क्योंकि प्रदूषण के मौजूदा स्तर से बच्चों की सेहत को नुकसान पहुँच सकता है। स्कूल प्रिंसिपलों को भी निर्देश दिए गए हैं कि जब तक प्रदूषण का स्तर खतरनाक बना हुआ है तब तक स्कूल में कोई खेल आयोजित न कराए जाएँ और बच्चों को क्लास रूम में ही रखें। दिल्ली सरकार ने निजी और सरकारी स्कूलों के बच्चों को बाँटने के लिए 50 लाख मास्क खरीदे हैं। कहने का आशय है कि बच्चों को घरों और स्कूलों में एक तरह से कैद रखा जाए। ऐसी खबरें हैं कि दिल्ली और आसपास प्रदूषण के कारण बड़ी संख्या में लोग साँस लेने की तकलीफ, सीने में दर्द और खाँसी की शिकायत लेकर अस्पताल पहुँच रहे हैं। इंडियन मेडिकल एसोसिएशन ने लोगों को घर से बाहर न निकलने की सलाह दी है।

यह देश का दुर्भाग्य है कि जनहित के विषय भी राजनीति से अछूते नहीं रह पाते हैं। दिल्ली के मुख्यमंत्री अरविंद केजरीवाल ने कहा कि पंजाब और हरियाणा में जल

रही पराली के कारण दिल्ली में वायु प्रदूषण फैल रहा है और उन्होंने दोनों राज्य के मुख्यमंत्रियों को पत्र लिखकर इसे नियंत्रित करने को कहा है। इसके जवाब में पंजाब के मुख्यमंत्री अमरिंदर सिंह ने प्रधानमंत्री नरेंद्र मोदी को चिट्ठी लिखी है, जिसमें किसानों पर दोष मढ़े जाने पर क्षोभ प्रकट करते हुए पराली प्रबंधन के लिए किसानों को अलग से बोनस देने की माँग की है। अमरिंदर सिंह ने सवाल उठाया है कि जिस देश की राजधानी गैस चैंबर बन जाए और वह भी प्राकृतिक आपदा से नहीं, बल्कि मानव निर्मित कारणों से, उसे कैसे विकसित देश कहा जा सकता है। दिल्ली में प्रदूषण की स्थिति गंभीर तो है ही, लेकिन बिहार और झारखंड के कई शहरों में भी हालात कोई बहुत बेहतर नहीं हैं। पटना में पिछले कुछ दिनों में वायु प्रदूषण की स्थिति चिंताजनक हुई है। 26 अक्तूबर को पटना का वायु गुणवत्ता इंडेक्स 89 था, लेकिन 29 अक्तूबर को यह 365 दर्ज किया गया। देश के विभिन्न शहरों से प्रदूषण को लेकर पिछले कई वर्षों से लगातार चिंताजनक रिपोर्टें आ रही हैं, लेकिन स्थिति जस-की-तस है। हम इस ओर से आँखें मूँदे हैं। कोई चिंता नहीं जताई जा रही है। समाज में भी इसको लेकर कोई विमर्श नहीं हो रहा है। गंभीर सवाल है कि क्या हम किसी हादसे के बाद ही चेतेंगे। हाथ-पर-हाथ धरे बैठे रहने की स्थिति किसी भी देश के लिए बेहद चिंताजनक है। अगर व्यवस्था ठान ले, तो परिस्थितियों में सुधार लाया जा सकता है। चीन का उदाहरण हमारे सामने है। सन् 2013 में दुनिया के 20 सबसे प्रदूषित शहर में चीन के पेइचिंग समेत 14 शहर शामिल थे, लेकिन चीन ने कड़े कदम उठाए और प्रदूषण की समस्या पर काबू पा लिया।

उत्तर भारत में वायु प्रदूषण का संकट लगातार गहराने का असर लोगों की औसत आयु पर पड़ रहा है। अमेरिका की शोध संस्था एनर्जी पॉलिसी इंस्टीट्यूट की वायु गुणवत्ता जीवन सूचकांक की हाल में जारी रिपोर्ट में उत्तर भारत में गंगा के मैदानी इलाकों में रह रहे लोगों की औसत आयु लगभग सात वर्ष तक कम होने की आशंका जताई है। रिपोर्ट के अनुसार झारखंड के भी कई जिलों में लोगों का जीवनकाल घट रहा है। कोडरमा, साहेबगंज, बोकारो, पलामू और धनबाद जैसे स्थानों के लोगों का जीवनकाल औसतन 4 से 5 साल घट गया है। विश्व स्वास्थ्य संगठन ने कुछ समय पहले एक और गंभीर तथ्य की ओर इशारा किया था कि भारत में 34 फीसदी मौत के लिए प्रदूषण जिम्मेदार है। ये आँकड़े किसी भी देश और समाज के लिए बेहद चिंताजनक हैं। विश्व स्वास्थ्य संगठन का आकलन है कि प्रदूषण के कारण हर साल दुनिया भर में 70 लाख लोगों की मौत हो जाती है, जिसमें 24 लाख लोग भारत के शामिल हैं। वायु प्रदूषण से हृदय व साँस संबंधी बीमारियाँ और फेफड़ों का कैंसर जैसे घातक रोग तक हो जाते हैं। दरअसल वायु प्रदूषण उत्तरी भारत के लिए एक बड़ी चुनौती है। भारत की आबादी का 40 फीसदी से अधिक हिस्सा इसी में रहता है। यह जान लीजिए कि वायु प्रदूषण के

शिकार सबसे ज्यादा बच्चे और बुजुर्ग होते हैं। एक आकलन के अनुसार वायु प्रदूषण के कारण हर साल छह लाख बच्चों की जान चली जाती है। संयुक्त राष्ट्र का मानना है कि लोगों को स्वच्छ हवा में साँस लेने का बुनियादी अधिकार है और कोई भी समाज पर्यावरण की अनदेखी नहीं कर सकता।

दरअसल विकास के नाम पर औद्योगिक इकाइयों को धुआँ फैलाने की खुली छूट मिल जाती है। औद्योगिक इकाइयाँ, बिल्डर और खनन माफिया पर्यावरण संरक्षण कानूनों की खुलेआम अनदेखी करते हैं। औद्योगिक इकाइयों के अलावा वाहनों की बढ़ती संख्या, धुआँ छोड़ती पुरानी डीजल गाड़ियाँ, निर्माण कार्य और टूटी सड़कों की वजह से हवा में धूल का उड़ना भी प्रदूषण की बड़ी वजह हैं। प्रदूषण को लेकर सख्त नियम हैं, लेकिन उनको लागू करने वाला कोई नहीं है। जनता से जुड़े इस विषय पर विस्तृत विमर्श होना चाहिए, लेकिन ऐसा भी होता नजर नहीं आता है। सोशल मीडिया पर रोजाना कितने घटिया लतीफे चलते हैं, लेकिन पर्यावरण जागरूकता को लेकर संदेशों का आदान-प्रदान नहीं होता है। टीवी चैनलों पर रोज शाम बहस होती है, लेकिन बढ़ते प्रदूषण पर कोई सार्थक चर्चा नहीं होती। जबकि यह मुद्दा हमारे आपके जीवन से जुड़ा हुआ है। प्रदूषण कम करने के लिए सबसे पहले हमें उसकी गंभीरता को समझना होगा, फिर उससे निपटने के उपाय करने होंगे। अपने देश में स्वच्छता और प्रदूषण का परिदृश्य वर्षों से निराशाजनक रहा है। इसको लेकर समाज में जैसी चेतना होनी चाहिए, वैसी नहीं है। अब समय आ गया है कि जब हम इस विषय में संजीदा हों।

□

न काहू की जीत, न काहू की हार

किसी भी लोकतांत्रिक देश में जब भी कोई चुनौती आती है तो उस दौरान उसके सत्ता प्रतिष्ठानों की परीक्षा होती है। लोकतंत्र का भविष्य इससे तय होता है कि ये प्रतिष्ठान कितने मजबूत हैं। इसमें सबसे महत्त्वपूर्ण हैं अदालतें और उसमें भी सर्वोपरि है सुप्रीम कोर्ट। समय-समय पर हमारे अन्य सत्ता प्रतिष्ठानों पर भले ही सवाल उठते रहे हों, लेकिन सर्वोच्च न्यायालय पर हमारा भरोसा नहीं डगमगाया है। इसकी वजह है कि सुप्रीम कोर्ट ने अनेक ऐतिहासिक फैसले दिए हैं और लोकतंत्र की गरिमा को कायम रखा है। इसकी लंबी-चौड़ी फेहरिस्त है। अयोध्या पर सुप्रीम कोर्ट का फैसला इसी कड़ी में आता है। यह इच्छाशक्ति का कमाल है कि जाते-जाते सुप्रीम कोर्ट के मुख्य न्यायाधीश रंजन गोगोई ने दशकों से चल रहे अयोध्या विवाद का निराकरण कर दिया। यह विवाद इसलिए इतना लंबा खिंचा, क्योंकि कोई भी इस विवाद में हाथ डालने को तैयार नहीं था। सुप्रीम कोर्ट ने 40 दिनों तक लगातार सुनवाई की और पूरी पीठ निर्धारित समय से अधिक बैठी और शनिवार को अवकाश के दिन अदालत ने सर्वसम्मति से अपना फैसला सुना दिया। इस फैसले का भावार्थ है—न तो किसी की जीत हुई है और न किसी की हार हुई है। एक विवाद था, जिस पर सुप्रीम कोर्ट ने अपना फैसला सुना दिया है। सुप्रीम कोर्ट के फैसले के बाद अब राम मंदिर का निर्माण हो सकेगा। दूसरी ओर सुप्रीम कोर्ट ने मसजिद निर्माण के लिए सुन्नी वक्फ बोर्ड को पाँच एकड़ का भूखंड आबंटित करने का निर्देश दिया है। मुख्य न्यायाधीश रंजन गोगोई की अध्यक्षता वाली पाँच सदस्यीय संविधान पीठ ने बेहद संवेदनशील और 100 साल से भी अधिक पुराने इस विवाद का निपटारा कर दिया है और वह भी सर्वसम्मति से। उल्लेखनीय है कि इस फैसले में किसी भी न्यायाधीश की राय अलग नहीं थी। जस्टिस गोगोई के अलावा संविधान पीठ के सदस्य न्यायमूर्ति एस.ए.बोबडे, न्यायमूर्ति धनंजय चंद्रचूड़, न्यायमूर्ति अशोक भूषण और न्यायमूर्ति अब्दुल नजीर धन्यवाद के पात्र हैं, जिन्होंने दशकों पुराने विवाद का अंत कर दिया। विवाद में उलझे रहने के बजाय देश को मौका दिया है कि वह अब आगे का रुख

कर सके। संविधान पीठ ने अपने फैसले में कहा कि मंदिर निर्माण के लिए तीन महीने के भीतर एक ट्रस्ट गठित किया जाना चाहिए। पीठ ने 2.77 एकड़ की विवादित भूमि का अधिकार रामलला विराजमान को सौंप दिया है। रामलला इस मामले में एक वादी हैं। हालाँकि यह भूमि केंद्र सरकार के रिसीवर के कब्जे में ही रहेगी। सुप्रीम कोर्ट से पहले इस मामले में इलाहाबाद हाई कोर्ट ने 2010 में अपना फैसला सुनाया था। इलाहाबाद हाई कोर्ट ने 2.77 एकड़ जमीन का बँटवारा कर दिया था और यह जमीन सुन्नी वक्फ बोर्ड, निर्मोही अखाड़ा और रामलला विराजमान के बीच बराबर बाँटने का आदेश दिया था, जिस पर तीनों ही पक्ष सहमत नहीं थे। हाई कोर्ट के इस फैसले को चुनौती दी गई थी, जिस पर सुप्रीम कोर्ट ने फैसला सुनाया है।

अयोध्या की विवादित जमीन के मालिकाना हक को लेकर कानूनी लड़ाई सन् 1885 में शुरू हुई थी, लेकिन इस मामले में हिंदू पक्ष ने रामलला विराजमान को भी एक पक्ष बनाने का फैसला 1989 में किया था। पहली बार हाई कोर्ट के एक रिटायर्ड जज जस्टिस देवकी नंदन अग्रवाल, भगवान् राम के प्रतिनिधि के तौर पर अदालत में पेश हुए थे और भगवान् का दावा कोर्ट के सामने रखने की कोशिश की थी। 1885 में अयोध्या के एक स्थानीय निवासी ने 16वीं सदी की बाबरी मसजिद के ठीक बाहर स्थित चबूतरे पर एक मंदिर बनाने की इजाजत माँगी थी। अयोध्या के लोग इस जगह को राम चबूतरा कहते हैं, लेकिन उन्हें मसजिद के बाहर के चबूतरे पर मंदिर बनाने की अनुमति नहीं मिली। आप अंदाजा लगा सकते हैं कि तब से यह विवाद सुर्खियों में रहा है और अब जाकर इसका समाधान निकला है। ऐसा माना जाता है कि अयोध्या की स्थापना मनु ने की थी। अयोध्या सरयू नदी के तट पर बसी है। कई शताब्दियों तक यह नगर सूर्यवंशी राजाओं की राजधानी रहा है। अयोध्या मूल रूप से मंदिरों का शहर है। यह हिंदुओं के अलावा जैन और बौद्ध धर्म के अनुयायियों का भी प्रमुख केंद्र है। जैन मत के अनुसार यहाँ चौबीस तीर्थंकरों में से पाँच तीर्थंकरों का जन्म हुआ था। ये सभी तीर्थंकर श्रीराम के इक्ष्वाकु वंश से थे। सातवीं शताब्दी में चीनी यात्री ह्वेन त्सांग ने यहाँ की यात्रा की थी। उसके अनुसार, यहाँ अनेक बौद्ध मंदिर थे और बड़ी संख्या में बौद्ध भिक्षु रहते थे। मौजूदा विवाद को देखें तो ऐसा उल्लेख है कि मुगल बादशाह बाबर के एक सिपहसालार मीर बाकी ने 1528 में बाबरी मसजिद का निर्माण कराया था। हिंदू पक्ष का दावा था कि यह जगह भगवान् राम की जन्मभूमि है और यहाँ पहले एक मंदिर था, जिसे तोड़कर मसजिद बनाई गई थी। सुप्रीम कोर्ट ने अपने फैसले में भारतीय पुरातत्त्व सर्वेक्षण की रिपोर्ट के आधार पर कहा है कि बाबरी मसजिद का निर्माण किसी खाली जगह पर नहीं किया गया था। विवादित जमीन के नीचे एक ढाँचा था और यह इसलामिक ढाँचा नहीं था। हालाँकि, कोर्ट ने अपने फैसले में यह भी कहा है कि मंदिर तोड़कर मसजिद बनाने की भी पुख्ता जानकारी नहीं है।

भारतीय लोकतंत्र की यह खूबसूरती है कि यह धार्मिक समरसता और विविधता में एकता की मिसाल है। यहाँ अलग-अलग जाति, धर्म, संस्कृति को मानने वाले लोग वर्षों से रहते आए हैं। भारत जैसी विविधता दुनिया में कहीं देखने को नहीं मिलती। अयोध्या की ही मिसाल लें तो पाएँगे कि यहाँ लोग हमेशा से सद्भाव से रहते आए हैं। इतने वर्षों से विवाद चला, लेकिन अयोध्या में स्थानीय लोगों के बीच कोई सांप्रदायिक संघर्ष नहीं हुआ। यह भारत की बहुत बड़ी पूँजी है और यह हम सबकी जिम्मेदारी है कि इसे बचाकर रखें। साथ ही हम सबको यह बात स्पष्ट होनी चाहिए कि आर्थिक हो या फिर सामाजिक, किसी भी तरह की प्रगति शांति के बिना हासिल करना नामुमकिन है। इसलिए यह हम सबके हित में है कि अपने सामाजिक ताने-बाने को हर कीमत पर बनाए रखें। हमें चौकन्ना रहना होगा कि कहीं चंद लोगों के कारण माहौल खराब न हो जाए। यह सही है कि प्रशासन मुस्तैद है, लेकिन हम आपको भी अपना दायित्व निभाना होगा। शहर का अमन-चैन बिगाड़ने वाले लोग कहीं और से नहीं आते हैं, वे हमारे आसपास के ही लोग हैं। शहर के जागरूक नागरिक होने के नाते आपका कर्तव्य है कि ऐसे लोगों को टोकें और आगाह करें कि वे माहौल खराब न करें। दूसरी महत्त्वपूर्ण बात है कि सोशल मीडिया खासकर व्हाट्सएप अकसर अफवाहों को हवा देता है। ऐसे संदेशों को कतई न फैलाएँ। अगर आपका कोई परिचित ऐसा करता नजर आता है, तो उसे टोकें। यह जान लीजिए, हिंसा की एक घटना न केवल आपके शहर, बल्कि प्रदेश और देश का माहौल खराब कर सकती है। हमें अपने देश के सामाजिक सौहार्द को हर कीमत पर बनाए रखना होगा।

□

पहनावा थोपने की बीमार मानसिकता

जाने-माने युवा लेखक नीलोत्पल मृणाल को हाल में दिल्ली के राजीव गांधी चौक, जो कनॉट प्लेस कहलाता है, वहाँ एक रेस्तराँ में जाने से इसलिए रोक दिया गया, क्योंकि उनके कंधे पर गमछा था। साहित्य कला अकादमी पुरस्कार से सम्मानित नीलोत्पल मृणाल पूर्वांचल से हैं। इस घटना की सोशल मीडिया पर भारी आलोचना हो रही है। इसे पूर्वांचली पहचान की लड़ाई से जोड़कर देखा जा रहा है। उनके समर्थन में बड़ी संख्या में युवावर्ग और साहित्यकार सामने आए हैं। सभी लोगों ने एक स्वर से रेस्तराँ में हुई घटना के विरोध में आवाज बुलंद की है। सभी इस घटना पर आपत्ति जता रहे हैं। जाने-माने कवि कुमार विश्वास ने कहा—"कनॉट प्लेस अंग्रेजों की मानसिकता वाली जगह है। आजादी के बाद यहाँ अभिजात्य वर्ग के लोग बस गए। सरकार सुनिश्चित करे कि इस तरह की घटनाएँ दुबारा न हों। मैं निजी रूप से उस रेस्तराँ के मालिक को चेतावनी देता हूँ कि वह इसके लिए सार्वजनिक रूप से क्षमा-याचना करे, अन्यथा वह नीलोत्पल को लेकर गमछा डालकर पाँच और बड़े लेखकों के साथ वहाँ खाना खाने चले आएँगे।" यह एक घटना मात्र नहीं है, बल्कि मानसिकता का मामला है। मैं इसे केवल पूर्वांचल की लड़ाई नहीं मानता। दरअसल, हम एक ओर अंग्रेजों की गुलामी की प्रथाओं से मुक्त होने की कोशिश कर रहे हैं, लेकिन हमारा एक वर्ग अब भी उसी विचार से जकड़ा है। हमारे अनेक विश्वविद्यालयों ने दीक्षांत समारोह में गाउन के स्थान पर भारतीय परिधान कुरता-पाजामा, साड़ी आदि का इस्तेमाल शुरू किया है। आईआईटी जैसे संस्थान भी इसे अपना रहे हैं। आईआईटी रुड़की, मुंबई और कानपुर ने पारंपरिक भारतीय पोशाक साड़ी और कुरते-पाजामे को पहनकर अपने यहाँ दीक्षांत समारोह आयोजित किए हैं। जवाहरलाल नेहरू विश्वविद्यालय में भी दीक्षांत समारोह में छात्र-छात्राओं ने साड़ी और कुरता-पाजामा पहना है।

हाल के दौर में पहनावे को लेकर सबसे ज्यादा निशाना पश्चिम बंगाल से सांसद नुसरत जहाँ को बनाया गया है। नुसरत जहाँ ने निखिल जैन से शादी की है। नुसरत जहाँ

ने पश्चिम बंगाल की बशीरहाट सीट से तृणमूल कांग्रेस के टिकट पर चुनाव लड़ा था और 3.5 लाख से ज्यादा वोटों से जीत हासिल की थी। संसद् में शपथ के दौरान माँग में सिंदूर और हाथों में चूड़ी पहनने पर उन पर सवाल उठाया गया, जिसका उन्होंने करारा जवाब दिया। उन्होंने कहा कि वह भारत के सभी वर्गों का प्रतिनिधित्व करती हैं। वह मुसलमान हैं और सभी धर्मों का सम्मान करती हैं। कुछ समय पहले पुजारियों ने उज्जैन के महाकाल मंदिर में पूर्व केंद्रीय मंत्री उमा भारती के वस्त्रों पर सवाल उठा दिया था। उनसे कहा गया था कि वे साड़ी पहनकर ही मंदिर में दर्शन कर सकती हैं। उमा भारती साध्वियों के पहनावे भगवा अचला धोती धारण कर महाकाल मंदिर के गर्भगृह में पहुँची थीं। यह गरिमामयी परिधान है और संत परंपरा के अनुरूप है, लेकिन हमारे पुजारी लकीर के फकीर हैं। उमा भारती कुशल राजनीतिज्ञ भी हैं और उन्होंने इसे बहुत अच्छी तरह से सँभाला। उमा भारती ने पुजारियों से वादा किया कि वह अगली बार मंदिर के ड्रेस कोड के मुताबिक साड़ी पहनकर आएँगी। उन्होंने ट्वीट किया—'मुझे साड़ी पहनना बहुत पसंद है और मुझे और खुशी होगी यदि पुजारीगण मुझे अपनी बहन समझकर मंदिर प्रवेश से पहले साड़ी भेंट कर दें। मैं बहुत सम्मानित अनुभव करूँगी।' उज्जैन अखाड़ा परिषद् के पूर्व महामंत्री अवधेशपुरी महाराज ने उनके समर्थन में कहा कि मंदिर के पुजारियों का उमा भारती सहित किसी भी संत की वेशभूषा पर सवाल उठाना गलत है। उमा भारती एक साध्वी हैं, इसलिए उनकी वेशभूषा पर जो टिप्पणी की गई है, वह सनातन संत परंपरा की मर्यादा के प्रतिकूल है और अनधिकार चेष्टा है।

महिलाओं के पहनावे पर सरकारी विभाग भी निर्देश देने सें पीछे नहीं रहे हैं। 2016 में हरियाणा सरकार ने सरकारी स्कूलों के शिक्षकों को जींस पहनने को कहा था। इसके पीछे आशय यह था कि जींस का बच्चों और समाज पर अच्छा असर नहीं पड़ता है। स्वदेशी का जोर-शोर से प्रचार करने वाले बाबा रामदेव की कंपनी भी जींस बनाती है। उन्होंने समझ लिया है कि भले ही जींस पश्चिमी परिधान है, पर कामकाज की जरूरतों के मद्देनजर यह सुविधाजनक पोशाक है। वैसे ऐसे आदेश जारी करने वाला हरियाणा अकेला राज्य नहीं है। तमिलनाडु सरकार ने राज्य सरकार के कर्मचारियों के लिए ड्रेस कोड निर्धारित करने की कोशिश की थी। तमिलनाडु सरकार ने सचिवालय में काम करने वाली कर्मचारियों को ड्यूटी के दौरान साड़ी, सलवार-कमीज या फिर दुपट्टे के साथ चूड़ीदार पहनने को अनिवार्य बनाया था, वहीं पुरुषों को फॉर्मल पैंट-शर्ट में ऑफिस आने का निर्देश दिया गया था। राज्य सरकार ने कहा था कि पारंपरिक परिधान—धोती में ऑफिस आने की छूट नहीं होगी। कुछ अरसा पहले तमिलनाडु का स्कूली शिक्षा विभाग भी ऐसी कोशिश कर चुका है। उसने स्कूली शिक्षकों से कहा था कि वे ऐसे शालीन कपड़ों में आएँ, जो उनके पेशे और संस्कृति से मेल खाते हों। 2013 में कर्नाटक सरकार

ने सरकारी विभागों में कार्यरत महिला कर्मचारियों के लिए भी ड्रेस कोड लागू किया था। खबरों के अनुसार कुछ अति उत्साही पंचायतें भी इस मामले में कूदती रही हैं। मार्च 2014 में उत्तर प्रदेश के मथुरा के बरसाना में 52 गाँवों की एक पंचायत ने महिलाओं के जींस पहनने पर पाबंदी लगा दी थी।

हम लोगों को यह याद रखना चाहिए कि हम गांधी की परंपरा के देश हैं और हाल में हमने गांधी की 150वीं जन्मशती मनाई है। गांधी 1888 में कानून के एक छात्र के रूप में इंग्लैंड में सूट पहनते थे, लेकिन भारत में उन्होंने एक-एक कर सभी वस्त्र त्याग दिए और सिर्फ धोती में दिखे। सन् 1917 में गांधीजी जब चंपारण पहुँचे, तब वे कठियावाड़ी पोशाक पहने हुए थे। जब गांधीजी ने सुना कि नील फैक्टरियों के मालिक निम्न जाति की औरतों और मर्दों को जूते नहीं पहनने देते थे, तो उन्होंने तुरंत जूते पहनने बंद कर दिए। दूसरी यात्रा में एक निर्धन महिला को अपना चोगा सौंप दिया था और इसके बाद उन्होंने चोगा ओढ़ना ही बंद कर दिया। सन् 1918 में जब वे अहमदाबाद में मजदूरों की लड़ाई में शामिल हुए, तो उन्होंने देखा कि उनकी पगड़ी में जितना कपड़ा लगता है, उसमें चार लोगों का तन ढका जा सकता है। उसके बाद उन्होंने पगड़ी पहनना छोड़ दिया था। आजादी के बाद हमारे राजनेताओं के पहनावे में भी भारी बदलाव आया है। आजादी के दौर में नेताओं की पहली पसंद धोती-कुरता एवं गांधी टोपी थी और महिलाएँ साड़ी पहनती थीं। बाद के दिनों में धोती-कुरता की जगह पाजामे-कुरता ने ले ली, लेकिन महिला नेताओं की पसंद साड़ी बनी रही। अगली पीढ़ी में गांधी टोपी का चलन धीरे-धीरे कम होने लगा। फिलहाल आप, सपा और कांग्रेस सेवा दल जैसे खास दलों व संगठनों को छोड़कर अन्य दलों के कुछेक नेता ही टोपी पहनते हैं। पिछले पाँच-सात साल में पहनावे का ट्रेंड बदला है। राजनीति में आने वाली नई पीढ़ी की पसंद अब पैंट-शर्ट, सूट-बूट हो गया है। महिला नेताओं की पसंद भी बदली है। साड़ी की जगह अब सलवार-शमीज लेने लगी है। हम देश-काल और परिस्थितियों के अनुसार पहनावे के बारे में निर्णय लें तो बेहतर होगा।

□

शर्मनाक है बीएचयू की घटना

यह दुर्भाग्यपूर्ण है कि बनारस हिंदू विश्वविद्यालय के छात्रों को किसी मुसलमान शख्स का संस्कृत पढ़ाना स्वीकार्य नहीं है। बीएचयू में संस्कृत धर्म संकाय में असिस्टेंट प्रोफेसर पद पर डॉ. फिरोज खान की नियुक्ति के विरोध में छात्रों ने 15 दिनों तक कुलपति आवास के सामने धरना दिया और आगे भी आंदोलन जारी रखने का ऐलान किया है। छात्र अड़े हुए हैं कि एक मुसलमान संस्कृत और धर्मशास्त्र कैसे पढ़ा सकता है। वे इसे आदर्शों के विपरीत बताते हुए इसे रद्द करने की माँग कर रहे हैं। बीएचयू के छात्रों का कहना है कि वे किसी मुसलिम प्रोफेसर से हिंदू धर्म के कर्मकांड नहीं सीख सकते है। हालाँकि बीएचयू प्रशासन ने स्पष्ट कर दिया है कि प्रोफेसर फिरोज कर्मकांड नहीं, संस्कृत साहित्य पढ़ाएँगे। उनका चयन धर्म विज्ञान संकाय के साहित्य विभाग में असिस्टेंट प्रोफेसर के रूप में हुआ है। कुलपति की अध्यक्षता में चयन समिति की बैठक में विषय विशेषज्ञों ने पारदर्शी प्रक्रिया अपनाते हुए असिस्टेंट प्रोफेसर पद पर डॉ. फिरोज खान को इस विषय को पढ़ाने के लिए योग्य पाया। देश में एक गलत धारणा है कि संस्कृत हिंदुओं और विशेष रूप से ब्राह्मणों की भाषा है और उर्दू मुसलमानों की भाषा है। जबकि कोई भी भाषा उनकी होती है, जो उसे सीखते हैं, पढ़ते हैं, चाहे वे किसी भी धर्म अथवा जाति के हों। भाषा चाहे संस्कृत हो या उर्दू, वह किसी मजहब की नहीं होती है। उसे कोई भी पढ़ सकता है और पढ़ा सकता है। व्यक्ति का मूल्यांकन उसकी विद्वत्ता के आधार पर होना चाहिए, न कि जाति या धर्म के आधार पर। जाति या धर्म के आधार पर विरोध किसी भी हालत में जायज नहीं है। यह युवाओं का देश है और युवा पीढ़ी से इस देश को बहुत आशाएँ हैं। यह बेहद समझदार और जागरूक पीढ़ी है और उनसे हम सबकी अपेक्षा है कि वे देश और समाज को इस आधार पर बाँटने का अपराध नहीं करेंगे। विरोध के केंद्र असिस्टेंट प्रोफेसर फिरोज खान हैं, इसलिए उनकी पृष्ठभूमि जानना भी जरूरी है। उन्होंने 5वीं कक्षा से संस्कृत पढ़ना शुरू किया था। इसके बाद उन्होंने जयपुर के राष्ट्रीय संस्कृत शिक्षा संस्थान से एम.ए. और पी-एच.डी. की उपाधि हासिल

की। फिरोज खान को 14 अगस्त को मनाए जाने वाले संस्कृत दिवस पर राज्यस्तरीय संस्कृत युवा प्रतिभा सम्मान समारोह में भी सम्मानित किया जा चुका है।

कहने का आशय यह कि फिरोज खान संस्कृत के विद्वान् हैं और उनकी आत्मा उसी में रचती-बसती है। उन्होंने संस्कृत क्यों पढ़ी, इसके जवाब में उन्होंने बीबीसी को बताया कि भारत की प्रतिष्ठा के दो आधार हैं—एक संस्कृत और दूसरा संस्कृति। अगर आप भारत को समझना चाहते हैं, तो बिना संस्कृत पढ़े पूरी तरह से नहीं समझ सकते, भारत का जो मूल तत्त्व है। वह संस्कृत में ही है। वह संस्कृत में लक्षण ग्रंथ को बहुत बेहतर समझते हैं। उन्हें पूरा 'काव्य प्रकाश' कंठस्थ है। इसमें अलंकार, गुण और रीति-दोष आते हैं। फिरोज खान ने वेदों को भी पढ़ा है। वे संस्कृत में कविताएँ लिखते हैं। दूरदर्शन पर 'वार्त्तावाणी' साप्ताहिक प्रोग्राम करते हैं। उन्होंने बांग्ला के गानों को संस्कृत में दूरदर्शन के लिए गाया है। इसी साल फिरोज खान को राजस्थान के मुख्यमंत्री ने संस्कृत युवा प्रतिभा पुरस्कार दिया था। ऐसे प्रतिभाशाली व्यक्ति की नियुक्ति पर धर्म के आधार पर सवाल उठाने से बड़ा कोई अपराध नहीं है। उनका विरोध करने वाले छात्र यह नहीं जानते कि वे देश का कितना नुकसान कर रहे हैं। फिरोज खान की पारिवारिक पृष्ठभूमि पर भी नजर डाल लें। उनका परिवार राजस्थान के बगरू में रहता है। उनके पिता रमजान खान ने भी संस्कृत में शास्त्री योग्यता हासिल की है। वे मंदिरों में भजन गाते हैं और पास की गोशाला में गायों की सेवा करते हैं। वे मसजिद भी जाते हैं और नमाज भी अदा करते हैं। रमजान खान को लेकर कभी किसी को कोई परेशानी नहीं हुई। उनके पिता तो इस बात से बेहद उत्साहित थे कि बेटा अब बीएचयू में संस्कृत पढ़ाएगा, लेकिन छात्रों के विरोध ने उस पर पानी फेर दिया।

बीएचयू का जब भी उल्लेख आता है तो पंडित मदन मोहन मालवीय का नाम स्वयं सामने आ जाता है। मदन मोहन मालवीय ने बीएचयू की स्थापना की थी। वे एक महान् स्वतंत्रता सेनानी, पत्रकार, वकील और समाज सुधारक थे। महात्मा गांधी ने मदन मोहन मालवीय को 'महामना' की उपाधि दी थी। बापू उन्हें अपना बड़ा भाई मानते थे। मदन मोहन मालवीय ने कांग्रेस के कई अधिवेशनों की अध्यक्षता भी की। उन्होंने सविनय अवज्ञा आंदोलन में प्रमुख भूमिका निभाई। आप अंदाजा लगा सकते हैं कि अंग्रेजों के शासनकाल में देश में एक स्वदेशी विश्वविद्यालय का निर्माण मदन मोहन मालवीय की कितनी बड़ी उपलब्धि थी। महामना ने विश्वविद्यालय निर्माण में चंदे के लिए पेशावर से लेकर कन्याकुमारी तक की यात्रा की थी और उन्होंने इस विश्वविद्यालय के लिए 1 करोड़ 64 लाख रुपए जुटाए थे। मालवीयजी ने बीएचयू की स्थापना इस उद्‌देश्य से की थी कि यह विश्वविद्यालय धर्म, जाति, संप्रदाय आदि के भेदभाव से ऊपर उठकर राष्ट्र निर्माण के लिए सभी को अध्ययन एवं अध्यापन के समान अवसर प्रदान करेगा।

उन्होंने बीएचयू में उर्दू, अरबी और फारसी विभाग भी स्थापित किया था। इन विभागों में विद्वत्ता ही पैमाना रही है और हिंदू-मुसलिम सभी समुदायों के लोग पढ़ते-पढ़ाते आ रहे हैं। बीएचयू के उर्दू विभाग में पिछले 11 वर्षों से डॉ. ऋषि शर्मा उर्दू पढ़ा रहे हैं। उन्हें कोई परेशानी है।

ऐसा नहीं है कि फिरोज खान पहले मुसलिम शख्स हैं, जो संस्कृत पढ़ा रहे हों। डॉ. नाहिद आबिदी काशी विद्यापीठ में संस्कृत पढ़ाती हैं। संस्कृत में उनके योगदान के लिए उन्हें 2014 में पद्मश्री से भी सम्मानित किया गया था। ऐसे अनेक उदाहरण भरे पड़े हैं। बीएचयू के कुलाधिपति और पूर्व न्यायमूर्ति गिरिधर मालवीय ने कहा है कि महामना की सोच व्यापक थी। यदि वे जीवित होते तो निश्चित रूप से इस नियुक्ति का समर्थन करते। ऐसी घटनाओं से आभास होता है कि आपसी विश्वास की कमी समाज में कितने गहरे तक जा पहुँची है। जबकि जाति और धर्म के आधार पर भेदभाव भारतीय लोकतंत्र की मूल भावना नहीं है। जब किसी के धर्म के आधार पर उसकी विद्वत्ता का फैसला किया जाने लगे, तो निश्चित रूप से यह गहरी चिंता का विषय है। इस पर समाज उद्वेलित नहीं होता, लोगों में चिंता नहीं जगती। चिंता का विषय है कि ऐसी घटनाएँ हमें सोचने को मजबूर नहीं कर करतीं कि हम किस दिशा में जा रहे हैं। भारतीय लोकतंत्र धार्मिक समरसता और विविधता में एकता की मिसाल है। यहाँ अलग-अलग जाति, धर्म, संस्कृति को मानने वाले लोग वर्षों से बिना किसी भेदभाव के रहते आए हैं। भारत जैसी विविधता दुनिया में कहीं देखने को नहीं मिलती। यह भारत की बहुत बड़ी पूँजी है और यह हम सबकी जिम्मेदारी है कि इसे बचाकर रखें।

□

हम उद्वेलित क्यों नहीं होते

हैदराबाद में 26 वर्षीय डॉक्टर के साथ सामूहिक दुष्कर्म के बाद जलाकर हत्या, राँची में लॉ की छात्रा के साथ सामूहिक दुष्कर्म की घटनाओं ने पूरे देश को हिलाकर रख दिया है, लेकिन दुष्कर्म की घटनाएँ थमी नहीं हैं। उसके बाद पश्चिम बंगाल के कालीघाट से भी दो किशोरियों के साथ सामूहिक दुष्कर्म की खबर सामने आई है। हर रोज देश के किसी-न-किसी हिस्से से महिलाओं के दुष्कर्म की खबरें सामने आती हैं। ऐसा लगता है कि सन् 2012 में निर्भया के साथ दुष्कर्म और हत्या के बाद उत्पन्न आक्रोश और जनप्रदर्शनों के बाद भी कुछ नहीं बदला है। दुर्भाग्य यह है कि इन घटनाओं को लेकर देशभर में वैसी प्रतिक्रिया देखने को नहीं मिली, जो दिखाई देनी चाहिए। हैदराबाद में निर्भया जैसी घटना घटित होने के बाद भी पूरा समाज उद्वेलित नहीं है। लोग बड़ी संख्या में सड़कों पर नहीं उतरे हैं। ये घटनाएँ सभ्य समाज को शर्मसार करने वाली हैं। चिंता की बात है कि दोनों घटनाएँ किसी दूर-दराज के इलाकों में घटित नहीं हुई हैं, बल्कि दो राज्यों की राजधानियों में हुई हैं। तेलंगाना की राजधानी हैदराबाद में एक डॉक्टर की गैंगरेप के बाद हत्या कर दी गई। इसके बाद आरोपी उनके शव को ट्रक में डालकर घूमते रहे। फिर सुनसान जगह देखकर शव को आग के हवाले कर दिया। वहीं, राँची में लॉ की एक छात्रा को अगवा कर आरोपियों ने अपने दोस्तों को बुलाया और उसके साथ गैंगरेप किया। जबकि झारखंड में इन दिनों विधानसभा चुनाव चल रहे हैं और कड़ी सुरक्षा का इंतजाम है। हर जगह पुलिस तैनात है। नाकों पर पुलिस चेकिंग चल रही है। इसके बावजूद आरोपियों ने इस घटना को अंजाम दिया। इससे स्पष्ट है कि आरोपियों को कानून का कोई डर नहीं है। दोनों घटनाओं ने महिला सुरक्षा को लेकर भी गंभीर सवाल खड़े कर दिए हैं। या यूँ कहें कि एक तरह से यह जिम्मेदारी स्वयं महिलाओं पर ही आ गई है कि उन्हें अपनी सुरक्षा का खुद खयाल रखना है। जबकि भारत के संविधान ने महिलाओं को अनेक अधिकार दिए हैं, ताकि उनकी गरिमा बरकरार रहे, लेकिन इन सब बातों के

बावजूद देश में महिलाओं की स्थिति अब भी मजबूत नहीं है। उन्हें अकसर निशाना बनाया जाता है।

यूँ तो भारतीय परंपरा में महिलाओं को उच्च स्थान दिया गया है। हर वर्ष नौ दिनों तक नारी स्वरूपा देवी उपासना की जाती है और उन्हें पूजा जाता है। कई राज्यों में कन्या जिमाने और उनके पैर पूजने की भी परंपरा है। एक तरह से यह त्योहार नारी के समाज में महत्त्व और सम्मान को भी रेखांकित करता है, लेकिन वास्तविकता में आदर का यह भाव समाज में केवल कुछ समय तक ही रहता है। महिला उत्पीड़न की घटनाएँ बताती हैं कि हम जल्द ही इसे भुला देते हैं। देश में बच्चियों और महिलाओं के साथ दुष्कर्म, यौन शोषण और छेड़छाड़ के बड़ी संख्या में मामले इस बात के गवाह हैं। इन मामलों को बेहतर ढंग से सुलझाने के लिए भारत में प्रोटेक्शन ऑफ चिल्ड्रन फ्रॉम सेक्सुअल ऑफेंस यानी पॉक्सो एक्ट बनाया गया। पॉस्को एक्ट के तहत 18 साल से कम उम्र के बच्चों और बच्चियों से दुष्कर्म, यौन शोषण और पोर्नोग्राफी जैसे मामलों में सुरक्षा प्रदान की जाती है। इस कानून के तहत आरोपी को सात साल या फिर उम्र कैद की सजा का प्रावधान है। कहने का आशय यह है कि हमारे पास एक मजबूत कानून उपलब्ध है, लेकिन बावजूद इसके ऐसी घटनाएँ रुक नहीं रही हैं। अभिनेता अनुपम खेर ने ट्वीट करके दुष्कर्म की घटनाओं पर क्षोभ व्यक्त किया है। साथ ही उन्होंने गृह मंत्री अमित शाह से अनुरोध किया है कि दुष्कर्म करने वालों के लिए मौत की सजा दिए जाने संबंधी कानून जल्द लाया जाए। दुष्कर्म के मामलों की जाँच में जुटे पुलिस अधिकारियों का मानना है कि अकसर ऐसे अपराध दोस्तों या रिश्तेदारों द्वारा किए जाते हैं, जो पीड़िता को झूठे वादे कर बरगलाते हैं, फिर गलत काम करते हैं। कई बार ऐसे अपराध अज्ञात लोग करते हैं और पुलिस की पहुँच से बच निकलते हैं। सुप्रीम कोर्ट का कहना है कि दुष्कर्म से पीड़ित महिला स्वयं अपनी नजरों में ही गिर जाती है और जीवनभर उसे उस अपराध की सजा भुगतनी पड़ती है, जो उसने किया ही नहीं होता। दरअसल, यह केवल कानून व्यवस्था का मामला भर नहीं है। यह हमारे समाज की सड़न का प्रगटीकरण भी है।

राष्ट्रीय अपराध रिकॉर्ड ब्यूरो 2017 के अनुसार मध्य प्रदेश में दुष्कर्म के सबसे ज्यादा मामले दर्ज हुए। इसके बाद नंबर आता है उत्तर प्रदेश का, जहाँ 4,500 से ज्यादा दुष्कर्म के मामले दर्ज हुए। गैंगरेप के मामलों में उत्तर प्रदेश सबसे ऊपर है और दूसरे नंबर पर राजस्थान है। एनसीआरबी के अनुसार 2016 में भारतीय अदालतों में दुष्कर्म के 18,552 मामलों पर फैसला सुनाया गया। इनमें 4,739 मामलों में सजा हुई और 13,813 मामलों में आरोपी बरी हो गए। बहुत कम मामलों में सजा होना और बड़ी संख्या में आरोपियों का छूट जाना बेहद चिंताजनक है। एक और चिंताजनक पहलू है कि ऐसे मामलों की संख्या बढ़ रही है, जिसमें बच्चियों को निशाना बनाया जा रहा है। यह सही

है कि दुष्कर्म के मामलों में शिकायतें दर्ज होनी शुरू हो गई हैं, लेकिन चिंताजनक बात यह है कि अब भी कई अभियुक्त रिहा हो जाते हैं। कुछ समय पहले महिला एवं बाल विकास मंत्रालय ने प्लान इंडिया की ओर से तैयार की गई रिपोर्ट में बताया गया था कि बिहार, झारखंड, उत्तर प्रदेश और देश की राजधानी दिल्ली महिला सुरक्षा के मामले में फिसड्डी हैं। दरअसल, समस्या यह है कि हमारी सामाजिक संरचना ऐसी है, जिसमें बचपन से ही यह बात बच्चों के मन में स्थापित कर दी जाती है कि लड़का, लड़की से बेहतर है। इन बातों के मूल में यह धारणा है कि परिवार और समाज का मुखिया पुरुष है और महिलाओं को उसकी व्यवस्थाओं का पालन करना है। यह सही है कि परिस्थितियों में भारी बदलाव आया है, लेकिन अब भी ऐसे परिवारों की संख्या कम है, जिनमें बेटे और बेटी के बीच भेदभाव नहीं किया जाता है। यह भेदभाव सार्वजनिक जीवन में प्रकट होने लगता है। हमें महिलाओं के प्रति समाज में सम्मान की चेतना जगानी होगी। इसके लिए सामाजिक आंदोलन चलाने होंगे, अन्यथा सारे प्रयास बेमानी साबित होंगे। सबसे बड़ी जिम्मेदारी परिवार के बुजुर्गों, खासकर माता-पिता की है कि वे नवयुवकों को बचपन से ही महिलाओं का आदर करना सिखाएँ तभी परिस्थितियों में कोई सुधार लाया जा सकता है।

□

एनकाउंटर से न्याय व्यवस्था पर उठे सवाल

हैदराबाद के बहुचर्चित रेप कांड में पकड़े गए चारों अभियुक्तों को पुलिस के एक एनकाउंटर में मार दिए जाने पर देशभर में चर्चा हो रही है। एनकाउंटर के जरिए 'तत्काल न्याय' से पूरी न्याय प्रणाली पर देशव्यापी बहस छिड़ गई है। एक ओर लोग इस एनकाउंटर की प्रशंसा कर रहे हैं तो दूसरी ओर अनेक लोग इसकी आलोचना भी कर रहे हैं। सोशल मीडिया तो इस विमर्श का केंद्र बन गया है। मुठभेड़ की खबर पूरे देश में आग की तरह फैली और स्थानीय लोग घटनास्थल पर पहुँच गए। कुछेक लोग पुलिस पर फूल बरसाते भी नजर आए। घटनास्थल पर कुछ महिलाएँ भी पहुँचीं, जो पुलिस को मिठाई खिलाते और तेलंगाना पुलिस जिंदाबाद के नारे भी लगाती नजर आईं। घटनास्थल पर स्थिति यह हो गई कि पुलिस को लोगों को सँभालने के लिए बड़ी संख्या में फोर्स बुलानी पड़ी। हैदराबाद पुलिस के मुताबिक इन अभियुक्तों ने पुलिस जाँच के दौरान पुलिसकर्मियों पर हमला कर दिया था और जवाबी कारवाई में चारों मारे गए। यह एनकाउंटर हैदराबाद से 50 किलोमीटर दूर उसी स्थान पर हुआ, जहाँ दुष्कर्म हुआ था। इस घटना पर बहस का दौर चल ही रहा था, तब तक एक और दुःखद खबर आई कि दुष्कर्म के बाद जला दी गई, उन्नाव की रेप पीड़िता की दिल्ली के सफदरजंग अस्पताल में मौत हो गई। इस मामले में भी माँग उठने लगी कि अभियुक्तों को हैदराबाद की तरह का 'न्याय' प्रदान कर दिया जाए।

इसमें कोई शक नहीं है कि ऐसा चला तो इससे हमारी पूरी न्याय व्यवस्था पर संकट उत्पन्न होने का खतरा है, लेकिन इस सवाल का जवाब भी देना जरूरी है कि क्या दुष्कर्म जैसे जघन्य अपराध की शिकार बेटी को तुरंत न्याय मिलने का अधिकार नहीं है। दरअसल, लोगों का यह रुख न्याय प्रणाली को लेकर हताशा से उपजा है। बड़ी संख्या में लोगों का इसके पक्ष में आना सामाजिक व्यवस्था की विफलता का भी संकेत है। इसमें धीमी चाल से चलने वाली अदालतें, कारवाई में सुस्ती बरतने वाली हमारी पुलिस, कड़े कानून बनाने में विफल हमारे जनप्रतिनिधि और ऐसी घटनाओं को रोकने में

विफल समाज सभी बराबर के दोषी हैं। पूर्व केंद्रीय मंत्री और भाजपा सांसद मेनका गांधी ने कहा कि वह इस एनकाउंटर के पूरी तरह खिलाफ हैं। जो कुछ भी हुआ, वह बहुत ज्यादा भयानक है। आप कानून को अपने हाथ में नहीं ले सकते। अगर न्याय से पहले ही उन्हें बंदूकों से मार दोगे, तो फिर अदालत, पुलिस और कानूनी-प्रणाली का क्या मतलब है। दिल्ली के मुख्यमंत्री अरविंद केजरीवाल ने कहा है कि एनकाउंटर पर लोग जश्न जरूर मना रहे हैं, लेकिन यह हमारे कानून और विधि व्यवस्था पर सवाल खड़े करता है। उन्होंने कहा कि पूरे देश और समाज को इस बात पर चिंतन करना होगा कि न्याय प्रणाली को दुरुस्त कैसे किया जाए। राज्यसभा सांसद जया बच्चन ने हैदराबाद एनकाउंटर पर कहा—"देर आए, दुरुस्त आए।" इसके पहले जया बच्चन ने संसद् में कहा था कि दुष्कर्म के अभियुक्तों को जनता के बीच लाकर उन्हें लिंच कर देना चाहिए। जानी-मानी बैंडमिंटन खिलाड़ी सायना नेहवाल ने एनकाउंटर करने वाली पुलिस की प्रशंसा की है। उन्होंने ट्वीट किया—'बेहतरीन काम हैदराबाद पुलिस, हम आपको सलाम करते हैं।' सुप्रीम कोर्ट के वरिष्ठ वकील कपिल सिब्बल ने कहा कि बर्बर तालिबान शैली का न्याय अदालतों को अप्रासंगिक बना देगा। सुप्रीम कोर्ट के मुख्य न्यायाधीश शरद अरविंद बोबडे ने कहा कि न्याय कभी भी आनन-फानन में नहीं किया जाना चाहिए। उन्होंने कहा कि अगर न्याय बदले की भावना से किया जाए तो अपना मूल चरित्र खो देता है।

आँकड़ों से शायद हमें इस हताशा को समझने में मदद मिले। राष्ट्रीय अपराध रिकॉर्ड ब्यूरो के अनुसार, 2014 में अदालतों ने दुष्कर्म के 27.4 फीसदी मामलों में फैसला सुनाया था। 2017 में दुष्कर्म के मामलों में फैसला सुनाने में गति मामूली तेज हुई और 31.8 फीसदी तक हो गई, लेकिन पिछले समय से एक और चिंताजनक खबर आ रही है कि अपराधी सबूत मिटा देने की गरज से दुष्कर्म पीड़िता को जला दे रहे हैं। देश में इस तरह के चल रहे कुल 574 मामलों में से 90 फीसदी अब भी अदालतों में लंबित हैं। ऐसे तीन मामलों की स्थिति पर नजर डालते हैं, जिन्होंने पूरे देश को हिलाकर रख दिया था। सन् 2012 में दिल्ली में रात में एक चलती बस में अमानवीय तरीके से निर्भया के साथ दुष्कर्म किया गया था और बाद में उसकी मौत हो गई थी। इस घटना ने पूरे देश को हिलाकर रख दिया था। इसके बाद रेप कानूनों में बदलाव कर कड़ा किया गया। दुष्कर्म के मामलों के लिए फास्ट ट्रैक कोर्ट गठित किए जाने की व्यवस्था की गई। इस मामले में छह लोगों को गिरफ्तार किया गया था, जिनमें से एक नाबालिग था। दिल्ली पुलिस ने पाँच लोगों के खिलाफ हत्या, रेप और अन्य मामलों में चार्जशीट दाखिल की। 2013 में फास्ट ट्रैक अदालत ने इन लोगों को दोषी पाया और मौत की सजा सुनाई। 2013 में ही हाई कोर्ट ने इस सजा की पुष्टि कर दी। इसके बाद दोषियों ने सुप्रीम कोर्ट में अपील की। सुप्रीम कोर्ट ने मौत की सजा पर रोक लगा दी। दो साल बाद चली सुनवाई के बाद

सर्वोच्च अदालत ने मौत की सजा को बहाल रखा। इसके बाद तीन दोषियों ने पुनर्विचार याचिका दाखिल कर दी। 2018 में पुनर्विचार याचिका भी खारिज हो गई। इसके बाद उन्होंने राष्ट्रपति से दया की अपील कर दी जिस पर फैसला आना बाकी है।

दिल्ली का एक और चर्चित मामला था—सन् 2009 में आईटी प्रोफेशनल जिगिशा घोष की हत्या कर दी गई थी। एक आईटी कंपनी में ऑपरेशन मैनेजर 28 साल की जिगिशा को 18 मार्च, 2009 की रात में तब अगवा कर लिया गया था जब वह अपने दफ्तर की कैब से घर के बाहर उतरी। तीनों आरोपी जिगिशा को अपनी सेंट्रो कार से गुरुग्राम और दिल्ली के विभिन्न इलाकों में घुमाते रहे। उसके एटीएम कार्ड से पैसे निकाले, उसके मोबाइल और गहने छीनने के बाद गला घोंटकर उसकी हत्या कर दी। हत्या के बाद शव को सूरजकुंड में फेंक दिया। अगले दिन सुबह एक मॉल में जिगिशा के क्रेडिट कार्ड से अभियुक्तों ने शॉपिंग की। पुलिस ने सीसीटीवी फुटेज के आधार पर तीनों कातिलों को पकड़ा। इस मामले में निचली अदालत ने दो अभियुक्तों को फाँसी और एक अभियुक्त को उम्र कैद की सजा सुनाई थी। बाद में दिल्ली हाई कोर्ट ने दोनों दोषियों की फाँसी की सजा को घटाकर उम्र कैद कर दिया और तीसरे दोषी की उम्र कैद की सजा बरकरार रखी। फिलहाल यह मामला सुप्रीम कोर्ट में है और फैसले का इंतजार किया जा रहा है। दिल्ली की टीवी पत्रकार सौम्या विश्वनाथन हत्या का मामला भी अरसे तक सुर्खियों में रहा। 30 सितंबर, 2008 को जब सौम्या अपनी ड्यूटी खत्म कर देर रात अपनी कार से घर वापस जा रही थीं, तब उनकी हत्या कर दी गई थी। पुलिस ने तीन लोगों को आरोपी बनाया, जो बाद में आईटी प्रोफेशनल जिगिशा घोष की हत्या के भी अभियुक्त पाए गए। 2008 से इस मामले की सुनवाई अभी निचली अदालत में ही चल रही है। इस साल फरवरी में दिल्ली हाईकोर्ट ने इस मामले की सुनवाई जल्द पूरी करने का निर्देश दिया है। इसी दौरान एक अभियुक्त को हाईकोर्ट ने पैरोल पर छोड़ने का आदेश दे दिया, लेकिन सुप्रीम कोर्ट ने इस पर रोक लगा दी। यह हाल तो देश की राजधानी दिल्ली के तीन चर्चित मामलों का है। न्याय केवल होना ही नहीं चाहिए, बल्कि होते हुए दिखना भी चाहिए, लेकिन इसका जवाब किसी भी स्थिति में एनकाउंटर तो नहीं है। दुष्कर्म की सभी घटनाएँ सभ्य समाज को शर्मसार करती हैं। सरकारों, न्यायपालिका और समाज का यह दायित्व है कि इन घटनाओं का कोई भी दोषी बचकर नहीं निकल पाना चाहिए।

□

बुजुर्गों को सहारे की जरूरत है

जीवन के दो पड़ाव हैं—बचपन और बुढ़ापा, जब हर शख्स को सहारे की जरूरत पड़ती है। मौजूदा दौर में देश में बुजुर्गों की देखभाल एक व्यापक समस्या के रूप में सामने आ रही है। देश में पुरानी सामाजिक व्यवस्था तेजी से टूटती जा रही है और नई व्यवस्था के लिए हम तैयार नहीं हैं। देश में संयुक्त परिवारों का दौर चला गया है। अगर आप आसपास नजर डालेंगे, तो आपको गिनती के संयुक्त परिवार नजर आएँगे। चिंताजनक पहलू यह है कि नई एकल परिवार की व्यवस्था में माँ-बाप के लिए कोई स्थान नहीं है। दूसरी चिंता की बात यह है कि समाज ने भी बुजुर्गों का सम्मान करना बंद कर दिया है। उनके अनुभव का लाभ उठाने के बजाय उन्हें बोझ समझा जाने लगा है। देश में माँ-बाप की अनदेखी के अनेक मामले सामने आ रहे हैं। यह नई सामाजिक व्यवस्था की कड़वी सच्चाई है। इसके मद्देनजर केंद्र सरकार को कानून में संशोधन को विवश होना पड़ रहा है। मोदी सरकार ने माता-पिता और वरिष्ठ नागरिकों के रख-रखाव और कल्याण (संशोधन) विधेयक, 2019 केंद्रीय मंत्रिमंडल की मंजूरी के बाद लोकसभा में पेश किया, लेकिन यह इस सत्र में पारित नहीं हो सका। इसमें माता-पिता की देखभाल की जिम्मेदारी का विस्तार किया गया है और अब यह सिर्फ बेटे-बेटी पर ही नहीं होगा, बल्कि अब यह जिम्मेदारी बहू और दामाद को भी उठानी होगी। विशेष परिस्थितियों में नाती-नातिन और पोता-पोती भी देखभाल के लिए कानूनी तौर पर बाध्य होंगे। आपसी मतभेद और संपत्ति विवाद को लेकर अकसर बुजुर्गों के साथ मारपीट तक की जाती है और उनके साथ बेहद बुरा सलूक किया जाता है। इस विधेयक में ऐसे प्रावधान हैं कि अगर बच्चे माता-पिता के साथ दुर्व्यवहार करते हैं अथवा उन्हें अकेला छोड़ देते हैं, तो ऐसी परिस्थितियों में उनको छह महीने के कारावास या 10 हजार रुपए जुरमाना या दोनों हो सकता है। विधेयक में दुर्व्यवहार को भी परिभाषित किया गया है, जिसमें शारीरिक, मौखिक, भावनात्मक और आर्थिक दुर्व्यवहार के साथ-साथ अनदेखी और उन्हें उनके हाल पर अकेला छोड़ना शामिल है। इसके अलावा मानसिक कष्ट देना भी दुर्व्यवहार

में शामिल है। नए संशोधन में जो ज्यादा कमाते हैं, उन्हें अपने माता-पिता की देखभाल के लिए ज्यादा पैसे देने होंगे। वरिष्ठ नागरिकों के भरण-पोषण और सहायता के दावे दाखिल करने के लिए एक ट्रिब्यूनल की स्थापना का प्रावधान भी किया गया है। विधेयक में 80 वर्ष से अधिक उम्र के वरिष्ठ नागरिकों की शिकायत को प्राथमिकता देने की बात कही गई है। 80 साल से ज्यादा के वरिष्ठ नागरिकों के दावों का निपटारा 60 दिन के भीतर किया जाएगा। सिर्फ अपवादस्वरूप यह अवधि केवल एक बार अधिकतम 30 दिन के लिए बढ़ाई जा सकेगी, लेकिन इसके लिए ट्रिब्यूनल को कारण लिखित में दर्ज करना होगा। 80 साल से कम के वरिष्ठ नागरिकों के दावों का निपटारा ट्रिब्यूनल को 90 दिनों के भीतर करना होगा। साथ ही माता-पिता और वरिष्ठ नागरिकों से जुड़े मामलों के लिए हर पुलिस थाने में एक नोडल अधिकारी तैनात होगा, जो एएसआई रैंक से नीचे का नहीं होगा। साथ ही हर जिले में वरिष्ठ नागरिकों के कल्याण के लिए एक विशेष पुलिस इकाई होगी, जिसका प्रमुख कम-से-कम डीएसपी रैंक का अधिकारी होगा। साथ ही भरण-पोषण आदेश के क्रियान्वयन के लिए राज्य सरकार एक भरण-पोषण अधिकारी नियुक्त करेगी। माता-पिता या वरिष्ठ नागरिकों के लिए उक्त अधिकारी समन्वयक के तौर पर कार्य करेगा। विधेयक में सरकार को यह सुनिश्चित करने का अधिकार दिया गया है कि हर सरकारी और निजी अस्पताल में वरिष्ठ नागरिकों के लिए बेड आरक्षित हों और बाह्य चिकित्सा विभाग में उनके लिए अलग पंक्ति की व्यवस्था हो। साथ ही हर राज्य में वरिष्ठ नागरिकों की समस्याओं के लिए अलग से एक हेल्पलाइन नंबर होगा।

बिहार की नीतीश कुमार सरकार इस दिशा में पहले ही कदम उठा चुकी है और अन्य राज्य सरकारों को उसका अनुसरण करना चाहिए। बिहार सरकार ने बेटे-बेटियों से प्रताड़ित होनेवाले माता-पिता को यह अधिकार दिया गया है कि अब वे डीएम के पास अपील कर सकेंगे। प्रताड़ना झेल रहे माता-पिता को अपनी शिकायत के लिए परिवार न्यायालय में जाने की जरूरत नहीं होगी, जबकि इससे पहले ऐसे मामलों के लिए बुजुर्गों को परिवार न्यायालय में जाना पड़ता था। राज्य सरकार ने ऐसे मामलों की अपील की सुनवाई करने का अधिकार स्थानांतरित कर डीएम को सौंप दिया है। माता-पिता भरण-पोषण की जिम्मेदारी किसी संतान द्वारा न निभाने पर अनुमंडल स्तर पर एसडीओ की अध्यक्षता में गठित ट्रिब्यूनल में हस्तक्षेप का निवेदन कर सकते थे। एसडीओ के ट्रिब्यूनल के फैसले का पालन नहीं होने पर माता-पिता को जिले के परिवार न्यायालय के मुख्य न्यायाधीश की कोर्ट में अपील के लिए जाना पड़ता था। इन कठिनाइयों को देखते हुए नीतीश सरकार ने इसमें परिवर्तन किया है और अपील का अधिकार डीएम के पास स्थानांतरित कर दिया है। इससे यह सुविधा होगी कि समाज कल्याण विभाग समय-समय पर माता-पिता व वरिष्ठ नागरिकों की समस्याओं की मॉनीटरिंग भी कर

सकेगा। इससे पहले सुनवाई का अधिकार परिवार न्यायालय में होने के कारण विभाग उसकी समीक्षा नहीं कर सकता था। माता-पिता और वरिष्ठ नागरिकों का भरण-पोषण तथा कल्याण अधिनियम-2007 की धारा 25 (2) में सजा का प्रावधान है। इस प्रकार के अपराध को संज्ञेय और जमानतीय अपराध माना गया है। इस कानून के तहत ट्रिब्यूनल बेटे-बेटी को पैतृक संपत्ति से बेदखल भी कर सकता है।

दरअसल, नई अर्थव्यवस्था और टेक्नोलॉजी ने भारत को वैश्विक कर दिया है। हम पश्चिम का मॉडल तो अपना रहे हैं, लेकिन उससे उत्पन्न चुनौतियों की ओर ध्यान नहीं दे रहे हैं। जब भारत में वैश्वीकरण का दौर शुरू हुआ था, तो इसके असर के बारे में गंभीर विमर्श नहीं हुआ। अगर वैश्वीकरण के फायदे हैं तो नुकसान भी हैं। यह संभव नहीं है कि आप विदेशी पूँजी निवेश की अनुमति दें और आपकी संस्कृति में कोई बदलाव न आए। कुछ समय पहले तक भारत में संयुक्त परिवार की व्यवस्था थी, जिसमें बुजुर्ग परिवार के अभिन्न हिस्सा थे। यह खंडित हो गई। नई व्यवस्था में परिवार एकल हो गए—पति-पत्नी और बच्चे। यह पश्चिमी देशों का मॉडल है। इसमें माता-पिता का कोई स्थान नहीं है। पश्चिम के सभी देशों में परिवार की परिभाषा है—पति-पत्नी और 18 साल से कम उम्र के बच्चे। बूढ़े माँ-बाप और 18 साल से अधिक उम्र के बच्चे परिवार का हिस्सा नहीं माने जाते हैं। अगर आप गौर करें तो पाएँगे कि भारत में भी अनेक संस्थान और विदेशी पूँजी निवेशवाली कंपनियाँ परिवार की इसी परिभाषा पर काम करने लगी हैं। सामाजिक व्यवस्था में आए इस बदलाव को हमने नोटिस नहीं किया है। ऐसा अनुमान है कि भारत में अभी 6 फीसदी आबादी 60 साल या उससे अधिक की है, लेकिन 2050 तक बुजुर्गों की यह संख्या बढ़कर 20 फीसदी तक होने का अनुमान है। पश्चिम के देशों में बुजुर्गों की देखभाल के लिए ओल्ड एज होम जैसी व्यवस्था है, लेकिन भारत में ऐसी कोई ठोस व्यवस्था नहीं है। आगामी कुछ वर्षों में यह समस्या और व्यापक तथा गंभीर होती जाएगी। इसके समाधान में सरकार और सामाजिक संस्थाओं को जुटना होगा, तभी कोई रास्ता निकल पाएगा।

□

सभी क्षेत्रों में आगे आएँ युवा

जीवन के हर क्षेत्र में पीढ़ियों का परिवर्तन हमेशा मुश्किल होता है। इसके लिए साहसिक पहल की जरूरत होती है। भारत आज विश्व में सबसे अधिक युवा आबादी वाला देश है। इतनी युवा आबादी किसी देश के पास नहीं है, लेकिन युवा शक्ति को अवसर नहीं मिल पा रहे हैं। दलील दी जाती है कि उनके पास अनुभव की कमी है। जान लीजिए कि जीवन के विभिन्न क्षेत्रों में युवाओं को नेतृत्व का मौका नहीं दिया गया, तो हम इस अवसर को गँवा देंगे। पता नहीं आपने इस खबर पर ध्यान दिया कि नहीं। हाल में ऑटोमोबाइल क्षेत्र की जानी-मानी कंपनी महिंद्रा एंड महिंद्रा ग्रुप के चेयरमैन आनंद महिंद्रा ने साहसिक पहल की है। वे अगले साल कंपनी का शीर्ष पद छोड़ देंगे और नॉन-एग्जीक्यूटिव चेयरमैन बन जाएँगे यानी 1 अप्रैल, 2020 से आनंद महिंद्रा ग्रुप के चेयरमैन नहीं रहेंगे। कंपनी के मैनेजिंग डायरेक्टर पवन गोयनका 11 नवंबर, 2020 अपने कार्यकाल तक इस पद का अतिरिक्त कार्यभार सँभालेंगे और उनके बाद 2 अप्रैल, 2021 से अनीश शाह गोयनका की जगह कंपनी के एमडी और सीईओ बन जाएँगे। अभी अनीश शाह ग्रुप प्रेसिडेंट हैं। इसके अलावा कंपनी के अन्य शीर्ष पदों पर भी बदलावों की घोषणा की गई है। उद्योग जगत् में ऐसे उदाहरण बहुत कम ही मिलते हैं, जहाँ शीर्ष पद पर बैठे व्यक्ति ने स्वतः ही अपने पद छोड़ने की घोषणा की हो। महिंद्रा समूह भारत के सबसे प्रतिष्ठित 10 शीर्ष औद्योगिक घरानों में से एक है। इस प्रसिद्ध समूह को लुधियाना में आनंद के दादा बंधुओं जगदीश चंद्र व कैलाश चंद्र महिंद्रा ने स्थापित किया था। हार्वर्ड बिजनेस स्कूल से बिजनेस मैनेजमेंट की पढ़ाई करने और कई अन्य पदों को सँभालने के बाद 2012 में आनंद महिंद्रा ने महिंद्रा ग्रुप के चेयरमैन और मैनेजिंग डायरेक्टर के रूप में कंपनी की कमान सँभाली थी। इसके बाद 2016 में उन्हें महिंद्रा एंड महिंद्रा लिमिटेड का एग्जीक्यूटिव चेयरमैन बनाया गया। वे कोटक महिंद्रा बैंक के को-प्रमोटर भी हैं। माना जाता है कि आनंद महिंद्रा ट्विटर पर सबसे ज्यादा सक्रिय उद्योगपतियों में से एक हैं। वे अकसर युवाओं और समाज को प्रेरणा देने वाली बातें शेयर करते रहते हैं। दिलचस्प बात

यह है कि उन्होंने कंपनी में बदलाव की जानकारी भी ट्विटर के माध्यम से शेयर की। ट्विटर पर उनके 74 लाख फॉलोअर हैं। खबरों के अनुसार, आनंद महिंद्रा की नेटवर्थ 11,300 करोड़ रुपए है।

यह साफ नजर आता है कि विदेशों में भारत की तुलना में युवाओं को अधिक मौके देने की परंपरा है और जब भी मौका मिलता है, वहाँ युवा बेहतर करके दिखाते भी हैं। कुछ समय पहले हार्वर्ड बिजनेस रिव्यू ने दुनिया में सर्वश्रेष्ठ प्रदर्शन करने वाले सीईओ की 2019 की सूची जारी की है। इस सूची के टॉप-10 में भारतीय मूल के तीन सीईओ शामिल थे और ये सभी युवा हैं। इसमें अडोबी के शांतनु नारायण, मास्टर कार्ड के सीईओ अजय बंगा और माइक्रोसॉफ्ट के सीईओ सत्या नडेला को शामिल किया गया था। इसके अलावा गूगल के सीईओ सत्या नडेला और नोकिया के सीईओ राजीव सूरी से कौन भारतीय परिचित नहीं हैं और ये सभी युवा हैं और करोड़ों-अरबों का कारोबार कर रही कंपनियों को सँभाल रहे हैं। हाल में राजस्थान के मयंक प्रताप सिंह का नाम सुर्खियों में आया था। 21 वर्षीय इस युवा ने राजस्थान न्यायिक सेवा परीक्षा इतनी कम उम्र में उत्तीर्ण कर ली थी और वह भारत का सबसे युवा जज बन गया है। मयंक ने कानून का पाँच साल का पाठ्यक्रम पूरा करने के बाद राजस्थान न्यायिक सेवा परीक्षा में सबसे ज्यादा अंक हासिल किए हैं। देखने में आया है कि किसी युवा को जिम्मेदारी देने से न केवल पीढ़ियों का अंतर हो जाता है, साथ ही सोचने के तौर-तरीके में भी बदलाव आ जाता है। युवाओं में कुछ कर दिखाने का जज्बा होता है। मैं इस पक्ष में हूँ कि पुरानी पीढ़ी के अनुभव का हमें लाभ उठाना चाहिए, लेकिन पीढ़ियों के परिवर्तन के लिए हमें साहसिक कदम उठाने होंगे, लेकिन देश का दुर्भाग्य है कि हमारे सोचने का तरीका पुराना ही है। सरकारी अथवा निजी क्षेत्र की नौकरी से आम आदमी 58 या फिर 60 साल की उम्र में रिटायर कर दिया जाता है और उसके स्थान पर कोई युवा जिम्मेदारी सँभालता है। मेरा मानना है कि यह नियम राजनीति के क्षेत्र में भी लागू होना चाहिए। राजनीति में उम्र की कोई सीमा नहीं होती। भले ही आप शारीरिक और मानसिक रूप से उतने चैतन्य न रहें, लेकिन सत्ता का मोह नहीं जाता है। यही वजह है कि सभी राजनीतिक दलों में बूढ़े नेता सत्ता से चिपके रहते हैं। कोई नेता रिटायर होना ही नहीं चाहता है। जबकि चुनाव न लड़ने से किसी नेता का योगदान कम नहीं हो जाता। भाजपा ने इस दिशा में कदम उठाए हैं और अन्य दलों को भी उसका अनुसरण करना चाहिए। वैसे, सार्वजनिक जीवन के अन्य क्षेत्रों में भी यह बात नजर आती है। क्रिकेट में भी आपने गौर किया होगा कि अकसर जब तक खिलाड़ी को बाहर बैठने के लिए नहीं कह दिया जाता तब तक उसकी आकांक्षा टीम में बने रहने की होती है। हालाँकि कई खिलाड़ी इसके अपवाद भी हैं। भारत को विश्व कप जिताने वाले कपिल देव और महानतम बल्लेबाज सुनील गावस्कर

और सचिन तेंदुलकर को कभी-न-कभी तो जाना पड़ा। वे हमेशा तो भारतीय टीम में बने नहीं रह सकते थे। आपको तेंदुलकर का मामला याद होगा। उनका प्रदर्शन स्तरीय नहीं चल रहा था, लेकिन वे रिटायर नहीं हो रहे थे। चयनकर्ताओं में साहस नहीं था कि वे कह सकें कि अब आपको रिटायर हो जाना चाहिए। यह फैसला सचिन के ऊपर ही छोड़ दिया गया था और काफी इंतजार के बाद उन्होंने यह फैसला किया।

भारत आज विश्व में सबसे अधिक युवा आबादी वाला देश है। भारत के मुकाबले चीन और अमेरिका बुजुर्गों के देश हैं। चीन में लगभग 21 करोड़ और अमेरिका में लगभग 7 करोड़ युवा हैं। 1991 की जनगणना के अनुसार देश में लगभग 34 करोड़ युवा थे, जिनका 2016 तक बढ़कर 51 करोड़ हो जाने का अनुमान लगाया गया था। माना जा रहा है कि 2020 तक भारत दुनिया का सबसे युवा देश हो जाएगा। आप गौर करें कि युवा देश में अब भी जीवन के हर क्षेत्र की बागडोर बुजुर्ग लोगों के हाथों में है। हमारे यहाँ एक और समस्या है कि अलग-अलग क्षेत्रों में युवा की परिभाषा भिन्न-भिन्न है। राजनीति में तो 50 से 60 साल तक के लोगों को युवा मान लिया जाता है। 2003 में राष्ट्रीय युवा नीति में युवाओं को पारिभाषित किया गया था और 13 से 35 वर्ष की आयु वर्ग के लोगों को युवा माना गया था। भारत के युवा होने की खबर पर पूरी दुनिया की निगाहें हैं, लेकिन देश में इस ओर कोई ध्यान नहीं दिया जा रहा है।

□

फेक न्यूज की गंभीर चुनौती

नागरिकता संशोधन कानून के खिलाफ और समर्थन में हो रहे प्रदर्शनों को लेकर फेक वीडियो, फेक फोटो और फेक खबरों की जैसे बाढ़ आ गई है। हम सबके लिए फेक न्यूज भारी जंजाल बनता जा रहा है। माना जा रहा है कि 2020 में यदि सबसे बड़ी कोई चुनौती हमारे सामने है तो वह फेक न्यूज की है। सच्ची खबरों और झूठी खबरों के बीच भेद करना आम आदमी के लिए संभव नहीं रह गया है। सच्ची खबर को तो लोगों तक पहुँचने में समय लगता है, लेकिन फेक न्यूज के तो जैसे पंख लगे होते हैं, जंगल में आग की तरह फैलती है और समाज में अकसर तनाव पैदा कर देती है। झारखंड में व्हाट्सएप के जरिए बच्चों को अगवा करने वाले एक गैंग के बारे में अफवाह फैली। इसके बाद लोगों ने कई लोगों को पीट-पीटकर मार डाला। बाद में पता चला कि वह झूठी अफवाह थी और मारे गए लोग निर्दोष थे। कुछ समय पहले राष्ट्रीय प्रेस दिवस के मौके पर केंद्रीय सूचना प्रसारण मंत्री प्रकाश जावड़ेकर ने कहा था कि फेक न्यूज पेड न्यूज से ज्यादा बड़ी समस्या है और प्रेस को इस पर अंकुश लगाने के तरीकों पर चर्चा करनी चाहिए। जावड़ेकर ने कहा था कि एक फर्जी खबर फैलाई गई कि कुछ लोग बच्चे उठा रहे हैं, जिसके कारण 20 लोग मारे गए, लेकिन जब लिंचिंग पर चर्चा होती है तो यह चर्चा नहीं होती कि इन 20 लोगों की भी लिंचिंग से मौत हुई। उन्होंने कहा कि सरकार और मीडिया को साथ मिलकर इससे लड़ने की जरूरत है।

कुछ समय पहले फेक न्यूज चली थी कि 31 दिसंबर, 2019 से 2 हजार के नोट बंद हो जाएँगे। इसके बाद सोशल मीडिया पर एक और झूठी खबर चली, जिसमें कहा जा रहा था कि 500 रुपए के उस नोट को न लें, जिसमें हरे रंग की पट्टी महात्मा गांधी की फोटो के नजदीक है। इस तरह के नोट को नकली बताया जा रहा था। कहा जा रहा था कि ऐसे नोट को ही लें, जो आरबीआई गवर्नर के हस्ताक्षर के करीब है, यानी कि नोट के बीच में है। बाद में पता चला कि खबर फेक है और स्पष्टीकरण आया कि ये दोनों नोट स्वीकार्य करेंसी हैं। सोशल मीडिया तो कई बार जाने-माने अभिनेता दिलीप कुमार

की जान ले चुका है। और तो और, कुछ वर्ष पहले अभिनेत्री कैटरीना कैफ की मौत की खबर भी चल गई थी। उन्हें सफाई देनी पड़ी थी कि वे सकुशल हैं और उन्हें कुछ नहीं हुआ है। ऐसे अनेक उदाहरण हैं, जिनमें फेक न्यूज को तथ्यों के आवरण के साथ लपेटकर पेश किया गया, ताकि आम व्यक्ति उस पर भरोसा कर ले। इनके अलावा ऐसी भी खबरें फैलाई जाती रही हैं, जिनसे जातिगत और धार्मिक वैमनस्य फैलने का खतरा उत्पन्न हो गया है। ऐसे कई घटनाएँ हैं, जिनमें सोशल मीडिया की खबर ने इलाके में तनाव फैला दिया है। सोशल मीडिया की खबरों के साथ सबसे बड़ा खतरा यह भी रहता है कि इसके लिए कौन जिम्मेदार है, उसका पता नहीं रहता है। हाल के समय में ऐसी कई मिसालें मिलती हैं, जब लोगों को गुमराह करने वाली खबरें खूब चलीं। नागरिकता कानून को लेकर जामिया मिलिया इसलामिया में हुए विरोध प्रदर्शन के बाद सोशल मीडिया में तमाम फर्जी दावे किए जा रहे हैं। कुछ समय पहले लाल टी शर्ट और जींस पहने हुए एक शख्स का फोटो वायरल हो रहा था। फोटो में दिख रहे युवक ने हेलमेट पहना हुआ था और उसके साथ में डंडा था। युवक ने सुरक्षा कवच भी पहना हुआ था, जो आमतौर पर पुलिसकर्मी अपनी सुरक्षा के लिए पहनते हैं। दावा किया जा रहा था कि वायरल फोटो में नजर आ रहा यह शख्स पुलिसकर्मी नहीं है, बल्कि अखिल भारतीय विद्यार्थी परिषद् का कार्यकर्ता भरत शर्मा है, जो पुलिस के साथ मिलकर प्रदर्शनकारियों को पीट रहा है। बाद में दिल्ली पुलिस का स्पष्टीकरण आया कि वायरल तसवीर में हेलमेट पहने नजर आ रहा शख्स कॉन्स्टेबल है, जो एंटी-ऑटो थेफ्ट स्क्वाड में तैनात है। इस कॉन्स्टेबल का नाम भरत शर्मा नहीं, बल्कि अरविंद है। कानून व्यवस्था को सँभालने के लिए इस टीम को भी तैनात किया गया था, उसमें यह कॉन्स्टेबल भी शामिल था। और तो और, नीता अंबानी भी फेक न्यूज का शिकार हो गईं। नागरिकता संशोधन कानून को लेकर उनके फेक ट्विटर अकाउंट से कई विवादास्पद ट्वीट किए गए। इस पर रिलायंस ने तुरंत सफाई दी कि नीता अंबानी का कोई भी आधिकारिक ट्विटर अकाउंट है ही नहीं। उनके नाम या फोटो वाले सभी ट्विटर अकाउंट फर्जी हैं। दरअसल किसी व्यक्ति ने नीता अंबानी के नाम से फर्जी ट्विटर अकाउंट बना लिया। इस अकाउंट के जरिए कई ट्वीट किए गए। बाद में शिकायत पर ट्विटर अकाउंट को बंद किया गया। ऐसा नहीं है कि केवल वयस्क ही फेक न्यूज भेजते हैं। दिल्ली से सटे नोएडा के एक नामी स्कूल के दो छात्रों ने डीसी के फर्जी आदेश तैयार कर सोशल मीडिया पर छुट्टी की सूचना जारी कर दी। इसमें यह कहा गया था कि 23 व 24 दिसंबर को जनपद के सभी स्कूल व कॉलेज बंद रहेंगे। यह आदेश जैसे ही सोशल मीडिया पर वायरल हुआ, जिला प्रशासन में हड़कंप मच गया। डीसी को देर रात एक बयान जारी करना पड़ा कि उन्होंने स्कूलबंदी का कोई आदेश जारी नहीं किया है। इस मामले में इन दो छात्रों को हिरासत

में लिया गया। पुलिस ने जानकारी दी कि पूछताछ के दौरान दोनों छात्रों ने बताया है कि ठंड में छुट्टी मनाने और मौज-मस्ती के लिए उन्होंने एक ऑनलाइन एप से डीएम के पुराने पत्र को एडिट करके छुट्टी का आदेश बनाया था। फिर एक फर्जी ट्विटर अकाउंट बनाकर उसे वायरल कर दिया।

फेक न्यूज की अनंत कथाएँ हैं। इस गहराती समस्या पर हाल में 'प्रभात खबर' ने बीबीसी के एशिया पैसिफिक प्रमुख इंदुशेखर को संवाद के लिए आमंत्रित किया, जिसमें उन्होंने बताया कि फेक न्यूज भारत ही नहीं, दुनियाभर के लिए बड़ी समस्या बनती जा रही है। उनका कहना था कि फेक न्यूज की समस्या हमेशा से रही है, लेकिन सोशल मीडिया के विस्तार से यह व्यापक और बड़ी चुनौती बनती जा रही है। उन्होंने बताया कि अकसर चुनाव में बीबीसी के नाम से फेक सर्वेक्षण चला दिया जाता है, जबकि बीबीसी की यह घोषित नीति है कि वह कोई चुनावी सर्वेक्षण नहीं कराता है। बीबीसी ने हाल में फेक न्यूज के खिलाफ एक मुहिम भी चलाई और कई देशों में इसका अध्ययन भी किया था। बीबीसी ने फेक न्यूज के बढ़ते प्रसार को लेकर भारत, केन्या और नाइजीरिया में एक शोध किया। इस शोध की रिपोर्ट के अनुसार लोग बिना खबर या उसके स्रोत की सत्यता जाँचे सोशल मीडिया पर बड़े पैमाने पर उसका प्रचार-प्रसार करते हैं। शोध के अनुसार, भारत में एक अच्छी बात यह है कि जिन संदेशों से कोई हिंसा हो सकती है, अधिकांश भारतीय उसे शेयर करने में झिझकते हैं, लेकिन लोग राष्ट्रवादी भावना से भरे संदेशों को जमकर साझा करते हैं। मिसाल के तौर पर आपके व्हाट्सएप ग्रुप में भी ऐसे मैसेज आते होंगे—सभी भारतीयों को बधाई। यूनेस्को ने भारतीय करेंसी को सर्वश्रेष्ठ करेंसी घोषित किया है, जो सभी भारतीय लोगों के लिए गर्व की बात है। इस तरह के मैसेज फेक होते हैं, लेकिन उन्हें आगे बढ़ाने वाले लोग सोचते हैं कि यह राष्ट्र प्रेम की बात है और इसे आगे बढ़ाना चाहिए।

देश में फेक न्यूज को अपराध की श्रेणी में रखा गया है। नेशनल क्राइम ब्यूरो ने पहली बार फेक न्यूज फैलाने को भी अपराध की श्रेणी में मानते हुए उससे जुड़े आँकड़ों को प्रकाशित किया है। नेशनल क्राइम ब्यूरो की 2017 की रिपोर्ट के मुताबिक देश में फेक न्यूज को लेकर कुल 257 मामले दर्ज किए गए हैं। रिपोर्ट के मुताबिक मध्य प्रदेश में फेक न्यूज और अफवाह फैलाने के सबसे अधिक 138 मामले दर्ज किए गए, जबकि उत्तर प्रदेश में फेक न्यूज के 32, केरल में 18 और जम्मू-कश्मीर में फेक न्यूज के केवल 4 मामले ही दर्ज किए गए। फेक न्यूज को लेकर नेशनल क्राइम ब्यूरो ने ऐसे मामलों को शामिल किया है, जो आईपीसी की धारा 505 और आईटी एक्ट के तहत दर्ज किए गए हैं। फेक न्यूज की समस्या इसलिए भी जटिल होती जा रही है, क्योंकि देश में इंटरनेट इस्तेमाल करने वाले लोगों की संख्या लगातार बढ़ रही है। अभी भारत की 27

फीसदी आबादी यानी लगभग 35 करोड़ से अधिक लोग इंटरनेट का इस्तेमाल कर रहे हैं। दरअसल, भारत सोशल मीडिया कंपनियों के लिए एक बड़ा बाजार है। विभिन्न स्रोतों से मिले आँकड़ों के अनुसार दुनिया भर में व्हाट्सएप के एक अरब से अधिक सक्रिय यूजर्स हैं। इनमें से 16 करोड़ भारत में ही हैं। फेसबुक इस्तेमाल करने वाले भारतीयों की संख्या लगभग 15 करोड़ है और ट्विटर अकाउंट्स की संख्या 2 करोड़ से ऊपर है। लगभग 40 करोड़ भारतीय आज इंटरनेट सेवाओं का लाभ उठा रहे हैं। यह बहुत बड़ी संख्या है। हमें करना यह चाहिए कि कोई भी सनसनीखेज खबर की एक बार जाँच अवश्य करें, ताकि हम फेक न्यूज का शिकार होने से बच सकें।

□

छात्र आत्महत्या की बढ़ती घटनाएँ

नेशनल क्राइम रिकॉर्ड ब्यूरो ने हाल में देश में आत्महत्या के जो आँकड़े जारी किए हैं, वे चिंताजनक हैं। किसी भी समाज और देश के लिए यह बेहद चिंताजनक स्थिति है। कोई शख्स आत्महत्या को आखिरी विकल्प क्यों मान रहा है ? नेशनल क्राइम रिकॉर्ड ब्यूरो की रिपोर्ट के मुताबिक देश में आत्महत्या के मामलों में 3.6 फीसदी की बढ़ोतरी हुई है और औसतन देश में हर दो घंटे में तीन लोग जान दे रहे हैं। रिपोर्ट के अनुसार, 2018 में कुल 1,34,516 लोगों ने खुदकुशी की, जो 2017 के 1, 29, 887 आत्महत्या के मामलों के मुकाबले 3.6 फीसदी अधिक है। आत्महत्या के सबसे अधिक मामले महाराष्ट्र 17,972 में दर्ज किए गए। दूसरे स्थान पर तमिलनाडु 13,896 है और तीसरे पर पश्चिम बंगाल 13,255 है। इसके बाद मध्य प्रदेश 11,775 और कर्नाटक 11,561 की बारी आती है। इन पाँच राज्यों में ही लगभग 51 फीसदी आत्महत्या के मामले दर्ज किए गए। राजधानी दिल्ली में 2,526 खुदकुशी के मामले दर्ज किए गए। नेशनल क्राइम रिकॉर्ड ब्यूरो गृह मंत्रालय के अंतर्गत आने वाली संस्था है और यह संस्था देश भर में अपराध से जुड़े आँकड़े एकत्र कर उन्हें जारी करती है।

लेकिन सबसे चिंताजनक बात यह है कि देश में छात्रों की आत्महत्या की घटनाएँ लगातार बढ़ रही हैं। नेशनल क्राइम रिकॉर्ड ब्यूरो के 2018 के आँकड़ों से स्टूडेंट्स की आत्महत्या को लेकर बेहद चिंताजनक तथ्य सामने आए हैं। 2018 में लगभग 10,159 छात्रों ने आत्महत्या की है। इनमें से एक-चौथाई ने इम्तिहान में फेल होने के डर से आत्महत्या की। इसके अलावा प्रेम में नाकामी, उच्च शिक्षा के मामले में आर्थिक समस्या, अच्छा प्लेसमेंट न मिलना और बेरोजगारी भी छात्रों की आत्महत्या की प्रमुख वजह के रूप में सामने आई है। आँकड़ों के मुताबिक एक दशक में लगभग 82 हजार छात्रों ने आत्महत्या जैसा अतिरेक कदम उठाया है। महाराष्ट्र में 1448 छात्रों के आत्महत्या के सबसे अधिक मामले सामने आए हैं। इसके बाद तमिलनाडु 953, मध्य प्रदेश 862, कर्नाटक 755 और पश्चिम बंगाल से 609 छात्र आत्महत्या के मामले सामने

आए हैं। छात्रों की आत्महत्या के 45 फीसदी मामले इन्हीं पाँच राज्यों से हैं। जब भी देश में बोर्ड के नतीजे आते हैं और कई बच्चों के आत्महत्या करने की दुःखद खबरें सामने आती हैं। ये खबरें साल-दर-साल आ रही हैं। कुछ दिन इन पर चर्चा होकर बात खत्म हो जाती है। गंभीर होती जा रही इस समस्या का कोई हल निकलता हुआ नजर नहीं आ रहा है। दरअसल, मौजूदा दौर की गलाकाट प्रतिस्पर्धा और माता-पिता की असीमित अपेक्षाओं के कारण बच्चों को जीवन में भारी मानसिक दबाव का सामना करना पड़ रहा है। बेटियाँ तो और भावुक होती हैं। दूसरी ओर माता-पिता के साथ संवादहीनता बढ़ रही है। ऐसे अनेक उदाहरण हैं, जहाँ बच्चे परिवार, स्कूल और कोचिंग में तारतम्य स्थापित नहीं कर पाते हैं और तनाव का शिकार हो जाते हैं। हमारी व्यवस्था ने उनके जीवन में अब सिर्फ पढ़ाई को ही रख छोड़ा है। रही-सही कसर मोबाइल ने पूरी कर दी है। दूसरी ओर माता-पिता के पास वक्त नहीं है, उनकी अपनी समस्याएँ हैं। नौकरी और कारोबार की व्यस्तताएँ हैं, उसका तनाव है और जहाँ माँ नौकरीपेशा है, वहाँ संवादहीनता की स्थिति और गंभीर है। एक और वजह है। भारत में परंपरागत संयुक्त परिवार का ताना-बाना टूटता जा रहा है। परिवार एकाकी हो गए हैं और नई व्यवस्था में बच्चों को बाबा-दादी, नाना-नानी का सहारा नहीं मिल पाता है। जबकि कठिन वक्त में उन्हें इसकी सबसे ज्यादा जरूरत होती है। यही वजह है कि अनेक बच्चे आत्महत्या जैसे अतिरेक कदम उठा लेते हैं। परीक्षा परिणामों के बाद हर साल अखबार मुहिम चलाते हैं। बोर्ड और सामाजिक संगठन हेल्पलाइन चलाते हैं, लेकिन छात्र-छात्राओं की आत्महत्या के मामले रुक नहीं रहे हैं। जाहिर है कि ये प्रयास नाकाफी हैं। बच्चे संघर्ष करने के बजाय हार मानकर आत्महत्या का सहज रास्ता चुन ले रहे हैं। यह चिंताजनक स्थिति है। माता-पिता और शिक्षकों की यह जिम्मेदारी है कि वे लगातार बच्चों को यह समझाएँ कि परीक्षा परिणाम ही सबकुछ नहीं है। ऐसे सैकड़ों उदाहरण हैं कि इम्तिहान में बेहतर न करने वाले छात्र-छात्राओं ने जीवन में सफलता के मुकाम हासिल किए हैं। किसी भी समाज और देश के लिए यह बेहद चिंताजनक स्थिति है कि कोई बच्चा आत्महत्या को आखिरी विकल्प क्यों मान रहा है।

एक और गंभीर तथ्य सामने आया कि बेरोजगारी से आत्महत्या करने वालों की संख्या बढ़ रही है। नेशनल क्राइम ब्यूरो की रिपोर्ट के अनुसार 2018 में किसानों से ज्यादा बेरोजगारों ने आत्महत्या की। 2018 में 12,936 लोगों ने बेरोजगारी के कारण आत्महत्या की जबकि इसी अवधि में 10,349 किसानों ने आत्महत्या की। केरल में 1585, तमिलनाडु में 1579, महाराष्ट्र में 1260, कर्नाटक में 1094 और उत्तर प्रदेश में 902 लोगों ने बेरोजगारी के कारण आत्महत्या की। दूसरी ओर देश में किसानों की आत्महत्या का सिलसिला जारी है। खेती-किसानी का संकट व्यापक है और इसको

चपेट में अनेक राज्यों के किसान आ गए हैं। यही वजह है कि आर्थिक कारणों से अब तक सैकड़ों किसान आत्महत्या कर चुके हैं। किसानों की आत्महत्या का सिलसिला अब थोड़ा थमा है। 2018 में 10,349 किसानों ने आत्महत्या की है।

दरअसल, अवसाद और आत्महत्याएँ नए दौर की महामारी के रूप में उभरकर सामने आ रहे हैं। अवसादग्रसित कई लोग आत्महत्या जैसा रास्ता चुन लेते हैं। ऐसा नहीं है कि केवल निराशा और अवसाद से पीड़ित भारत में ही हों। सबसे विकसित देश अमरीका में सबसे अधिक लोग अवसाद से पीड़ित हैं। विश्व स्वास्थ्य संगठन की एक रिपोर्ट के अनुसार भारत में 7.5 फीसदी लोग किसी-न-किसी तरह के मानसिक अवसाद से पीड़ित हैं, लेकिन भारत में अवसाद को कोई बीमारी नहीं माना जाता और इसके इलाज पर कोई ध्यान नहीं दिया जाता है। इलाज तो दूर, पीड़ित व्यक्ति की मदद करने के बजाय लोग उसका उपहास उड़ाते हैं। कई बार तो तो मानसिक रूप से असंतुलित महिला को डायन बताकर मार दिया जाता है। झारखंड में अकसर ऐसे मामले सामने आते हैं। बीमारी का इलाज कराने के बजाय पढ़े-लिखे लोग भी झाड़-फूँक के चक्कर में फँस जाते हैं। हमारे पूर्वजों ने वर्षों के अध्ययन और मनन के बाद एक बात कही थी—जितनी चादर है उतने ही पैर फैलाएँ, लेकिन हम इस जीवन-दर्शन को भूल गए और अब हम उधार लेकर घी पीने के विदेशी चिंतन के मायाजाल में फँस गए हैं। यह सही है कि बाजार की भोगवादी आर्थिक प्रवृत्तियों का संबंध कहीं-न-कहीं हमारी आर्थिक नीतियों से है और उनकी शक्ति इतनी ज्यादा है, जिसके कारण हमारा जीवन-दर्शन बदल गया है। हमारी लालसा बेलगाम हो गई है। यही वजह है कि अनेक लोग अवसादग्रस्त हो जाते हैं और आत्महत्या जैसे अतिरेक कदम उठा लेते हैं।

□

भरोसेमंद नहीं हैं राष्ट्रपति ट्रंप

अमेरिकी राष्ट्रपति ट्रंप पहली भारत यात्रा पर आ रहे हैं और दुनियाभर में उनकी इस यात्रा को लेकर उत्सुकता है। वे पहली बार भारत यात्रा पर आ रहे हैं। खुद राष्ट्रपति ट्रंप अपनी भारत यात्रा के बारे में रोज या तो बयान देते हैं अथवा ट्वीट करते हैं। आर्थिक समझौता इस यात्रा का अहम मुद्दा है, लेकिन ट्रंप के बयानों से तो लगता है कि ऐसे किसी समझौते की संभावना कम है। हाल में राष्ट्रपति ट्रंप ने अमेरिका-भारत व्यापार संबंधों को लेकर अप्रसन्नता जाहिर करते हुए कहा कि भारत हमारे साथ अच्छा बर्ताव नहीं कर रहा है, लेकिन वह प्रधानमंत्री नरेंद्र मोदी को पसंद करते हैं। यह पूछे जाने पर कि क्या उन्हें इस यात्रा में व्यापार समझौते की उम्मीद है, ट्रंप ने कहा कि वह भारत के साथ एक बड़ा व्यापार समझौता करेंगे, लेकिन उन्हें नहीं पता कि यह नवंबर में होने जा रहे राष्ट्रपति चुनाव से पहले होगा या नहीं, लेकिन अमेरिका भारत के साथ बड़ा समझौता करने जा रहा है। सामरिक दृष्टि से भी यह यात्रा बेहद अहम है। दुनिया की निगाहें इस दौरे पर हैं। यह दौरा ऐसे समय हो रहा है जब कुछ महीनों बाद अमेरिका में राष्ट्रपति चुनाव होना है, जिसमें भारतवंशियों की भूमिका भी महत्त्वपूर्ण होगी। इस दौरे को उससे भी जोड़कर देखा जा रहा है। माना जा रहा है कि राष्ट्रपति ट्रंप इस दौरे से भारतवंशियों को प्रभावित करना चाहते हैं। दूसरी ओर राष्ट्रपति ट्रंप की भारत यात्रा के दौरान उनका स्वागत करने वाले लोगों की संख्या को लेकर रोज नया विवाद खड़ा हो रहा है और ये विवाद ट्रंप ने ही खड़े किए हैं। पहले उन्होंने दावा किया कि 60 से 70 लाख लोग अहमदाबाद में उनका स्वागत करेंगे। उसके बाद उन्होंने दावा किया कि अहमदाबाद में एक करोड़ लोग उनका स्वागत करेंगे। उन्होंने कहा कि प्रधानमंत्री मोदी ने उन्हें बताया है कि हवाई अड्डे और कार्यक्रम के आयोजन स्थल के बीच 70 लाख लोग होंगे। दरअसल, अब यह दुनिया जान चुकी है कि अमेरिकी राष्ट्रपति ट्रंप विश्वसनीय व्यक्ति नहीं हैं। एक दिन वह कुछ कहते हैं, तो दूसरे दिन अपनी बात से पलट जाते हैं। आरजेडी नेता मनोज झा ने ट्वीट कर चुटकी ली कि क्या भाई साहब, बच्चे की जान

लोगे क्या ? 7 मिलियन ही नहीं बन पा रहा था और अब आप अफसाने को 10 मिलियन (एक करोड़) तक ले गए। हालाँकि अहमदाबाद के नगर निगम आयुक्त विजय नेहरा ने स्पष्ट किया है कि ट्रंप और प्रधानमंत्री नरेंद्र मोदी के 24 फरवरी को अहमदाबाद में होने वाले रोड शो के दौरान सड़क के दोनों ओर करीब एक लाख लोगों के मौजूद रहने की संभावना है। अहमदाबाद की कुल आबादी 70 से 80 लाख के बीच है। ऐसे में एक लाख से अधिक की संख्या किसी भी पैमाने पर अविश्वसनीय है। जानकारों का कहना है कि यह भी संभव है कि ट्रंप मिलियन और लाख के अंतर को लेकर भ्रमित हो गए हों।

लेकिन यह बात जगजाहिर है कि दुनिया के सबसे ताकतवर देश का राष्ट्रपति अकसर असत्य बोलता है। इसका कटु अनुभव भारत को भी है। कुछ समय पहले राष्ट्रपति ट्रंप ने कश्मीर पर मध्यस्थता की बात कही और उसमें प्रधानमंत्री नरेंद्र मोदी को भी घसीट लिया और इस बार भी भीड़ के दावे को लेकर वे प्रधानमंत्री मोदी को भी लपेट ले रहे हैं। पाकिस्तान के प्रधानमंत्री इमरान खान ने जब राष्ट्रपति ट्रंप से मुलाकात की और उसके बाद एक साझा प्रेस कॉन्फ्रेंस हुई। इमरान खान ने कहा कि अमरीका दुनिया का सबसे ताकतवर मुल्क है और अमेरिकी राष्ट्रपति ट्रंप कश्मीर मामले में मध्यस्थता कर उपमहाद्वीप में शांति स्थापित करने में अहम भूमिका निभा सकते हैं। यह बात अमेरिकी मीडिया के माध्यम से सामने आ चुकी है कि राष्ट्रपति ट्रंप शांति का नोबेल पुरस्कार पाने के बेहद इच्छुक हैं, क्योंकि उनके पूर्ववर्ती राष्ट्रपति ओबामा को नोबेल शांति पुरस्कार मिल चुका है। मध्यस्थता की बात आते ही वे उत्साहित हो जाते हैं। इसके लिए वे उत्तर कोरिया जाकर वहाँ के तानाशाह किम जोंग-उन से मुलाकात कर चुके हैं। इमरान खान की बात पर तुरंत ट्रंप ने कहा कि भारत के प्रधानमंत्री नरेंद्र मोदी उनसे मिले थे और उन्होंने भी उनसे कश्मीर में मध्यस्थता का अनुरोध किया था और वह तैयार हैं, लेकिन इस बार उन्होंने कश्मीर जैसे संवेदनशील मसले को लेकर ऐसा दावा किया, जिसे लेकर अमेरिकी प्रशासन भी सकते में आ गया। अमेरिका को आनन-फानन में सफाई देनी पड़ी और पूरे मामले की लीपापोती करनी पड़ी। अमेरिकी प्रशासन की समस्या यह है कि वह अपने ही राष्ट्रपति के बयान का खंडन कर उन्हें झूठा नहीं ठहरा सकता। हालाँकि राष्ट्रपति ट्रंप के इस बयान के बाद अमरीकी विदेश मंत्रालय ने इस मामले पर सफाई दी थी कि कश्मीर दोनों देशों के बीच द्विपक्षीय मुद्दा है और ट्रंप प्रशासन पाकिस्तान और भारत के साथ इस मुद्दे पर सहयोग करने को तैयार है। भारत के लिए भी धर्मसंकट खड़ा हो गया कि कूटनीतिक दृष्टि से राष्ट्रपति ट्रंप को सीधे-सीधे झूठा कह देना उचित नहीं था। हालाँकि भारत के विदेश मंत्री एस. जयशंकर ने संसद् में स्पष्ट शब्दों में ट्रंप के बयान का खंडन किया और कहा कि प्रधानमंत्री मोदी ने ऐसी कोई बात कही ही नहीं थी। भारत की वर्षों से स्थापित नीति रही है कि उसे कश्मीर मुद्दे पर किसी तीसरे पक्ष

की मध्यस्थता स्वीकार नहीं है। 2017 में अमेरिका के प्रतिष्ठित समाचार-पत्रों 'न्यूयॉर्क टाइम्स' और 'वाशिंगटन पोस्ट' ने राष्ट्रपति ट्रंप के झूठ की एक लंबी फेहरिस्त छापी थी। अखबारों ने लिखा था कि अमेरिका के इतिहास में ऐसा कोई राष्ट्रपति नहीं हुआ है, जिसने इतना झूठ बोला हो। अमेरिकी मीडिया ने राष्ट्रपति बनने के बाद से ट्रंप के 10 हजार झूठों का संकलन प्रकाशित किया था। यह बात अब दुनिया भी जान गई है कि राष्ट्रपति ट्रंप न केवल बड़बोले हैं, बल्कि वे अकसर झूठ भी बोलते हैं और उनकी बात पर भरोसा नहीं किया जा सकता, लेकिन यह भी सच्चाई है कि वे दुनिया के सबसे शक्तिशाली देश के राष्ट्राध्यक्ष हैं और भारत को आतंकवाद के खिलाफ संघर्ष में उनका साथ चाहिए। उनके सहयोगी भी ऐसे ही हैं। हाल में अमेरिकी राष्ट्रपति ट्रंप के सलाहकार रोजर स्टोन को 40 महीने की सजा हुई है। रोजर स्टोन पर आरोप था कि उन्होंने अमेरिकी कांग्रेस में सात बार झूठ बोला और देश को गुमराह किया। यूक्रेन के साथ संबंध को लेकर ट्रंप पर भी आरोप लगा था और उनके खिलाफ महाभियोग प्रस्ताव लाया गया था। 'वाशिंगटन पोस्ट' के 2017 फैक्ट चेकर्स डेटाबेस के अनुसार डोनाल्ड ट्रंप राष्ट्रपति बनने के बाद 10 हजार 796 बार झूठ बोले हैं। अमेरिकी मीडिया रिपोर्ट की मानें तो अमेरिकी राष्ट्रपति ट्रंप अपनी रैलियों में ही जो दावे करते हैं, उनमें लगभग 22 फीसदी झूठे होते हैं। इन दावों में से लगभग पाँचवाँ हिस्सा आव्रजन के बारे में होता है। उन्होंने चुनाव के दौरान वादा किया था कि अमेरिका से सटे मैक्सिको की सीमा पर वे दीवार खड़ी करवा देंगे। इस विषय में ट्रंप ने सबसे ज्यादा 172 बार झूठा दावा किया कि बस अब दीवार बनाई जा रही है। इसके अलावा उन्होंने अमेरिकी राष्ट्रपति चुनाव में रूस के दखल के विषय में भी अनेक बार झूठ बोला है। यही नहीं, अपने ट्विटर हैंडल पर भी वे झूठे दावे करने में कतई संकोच नहीं करते हैं। उन्होंने ट्वीट कर जापान, चीन और यूरोपियन यूनियन के साथ व्यापार घाटे पर झूठ बोला था। एक बार ट्रंप ने यहाँ तक कहा था कि पूर्व अमेरिकी राष्ट्रपति बराक ओबामा अमेरिका में पैदा ही नहीं हुए हैं। इसके बाद जब उनका जन्म प्रमाण-पत्र सामने आया, तो उन्होंने उनकी पत्नी मिशेल ओबामा पर यह आरोप लगाया कि उन्होंने ही बराक ओबामा के जन्म को लेकर अफवाह फैलाई थी। राष्ट्रपति ट्रंप कैसे भी हों, लेकिन हकीकत यह है कि दुनिया के सबसे ताकतवर देश के राष्ट्रपति की अनदेखी कोई भी देश नहीं कर सकता।

□

भड़काऊ बयानों पर अंकुश लगे

देश की राजधानी दिल्ली में सांप्रदायिक हिंसा के बाद मातम पसरा हुआ है। पूर्वी दिल्ली के दंगों से प्रभावित इलाके में जान-माल का भारी नुकसान हुआ है। सांप्रदायिक दंगों में 42 लोगों की जान जा चुकी है और 364 से ज्यादा लोग घायल हैं। दुकानें जल गईं हैं, कारें और बाइक बड़ी संख्या में जला दी गई हैं। मौतों की संख्या के लिहाज से यह पिछले 18 साल में देश का तीसरा सबसे बड़ा दंगा है। होता यह है कि सांप्रदायिक हिंसा की शुरुआत हमेशा छिटपुट घटनाओं से होती है। दंगों में वारिस पठानों और कपिल मिश्राओं के उत्तेजक बयान आग में घी का काम करते हैं। दिल्ली दंगों से आभास होता है कि अविश्वास की भावना हमारे समाज में कितने गहरे तक जा पहुँची है। दरअसल, दिल्ली चुनावों ने सांप्रदायिक हिंसा की पृष्ठभूमि तैयार कर दी थी। शाहीनबाग के आंदोलनकारियों को भी यह समझना होगा कि भले ही आप कितनी भी कोशिश करें, बहुत दिनों चलने वाले ऐसे आंदोलनों से धीरे-धीरे सांप्रदायिक माहौल गरमाता है। जब माहौल गरम हो जाता है, तो एक चिनगारी पूरे शहर को सांप्रदायिक हिंसा की चपेट में झोंक सकती है।

जैसाकि हमेशा होता है, सांप्रदायिक हिंसा के बाद आरोप-प्रत्यारोप का दौर शुरू हो जाता है। दिल्ली दंगों के बाद राजनीतिक दल एक-दूसरे को हिंसा के लिए जिम्मेदार ठहरा रहे हैं। समाज में दो वर्गों या समुदायों के बीच घृणा फैलाना अपराध है। भारतीय दंड संहिता सरकार और प्रशासन को यह अधिकार देती है कि वह किसी भी सामाजिक सौहार्द बिगाड़ने वाले शख्स के खिलाफ काररवाई कर सकती है। आईपीसी के विभिन्न प्रावधानों के तहत धर्म, नस्ल और भाषा के आधार पर समाज में वैमनस्य फैलाना अपराध है। यहाँ तक कि किसी पर यह आरोप लगाना कि विशेष धर्म, जाति अथवा समुदाय के लोग भारत के संविधान के प्रति सच्ची निष्ठा नहीं रखते हैं, यह भी अपराध की श्रेणी में आता है। अभिव्यक्ति की स्वतंत्रता के अधिकार का बेजा इस्तेमाल करने के लिए दोषी करार दिया गया शख्स जनप्रतिनिधित्व अधिनियम के तहत चुनाव लड़ने के

अयोग्य है। इतने प्रावधानों के बावजूद लोग बाज नहीं आते हैं। ऑल इंडिया मजलिस-ए-इत्तेहादुल मुसलमीन (एआईएमआईएम) के नेता और पूर्व विधायक वारिस पठान ने कुछ दिनों पहले एक रैली में विवादित बयान दिया था कि मुसलमान 15 करोड़ हैं, मगर 100 करोड़ के ऊपर भारी पड़ेंगे। दूसरी ओर भाजपा नेता कपिल मिश्रा पिछले कुछ समय से अपनी आपत्तिजनक बयानबाजी के कारण सुर्खियों में हैं। नागरिकता कानून के विरोध में शाहीनबाग के बाद पूर्वी दिल्ली के जाफराबाद और चाँद बाग इलाके में रोड बंद किए जाने के खिलाफ कपिल मिश्रा ने दिल्ली पुलिस को अल्टीमेटम दिया था कि अगर तीन दिन के अंदर सड़कों को प्रदर्शनकारियों से खाली नहीं कराया गया, तो वे लोग सड़कों पर उतरने के लिए मजबूर हो जाएँगे और तब वे दिल्ली पुलिस की भी नहीं सुनेंगे। अब दिल्ली चुनावों के दौरान इस्तेमाल की गई भाषा को ही देख लीजिए। ऐसा माना जा रहा है कि दिल्ली चुनाव प्रचार के दौरान जिस तरह की उग्र भाषा का इस्तेमाल हुआ, उसने सांप्रदायिक हिंसा की पृष्ठभूमि तैयार कर दी थी। चुनावों के दौरान आरोप-प्रत्यारोप और टीका-टिप्पणियाँ सामान्य बात है और कभी-कभी चुनावी गरमी में तल्ख टिप्पणियाँ भी हो जाती हैं, लेकिन इन चुनावों में मर्यादा की लक्ष्मण रेखा बार-बार पार की गई। चिंताजनक बात यह है कि देश की राजधानी में जब इस तरह की भाषा का प्रयोग होता है, तो इसकी प्रतिध्वनि दूर तक सुनाई देती है। नेताओं को समझना होगा कि जब तल्खी कटुता में बदल जाए, तो चुनाव बाद भी रिश्ते आसानी से सामान्य नहीं होने वाले हैं। केंद्रीय वित्त राज्यमंत्री अनुराग ठाकुर ने एक सभा में भीड़ से हिंसक नारे लगवाए। हालाँकि उनका दावा है कि उन्होंने तो सिर्फ नारे का पहला हिस्सा कहा था, जिसमें गद्दारों का जिक्र था। गोली मारने वाला दूसरा हिस्सा भीड़ ने अपनी मर्जी से कहा। उच्च पदों पर आसीन लोगों को समझना होगा कि उनके समर्थक उनके एक-एक शब्द को बेहद गंभीरता से लेते हैं। ऐसे बयानों से हिंसा की आशंका पैदा होती है, जो किसी भी लोकतांत्रिक व्यवस्था के लिए शुभ नहीं है। चुनाव प्रचार के अंतिम दिन गृहमंत्री अमित शाह जब एक सभा को संबोधित कर रहे थे तो इसी दौरान वहाँ मौजूद कुछ लोग 'गोली मारो' के आपत्तिजनक नारे लगाने लगे। अमित शाह को भीड़ को शांत कराना पड़ा और बेवकूफी भरे नारे बंद करने को कहा। हालाँकि इससे पहले उन्होंने भी कहा था कि दिल्ली के मतदाता इस तरह ईवीएम का बटन दबाएँ कि प्रदर्शन करने वालों को करंट लगे, लेकिन भाजपा के दिल्ली से सांसद प्रवेश वर्मा तो एक कदम और आगे निकल गए। उन्होंने शाहीनबाग के प्रदर्शनकारियों के बारे में कहा कि 'ये लोग आपके घरों में घुसेंगे, आपकी बहन-बेटियों को उठाएँगे…' इसके बाद चुनाव आयोग ने अनुराग ठाकुर और प्रवेश वर्मा को भाजपा के स्टार प्रचारकों की सूची से बाहर करने का निर्देश दिया था। प्रवेश वर्मा तो इस पर भी नहीं रुके और संसद् में गांधीजी की मूर्ति के पास

प्लेकार्ड लेकर बैठ गए, जिसमें लिखा था कि आतंकी है केजरीवाल। इस पर चुनाव आयोग ने उन पर 24 घंटे के लिए प्रचार करने पर रोक लगा दी थी। ऐसे विवादित बयानों और कामों के मद्देनजर चुनाव आयोग को दिशा-निर्देश भी जारी करने पड़े थे। हमें यह याद रखना चाहिए कि किसी भी लोकतांत्रिक व्यवस्था में मर्यादित तरीके से विरोध का अधिकार हर शख्स को है। अगर किसी मुद्दे पर विरोध हो रहा है तो इसका यह अर्थ नहीं कि वह देश का दुश्मन है। ऐसा नहीं है कि दिल्ली चुनाव में भाजपा नेताओं की ही जुबान फिसली हो। कांग्रेस के पूर्व अध्यक्ष राहुल गांधी ने प्रधानमंत्री नरेंद्र मोदी को लेकर बेहद आपत्तिजनक बात कही थी। रोजगार के मुद्दे पर केंद्र सरकार को घेरते हुए राहुल गांधी अपनी मर्यादा भूल बैठे और कहा—'ये जो नरेंद्र मोदी भाषण दे रहा है, छह महीने बाद यह घर से बाहर नहीं निकल पाएगा। हिंदुस्तान के युवा इसको ऐसा डंडा मारेंगे, इसको समझा देंगे कि हिंदुस्तान के युवा को रोजगार दिए बिना ये देश आगे नहीं बढ़ सकता।' बाद में प्रधानमंत्री ने इसका समुचित जवाब लोकसभा में दिया था।

भारतीय लोकतंत्र की यह खूबसूरती है कि यह धार्मिक समरसता और विविधता में एकता की मिसाल है। यहाँ अलग-अलग जाति, धर्म, संस्कृति को मानने वाले लोग वर्षों से रहते आए हैं। भारत जैसी विविधता दुनिया में कहीं देखने को नहीं मिलती। यह भारत की बहुत बड़ी पूँजी है और यह हम सबकी जिम्मेदारी है कि इसे बचाकर रखें। साथ ही हम सबको यह बात स्पष्ट होनी चाहिए कि धार्मिक होना और कट्टर होना दो अलग बातें हैं। यह बात भी स्पष्ट है कि देश की आर्थिक हो या फिर सामाजिक, किसी भी तरह की प्रगति शांति के बिना हासिल करना नामुमकिन है। इसलिए यह हम सबके हित में है कि अपने सामाजिक ताने-बाने को हर कीमत पर बनाए रखें। यह सही है कि सरकार मुस्तैद रहे, लेकिन हम-आपको भी अपना दायित्व निभाना होगा। शहर का अमन-चैन बिगाड़ने वाले लोग किसी अन्य ग्रह से नहीं आते हैं, वे आपके आसपास के ही लोग होते हैं। शहर के जागरूक नागरिक अपना कर्तव्य निभाएँ, ऐसे लोगों को टोकें और आगाह करें कि वे माहौल खराब न करें। दूसरी महत्त्वपूर्ण बात है कि सोशल मीडिया, खासकर व्हाट्सएप, अकसर अफवाहों को हवा देता है। ऐसे संदेशों को कम-से-कम हम-आप तो फैलाने में योगदान न दें। अगर आपका कोई परिचित ऐसा करता नजर आता है तो उसे टोकें। यह जान लीजिए, हिंसा की एक घटना आपके शहर, बल्कि प्रदेश और देश का माहौल खराब कर सकती है। हमें अपने देश के सामाजिक सौहार्द को हर कीमत पर बनाए रखना होगा।

□

फिर देख बहारें होली की

भारत में होली को एक परंपरा के रूप में देखा जाता है। इसका सांस्कृतिक महत्त्व भी है। होली रंगों और खुशियों का त्योहार है। इस अवसर पर पूरा माहौल मस्ती से झूम उठता है। हमारे सारे त्योहार किसी-न-किसी मौसम से जुड़े हुए हैं। रंगों का यह त्योहार वसंत का संदेशवाहक भी है। संगीत और मस्ती इसके मुख्य तत्त्व हैं। इस दौरान गाने बजाने की लंबी परंपरा रही है। भागमभाग भरी जिंदगी में यह त्योहार एक सुकून प्रदान करता है। यह अकेला ऐसा त्योहार है, जो समतामूलक समाज की परिकल्पना को भी साकार करता है। इस त्योहार में जाति, धर्म, अमीर-गरीब की कोई खाई नहीं होती। सब मिलजुलकर इस त्योहार को मनाते हैं, एक-दूसरे पर अबीर-गुलाल डालते हैं। हालाँकि इस बार इस त्योहार पर कोरोना वायरस का साया पड़ गया है। देश के कई हिस्सों में कोरोना वायरस से जुड़े मामले सामने आने के बाद होली मिलन के अनेक कार्यक्रम रद्द कर दिए गए हैं। इसका असर मथुरा-वृंदावन की होली पर भी पड़ा है। यहाँ की होली की धूम दुनियाभर में है और देशी-विदेशी सैलानी होली देखने के लिए वहाँ विशेष रूप से पहुँचते हैं। राष्ट्रपति रामनाथ कोविंद और प्रधानमंत्री नरेंद्र मोदी ने भी कोरोना वायरस के प्रसार को देखते हुए घोषणा की है कि वे होली मिलन कार्यक्रमों में हिस्सा नहीं लेंगे, लेकिन रंगों का त्योहार फीका तो हो सकता है, हालाँकि बेरंग नहीं हो सकता।

संगीत और रंग होली के मुख्य तत्त्व हैं। बिहार-झारखंड में फगवा गाने की परंपरा है। यह गायन होली से कई दिन पहले शुरू हो जाता है। लोग शाम को मिल बैठते हैं और होली गायन का आनंद लेते हैं। एक दौर था जब कोई भी फिल्म बिना होली के गीत के पूरी नहीं होती थी। आज भी होली के गाने गाए जाएँ और 'सिलसिला' का यह गीत—'रंग बरसे भीगे चुनरवाली, रंग बरसे', न बजे, ऐसा हो नहीं सकता। शास्त्रीय और लोकगीत परंपराओं में भी होली का विशेष महत्त्व है। शास्त्रीय संगीत में ध्रुपद, धमार और उपशास्त्रीय संगीत में चैती, दादरा और ठुमरी में अनेक प्रसिद्ध होलियाँ हैं। लोकगीतों

में हमारे अलग-अलग आराध्य और प्रांतों की माटी की सौंधी खुशबू इन गीतों से आती है। ब्रज में राधा कृष्ण और गोपियाँ इसके केंद्र में रहते हैं और 'आज बिरज में होरी रे रसिया', खूब गाया जाता है। राम और सीता की होली का एक अलग रंग—'होली खेलें रघुवीरा अवध में', नजर आता है। बाबा भोलेनाथ के भक्त—'खेलैं मसाने में होरी, दिगंबर खेले मसाने में होरी' का गायन करते नजर आते हैं। दूसरी ओर अमीर खुसरो—'आज रंग है री मन रंग है, अपने महबूब के घर रंग है री'—जैसी आध्यात्मिक होली का रंग पेश करते हैं।

रंग व गुलाल के साथ गुझिया की मिठास इस त्योहार को और रंगीन बना देती है। भारत के अधिकांश त्योहार नई फसल से जुड़े हुए हैं। होली के अवसर पर भी होलिका में गेहूँ की बाली और चने के होला को अर्पित किया जाता है। प्राचीन समय से ही खेत के अधपके अन्न को होली में अर्पित करने का विधान है। अधपके अन्न को 'होला' कहते हैं, इसी से इसका नाम 'होलिकोत्सव' पड़ा। होली को लेकर कई अन्य कथाएँ भी प्रचलित हैं। कहा जाता है कि पहली होली भगवान् कृष्ण ने राधा और गोपियों के साथ खेली थी। यही वजह है कि ब्रज में होली भारी धूमधाम से मनाई जाती है। एक अन्य मान्यता के अनुसार भगवान् विष्णु के प्रति अपनी आस्था प्रदर्शित करने के लिए होली खेली जाती है। होलिका और प्रह्लाद की कथा होली की सबसे महत्त्वपूर्ण कथाओं में से एक है। कहा जाता है कि एक समय पूरी दुनिया पर हिरण्यकश्यप नामक राक्षस का राज था। हिरण्यकश्यप क्रूर शासक था और सभी लोगों से अपनी पूजा करवाना चाहता था, लेकिन हिरण्यकश्यप के बेटे प्रह्लाद ने उसकी पूजा करने से इनकार कर दिया। प्रह्लाद भगवान् विष्णु का भक्त था। इस बात को लेकर हिरण्यकश्यप बहुत नाराज रहता था। हिरण्यकश्यप ने कई बार प्रह्लाद को मरवाने की कोशिश की, लेकिन भगवान् विष्णु की कृपा से प्रह्लाद हर बार बच जाता था। जब बात बहुत बढ़ गई, तो हिरण्यकश्यप ने अपनी बहन होलिका की सहायता माँगी। होलिका को यह वरदान था कि अग्नि उसे कोई नुकसान नहीं पहुँचा सकती है। होलिका प्रह्लाद को लेकर आग में बैठ गई। होलिका यह भूल गई कि आग तब तक उसे नुकसान नहीं पहुँचा सकती, जब तक कि वह आग में अकेले जाती है। हुआ यह कि होलिका तो जल गई और प्रह्लाद विष्णु के आशीर्वाद से सकुशल आग से बाहर आ गया। इसलिए होली को भगवान् विष्णु के प्रति आस्था व्यक्त करने के रूप में भी देखा जाता है।

यह त्योहार सांप्रदायिक सौहार्द की मिसाल भी है। यही वजह है कि होली से नजीर अकबराबादी जैसे शायर भी प्रभावित हुए बिना नहीं रहे। उन्होंने अनेक होलियाँ लिखीं। आगरा और उसके आसपास आज भी ये होलियाँ गाई जाती हैं। बानगी देखिए—

मुँह लाल गुलाबी आँखें हों
और हाथों में पिचकारी हो

उस रंग भरी पिचकारी को
अँगिया पर तककर मारी हो
सीनों से रंग ढलकते हों
तब देख बहारें होली की।

नजीर का जिक्र मैं इसलिए कर रहा हूँ, क्योंकि उन्हें सांप्रदायिक सौहार्द की मिसाल माना जाता है। उन्होंने न केवल होली, बल्कि लगभग सभी हिंदू त्योहारों पर अपनी कलम चलाई है। नजीर लिखते हैं—

तुम रंग इधर लाओ और हम भी उधर आएँ
कर ऐश की तय्यारी धुन होली की बर लावें
और रंग के छींटों की आपस में जो ठहरावें
जब खेल चुकें होली फिर सीनों से लग जावें

भारत में होली का उत्सव अलग-अलग प्रदेशों में अलग-अलग तरह से मनाया जाता है। बरसाने की लट्ठमार होली खासी प्रसिद्ध है। इसमें पुरुष महिलाओं पर रंग डालते हैं और महिलाएँ उन्हें लाठियों से प्रतीकात्मक रूप से पीटती हैं। ब्रज में तो होली का उत्सव एक महीने तक चलता है। महाराष्ट्र में रंग पंचमी की परंपरा है, तो पंजाब में होला मोहल्ला में शक्ति प्रदर्शन किया जाता है। बिहार में फगुआ की धूम रहती है, लेकिन भागमभाग भरी जिंदगी ने हमारे त्योहारों और परंपराओं में परिवर्तन ला दिया है। रही-सही कसर टेक्नोलॉजी ने पूरी कर दी है। होली के सांस्कृतिक स्वरूप के समक्ष संकट खड़ा हो गया है। होली के दौरान सूखी लकड़ियाँ एकत्रित कर होलिका जलाने की परंपरा रही है, लेकिन अब होलिका के लिए हरे-भरे पेड़ों को काटा जाने लगा है। पहले होली चंदन, गुलाब जल, टेसू के फूलों से बने प्राकृतिक रंगों से खेली जाती थी। अब प्राकृतिक रंगों का स्थान केमिकल पर आधारित रंगों ने ले लिया है। भाँग ठंडाई की मस्ती का स्थान शराब ने ले लिया है। पहले लोग होली के अवसर पर एक-दूसरे को गले मिलकर बधाई देते थे। आपस में एक संवाद होता था। दुःख-सुख की बातों का आदान-प्रदान होता था। अब हम सब व्हाट्सएप संदेशों से काम चला लेते हैं। मस्ती का स्थान औपचारिकता ने ले लिया है। यह त्योहार आपसी भाईचारे और पुरानी अदावत को समाप्त करने का है, लेकिन कुछ लोग इस त्योहार की आड़ में अपनी पुरानी रंजिश का हिसाब-किताब भी चुकाने लगे हैं। हम सबकी कोशिश होनी चाहिए कि होली का सांस्कृतिक स्वरूप बचा रहे और प्रकृति के प्रति हमारी चेतना बनी रहनी चाहिए। 'बुरा न मानो होली है' के साथ आप सभी को होली की शुभकामनाएँ।

□

भरोसे का साथी है अखबार

कोरोना वायरस के संकट से सारी दुनिया जूझ रही है। हमारा देश भी इस संकट से अछूता नहीं है। संकट के इस दौर में सभी मीडियाकर्मी मुस्तैदी से अपने काम में लगे हैं। अपने आप को जोखिम में डालकर हम अपने पाठकों तक विश्वसनीय खबरें पहुँचाने का काम कर रहे हैं। इस समय एहसास हो रहा है कि सोशल मीडिया पर कितनी फेक न्यूज चल रही हैं या यूँ कहें कि फेक न्यूज की भरमार है। कोरोना को लेकर फेक वीडियो, फेक फोटो और फेक खबरों की जैसे बाढ़ आ गई है। इन दिनों हम सबके पास व्हाट्सएप के माध्यम से कोरोना के बारे में अनगिनत खबरें और वीडियो आ रहे हैं। आम आदमी के लिए यह अंतर कर पाना बेहद कठिन है कि कौन सी खबर सच है और कौन सी फेक। व्हाट्सएप के इस दौर में आम आदमी को यह पता ही नहीं चलता कि वह कब फेक न्यूज का शिकार हो गया। और आपने उसे आगे बढ़ाकर कितने और लोगों को प्रभावित कर दिया। माना जा रहा है कि 2020 में यदि सबसे बड़ी कोई चुनौती हमारे सामने है, तो वह फेक न्यूज की है। कोरोना महामारी के इस दौर में यह बात स्पष्ट हो गई है। कुछ समय पहले राष्ट्रीय प्रेस दिवस के मौके पर केंद्रीय सूचना प्रसारण मंत्री प्रकाश जावड़ेकर ने कहा था कि फेक न्यूज सबसे बड़ी समस्या है और इस पर अंकुश लगाने के तरीकों पर चर्चा करनी चाहिए।

हाल में कोरोना वायरस को लेकर अनेक फेक खबरें सामने आई हैं। इनमें कई लाशोंवाली इटली शहर की एक भयावह तसवीर है, जबकि सच्चाई यह है कि यह एक फिल्म 'कान्टैगियन' का दृश्य है। ऐसी भी तसवीर सामने आई है, जिसमें कई लोग जमीन पर पड़े चिल्ला रहे हैं। इसे कभी इटली तो कभी चीन के कोरोना वायरस से सबंधित दृश्य के रूप में दिखाया जा रहा है, जबकि सच्चाई यह है कि यह 2014 के एक आर्ट प्रोजेक्ट की तसवीर है। इसी तरह की एक और फेक न्यूज चल रही है, जिसमें एक पति-पत्नी को दिखाया जा रहा है कि वे 134 कोरोना पीड़ितों के इलाज के दौरान संक्रमित हो गए। जबकि यह तसवीर किसी डॉक्टर दंपती की नहीं है, बल्कि एयरपोर्ट

पर खींची गई पति-पत्नी की तसवीर है। एक अन्य फेक न्यूज में कोरोना की दवा निकल जाने का दावा किया जा रहा है, साथ ही एक तसवीर भी दिखाई जा रही है, जबकि सच्चाई यह है कि यह कोई दवा नहीं, बल्कि कोरोना जाँच की किट है। इसी तरह इटली की ताबूतवाली फेक तसवीर भी काफी प्रचलन में है, जबकि हकीकत यह है कि यह सात साल पुराने हादसे की तसवीर है और इसका कोरोना से कोई संबंध नहीं है। कहा जा रहा है, कोरोना के कारण चर्चित हुई कनिका कपूर से ही ब्रिटेन के प्रिंस चार्ल्स को भी संक्रमण हो गया, जबकि सच्चाई यह है कि कनिका कपूर के वर्षों पहले प्रिंस चार्ल्स से मिलते हुए दिखाई जा रही तसवीर खासी पुरानी है। फेक न्यूज ने अंतरराष्ट्रीय संगठनों को भी अपना शिकार बनाया है। यूनिसेफ के नाम पर यह जानकारी सोशल मीडिया पर फैलाई गई कि आइसक्रीम और दूसरी ठंडी चीजों का सेवन न करने से वायरस से बचा जा सकता है। यूनिसेफ डिप्युटी एग्जिक्यूटिव फॉर पार्टनरशिप्स चारलोटे पेट्री गोरनिटज्का को बयान जारी करना पड़ा कि यह झूठ है और यूनिसेफ ने ऐसी किसी भी जानकारी को शेयर नहीं किया है। फेक न्यूज ने तो प्रधानमंत्री नरेंद्र मोदी तक को नहीं बख्शा। सोशल मीडिया पर खबर वायरल हो गई कि मोदी फाइनेंशियल इमरजेंसी घोषित करेंगे। पीआईबी को खबर का खंडन करने के लिए ट्वीट करना पड़ा कि ये फेक है। एक फेक न्यूज यह भी चली कि अखबारों से कोरोना वायरस फैल सकता है, जबकि देश-दुनिया के जाने-माने स्वास्थ्य विशेषज्ञों ने यह स्पष्ट कर दिया है कि इस बात के कोई प्रमाण नहीं हैं। अब तक कोई ऐसी घटना भी सामने नहीं आई है, जिसमें अखबारों से वायरस के प्रसार का जिक्र हो। संभवत: यह खबरों के एक विश्वसनीय स्रोत अखबारों को चोट पहुँचाने के लिए प्रचारित किया गया है। आम लोगों के पास अखबार से बढ़कर भरोसेमंद माध्यम कोई नहीं है, जो खबरों को छापने से पहले तथ्यों की जाँच-परख करता है। अखबार अपनी छपी हुई खबरों के प्रति जवाबदेह होते हैं। किसी भी तरह के संकट के समय में अखबारों से बेहतर साथी कोई नहीं, जो आपको देश-दुनिया के बारे में बताता है और आगाह भी करता है। कहने का आशय यह है कि सोशल मीडिया में फेक न्यूज की भरमार है और इस कठिन दौर में अखबारों ने यह साबित किया है कि वे खबरों के सबसे विश्वसनीय स्रोत हैं। यहाँ तक कि प्रधानमंत्री नरेंद्र मोदी ने भी सार्वजनिक रूप से यह कहा है कि अखबार अत्यधिक विश्वसनीय हैं और किसी भी क्षेत्र के स्थानीय पन्ने भारी संख्या में वहाँ के लोग पढ़ते हैं।

बीबीसी ने फेक न्यूज को लेकर भारत सहित कई देशों में अध्ययन किया है। इस शोध की रिपोर्ट के अनुसार लोग बिना खबर या उसके स्रोत की सत्यता जाँचे सोशल मीडिया पर बड़े पैमाने पर उसका प्रचार प्रसार करते हैं। शोध के अनुसार, भारत में एक अच्छी बात यह है कि जिन संदेशों से कोई हिंसा हो सकती है, अधिकांश भारतीय उस

शेयर करने में झिझकते हैं, लेकिन लोग राष्ट्रवादी भावना से भरे संदेशों को जमकर साझा करते हैं। मिसाल के तौर पर आपके व्हाट्सएप ग्रुप में भी ऐसे मैसेज आते होंगे—सभी भारतीयों को बधाई। यूनेस्को ने भारतीय करेंसी को सर्वश्रेष्ठ करेंसी घोषित किया है, जो सभी भारतीय लोगों के लिए गर्व की बात है। इस तरह के मैसेज फेक होते हैं, लेकिन उन्हें आगे बढ़ाने वाले लोग सोचते हैं कि यह राष्ट्र प्रेम की बात है और इसे आगे बढ़ाना चाहिए। देश में फेक न्यूज को अपराध की श्रेणी में रखा गया है। नेशनल क्राइम ब्यूरो ने पहली बार फेक न्यूज फैलाने को भी अपराध की श्रेणी में मानते हुए उससे जुड़े आँकड़ों को प्रकाशित किया है। नेशनल क्राइम ब्यूरो की 2017 की रिपोर्ट के मुताबिक देश में फेक न्यूज को लेकर कुल 257 मामले दर्ज किए गए है। रिपोर्ट के मुताबिक मध्य प्रदेश में फेक न्यूज और अफवाह फैलाने के सबसे अधिक 138 मामले दर्ज किए गए, जबकि उत्तर प्रदेश में फेक न्यूज के 32, केरल में 18 और जम्मू-कश्मीर में फेक न्यूज के केवल चार मामले ही दर्ज किए गए। फेक न्यूज को लेकर नेशनल क्राइम ब्यूरो ने ऐसे मामलों को शामिल किया है, जो आईपीसी की धारा 505 और आईटी एक्ट के तहत दर्ज किए गए हैं। फेक न्यूज की समस्या इसलिए भी जटिल होती जा रही है, क्योंकि देश में इंटरनेट इस्तेमाल करने वाले लोगों की संख्या लगातार बढ़ रही है। अभी भारत की 27 फीसदी आबादी, यानी लगभग 35 करोड़ से अधिक लोग इंटरनेट का इस्तेमाल कर रहे हैं। दरअसल, भारत सोशल मीडिया कंपनियों के लिए एक बड़ा बाजार है। विभिन्न स्रोतों से मिले आँकड़ों के अनुसार दुनिया भर में व्हाट्सएप के एक अरब से अधिक सक्रिय यूजर्स हैं। इनमें से 16 करोड़ भारत में ही हैं। फेसबुक इस्तेमाल करने वाले भारतीयों की संख्या लगभग 15 करोड़ है और ट्विटर अकाउंट्स की संख्या दो करोड़ से ऊपर है। लगभग 40 करोड़ भारतीय आज इंटरनेट सेवाओं का लाभ उठा रहे हैं। यह बहुत बड़ी संख्या है। हमें करना यह चाहिए कि किसी भी सनसनीखेज खबर की एक बार जाँच अवश्य करें, ताकि हम फेक न्यूज का शिकार होने से बच सकें। मैं जानता हूँ कि यह करना आसान नहीं है। इससे कैसे निपटा जाए, यह अपने आप में बड़ी चुनौती है। दूसरी ओर अखबारों की ओर नजर दौड़ाएँ। आज भी वे सूचनाओं के सबसे विश्वसनीय स्रोत हैं। अखबार अपनी छपी खबर से पीछे नहीं हट सकता। अखबार की खबरें काफी जाँच-पड़ताल के बाद प्रकाशित की जाती हैं। कोरोना के कारण उत्पन्न संकट के इस दौर में यह साफ हो गया है कि खबरों की विश्वसनीयता के मामले में अखबार सबसे भरोसेमंद हैं।

□

इस आबोहवा को कैद कर लीजिए

भारत में कोरोना वायरस की वजह से लॉकडाउन जारी है। आवाजाही बंद है, काम-धंधों पर ब्रेक लग गया है। लोग घरों में बंद हैं और लॉकडाउन खुलने का बेसब्री से इंतजार कर रहे हैं, लेकिन कोरोना से जुड़ी नकारात्मक खबरों के बीच एक सुखद खबर यह है कि लॉकडाउन के कारण देश की राजधानी दिल्ली समेत देश के सभी शहरों के प्रदूषण में भारी कमी आई है। जो दशकों से नहीं हुआ था, वह अब होता नजर आ रहा है। अखबारों में तसवीरें छपीं कि जालंधर से हिमालय की बर्फीली चोटियाँ नजर आने लगी हैं। वायु प्रदूषण न होने की वजह से शहर की आबोहवा एकदम शुद्ध हो गई है और जालंधर के बाहरी इलाकों से हिमाचल प्रदेश के धौलाधार पर्वत नजर आने लगे हैं। विशेषज्ञों के अनुसार, 30 साल बाद हवा इतनी साफ हुई है कि 200 किलोमीटर दूर स्थित ये पहाड़ जालंधर के लोगों को नजर आने लगे हैं। दूसरी सुखद खबर उत्तर प्रदेश के सहारनपुर से आई। वहाँ भी वर्षों से हवा इतनी शुद्ध नहीं हुई, जितनी लॉकडाउन में हुई है। हवा से प्रदूषण गायब हो गया है और बर्फ से लदी गंगोत्री पर्वत शृंखला दिखाई देने लगी। इन पहाड़ों की सहारनपुर से वायु मार्ग की दूरी लगभग 200 किलोमीटर है। विशेषज्ञ कहते हैं कि यदि मौसम साफ हो और प्रदूषण न हो तो 20 हजार फीट ऊँची कोई भी शृंखला लगभग तीन सौ किलोमीटर दूरी से नजर आ सकती है। पश्चिम बंगाल के सिलीगुड़ी की भी यही कहानी है। जब लोग सुबह उठे, तो उन्हें दुनिया की तीसरी सबसे ऊँची चोटी कंचनजंघा दिखाई दे रही थी। लॉकडाउन के दौरान देश में कहीं मोर नृत्य करते नजर आ रहे हैं, तो कहीं इंद्रधनुष की छटा दिखाई दे रही है।

देश की राजधानी प्रदूषण के कारण बदनाम रही है। वहाँ साँस लेना भी मुहाल है। सारे उपाय अपनाए गए, लेकिन कोई नुस्खा कारगर साबित नहीं हुआ। दिल्ली के आनंद विहार में 19 फरवरी को प्रदूषण का पीएम 2.5 स्तर 404 आँका गया था, जो बेहद खतरनाक स्थिति है, लेकिन लॉकडाउन के बाद यह स्तर गिरकर 101 पर आ गया है। प्रधानमंत्री नरेंद्र मोदी ने 24 मार्च को पूरे देश में लॉकडाउन का ऐलान किया था।

इसके कुछ हफ्तों बाद ही यह आँकड़ा 374 पर आ गया था। लोगों को वर्षों बाद यह एहसास हुआ है कि साफ हवा क्या होती है और उसमें साँस लेना कितना सुखद होता है। गिरते-गिरते प्रदूषण का स्तर का औसत मात्र 101 रह गया है। यही स्थिति बिहार और झारखंड के अनेक शहरों की है। यही नहीं, लॉकडाउन के दौरान हरिद्वार और कानपुर में गंगा की तसवीरें प्रकाशित हुई हैं, जिनमें कल कल कर निर्मल जल बहता दिखाई दे रहा है, जिसके लिए गंगा जानी जाती है। यमुना नदी दिल्ली में नदी नहीं है, बल्कि महज एक नाला है। उसकी भी तसवीरें सामने आई हैं, जिनमें नजर आ रहा है कि उसका जल कितना निर्मल हो गया है। नासा का कहना है कि दुनियाभर में लॉकडाउन के कारण दो दशक में सबसे कम प्रदूषण स्तर दर्ज किया गया है।

इसमें कोई शक नहीं कि प्रदूषण इस देश के लिए गंभीर खतरा है। अगर आपको याद हो, कुछ समय पहले देश की राजधानी दिल्ली की स्थिति इतनी खराब थी कि प्रदूषण के गंभीर स्तर को देखते हुए सुप्रीम कोर्ट के पैनल ने वहाँ हेल्थ इमरजेंसी घोषित कर दी थी। दिल्ली-एनसीआर में सभी निर्माण गतिविधियों पर प्रतिबंध लगा दिया गया था और दिल्ली सरकार ने सभी स्कूलों को कुछ समय के लिए बंद कर दिया था। दिल्ली और आसपास के लोग प्रदूषण के कारण बड़ी संख्या में साँस लेने की तकलीफ, सीने में दर्द और खाँसी की शिकायत लेकर अस्पताल पहुँच रहे थे। इंडियन मेडिकल एसोसिएशन ने लोगों को घर से बाहर न निकलने की सलाह दी थी। कुछ समय पहले दिल्ली में प्रदूषण की स्थिति गंभीर होने पर सम-विषम कार योजना लागू की गई थी, लेकिन इस योजना के उल्लंघन के अनेक मामले सामने आए थे। लोग इस नियम को मानने को तैयार ही नहीं थे। 2017 में जब सम-विषम योजना को लागू किया गया था, तो 10 हजार गाड़ियों का चालान कटा था, लेकिन कोरोना वायरस की वजह से लॉकडाउन के दौरान सड़कों पर वही गाड़ियाँ नजर आ रही हैं, जो जरूरी कामकाज और सेवाओं से जुड़ी हैं और प्रदूषण के स्तर में अंतर साफ नजर आ रहा है। प्रदूषण की वजह से देश में होने वाली मौतें भी रुकी हैं। हालाँकि स्वच्छ पर्यावरण के फायदों का आकलन मुश्किल है, लेकिन लॉकडाउन ने न केवल जीवनशैली में बदलाव करने को बाध्य कर दिया है। साथ ही जरूरत और उपभोक्तावादी प्रवृत्ति के बीच अंतर करना भी सिखा दिया है। भविष्य में टेक्नोलॉजी के इस्तेमाल से लोगों के कामकाज का तरीका बदलेगा और आवाजाही घटेगी। इसका सीधा असर प्रदूषण पर पड़ेगा और आबोहवा साफ होगी।

प्रदूषण के मामले में बिहार और झारखंड के कई शहरों में भी हालात कोई बहुत बेहतर नहीं रहे हैं। देश के विभिन्न शहरों से प्रदूषण को लेकर पिछले कई वर्षों से लगातार चिंताजनक रिपोर्टें आ रही हैं, लेकिन स्थिति जस-की-तस है। हम इस ओर से आँखें मूँदे हैं। कोई चिंता नहीं जताई जा रही है। समाज में भी इसको लेकर कोई विमर्श नहीं हो रहा

है। सोशल मीडिया पर कोरोना और अन्य विषयों को लेकर रोजाना कितने बेमतलब के लतीफे चलते हैं, लेकिन पर्यावरण जागरूकता को लेकर संदेशों का आदान-प्रदान नहीं होता है, जबकि यह मुद्दा हमारे-आपके जीवन से जुड़ा हुआ है। प्रदूषण कम करने के लिए सबसे पहले हमें उसकी गंभीरता को समझना होगा, फिर उससे निपटने के उपाय करने होंगे। अपने देश में स्वच्छता और प्रदूषण का परिदृश्य वर्षों से निराशाजनक रहा है। इसको लेकर समाज में जैसी चेतना होनी चाहिए, वैसी नहीं है, लेकिन हाथ-पर-हाथ धरे बैठे रहने की स्थिति किसी भी देश के लिए बेहद चिंताजनक है। अगर लोग और शासन व्यवस्था ठान ले, तो परिस्थितियों में सुधार लाया जा सकता है।

उत्तर भारत में वायु प्रदूषण का संकट लगातार गहराने का असर लोगों की औसत आयु पर पड़ रहा है। कुछ समय पहले अमेरिका की शोध संस्था एनर्जी पॉलिसी इंस्टीट्यूट ने वायु गुणवत्ता जीवन सूचकांक जारी किया था। इसमें उत्तर भारत के मैदानी इलाकों में रह रहे लोगों की औसत आयु लगभग सात वर्ष तक कम होने की आशंका जताई थी। रिपोर्ट के अनुसार, झारखंड के भी कई जिलों में लोगों का जीवनकाल घट रहा है। विश्व स्वास्थ्य संगठन ने कुछ समय पहले एक और गंभीर तथ्य की ओर इशारा किया था कि भारत में 34 फीसदी मौत के लिए प्रदूषण जिम्मेदार है। ये आँकड़े किसी भी देश और समाज के लिए बेहद चिंताजनक हैं। विश्व स्वास्थ्य संगठन का आकलन है कि प्रदूषण के कारण हर साल दुनिया भर में 70 लाख लोगों की मौत हो जाती है, जिसमें 24 लाख लोग भारत के शामिल हैं। वायु प्रदूषण से हृदय व साँस संबंधी बीमारियाँ और फेफड़ों का कैंसर जैसे घातक रोग तक हो जाते हैं। दरअसल वायु प्रदूषण उत्तरी भारत के लिए एक बड़ी चुनौती है। भारत की आबादी का 40 फीसदी से अधिक हिस्सा इसी में रहता है। संयुक्त राष्ट्र का मानना है कि लोगों को स्वच्छ हवा में साँस लेने का बुनियादी अधिकार है और कोई भी समाज पर्यावरण की अनदेखी नहीं कर सकता।

□

मजदूरों को नमन करने का वक्त

कुछ दिनों पहले मजदूर दिवस बीता है, जिसमें अर्थव्यवस्था में मजदूरों के योगदान को याद कर कृतज्ञता व्यक्त करते हैं। आज पूरे देश में लॉकडाउन के कारण उत्पन्न मजदूरों की मुश्किलों की चर्चा हो रही है। कई ऐसी खबरें सामने आई हैं, जो विचलित कर देती हैं। आप सभी ने यह खबर पढ़ी होगी कि महाराष्ट्र के औरंगाबाद के पास 16 प्रवासी मजदूरों की मालगाड़ी से कटकर मौत हो गई। ये सभी मजदूर महाराष्ट्र की एक स्टील फैक्टरी में काम करते थे और लॉकडाउन की वजह से काम बंद होने से परेशान थे। वे सभी श्रमिक स्पेशल ट्रेन पकड़ने के लिए औरंगाबाद रेलवे स्टेशन पहुँचने की कोशिश में थे, ताकि घर वापस जा सकें। ट्रेन पकड़ने के लिए उन्होंने 40 किलोमीटर की दूरी तय की थी। चूँकि हाइवे पर लॉकडाउन के कारण चलना संभव नहीं था, इसलिए इन सभी ने पटरियों का रास्ता पकड़ा। आजकल ट्रेनों की आवाजाही लगभग बंद-सी ही है। इसलिए थककर वे पटरियों पर ही सो गए। भोर में एक मालगाड़ी आई और 16 श्रमिकों की ट्रेन से कटकर मौत हो गई। ये सभी मजदूर मध्य प्रदेश के थे। दूसरी ओर सोशल मीडिया पर एक उपहास के रूप में अभियान ट्रेंड कर रहा है Metoo migrant यानी मैं भी प्रवासी मजदूर हूँ, जो मजदूरों की मुश्किलों का एक तरह से मखौल है। मजदूरों के प्रति ऐसी असंवेदनशीलता की जितनी निंदा की जाए, वह कम है। ऐसी भी खबरें आई हैं कि अनेक मजदूर पैदल ही हजार-हजार किलोमीटर की दूरी तय करते हुए अपने घरों की ओर चल दिए हैं।

कोरोना के खौफ और लॉकडाउन के कारण मजदूर अपने घरों को वापस आना चाहते हैं। पंजाब, तेलंगाना और दिल्ली के मुख्यमंत्रियों ने तो अनुरोध किया है कि प्रवासी मजदूर वापस न जाएँ अन्यथा फैक्टरियों में काम ठप पड़ जाएगा और खेतों में फसल की कटाई का काम रुक जाएगा। लॉकडाउन में मजदूरों को भारी परेशानियों का सामना करना पड़ा है, लेकिन एक बात तो साबित हो गई है कि इस देश की अर्थव्यवस्था का पहिया कंप्यूटर से नहीं, बल्कि मेहनतकश मजदूरों से चलता है। यह भी स्पष्ट हो गया

है कि बिहार, झारखंड, मध्य प्रदेश, छत्तीसगढ़ और उड़ीसा के मजदूरों के बिना किसी राज्य का काम चलने वाला नहीं है। देश का कोई कोना ऐसा नहीं है, जहाँ इन राज्यों के लोग नहीं पाए जाते हैं। ये मेहनतकश हैं तथा गुजरात, महाराष्ट्र, पंजाब, हरियाणा और दिल्ली जैसे राज्यों की जो आभा और चमक-दमक नजर आती है, उसमें प्रवासी मजदूरों का भारी योगदान है। विकसित माने जाने वाले राज्यों की चमक-दमक उनके बिना खो भी सकती है। यह बात सबको समझ आ जानी चाहिए कि इन राज्यों की विकास की कहानी बिना बिहार और झारखंड के मजदूरों के योगदान के नहीं लिखी जा सकती। दरअसल, ये प्रवासी मजदूर मेहनतकश हैं और पूरी ताकत से खटते हैं, लेकिन इन मजदूरों को जैसा आदर मिलना चाहिए, वैसा नहीं मिलता है। कई राज्यों में प्राय: मजदूरों को बेइज्जत करने तक की कोशिश की जाती है। पिछले कुछ समय में विभिन्न राज्यों से ऐसी चिंताजनक खबरें आती रही हैं, जिनमें बेवजह मजदूरों को निशाना भी बनाया गया है, लेकिन कोरोना ने मजदूरों और उनकी कठिनाइयों को विमर्श के केंद्र में ला दिया है। कॉरपोरेट जगत् को इस बात पर गंभीरता से विचार करना चाहिए कि वे अपने कल-कारखाने बिहार, झारखंड जैसे राज्यों में लगाएँ, जहाँ हुनरमंद कामगारों की भरमार है।

इन मजदूरों के बिना कारोबार जगत् का कामकाज कितना कठिन हो सकता है, इस विषय में उन्होंने इससे पहले कभी सोचा ही नहीं है। इनका भरपूर शोषण किया जाता है। अकसर इनका न्यूनतम वेतन निर्धारित नहीं होता है, काम के घंटे, छुट्टियाँ, कुछ भी तो निर्धारित नहीं होते हैं। मनमर्जी से ही इनका सबकुछ तय होता है। दफ्तरों और कारखानों में कामगारों के लिए अमूनन आठ घंटे काम करने का प्रावधान होता है, लेकिन असंगठित क्षेत्र के मजदूरों के काम के घंटे, न्यूनतम वेतन कुछ निर्धारित नहीं है। उनकी कोई छुट्टियाँ तय नहीं होती हैं। कोई साप्ताहिक अवकाश नहीं है। जिस दिन मजदूर छुट्टी करे अथवा बीमार पड़े, उस दिन उसकी तनख्वाह तक कट जाने का खतरा रहता है। महानगरों में तो जाति गौण हो गई है और उसकी जगह समाज विभिन्न वर्गों में विभाजित है। उच्च वर्ग है, मध्य वर्ग है और कामगार हैं, जिन्हें निम्न वर्ग का माना जाता है। मुंबई में वह धारावी में रहता है, तो दिल्ली-एनसीआर में उसका डेरा खोड़ा है। बॉलीवुड ने धारावी को चर्चित कर दिया है, लेकिन खोड़ा से हम ज्यादा परिचित नहीं हैं। दिल्ली-नोएडा और गाजियाबाद से सटा एक गाँव है, जिसका नाम है खोड़ा। यह देश का सबसे बड़ा गाँव है और इसकी आबादी चार से पाँच लाख है। इस पूरे क्षेत्र में कच्चे-पक्के मकान बने हुए हैं। इनमें अधिकांश अवैध हैं, बुनियादी सुविधाओं का यहाँ नितांत अभाव है, जबकि यह गाँव ठीक दिल्ली-एनसीआर की नाक के नीचे है। इस गाँव में देशभर से लोग आते हैं। यहाँ बिहार, झारखंड, छत्तीसगढ़, मध्य प्रदेश, उत्तर प्रदेश, पश्चिम बंगाल, उड़ीसा जिस राज्य का आप नाम लें, उसका गरीब तबका आपको मिल जाएगा। सबकी

एक पहचान है कि वे सब मजदूर हैं। यह गाँव दिल्ली आने वाले हर मजदूर को पनाह देता है, उसे काम दिलवाने में भी मदद करता है। कम-से-कम आधे राष्ट्रीय राजधानी क्षेत्र दिल्ली को यह गाँव दाइयाँ, ड्राइवर, ऑटो चलाने वाले, बढ़ई, पुताई करने वाले और दिहाड़ी मजदूर उपलब्ध कराता है। सुबह से साझा ऑटो से यहाँ से दाइयों के जत्थे काम पर निकल पड़ते हैं। ऐसा कहा जाता है कि अगर खोड़ा के लोग हड़ताल पर चले जाएँ, तो कम-से-कम आधी दिल्ली ठप हो जाए। ड्राइवर के न आने से साहब लोग दफ्तर नहीं पहुँच पाएँगे और मेड के न आने से मैडम नौकरी पर नहीं पहुँच पाएँगी।

यह सच है कि यू.पी., बिहार, झारखंड, मध्य प्रदेश और छत्तीसगढ़ जैसे हिंदी पट्टी के राज्यों में हम अभी बुनियादी समस्याओं को हल नहीं कर पाए हैं। अनेक क्षेत्रों में उल्लेखनीय उपलब्धि के बावजूद ये राज्य प्रति व्यक्ति आय के मामले में अब भी पिछड़े हुए हैं। हमें इन राज्यों में ही शिक्षा और रोजगार के अवसर उपलब्ध कराने होंगे, ताकि लोगों को बाहर जाने की जरूरत ही न पड़े। इसमें कोई दो राय नहीं है कि अच्छी शिक्षा के बगैर बेहतर भविष्य की कल्पना नहीं की जा सकती। आज हर साल दिल्ली और दक्षिण के राज्यों में पढ़ने के लिए बिहार और झारखंड के हजारों बच्चे जाते हैं। साथ ही राजस्थान के कोटा में बिहार-झारखंड के हजारों बच्चे कोचिंग के लिए जाते हैं। हमें बिहार और झारखंड को शिक्षा के केंद्र के रूप में विकसित करने की जरूरत है। आज जरूरत है कि हम ऐसा ढाँचा विकसित करें कि हमारे बच्चों को पढ़ाई और कोचिंग के लिए बाहर जाने की जरूरत ही न पड़े। इस दिशा में हमें प्रयास करने होंगे। मेरा मानना है कि हिंदी पट्टी के राज्य जब तक प्रगति नहीं करेंगे तब तक देश का तेजी से विकास संभव नहीं हो पाएगा।

□

पलायन की मानवीय त्रासदी

इससे पहले किसी विषय ने मुझे इतना नहीं झकझोरा। जैसे-जैसे सूचनाएँ आ रही हैं, उनसे पता चल रहा है कि प्रवासी मजदूरों की त्रासदी इतनी हृदयविदारक है कि वह किसी भी शख्स को अंदर तक हिला सकती है। केंद्र और राज्य सरकारें इन्हें ट्रेनों से इनके गंतव्य तक पहुँचा रही हैं, लेकिन इनकी संख्या बड़ी है और ये प्रयास पर्याप्त नहीं हैं। हताश होकर ये पैदल ही निकल पड़े हैं। पिछले दिनों हमारे साथियों ने बताया कि हाइवे पर उन्हें प्रवासी मजदूरों का एक जत्था मिला, जो आंध्र प्रदेश के गुंटूर से लगभग एक हजार किलोमीटर का सफर तय कर राँची पहुँचा था। बातचीत में श्रमिकों ने बताया कि वे वहाँ मिर्च उद्योग में काम करते थे, लेकिन लॉकडाउन के कारण काम बंद हो जाने की वजह से वे वहाँ से पैदल चल पड़े हैं। उन सभी के पैर लहूलुहान थे और खाने का कोई ठोर-ठिकाना नहीं था। एक महत्त्वपूर्ण तथ्य यह है कि राँची उनका पड़ाव भर था, उनका गंतव्य बिहार का दरभंगा जिला था, यानी एक हजार किलोमीटर का रास्ता पैदल तय करने के बाद भी लगभग 600 किलोमीटर का उनका सफर बाकी था। बहुत से प्रवासी मजदूर नंगे पाँव चल रहे हैं। समाज के कुछ लोग और हमारे साथी भी अपने स्तर से उन्हें हवाई चप्पलें और खाना उपलब्ध कराने का सराहनीय कार्य कर रहे हैं, लेकिन ये प्रयास व्यापक होने चाहिए। सरकारों की अपनी सीमाएँ हैं, मुझे लगता है कि इस कार्य में समाज के सभी वर्गों को तत्काल आगे आना चाहिए और हाइवे पर जो मजदूर चल रहे हैं, उन्हें खाना-पानी और सामान्य चिकित्सा सहायता उपलब्ध करानी चाहिए। खबरें हैं कि पैदल लंबी दूरी तय करने के कारण अनेक मजदूरों के पैरों में छाले पड़ गए हैं और वे लहूलुहान हैं। ऐसी भी खबरें हैं कि बहुत से लोग नंगे पाँव ही चल रहे हैं। उन्हें चप्पलें उपलब्ध करानी होंगी, भोजन उपलब्ध कराना होगा। भारतीय समाज की यह खासियत है कि वह हमेशा सुख-दुःख में एक-दूसरे का साथ निभाता है। हमें इस मानवीय त्रासदी के प्रति भी अपने सामाजिक दायित्व को निभाने की आवश्यकता है।

हम सब जानते हैं कि पलायन की शुरुआत तब हुई जब लॉकडाउन के दौरान लोगों को अपने गाँव जाने के संसाधन उपलब्ध नहीं हुए और लोग पैदल ही अपने गाँवों की ओर चल पड़े। लॉकडाउन शुरू होने तक उनके पास कुछ पैसे थे, लेकिन लॉकडाउन के महीने भर बाद जो लोग अपने गाँवों के लिए निकले हैं, उनके पास इतना पैसा भी नहीं है कि वे खाना भी खा सकें। केंद्र और राज्य सरकारों की ओर से कई कदम उठाए गए हैं, लेकिन इनमें ऐसी कोई पहल शामिल नहीं है, जो पैदल चल रहे इन प्रवासी मजदूरों को तत्काल मदद पहुँचा सके। इन मजदूरों पर हर तरफ से मार पड़ रही है। मजदूरों को लेकर हादसों की दिल को हिला देने वाली खबरें आ रही हैं। मजदूर अपने घर जाते हुए रास्ते में हादसों का भी शिकार हो रहे हैं। हाल में उत्तर प्रदेश से खबर आई कि 24 मजदूरों की मौत सड़क हादसे में हो गई। उत्तर प्रदेश के औरैया में बिहार-झारखंड लौट रहे मजदूरों के ट्रक से एक दूसरे ट्रक की टक्कर हो गई, जिससे 24 मजदूरों की मौत हो गई और 15 मजदूर अस्पताल में गंभीर स्थिति में हैं। खबरें हैं कि देशव्यापी लॉकडाउन लगने से अब तक विभिन्न हादसों में लगभग 50 से ज्यादा मजदूर अपनी जान गँवा चुके हैं। महाराष्ट्र से अपने घर जाने की चाह में पैदल निकले 16 मजदूर औरंगाबाद में ट्रेन की चपेट में आने से दर्दनाक मौत के शिकार हो गए थे। मध्य प्रदेश के ये मजदूर महाराष्ट्र के एक स्टील प्लांट में काम करते थे। ये सभी 16 मजदूर उमरिया और शहडोल जिले के थे। औरंगाबाद से 10 किलोमीटर दूर स्थित करमाड में ट्रेन की चपेट में आने के कारण इनकी मौत हो गई थी। ये मजदूर जालना से भुसावल की ओर रेल की पटरियों के किनारे पैदल ही चल रहे थे, लेकिन लंबी दूरी तय करने के कारण इन्हें थकान हो गई और ये पटरियों पर ही सो गए थे, तभी एक मालगाड़ी इन्हें रौंदती हुई चली गई। 14 मई को उत्तर प्रदेश के मुजफ्फरनगर में एक दर्दनाक सड़क हादसे में बिहार के छह मजदूरों की मौत हो गई थी। ये सभी मजदूर बिहार के गोपालगंज, आरा और पटना के रहने वाले थे और हरियाणा से पैदल ही अपने घरों के लिए वापस लौट रहे थे। उत्तर प्रदेश के मुजफ्फरनगर-सहारनपुर हाइवे पर यह दर्दनाक सड़क हादसा हुआ, जहाँ पैदल अपने गाँव जा रहे मजदूरों को एक तेज रफ्तार बस ने कुचल दिया था। 13 मई को मध्य प्रदेश के गुना में हुए एक ऐसे ही सड़क हादसे में आठ मजदूरों की जान चली गई जबकि 50 से ज्यादा घायल हो गए। मध्य प्रदेश के गुना जिले में मजदूरों से भरे कंटेनर की टक्कर एक खाली बस से हो गई थी। हादसा इतना भयावह था कि मौके पर ही आठ लोगों की मौत हो गई जबकि 50 घायल हो गए थे। 29 मार्च को गुरुग्राम के पास एक कंटेनर की चपेट में आकर पाँच अन्य मजदूरों की मौत हो गई। यह हादसा कुंडली-मानेसर-पलवल हाइवे पर हुआ। इससे पहले तेलंगाना में 27 मार्च को

आठ मजदूरों की एक सड़क हादसे में मौत हो गई थी। आशय यह है कि हर तरफ से मजदूरों पर मार पड़ रही है।

इन प्रवासी मजदूरों की आर्थिक स्थिति का अंदाजा इस बात से लगता है कि इनमें से अधिकांश लोगों ने अपनी आखिरी कमाई मार्च की शुरुआत में की थी। उसके बाद से उनकी कमाई के सारे स्रोत बंद हैं। इनमें से कई की आमदनी 7-8 हजार से लेकर 20 हजार रुपए महीने तक थी, जिससे वे किसी तरह अपना जीवन यापन कर लेते थे। अधिकांश प्रवासी मजदूर साल में दो बार होली और दिवाली-छठ पर अपने घर जाते हैं और जमा किया हुआ पैसा घर वालों को दे आते हैं। इन मजदूरों के पास बचत के नाम पर कुछ नहीं होता है। लॉकडाउन के बाद से इनकी कमाई पूरी तरह खत्म हो गई और देश की एक बड़ी आबादी अचानक से मोहताज हो गई। ऐसी सूचनाएँ हैं कि इनमें ऐसे भी लोग हैं, जो वर्षों से शहरों में रह रहे थे और घर नहीं आए थे, लेकिन लॉकडाउन के बाद वे भी घरों को वापस लौट रहे हैं। इनमें से अनेक के पास गाँव में कोई जमीन-जायदाद नहीं है। कमाई की कोई व्यवस्था नहीं है। अपने सगे-संबंधियों के आसरे से ये गाँव वापस जा रहे हैं। 20 लाख करोड़ के आर्थिक पैकेज की घोषणा के बाद एक उम्मीद बँधी थी कि शायद इससे इनका कल्याण हो जाएगा, लेकिन तथ्य यह है कि प्रधानमंत्री आवास योजना, राशन देने की व्यवस्था और रेहड़ीवालों के लिए कर्ज देने से जुड़ी योजनाओं को अमल में लाने में वक्त लगेगा। पैकेज से इन मजदूरों को तत्काल कोई लाभ नहीं होने वाला है। केंद्र सरकार को चाहिए था कि पैकेज में इस बात पर ध्यान दिया जाता। यह बात एकदम स्पष्ट है कि बड़े शहरों में हुनरमंद मजदूरों की कमी होने जा रही है, जिसका खामियाजा उद्योगों को उठाना पड़ेगा। दूसरी ओर वापस आ रहे इन मजदूरों को गाँव में कोई काम नहीं है। कोरोना लॉकडाउन से जिन परिस्थितियों का निर्माण हो रहा है, वह देश के सामाजिक ताने-बाने के लिए ठीक नहीं है।

□

नेपाल के साथ रिश्तों में तनाव

पिछले कुछ समय से नेपाल की भाषा और स्वर दोनों बदले हुए हैं। भारत और नेपाल के बीच सीमा विवाद कोई नया नहीं है, यह पुराना है और वर्षों से चला आ रहा है। जब दुनिया कोविड-19 से जूझ रही है और सारे विवाद ठंडे बस्ते में हैं, उस वक्त अचानक नेपाल सरकार ने नया राजनीतिक नक्शा जारी कर एक विवाद उत्पन्न कर दिया है। इससे नेपाल सरकार की मंशा पर भी सवाल उठ रहे हैं। इस नक्शे में लिम्पियाधुरा, कालापानी और लिपुलेख को नेपाल की सीमा में दिखाया गया है। भारत नेपाल के इस कदम से खासा खफा है और सरकार ने आधिकारिक रूप से इस पर आपत्ति जताई है। नेपाल की कैबिनेट ने इसे अपना जायज दावा करार देते हुए कहा कि महाकाली (शारदा) नदी का स्रोत दरअसल लिम्पियाधुरा ही है, जो फिलहाल भारत के उत्तराखंड का हिस्सा है। नेपाल की कैबिनेट का यह फैसला भारत की ओर से लिपुलेख इलाके में सीमा सड़क के उद्घाटन के कुछ दिनों बाद आया है। यह सड़क भारत के लिए रणनीतिक रूप से महत्त्वपूर्ण है, क्योंकि लिपुलेख से होकर ही तिब्बत-चीन के मानसरोवर जाने का रास्ता है। इस सड़क के बनाए जाने के बाद नेपाल ने विरोध दर्ज किया था। नक्शा जारी करने के बाद नेपाली नेताओं के आक्रामक बयान भी सामने आए हैं। उसने इस विवाद में घी का काम किया। नेपाल के सरकारी अखबार 'गोरखा-पत्र' में नेपाल की भूमि प्रबंधन मंत्री पद्मा कुमारी आर्यल का बयान छपा, जिसमें उन्होंने कहा कि हम अपने राष्ट्रीय क्षेत्रों की रक्षा करने से कतराते नहीं हैं। कुछ दिन पहले नेपाल के प्रधानमंत्री के.पी. शर्मा ओली ने कोविड-19 महामारी में भारत के प्रयासों के साथ रहने की प्रतिबद्धता जताई थी, लेकिन थोड़े ही दिन बाद वे नेपाल का नया नक्शा जारी करते हुए कह रहे थे कि नेपाल अपनी जमीन का एक इंच हिस्सा भी नहीं छोड़ेगा। अनेक भारतीय विशेषज्ञ इसे नेपाल सरकार पर चीन के बढ़ते प्रभाव के रूप में भी देखते हैं। उनका मानना है कि नेपाल के साथ भूमि विवाद तो पहले से ही था, लेकिन ऐसी आक्रामक भाषा का इस्तेमाल इससे पहले नहीं हुआ। मीडिया में भी इस तरह की खबरें प्रकाशित होती रही हैं कि नेपाल में

चीन का दखल बढ़ रहा है। हालाँकि नेपाली नेता ऐसे बयानों को खारिज करते आए हैं, लेकिन सच्चाई यह है कि नेपाल में चीन अपने पाँव पसारने का लगातार प्रयास कर रहा है। कुछ समय पहले तक चीन की नेपाल में भूमिका केवल आधारभूत ढाँचा खड़ा करने तक सीमित थी, लेकिन अब उसका दखल राजनीतिक ढाँचे में स्पष्ट नजर आता है।

भारत और नेपाल के रिश्ते सदियों पुराने हैं, लेकिन उनमें उतार-चढ़ाव आता रहा है। भारत और नेपाल के बीच जैसा जुड़ाव है, वैसा दुनिया में किसी अन्य देश के बीच नहीं है। हम भौगोलिक, ऐतिहासिक और सांस्कृतिक हर तरह से एक-दूसरे से जुड़े रहे हैं। भारत और नेपाल ने अपने विशेष संबंधों को 1950 की भारत-नेपाल शांति एवं मैत्री संधि से नई पहचान दी। इस अंतरराष्ट्रीय संधि के माध्यम से दोनों देशों के संबंधों के आयाम निर्धारित किए गए। संधि के अनुसार दोनों देशों की सीमा एक-दूसरे के नागरिकों के लिए खुली रहेगी और वे एक-दूसरे के देशों में बेरो-कटोक आ जा सकेंगे और उन्हें काम करने की छूट होगी। यही संधि दोनों देशों के बीच एक गहरा रिश्ता स्थापित करती है। प्रधानमंत्री मोदी ने पद सँभालने के तुरंत बाद पड़ोसी देशों पर विशेष ध्यान देना शुरू किया। वे नेपाल की यात्रा पर भी गए। नेपाल में आए भूंकप के दौरान भारत ने तत्काल मदद के लिए हाथ बढ़ाया और राहत एवं बचाव कार्य में अहम भूमिका निभाई थी। इससे दोनों देशों के संबंध और प्रगाढ़ हुए और लगा कि रिश्ते नए मुकाम तक पहुँचेंगे, लेकिन मधेसी और अन्य मुद्दों को लेकर दोनों देशों के बीच खटास आ गई और नेपाल के नया नक्शा जारी करने के बाद तो दोनों देशों के बीच अविश्वास और बढ़ गया है। नेपाली नेतृत्व के चीन की ओर झुकाव को लेकर भारत चिंतित है। प्रधानमंत्री ओली के शुरुआती बयानों से इस धारणा को बल मिला था। नेपाल के प्रधानमंत्री ने घोषणा की थी कि नेपाल चीन की वन बेल्ट वन रोड योजना में शामिल होगा, लेकिन चीन के बजाय भारत की पहली विदेश यात्रा कर ओली ने रिश्तों को पटरी पर लाने की दिशा में पहल की थी, लेकिन ये प्रयास अब नाकाफी नजर आ रहे हैं।

नेपाल की अर्थव्यवस्था पूरी तरह से भारत पर निर्भर है। वर्तमान में भारत-नेपाल आर्थिक सहयोग के तहत छोटी-बड़ी लगभग 400 परियोजनाएँ चल रही हैं। वहाँ उद्योग-धंधे नगण्य हैं। भारत में लगभग 50 लाख नेपाली नागरिक काम करते हैं। वे नेपाल में अपने परिवारों को अपनी कमाई का एक हिस्सा भेजते हैं। यह राशि नेपाल की जीडीपी में प्रमुख योगदान देती है। बिहार का तो नेपाल के साथ रोटी-बेटी का रिश्ता रहा है। नेपाल का दक्षिणी इलाका भारत की उत्तरी सीमा से सटा है। यह तराईवाला इलाका है, जो 'मधेस' के नाम से जाना जाता है। राजनीतिक कारणों से नेपाल के पर्वतीयवासियों और तराईवासियों के बीच एक अविश्वास का भाव रहा है। दूसरी ओर मधेसी भारत के साथ रोटी-बेटी के संबंधों से जुड़े हैं। कुछ समय पहले संविधान में उचित प्रतिनिधित्व की माँग

को लेकर मधेसी लोगों ने आंदोलन छेड़ दिया था। उन्होंने भारत से नेपाल को रसद और तेल की आपूर्ति के सारे मार्गों की नाकाबंदी कर दी थी। उसकी वजह से उत्तरी नेपाल में रहने वाली जनता को रोजमर्रा की आवश्यक वस्तुओं की भारी किल्लत का सामना करना पड़ा था। उस दौरान ओली समेत अन्य अनेक नेताओं ने इस नाकेबंदी का सारा दोष भारत पर मढ़ दिया था। इससे नेपाल में भारत विरोधी भावनाओं को बल मिला था। भले ही भारत इससे इनकार करे, लेकिन यह कोई रहस्य नहीं है कि नेपाल के राजनीतिक समीकरणों में भारत की अहम भूमिका रहती है, लेकिन इस सबसे भारत-नेपाल संबंधों में कड़वाहट काफी बढ़ गई और चीन ने इस स्थिति का पूरा फायदा उठाने की कोशिश की। भारत-नेपाल के रिश्तों के बीच खटास का एक अन्य प्रमुख कारण नदी जल विवाद भी रहा है। भारत अरसे से कोसी नदी पर बाँध बनाए जाने की माँग नेपाल से करता आया है। इससे नेपाल में बिजली उत्पादन भी संभव हो पाएगा। इसके लिए भारत ने पूरी मदद का आश्वासन भी दिया है। बिहार का एक बड़ा इलाका हर साल कोसी नदी की बाढ़ की चपेट में आ जाता है। दूसरी ओर नेपाल का कहना है कि बाँध बनाने से नेपाल की जमीन का एक बड़ा हिस्सा पानी में डूब जाएगा। नेपाल सरकार का हमेशा से इस मामले में टालमटोल का रवैया रहा है। भारत और नेपाल के बीच विशिष्ट संबंध हैं। यह चिंता का विषय है कि इतने घनिष्ठ और मधुर संबधों में यह अविश्वास कैसे उत्पन्न हो गया। यह सही है कि भारत कहता है कि वह नेपाल के आंतरिक और राजनीतिक मामलों में कोई हस्तक्षेप नहीं करता है। हकीकत में ऐसा होता नहीं है, लेकिन हस्तक्षेप उतना ही होना चाहिए जिससे नेपाल की जनता का भरोसा न टूटे और चीन को वहाँ पाँव पसारने का अवसर न मिले।

□

हथिनी की मौत से उठते सवाल

अगर आप मुझ जैसे पुरानी पीढ़ी के व्यक्ति हैं तो आपको '70 के दशक की फिल्म 'हाथी मेरे साथी' अच्छी तरह याद होगी। यह फिल्म सुपरहिट रही थी और इस फिल्म के हीरो उस समय के सुपरस्टार राजेश खन्ना और हीरोइन तनूजा थीं। इसकी कहानी सलीम-जावेद की जोड़ी ने लिखी थी। यह फिल्म इनसान और हाथी की दोस्ती पर आधारित थी और अंत में हीरो की खातिर हाथी जान तक दे देता है। यह उस दौर की किसी दक्षिण भारतीय निर्माता द्वारा बनाई सबसे सफल हिंदी फिल्म थी। इस फिल्म के गाने भी सुपरहिट हुए थे। इसमें लक्ष्मीकांत-प्यारेलाल का संगीत था और गीत आनंद बख्शी ने लिखे थे। फिल्म में 'चल-चल मेरे साथी' जैसा लोकप्रिय गाना तो था ही, साथ ही हाथी की मौत पर अंतिम गीत बेहद मार्मिक था। इसे मोहम्मद रफी ने जज्बातों से भर दिया था—'जब जानवर कोई इनसान को मारे, कहते हैं दुनिया में वहशी उसे सारे, इक जानवर की जान आज इनसानों ने ली है, चुप क्यूँ है संसार! नफरत की दुनिया को छोड़ के प्यार की दुनिया में खुश रहना मेरे यार!'

घटना कुछ अरसा पहले 27 मई की और केरल के पलक्कड़ जिले की है। एक हथिनी कई दिनों से भूखी थी। खाने की तलाश में वह गाँव की तरफ आ गई। कुछ लोगों ने हथिनी को अनन्नास खाने को दिया जिसके अंदर पटाखे भरे हुए थे। इसे खाते ही हथिनी के मुँह में जोरदार विस्फोट हुआ और उसका जबड़ा, पेट सब क्षतिग्रस्त हो गया। यह विस्फोट इतना तेज था कि हथिनी के दाँत भी टूट गए। इसके बाद हथिनी पास के एक तालाब में तीन दिनों तक तड़पती रही। वन्यकर्मियों ने उसे नदी से बाहर लाने की बहुत कोशिश की, मगर उन्हें सफलता नहीं मिली। दर्द से कराहते हुए हथिनी ने दम तोड़ दिया। पोस्टमार्टम रिपोर्ट से पता चला कि वह गर्भवती थी और उसके पेट में बच्चा था।

बीबीसी रिपोर्ट के मुताबिक हथिनी के घायल होने की यह घटना चर्चा में तब आई जब रेपिड रिस्पॉन्स टीम के वन अधिकारी मोहन कृष्णनन ने फेसबुक पर इसके बारे में भावुक पोस्ट लिखी। उन्होंने लिखा कि घायल होने के बाद हथिनी एक गाँव से भागते हुए

निकली, लेकिन उसने किसी को भी चोट नहीं पहुँचाई। वह नेकदिल थी। उसकी तसवीरों में उसका दर्द सामने नहीं आ पाया है। वन विभाग ने हाथियों की मदद से हथिनी को नदी से बाहर निकालने के प्रयास किए, लेकिन वे सफल नहीं रहे, क्योंकि हथिनी हिलने को तैयार नहीं थी। आखिरकार हथिनी ने 27 मई को नदी में खड़े-खड़े ही दम तोड़ दिया। जब उसके शव को पोस्टमार्टम के लिए ले जाया गया तो पता चला कि वह गर्भवती थी।

इस घटना ने पूरे देश को उद्वेलित कर दिया है। लोग इस घटना के जिम्मेदार लोगों के खिलाफ कड़ी कारवाई की माँग कर रहे हैं। जैसा इस देश में होता है, इस पर राजनीति भी हो रही है। इस मामले में कुछ गिरफ्तारियाँ हुई हैं। केरल के मुख्यमंत्री पिनराई विजयन ने कहा कि घटना में दोषी पाए जाने वाले लोगों के खिलाफ कड़ी कारवाई की जाएगी। केरल के राज्यपाल आरिफ मोहम्मद खान ने ट्विटर पर घटना को लेकर रोष जताया है और कहा है कि दिल दहला देने वाली इस घटना से उत्पन्न रोष को समझा जा सकता है। केंद्रीय वन एवं पर्यावरण मंत्री प्रकाश जावड़ेकर ने कहा है कि यह भारत की संस्कृति में नहीं है कि किसी जानवर को पटाखे खिलाकर उसे मार दिया जाए। केंद्र सरकार ने इस पर राज्य सरकार से रिपोर्ट माँगी है। सोशल मीडिया पर घटना को लेकर लोग गुस्सा जता रहे हैं और दोषियों को कड़ा दंड देने की माँग कर रहे हैं। जाने-माने उद्योगपति रतन टाटा ने घटना पर दुःख व्यक्त किया है। उन्होंने ट्वीट किया कि वह यह जानकर दुःखी और स्तंभित हैं कि कुछ लोगों ने एक बेकसूर गर्भवती हथिनी को पटाखे भरा अनन्नास खिलाकर मार दिया। निर्दोष पशुओं के खिलाफ ऐसे आपराधिक कृत्य किसी इनसान की हत्या से कम नहीं हैं।

हालाँकि हाथियों का केरल की संस्कृति और परंपरा में महत्त्वपूर्ण स्थान है। केरल का कोई भी धार्मिक उत्सव बिना हाथियों के पूरा नहीं होता है। आँकड़ों के मुताबिक केरल में 486 हाथी हैं। इसमें गुरुवायुर मंदिर में 48 हाथी हैं, त्रावणकोर देवासम बोर्ड के पास 30 और मालाबार देवासम बोर्ड के पास भी 30 हाथी हैं। उनको चाहने वालों की भी बड़ी संख्या है। यहाँ तक कि लोगों ने हाथियों के सोशल मीडिया एकाउंट बना रखे हैं, जिनके बड़ी संख्या में फॉलोअर हैं। सिविल सोसाइटी और सोशल मीडिया के विस्तार के कारण हाथियों पर अत्याचार की घटनाओं में कमी आई है, लेकिन महावत और मालिक के अत्याचार की घटनाएँ यदा-कदा अब भी सामने आती रहती हैं। दूसरी ओर हाथियों और किसान का संघर्ष तो काफी पुराना है। इसमें दोनों ओर से लोगों की जानें गई हैं। इस साल जनवरी में संसद् में दिए एक प्रश्न के उत्तर में केंद्रीय वन एवं पर्यावरण राज्यमंत्री महेश शर्मा ने बताया था कि वर्ष 2015-18 के तीन साल में इनसान और हाथियों के बीच हुए संघर्ष में कुल 1713 लोगों की मौत हुई है। इस दौरान 373 हाथियों को भी असामान्य परिस्थितियों में जान से हाथ धोना पड़ा है। 2018 में हाथियों

ने 227 लोगों को मार दिया था, जिसमें असम में 86 लोग निशाना बने थे। दूसरी ओर हाथियों की करंट लगने से सबसे ज्यादा मौतें हुई हैं। झारखंड में भी किसान हाथियों से फसल बचाने के लिए खेतों के चारों ओर बाड़े में करंट दौड़ा देते हैं जिनसे हाथी की मौत हो जाती है। 2015 से 2018 तक संकलित सरकारी आँकड़ों के अनुसार लगभग 60 फीसदी हाथियों की मौत करंट लगने से हुई हैं। इसके अलावा ट्रेन से कटने, शिकारियों का निशाना बनने और जहर खिलाकर मार देने की घटनाएँ भी सामने आई हैं। विशेषज्ञ कहते हैं कि वनों पर इनसानों का कब्जा बढ़ता जा रहा है और हाथियों के कॉरिडोर पर इनसानी गतिविधियाँ बढ़ी हैं, नतीजतन संघर्ष के मामले बढ़े हैं। झारखंड के दलमा में हाथियों का स्थायी निवास है, लेकिन इसके आसपास इनसानी गतिविधियाँ बढ़ी हैं, जिसके कारण कई बार हाथी आक्रामक हो जाते हैं। यह वैज्ञानिक तथ्य है कि हाथी अपने पूर्ववर्ती मार्गों पर वर्षों बाद भी लौटते हैं। अगर मार्ग में कोई अवरोध मिलता है तो वे उसे तहस-नहस कर डालते हैं।

भारतीय संविधान के अनुच्छेद 51(A) के मुताबिक हर जीवित प्राणी के प्रति सहानुभूति रखना भारत के हर नागरिक का मूल कर्तव्य है। इनसानों की तरह जानवरों को भी कानूनी अधिकार हासिल हैं। पशुओं के प्रति क्रूरता की रोकथाम के लिए पशु क्रूरता निवारण अधिनियम, 1960 है। भारतीय दंड संहिता की धारा 428 और 429 के मुताबिक कोई भी व्यक्ति किसी जानवर को यातना देता है, तो यह दंडनीय अपराध है। जन जागरूकता और सोशल मीडिया के विस्तार के कारण देश में पशुओं के प्रति क्रूरता की घटनाएँ छुप नहीं पाती हैं। पिछले दिनों में ऐसे कई मामले हमारे सामने आए हैं। कुछ समय पहले एक वीडियो वायरल हुआ था, जिसमें एक शख्स ने अपनी बालकनी से अपने कुत्ते को उछाल दिया था और कुत्ते के गिरते हुए उसका वीडियो बनाया था। इस घटना में कुत्ते की मौत हो गई थी। इस वीडियो पर लोगों की तीखी प्रतिक्रिया सामने आई थी। बाद में पुलिस ने जाँच-पड़ताल कर उस शख्स की पहचान कर ली थी और उसे गिरफ्तार कर लिया गया था, लेकिन दिक्कत मानसिकता की है। इनसान समझता है कि पृथ्वी पर रहने का अधिकार केवल उसी को है, बाकी जीव-जंतुओं का जीवन उसकी मनमर्जी पर निर्भर है। यही वजह है कि दुनियाभर में पशु-पक्षियों पर अत्याचार की घटनाएँ सामने आती हैं। सबसे पहले हमें अपनी इस मानसिकता को बदलना होगा। □

सेना की गिरफ्त में पाकिस्तान

पाकिस्तान में सेना का सत्ता पर नियंत्रण कोई नई बात नहीं है, लेकिन कोरोना वायरस से उत्पन्न संकट का फायदा उठाते हुए पाक सेना ने सत्ता पर पूर्ण नियंत्रण कर लिया है। इमरान खान अब मात्र मुखौटा प्रधानमंत्री रह गए हैं। रिश्तों को लेकर भारत पहले से ही चीन और नेपाल के साथ कठिन दौर से गुजर रहा है और विवादों को बातचीत के जरिए सुलझाने का प्रयास जारी है। ऐसे दौर में पाकिस्तान का घटनाक्रम चिंतित करने वाला है। पुरानी कहावत है कि आप अपना मित्र बदल सकते हैं, पड़ोसी नहीं। पाकिस्तान हमारा पड़ोसी मुल्क है, इसलिए न चाहते हुए भी वहाँ का घटनाक्रम हमें प्रभावित करता है। पाकिस्तान में लोकतांत्रिक शाक्तियों का कमजोर हो जाना और सेना का मजबूत होना शुभ संकेत नहीं है। पड़ोसी मुल्क में राजनीतिक अस्थिरता भारत के हित में नहीं है। दूसरी ओर वहाँ विपक्षी—पाकिस्तान पीपुल्स पार्टी मजबूत होती नजर आ रही थी। सेना ने उसे भी कमजोर करने का दाँव खेला है और एक विदेशी महिला से पीपीपी नेताओं पर यौन शोषण के आरोप लगवाकर उन्हें भी बैकफुट पर ला दिया है।

पाकिस्तान में सेना कितनी ताकतवर है, उसका आम भारतीयों को अंदाजा नहीं है, क्योंकि अपने देश में सेना की राजनीति में कोई भूमिका कभी नहीं रही है। हाल में ब्लूमबर्ग ने पाकिस्तान के बारे में एक विस्तृत रिपोर्ट की है। इसमें बताया गया है कि सेना के वफादार माने जाने वाले दर्जनभर लोग इमरान खान सरकार में प्रमुख पदों पर काबिज हो गए हैं। इनमें से कुछेक तो पूर्व सैन्य अधिकारी हैं। ये उड्डयन, बिजली और स्वास्थ्य जैसे अहम विभागों में नियुक्त किए गए हैं। इनमें से कई परवेज मुशर्रफ की सरकार के भी हिस्सा थे। इसमें आंतरिक सुरक्षा मंत्री एजाज शाह और इमरान खान के आर्थिक सलाहकार अब्दुल हफीज शेख शामिल हैं। और तो और, रिटायर्ड लेफ्टिनेंट जनरल असीम सलीम बाजवा अब इमरान खान के मीडिया सलाहकार हैं।

हालाँकि इमरान खान बार-बार सफाई दे रहे हैं कि सत्ता उनके पास है और सेना उनके साथ खड़ी है, लेकिन हकीकत यह है कि वे केवल मुखौटा भर रह गए हैं। दरअसल, कोरोना के कारण पाकिस्तान में आर्थिक संकट उत्पन्न हो गया है। पाकिस्तान में आर्थिक विकास दर शून्य से नीचे पहुँच गई है। कोरोना के मामले भी तेजी से बढ़ रहे हैं। दक्षिण एशिया में भारत के बाद सबसे अधिक कोरोना संक्रमित पाकिस्तान में हैं। इस संकट का सेना ने भरपूर फायदा उठाया है, लेकिन दिलचस्प तथ्य यह है कि पाक मीडिया में इस पर चर्चा नहीं हो रही है। वहाँ आजकल सुर्खियों में एक अमेरिकी ब्लॉगर है। सिंथिया डी रिची नामक इस महिला के पाकिस्तान के सियासी लोगों से पुराने रिश्ते रहे हैं और पिछले एक दशक से वह पाकिस्तान में सक्रिय है। सिंथिया के पाकिस्तानी सेना से रिश्ते किसी से छुपे हुए नहीं हैं। सिंथिया ने पाकिस्तान के विपक्षी दल पाकिस्तान पीपुल्स पार्टी के कई नेताओं पर यौन उत्पीड़न और दुष्कर्म जैसे गंभीर आरोप लगाए हैं। हाल में सिंथिया ने अपने फेसबुक अकाउंट के लाइव वीडियो के माध्यम से आरोप लगाया कि पाकिस्तान पीपुल्स पार्टी की सरकार में गृह मंत्री रहे रहमान मलिक ने वर्ष 2011 में उनके साथ दुष्कर्म किया था। साथ ही सिंथिया ने पाकिस्तान पीपुल्स पार्टी के वरिष्ठ नेता और पूर्व प्रधानमंत्री यूसुफ रजा गिलानी पर भी यौन उत्पीड़न का आरोप लगाया है। सिंथिया का दावा है कि जब वह इस्लामाबाद में पाकिस्तान के प्रधानमंत्री निवास में गिलानी से मिली थी, तो गिलानी ने उनके साथ जबरदस्ती करने की कोशिश की थी। सिंथिया ने पाकिस्तान पीपुल्स पार्टी के एक और वरिष्ठ नेता पूर्व स्वास्थ्य मंत्री शहाबुद्दीन पर भी यौन उत्पीड़न का आरोप लगाया है।

आयशा सिद्दीकी पाकिस्तान की जानी-मानी विश्लेषक हैं और लंदन विश्वविद्यालय में रिसर्च एसोसिएट हैं। उन्होंने विस्तार से एक लेख लिखा है, जिसमें उन्होंने कहा है कि 2009-10 के दौरान पाकिस्तान को प्रचार की जरूरत काफी महसूस की जाने लगी थी। इस दौरान पत्रकार से राजनयिक बनी मलीहा लोदी ने 'पाकिस्तान : बियॉण्ड अ क्राइसिस स्टेट' नामक पुस्तक लिख डाली थी, जिसमें पाकिस्तान की बेहतर छवि पेश करने की जरूरत का जिक्र किया था। ऐसा लगता है, मेजर जनरल गफूर ने इस सलाह पर तेजी से और गंभीरता से अमल करने का फैसला कर लिया है। दिसंबर 2016 में, जब उन्होंने आईएसपीआर की कमान सँभाली तब यह साबित करने की एक बड़ी चुनौती सामने थी कि पाकिस्तान को दुनिया में अलग-थलग नहीं किया गया है। सिंथिया पाकिस्तानी फौज की पब्लिसिटी विंग की पुरानी रणनीति का नया चेहरा बनी। '70 के दशक से सेना का प्रचार विभाग और आईएसआई विदेशी प्रभावशाली लोगों को फुसलाते रहे हैं और उन्हें पाकिस्तान और उसकी फौज के

बारे में सकारात्मक बातें लिखने को प्रोत्साहित करते रहे हैं। वैसे, सिंथिया का मौजूदा काम शायद विपक्ष की आवाज को बेअसर करना और उसे पढ़े-लिखे मध्यवर्ग में फैलने से रोकना है।

पाकिस्तानी फौज पाकिस्तान पीपुल्स पार्टी को नापसंद करती आई है। पीपीपी से मौजूदा नाराजगी की वजह यह है कि उसने संविधान के 18वें संशोधन को मंजूरी दिए जाने का समर्थन किया है। इस संशोधन के तहत राज्यों की वित्तीय स्वायत्तता बढ़ा दी गई है। नतीजतन संसाधनों में केंद्र सरकार की आर्थिक हिस्सेदारी घट गई है। इससे भविष्य में फौज का बजट प्रभावित हो सकता है और उसके आर्थिक संसाधनों में कटौती करनी पड़ सकती है, जो उसे पसंद नहीं आ रही है। फौज इस संशोधन को वापस चाहती है। पाक सेना प्रमुख जनरल कमर जावेद बाजवा ने संविधान के 18वें संशोधन की कड़ी आलोचना की है और इसे शेख मुजीब के छह सूत्रिय फॉर्मूले के बराबर माना है, जिसके कारण पाकिस्तान के दो टुकड़े हुए थे। पीपीपी की मजबूरी यह है कि वह ही यह संशोधन लाई थी, इसलिए वह इसे रद्द करने का समर्थन नहीं कर सकती, अन्यथा उसे इसका खासा राजनीतिक नुकसान उठाना पड़ सकता है। माना जा रहा है कि यही वजह है कि सेना के इशारे पर सिंथिया ने पीपीपी नेताओं को निशाना बनाया है।

यह तथ्य जगजाहिर है कि पिछले चुनाव में पाकिस्तानी सेना ने पूरी ताकत लगाकर इमरान खान को जितवाया था। इसके लिए सेना ने चुनावों में जितनी हेराफेरी हो सकती थी, वह की चुनाव प्रचार से लेकर मतदान और मतगणना तक सारी व्यवस्था को सेना ने अपने नियंत्रण में रखा। पाक सुरक्षा एजेंसियों ने चुनावी कवरेज को प्रभावित करने के लिए लगातार अभियान चलाया। जो भी पत्रकार, चैनल अथवा अखबार नवाज शरीफ के पक्ष में खड़ा नजर आया, खुफिया एजेंसियों ने उन्हें निशाना बनाया। पाकिस्तान के सबसे बड़े टीवी प्रसारक जियो टीवी को हफ्तों तक आंशिक रूप से ऑफ एयर रहना पड़ा था। पाकिस्तान के जाने-माने अखबार 'डॉन' का अरसे तक प्रसार प्रभावित रहा, क्योंकि उसने नवाज शरीफ का पक्ष लिया था। चुनाव से ठीक पहले भ्रष्टाचार के एक मामले में नवाज शरीफ को 10 साल और उनकी बेटी मरियम को सात साल की जेल की सजा सुना दी गई थी, ताकि इमरान खान सत्ता के मजबूत दावेदार बनकर उभर सकें। पाकिस्तान में सेना का साम्राज्य है। वह उद्योग-धंधे चलाती है। प्रॉपर्टी के धंधे में उसकी खासी दिलचस्पी है। उसकी अपनी अलग अदालतें हैं। सेना का एक फौजी ट्रस्ट है, जिसके पास करोड़ों की संपदा है। खास बात यह है कि सेना के सारे काम-धंधों को जाँच-पड़ताल के दायरे से बाहर

रखा गया है। कोई उन पर सवाल नहीं उठा सकता। उसके पास लगभग हर शहर में जमीनें हैं। कराची और लाहौर में तो डिफेंस हाउसिंग अथॉरिटी के पास लंबी-चौड़ी जमीनें हैं। गोल्फ क्लब से लेकर शॉपिंग मॉल और बिजनेस पार्क तक सेना ने तैयार किए हैं। अनियंत्रित पाक सेना की हरकतों का खामियाजा भारत को भी झेलना पड़ता है। लोकतांत्रिक रूप से चुनी सरकार से संवाद की गुंजाइश रहती है, लेकिन पाक सेना से संवाद संभव नहीं है। वह तो केवल सर्जिकल स्ट्राइक की ही भाषा समझती है। □

बहिष्कार की राह आसान नहीं

लद्दाख की गलवान घाटी में चीनी सैनिकों के साथ संघर्ष में 20 भारतीय जवानों के शहीद होने के बाद पूरा देश उद्वेलित है। देश के लोगों में चीन के खिलाफ भारी गुस्सा है। इतनी बड़ी संख्या में हमारे सुरक्षाबल के भाइयों के शहीद होने से हम-आप सभी का उद्वेलित होना स्वाभाविक है। भारत के विभिन्न राज्यों में विरोध प्रदर्शन हुए हैं और इस दौरान चीनी सामान का बहिष्कार करने की माँग जोर-शोर से उठी है। गुजरात के अहमदाबाद से ऐसी भी तसवीरें आई हैं, जिसमें चीन में निर्मित टीवी को बालकनी से फेंककर तोड़ दिया गया। पश्चिम बंगाल के शहर सिलीगुड़ी में स्थानीय व्यापारियों ने मशहूर हॉगकॉग मार्केट का नाम बदलने का फैसला किया है। दिल्ली में कॉन्फेडरेशन ऑफ ऑल इंडिया ट्रेडर्स (कैट) ने 'भारतीय सामान, हमारा अभिमान' नामक मुहिम की शुरुआत की है। उन्होंने 500 चीनी सामानों की सूची भी तैयार की है, जिनके बहिष्कार का निर्णय लिया गया है। फिल्मी सितारों से भी अपील की गई है कि वे चीनी सामान के विज्ञापन न करें। ऐसी भी खबर आई कि भारतीय रेलवे ने चीन की कंपनी को दिया गया 470 करोड़ का ठेका रद्द कर दिया है। डेडीकेटेड फ्रेट कॉरिडोर कॉरपोरेशन ऑफ इंडिया की ओर से बीजिंग नेशनल रेलवे रिसर्च एंड डिजाइन इंस्टीट्यूट ऑफ सिग्नल एंड कम्युनिकेशंस ग्रुप कंपनी लिमिटेड को ठेका दिया गया था। एक और खबर आई कि सरकार ने बीएसएनएल और एमटीएनएल को आदेश दिया है कि 4-जी के लिए चीनी उपकरणों का इस्तेमाल तत्काल प्रभाव से रोक दें। तनाव के मद्देनजर चीनी मोबाइल कंपनी ओपो को भारत में ऑनलाइन लॉञ्चिंग का कार्यक्रम रद्द करना पड़ा है। आमिर खान की सुपरहिट फिल्म '3 इडियट्स' के किरदार सोनम वांगचुक ने चीन को सबक सिखाने के लिए बुलेट नहीं, वॉलेट की मुहिम छेड़ी है। वांगचुक लद्दाख से हैं और उन्होंने चीन के सभी सामानों का बहिष्कार करने की अपील की है। उन्होंने 'प्रभात खबर' से भी बात की, साथ ही कई वीडियो संदेश भी जारी किए हैं, जिनमें वे कह रहे हैं कि चीन के खिलाफ युद्ध भारतीय सेना के अलावा चीनी कंपनियों के बहिष्कार से भी

जीता जा सकता है। एक वीडियो में वांगचुक ने कहा है कि अपने बटुए की ताकत का इस्तेमाल करिए और चीन में बने सामानों के साथ सॉफ्टवेयर और एक साल में चीनी हार्डवेयर का बहिष्कार करें। उनका संदेश सोशल मीडिया पर खासा चर्चा में है।

जवानों की शहादत से भारतीयों में उबाल है और यह होना भी चाहिए, लेकिन इस उत्तेजना में हम-आप आपा न खोएँ। जज्बातों में बहकर नहीं, बल्कि सोच-समझकर निर्णय लें। चीन के साथ हमारा संघर्ष 1962 से चला आ रहा है। तत्काल इसका कोई समाधान निकलता नजर नहीं आ रहा है। यह लंबी लड़ाई है। परिस्थितियों पर नजर डालें, तो चीन ने पिछले कई वर्षों में जिस तरह भारत में पाँव पसारे हैं, उनको बाहर करना नामुमकिन तो नहीं, लेकिन मुश्किल जरूर है। हम सबको यह जानना बेहद जरूरी है कि चीन ने भारत में कितने पाँव पसार लिये हैं। भारत के रसोईघर, बेडरूम और ऑफिस सभी स्थानों पर चीन किसी-न-किसी रूप में मौजूद है। शाओमी, वीवो, ओपो से लेकर टीवी, फ्रिज बनाने वाली कंपनी हायर और कार निर्माता एमजी मोटर्स तक सभी चीनी कंपनियाँ हैं। चीन मुख्य रूप से भारत को विभिन्न उद्योगों में इस्तेमाल होने वाली मशीनरी, टेलीकॉम उपकरण, बिजली से जुड़े उपकरण, दवा उद्योग में इस्तेमाल होने वाले, बल्कि दवाएँ और कई तरह के केमिकल्स भारत को निर्यात करता है। भारत दुनिया का तीसरा सबसे बड़ा दवा निर्माता है, लेकिन दवा के निर्माण के लिए 70 फीसदी थोक दवाएँ, जिन्हें तकनीकी भाषा में एक्टिव फार्मास्यूटिकल्स इंग्रेडिएंट्स कहते हैं, उनका आयात चीन से होता है। अगर चीनी आयात में कोई असर पड़ा, तो 39 अरब डॉलर के दवा उद्योग को झटका लगेगा। ऑटो उद्योग 27 फीसदी पार्ट्स चीन से आयात करता है, इसी तरह इलेक्ट्रॉनिक उद्योग 43 फीसदी और वस्त्र उद्योग 27 फीसदी माल चीन से आयात करता है। दो चीनी कंपनियों—जेडटीई और हुवाई ने भारतीय टेलिकॉम कंपनियों को 15 अरब डॉलर मूल्य और उनकी कुल जरूरत के 40 फीसदी उपकरण सप्लाई किए हैं। भारत की सोलर परियोजनाओं में 78 फीसदी उपकरण चीनी निर्मित लगे हुए हैं। देश में स्थापित 61,371 मेगावाट क्षमता के बिजली संयंत्र चीन में बने उपकरणों पर चल रहे हैं। लगभग 75 फीसदी मोबाइल फोन बाजार पर चीनी कंपनियों का कब्जा है। आप अपने घर-परिवार में देखिए, अधिकांश मोबाइल चीनी कंपनियों के मिलेंगे। ओपो, वीवो, शाओमी, रीयल मी, वन प्लस वन जैसे चीनी मोबाइल का भारतीय बाजार पर कब्जा है। भारत में हर दस में से आठ बिकने वाले स्मार्टफोन चीनी कंपनियों के हैं। भारत में स्मार्टफोन बनाने वाली पाँच शीर्ष कंपनियों में चार चीन की हैं। भारत दुनिया का दूसरा सबसे बड़ा मोबाइल निर्माता है। यह सही है कि इसमें चीनी कंपनियाँ भी शामिल हैं, लेकिन हम मोबाइल सीधे चीन से आयात नहीं करते हैं। 'मेक इन इंडिया' के तहत चीनी कंपनियाँ उनका निर्माण भारत में करती हैं। यह सेक्टर सात लाख लोगों को रोजगार

देता है। चीनी कंपनी शाओमी के भारत में प्रमुख मनु कुमार जैन ने हाल में मीडिया से बातचीत में कहा कि उनकी कंपनी किसी अन्य ब्रांड से ज्यादा भारतीय है और उनके उत्पाद भारत में निर्मित हैं। उनका दावा है कि कंपनी भारत में लगभग 50 हजार लोगों को रोजगार उपलब्ध कराती है।

भारत और चीन के बीच कारोबार की स्थिति पर भी नजर डालनी जरूरी है। सन् 2000 में भारत और चीन के बीच कारोबार केवल तीन अरब डॉलर का था और अब चीन अमरीका को पीछे छोड़कर भारत का सबसे बड़ा कारोबारी साझेदार बन गया है। वाणिज्य मंत्रालय के आँकड़ों के अनुसार सन् 2018 में दोनों देशों के बीच कारोबार 89.71 अरब डॉलर के स्तर पर पहुँच गया, लेकिन व्यापार संतुलन चीन के पक्ष में था यानी भारत से कम निर्यात हुआ और चीन से आयात में भारी बढ़ोतरी हुई। इसमें भारत ने जो सामान निर्यात किया, उसकी कीमत केवल 13.33 अरब डॉलर थी, जबकि चीन से 76.38 अरब डॉलर का आयात हुआ यानी 63.05 अरब डॉलर का व्यापार घाटा था। इसी तरह 2019 में चीन से 70.31 अरब डॉलर का आयात हुआ, जबकि 16.75 अरब डॉलर के उत्पाद निर्यात किए गए। इसका मतलब है कि चीन ने भारत के मुकाबले चार गुने से भी अधिक का सामान बेचा। चीन ने भारत में ई-कॉमर्स, फिनटेक, मीडिया, सोशल मीडिया और लॉजिस्टिक्स में चीनी कंपनियों ने भारी निवेश कर रखा है। ऐसे में अचानक क्या हम चीन पर अपनी निर्भरता समाप्त कर सकते हैं? इसका जवाब है— नहीं। इसके लिए लंबी मुहिम चलानी होगी और धीरे-धीरे हमें चीनी उत्पादों पर अपनी निर्भरता समाप्त करनी होगी। इसके लिए सबसे पहली शर्त होगी कि हमें सस्ते और टिकाऊ विकल्प उपलब्ध कराने होंगे। प्रधानमंत्री नरेंद्र मोदी ने लोकल के लिए वोकल के तहत भारत में बनी वस्तुओं को बढ़ावा देने का अभियान छेड़ा है। इसको लगातार मजबूत करना होगा, तभी भारत आत्मनिर्भर बन सकेगा।

□

रंगभेद का शिकार है भारतीय समाज

अमेरिका में एक अश्वेत जॉर्ज फ्लॉयड की पुलिस के हाथों मौत का मुद्दा जोर पकड़ गया है। केवल अमेरिका ही नहीं, यूरोप में भी रंगभेद के खिलाफ 'ब्लैक लाइव्स मैटर' यानी अश्वतों की जिंदगी भी अहम है जैसे आंदोलन चल रहे हैं। दुनिया भर में रंगभेद के खिलाफ मुहिम चल रही है। यहाँ तक कि गोरे रंग को बढ़ावा देने वाली कंपनियों को भी भारी विरोध का सामना करना पड़ रहा है। विरोध को देखते हुए दुनिया की सौंदर्य प्रसाधन बनाने वाली प्रमुख बहुराष्ट्रीय कंपनी यूनीलिवर ने गोरेपन को बढ़ावा देने वाली अपनी फेस क्रीम 'फेयर एंड लवली' का नाम बदलने की घोषणा की है। कंपनी ने कहा है कि वह गोरा या गोरेपन जैसे शब्दों का इस्तेमाल अपने उत्पादों और विज्ञापनों में नहीं करेगी। कंपनी का कहना है कि सुंदरता को लेकर नजरिया बदल रहा है और फेयर, व्हाइट और लाइट जैसे शब्द सुदंरता का एकतरफा नजरिया पेश करते हैं, इसलिए इसमें बदलाव किया जा रहा है। फेयर एंड लवली ब्रांड का भारत ही नहीं, पूरे एशिया में दबदबा है। यह क्रीम भारत, पाकिस्तान, बांग्लादेश, इंडोनेशिया और थाईलैंड में खूब बिकती है। यूनीलिवर की प्रतिस्पर्धी कंपनी जॉनसन एंड जॉनसन ने भी कहा है कि वह गोरेपन को बढ़ावा देने वाली अपनी क्रीम की बिक्री बंद करने जा रही है।

भारत में भी रंगभेद की जड़ें बहुत गहरी हैं। हमारे समाज की धारणा है कि गोरा होना श्रेष्ठता की निशानी है और साँवला या काला व्यक्ति दोयम दर्जे का है। पिछले कुछ वर्षों के दौरान भारत में फेयरनेस क्रीम की बिक्री असाधारण रूप से बढ़ी है, क्योंकि यह क्रीम काले या साँवले व्यक्ति को गोरा बना देने का दावा करती है। कारोबार की वेबसाइट मनी कंट्रोल ने विशेषज्ञों के हवाले से लिखा है कि पिछले साल भारत में लगभग 4,100 करोड़ की फेयर एंड लवली की बिक्री हुई। यह दरशाता है कि भारतीय समाज में गोरा होने की चाहत कितनी प्रबल है। यह भी देखा गया है कि केवल लड़कियों में गोरा बनने की ललक नहीं है, मर्द भी इसमें पीछे नहीं हैं। इन गोरेपन की क्रीमों का कारोबार इतना बड़ा है कि कंपनियाँ नामी बॉलीवुड अभिनेता व अभिनेत्रियों से इसका प्रचार-

प्रसार करवाती हैं। यह और कुछ नहीं हमारे रंगभेदी रवैये का संकेत मात्र है। जानी-मानी अभिनेत्री नंदिता दास ने इस विषय पर एक लेख लिखा है, जिसमें उनका कहना है कि हालाँकि कंपनी का यह कदम सांकेतिक है, लेकिन यह एक बड़ा कदम है। जब मार्केट लीडर कुछ कदम उठाता है तो एक चर्चा को जन्म देता है। एक शख्स की पहचान को उसके रंग से जोड़कर देखे जाने को धीरे-धीरे ही सही, मगर चुनौती मिल रही है। एक ऐसे समाज में जहाँ सुंदरता की पहचान त्वचा के रंग से हो, वहाँ यह देखना सुखद है कि अरबों डॉलर का यह उद्योग अचानक बेदाग होना चाहता है। बॉलीवुड अभिनेत्री प्रियंका चोपड़ा ने भी रंगभेद के खिलाफ आंदोलन का समर्थन किया है, लेकिन कई लोगों ने कुछ समय पहले फेयरनेस क्रीम का विज्ञापन करने के लिए उनकी आलोचना भी की है। इस दौरान उनका एक पुराना इंटरव्यू भी सामने आया है, जिसमें प्रियंका चोपड़ा से पूछा गया था कि फेयरनेस क्रीम का प्रचार कर उन्हें कैसा लगा? प्रियंका ने जवाब दिया था—'उन्हें बहुत बुरा लगा', क्योंकि उनका रंग साँवला है, जबकि उनकी चचेरी बहनें गोरी हैं। मजाक के तौर पर उनका परिवार उन्हें 'काली-काली' कहकर बुलाता था।

अगर आप गौर करें तो देश के हर शहर के गली-मुहल्लों में बड़ी संख्या में ब्यूटी पार्लर खुल गए हैं और सबका कारोबार ठीक-ठाक चल रहा है। अखबारों के शादी के विज्ञापनों पर आप नजर डालें तो पाएँगे कि सभी परिवारों को केवल गोरी नहीं, बल्कि दूधिया गोरी बहू चाहिए। अंग्रेजी अखबारों में तो साफ लिखा होता है कि मिल्की व्हाइट बहू की दरकार है। शादी के विज्ञापनों में शायद ही कोई ऐसा व्यक्ति अथवा परिवार हो जो साँवली वधू चाहता हो। यह रंगभेद नहीं तो और क्या है। दरअसल, भारतीय समाज ने सुंदरता का पैमाना गोरा रंग मान लिया है। लड़का भले ही काला-कलूटा हो, बहू दूधिया गोरी चाहिए। स्थिति यह हो गई है कि लड़की साँवली हुई तो माँ-बाप हीनभावना से ग्रसित हो जाते हैं। ऐसे भी कई मामले सामने आए हैं कि लड़कियों ने इस काले-गोरे के चक्कर में आत्महत्या तक कर ली है। भारतीय समाज में यह भ्रांति भी है कि गर्भावस्था के दौरान महिला के खानपान से बच्चे के रंग पर भी असर पड़ता है और चूँकि सबको गोरा बच्चा चाहिए, यही वजह है कि दादी-नानी गर्भवती महिला को संतरे खाने की सलाह देती हैं और जामुन जैसे फल खाने पर एकदम पाबंदी रहती है।

रंगभेद का एक और उदाहरण हमारे सामने है। हमारे देश में अफ्रीकी देशों के लोगों को उनके रंग के कारण हिकारत की नजर से देखा जाता है। ऐसी घटनाएँ आम हैं जब किसी-न-किसी कारण अफ्रीकी छात्र को किसी शहर में पीट दिया जाता है। यह धारणा बना दी गई है कि सभी अश्वेत ड्रग्स का धंधा करते हैं। राजधानी दिल्ली और कई अन्य शहरों में अफ्रीकी देशों के छात्र काफी बड़ी संख्या में पढ़ने आते हैं। यह बात सभी जानते हैं कि अकसर ऑटोरिक्शा या टैक्सीवाले, यहाँ तक कि आम जन उन्हें 'कालू'

कहकर पुकारते हैं और हिकारत की नजर से देखते हैं। उनका काला रंग इस प्रकार के अपमानजनक बर्ताव का मूल कारण होता है। कुछ समय पहले देश में ऐसी घटनाएँ बहुत बढ़ गई थीं, तो अफ्रीकी देशों के राजदूतों ने मिलकर इन घटनाओं को भारत सरकार के समक्ष उठाया था और इसे रंगभेद बताया था। यह अजीब तथ्य है कि सरकारी स्तर पर अफ्रीकी देशों से भारत के रिश्ते अत्यंत घनिष्ठ हैं, लेकिन भारतीय जनता का अश्वेत लोगों से कोई लगाव नहीं है। और तो और, अपने ही पूर्वोत्तर राज्यों के लोगों को नाक-नक्शा भिन्न होने के कारण भेदभाव और अपमान का सामना करना पड़ता है। मैं जब बीबीसी में कार्य करता था, तो मुझे कई वर्ष ब्रिटेन में रहने और भारतवंशी समाज को करीब से देखने और समझने का मौका मिला। मैंने पाया कि वहाँ के भी भारतीय समाज में रंगभेद रचा-बसा है। वहाँ गोरी बहू तो स्वीकार्य है, लेकिन अश्वेत बहू उन्हें भी स्वीकार नहीं होती, जबकि अश्वेत उस समाज का अभिन्न अंग है।

यह विडंबना नहीं तो और क्या है कि जिस देश में रंगभेद व नस्लभेद के खिलाफ संघर्ष के सबसे बड़ें प्रणेता महात्मा गांधी ने जन्म लिया हो, उस समाज में रंगभेद की जड़े बेहद गहरी हैं। दक्षिण अफ्रीका के एक शहर पीटरमारित्सबर्ग के रेलवे स्टेशन पर सन् 1893 में महात्मा गांधी के खिलाफ रंगभेद की घटना घटित हुई थी। इसी शहर के रेलवे स्टेशन पर एक गोरे सहयात्री ने रंगभेद के कारण मोहन दास करमचंद गांधी को धक्के देकर ट्रेन से बाहर फेंक दिया था। इसी घटना ने मोहन दास करमचंद गांधी को आगे चलकर महात्मा गांधी बना दिया और रंगभेद के खिलाफ संघर्ष के लिए प्रेरित किया। देश में यह समस्या विकराल रूप ले चुकी है और भारतीय समाज को इसका यथाशीघ्र हल निकालना चाहिए।

□

कब आएँगे हिंदी के अच्छे दिन

उत्तर प्रदेश से बेहद चिंताजनक खबर आई है। यूपी बोर्ड की हाईस्कूल और इंटर की परीक्षा में लगभग आठ लाख विद्यार्थी अनिवार्य विषय हिंदी में फेल हो गए हैं। चूँकि यह खबर देश के सबसे बड़े हिंदीभाषी आबादी वाले राज्य से आई है, इसलिए विचलित करती है। इस साल 10वीं में सर्वाधिक 5.27 लाख परीक्षार्थी हिंदी में फेल हुए हैं, जबकि 12वीं के 2.70 परीक्षार्थी हिंदी में फेल हुए हैं। जबकि 10वीं में प्रारंभिक हिंदी यानी सरल हिंदी का पेपर होता है, उसमें भी लगभग सवा पाँच लाख छात्रों का फेल होना चिंता की बात है। बात यहीं तक नहीं रुकी है। बोर्ड के अधिकारियों के हवाले से जो खबरें आई हैं, उनके अनुसार लगभग 2.39 लाख छात्र हिंदी के अनिवार्य पेपर में अनुपस्थित रहे। हालाँकि ऐसी भी खबरें आई हैं कि पिछले वर्ष की तुलना में हिंदी में फेल होने वाले छात्रों की संख्या में कुछ कमी आई है, लेकिन यह खबर इस बार सुर्खियाँ बनी है। ऐसे राज्य में, जिसमें बोलचाल व लिखने-पढ़ने की भाषा केवल हिंदी हो, यह खबर चिंता जगाती है। इस पर सरकार, शिक्षा जगत् से जुड़े लोगों और हिंदी के विद्वानों को तत्काल ध्यान देने की जरूरत है, लेकिन ऐसा होता नजर नहीं आ रहा है। जिस दिन बोर्ड के नतीजे आए, उस दिन जरूर टीवी चैनलों पर यह खबर चली थी, लेकिन इस विषय पर कोई गंभीर विमर्श होता नजर नहीं आ रहा है, जबकि यूपी बोर्ड के नतीजे सीधे-सीधे हिंदी के भविष्य पर सवाल उठा रहे हैं। 10वीं बोर्ड में अन्य विषयों के परिणामों पर नजर डालने से स्थिति और स्पष्ट हो जाती है। अंग्रेजी के परिणाम देख लीजिए—अंग्रेजी में 80.51, विज्ञान में 80.40, सामाजिक विज्ञान में 82.64, कंप्यूटर में 89.70, वाणिज्य में 80.37 और गृह विज्ञान में 89.18 फीसदी विद्यार्थी उत्तीर्ण हुए हैं। संस्कृत की स्थिति भी कोई बेहतर नहीं रही है। उसमें 62.50 फीसदी छात्र पास हुए हैं और 37.5 फीसदी फेल हो गए हैं। ये आँकड़े इस बात की ओर भी इशारा करते हैं कि छात्रों, अभिभावकों और शिक्षकों में हिंदी के प्रति अनुराग नहीं रह गया है। ऐसे तर्क दिए जाते हैं कि अंग्रेजी पढ़ने से नौकरी की संभावनाएँ बढ़ जाती हैं। मैं अंग्रेजी पढ़ने पढ़ाने के खिलाफ नहीं हूँ,

लेकिन अपनी मातृभाषा में ही फेल हो जाएँ, यह भी स्वीकार्य नहीं है। उत्तर प्रदेश ऐसा राज्य है, जहाँ हिंदी की जड़ें बहुत गहरी रही हैं। हिंदी विद्वानों के नाम लेना शुरू कीजिए तो आप पाएँगे कि यह सूची अंतहीन है। कुछेक नाम जो स्मरण आ रहे हैं; जैसे भारतेंदु हरिश्चंद्र, मैथिलीशरण गुप्त, जयशंकर प्रसाद, सुमित्रानंदन पंत, महावीर प्रसाद द्विवेदी, महादेवी वर्मा, सूर्यकांत त्रिपाठी निराला, हजारी प्रसाद द्विवेदी। और बाद की पीढ़ी में उपेंद्र नाथ अश्क, धर्मवीर भारती, राजेंद्र यादव, नामवर सिंह, केदारनाथ सिंह, श्रीलाल शुक्ल, काशीनाथ सिंह जैसे हिंदी के लब्ध प्रतिष्ठित विद्वानों की अंतहीन सूची है जिनका संबंध उत्तर प्रदेश से रहा है और जिन्होंने हिंदी के उत्थान में महत्त्वपूर्ण योगदान दिया है।

हिंदी भारत के लगभग 40 फीसदी लोगों की मातृभाषा है। अंग्रेजी, मंदारिन और स्पेनिश के बाद हिंदी दुनियाभर में बोली जाने वाली चौथी सबसे बड़ी भाषा है। इसे राजभाषा का दर्जा मिला हुआ है। राजभाषा वह भाषा होती है जिसमें सरकारी कामकाज किया जाता है, लेकिन आप हम सब जानते हैं कि लुटियंस दिल्ली की भाषा अंग्रेजी है और जो हिंदीभाषी हैं भी, वे अंग्रेजीदाँ दिखने की पुरजोर कोशिश करते नजर आते हैं। गुलामी के दौर में अंग्रेजी प्रभु वर्ग की भाषा थी और हिंदी गुलामों की। यह ग्रंथि आज भी देश में बरकरार है। अपनी भाषा को लेकर जो गर्व हमें होना चाहिए, उसकी हम हिंदीभाषियों में बहुत कमी है। हमें अंग्रेजी बोलने, पढ़ने-लिखने और अंग्रेजियत दिखाने में बड़प्पन नजर आता है। अगर आसपास नजर दौड़ाएँ तो हम पाएँगे कि हमारे नेता, लेखक और बुद्धिजीवी हिंदी की दुहाई तो बहुत देते नजर आते हैं, लेकिन जब अपने बच्चों की पढ़ाई की बात आती है तो वे अंग्रेजी माध्यम वाले स्कूलों को ही चुनते हैं। कई लोग दलील देते मिल जाएँगे कि अंग्रेजी ज्ञान-विज्ञान की भाषा है। जबकि रूस, जर्मनी, फ्रांस और जापान जैसे देशों ने यह साबित कर दिया है कि अपनी मातृभाषा के माध्यम से विज्ञान के अध्ययन में कोई कठिनाई नहीं आती है। हम हर साल 14 सितंबर को देशभर में हिंदी दिवस मनाते हैं। इस अवसर पर एक ही तरह की बातें की जाती हैं कि हिंदी ने ये झंडे गाड़े, लेकिन बस थोड़ी सी कमी रह गई है इत्यादि-इत्यादि, लेकिन इस मौके पर हिंदी के समक्ष चुनौतियों पर कोई गंभीर विमर्श नहीं होता है। यह चर्चा भी नहीं होती कि सरकारी हिंदी ने हिंदी को कितना नुकसान पहुँचाया है। अगर सरकारी अनुवाद का प्रचार-प्रसार हो जाए, तो हिंदी का बटाढार होने से कोई नहीं रोक सकता है। रही-सही कसर गूगल अनुवाद ने पूरी कर दी है। इसमें अर्थ का जो अनर्थ होता है, उसका कोई जवाब नहीं और कई संस्थानों में यही चला भी दिया जाता है।

किसी भी देश की आर्थिक और सामाजिक प्रगति उस देश की शिक्षा पर निर्भर करती है। शिक्षित समाज ही आगे बढ़ता है। अच्छी शिक्षा के बगैर बेहतर भविष्य की कल्पना नहीं की जा सकती। अगर देश की शिक्षा नीति अच्छी है तो उस देश को आगे

बढ़ने से कोई रोक नहीं सकता। अगर शिक्षा नीति अच्छी नहीं होगी तो विकास की दौड़ में वह देश पीछे छूट जाएगा। राज्यों के संदर्भ में भी यह बात लागू होती है। शिक्षा के मामले में आज हिंदी पट्टी के राज्यों के मुकाबले हमारे अपने दक्षिण के राज्य हमसे कहीं आगे हैं। यही वजह है कि बिहार और झारखंड के छात्र बड़ी संख्या में पढ़ने के लिए दक्षिणी राज्यों में पढ़ने के लिए जाते हैं। कारण स्पष्ट है कि हिंदी पट्टी के राज्यों ने अपनी शिक्षा व्यवस्था की घोर अनदेखी की है। हम सब यह बात जानते हैं कि मौजूदा दौर में बच्चों को पढ़ाना कोई आसान काम नहीं रहा है। बच्चे, शिक्षक और अभिभावक शिक्षा की तीन महत्त्वपूर्ण कड़ी हैं। इनमें से एक भी कड़ी के ढीला पड़ने पर पूरी व्यवस्था गड़बड़ा जाती है। शिक्षक शिक्षा व्यवस्था की सर्वाधिक महत्त्वपूर्ण कड़ी है। शिक्षकों की छात्रों को गढ़ने में महत्त्वपूर्ण भूमिका होती है। यह सही है कि मौजूदा दौर में यह कार्य दुष्कर होता जा रहा है। परिस्थितियाँ बदल रही हैं, युवाओं में भारी परिवर्तन आ रहा है, ऐसे में यह कार्य काफी कठिन होता जा रहा है। मौजूदा दौर में शिक्षक का छात्रों के साथ पहले जैसा रिश्ता भी नहीं रहा है, लेकिन इतनी बड़ी संख्या में छात्रों का हिंदी में फेल हो जाना इस बात की ओर इशारा करता है कि गुरुओं ने अपना दायित्व सही से नहीं निभाया है। इस जिम्मेदारी से उत्तर प्रदेश के हिंदी शिक्षक बच नहीं सकते है।

जाने-माने कवि केदारनाथ सिंह की कविता—'मेरी भाषा के लोग' की कुछ पंक्तियाँ हैं—

पिछली रात मैंने एक सपना देखा,
कि दुनिया के सारे लोग एक बस में बैठे हैं,
और हिंदी बोल रहे हैं
फिर वह पीली-सी बस, हवा में गायब हो गई
और मेरे पास बच गई सिर्फ मेरी हिंदी
जो अंतिम सिक्के की तरह,
हमेशा बच जाती है मेरे पास,
हर मुश्किल में

□

अपराध और राजनीति का गठजोड़

गैंगस्टर विकास दुबे का एनकाउंटर आजकल चर्चा में है। एनकाउंटर के जरिए 'तत्काल न्याय' से पूरी न्याय प्रणाली पर देशव्यापी बहस छिड़ गई है। एक वर्ग इस एनकाउंटर की प्रशंसा कर रहा है, तो दूसरी ओर अनेक लोग इस पर सवाल भी उठा रहे हैं। सोशल मीडिया तो इस विमर्श का केंद्र बन गया है। एक दिन पहले विकास दुबे के मध्य प्रदेश के उज्जैन में सरेंडर की खबर सामने आई थी, लेकिन अगले दिन सुबह लोगों को एनकाउंटर की खबर मिली। उत्तर प्रदेश पुलिस ने कानपुर से 30 किलोमीटर दूर उसे मार गिराया। पुलिस का कहना है कि उज्जैन से उसे सड़क के रास्ते लाया जा रहा था तभी काफिले में शामिल एक वाहन पलट गया। इसका फायदा उठाकर उसने भागने की कोशिश जिसमें पुलिस ने उसे मार गिराया, लेकिन पुलिस की इस कहानी में भारी झोल हैं और उन पर सवाल उठने लाजिमी हैं। विकास दुबे ने उज्जैन के महाकाल मंदिर में आत्मसमर्पण किया। वहाँ कोरोना के बावजूद लोगों की आवाजाही रहती है। उसे आशंका रही होगी कि एकांत में गिरफ्तारी देने में एनकाउंटर का खतरा है। उसे लगा होगा कि सरेंडर के बाद एनकाउंटर का खतरा टल गया है। इसके बाद उसे कोर्ट में पेश किया जाता और रिमांड के बाद वह जेल में पहुँच जाता। अनेक सवाल हैं कि जब सबकुछ उसके मुताबिक चल रहा था, तो उसने भागने की कोशिश क्यों की, गाड़ी कैसे पलट गई, गोलियाँ पीठ पर न लगकर छाती पर क्यों लगीं इत्यादि। विकास दुबे के मामले में पुलिस महकमे से जुड़े कुछेक लोगों की भूमिका भी शुरू से संदिग्ध रही है। यह कितनी चौंकाने वाली बात है कि एक अपराधी की तलाश में पुलिस दबिश देती है, जिसकी सूचना पहले ही लीक हो जाती है। नतीजतन पुलिस को अपने आठ जवान गँवाने पड़ते हैं। सवाल यह भी है कि अलर्ट के बावजूद विकास दुबे उत्तर प्रदेश के तमाम पुलिस नाकों को पार करते हुए कैसे सड़क के रास्ते मध्य प्रदेश के उज्जैन तक सफलतापूर्वक पहुँच जाता है। इसमें कोई शक नहीं कि जो शख्स आठ पुलिसकर्मियों का हत्यारा हो और जिसके खिलाफ 60 से अधिक संगीन मामले दर्ज हों, उसकी कहानी का पटाक्षेप होना ही चाहिए, लेकिन

यह जिम्मेदारी न्यायपालिका की बनती है कि वह अपराधी को उचित सजा सुनाए। जब आप मुद्दई और मुंसिफ दोनों बन जाएँगे, तो सवाल उठने लाजिमी हैं। ऐसी कारवाई से पूरी व्यवस्था पर भी सवाल खड़े होते हैं और लोगों का उस पर भरोसा डगमगाता है।

भारत में अपराधियों, पुलिस प्रशासन और नेताओं का गठजोड़ कोई नई बात नहीं है। सुप्रीम कोर्ट के हस्तक्षेप के बावजूद राजनीति में आपराधिक छवि वाले व्यक्तियों का दबदबा कम नहीं हुआ है, क्योंकि बाहुबलियों को लोकतांत्रिक प्रक्रिया से अलग रखने के बारे में राजनीतिक दलों में आम सहमति का अभाव है। संसद् और विधानसभाओं में संगीन आरोपों वाले अनेक लोग पहुँच जाते हैं। अनेक अवसरों पर ऐसे मुकदमों की सुनवाई के लिए विशेष अदालतें भी गठित हुई हैं, लेकिन उनकी सुनवाई की रफ्तार भी धीमी है। विकास दुबे व्यवस्था की उपज था, इस बात में भी कोई शक नहीं है। इतने अपराधों के बावजूद वह जमानत पर छुट्टा घूम रहा था। यह भी बड़ा प्रश्न है कि उसे संगीन मामलों में भी जमानत कैसे मिल जाती थी। सवाल यह भी उठ रहे हैं कि थाने में घुसकर दर्जा प्राप्त मंत्री की हत्या करने वाले शख्स के खिलाफ पुलिस एक भी चश्मदीद गवाह खड़ा नहीं कर पाई। मीडिया में जो खबरें आई हैं, उनके अनुसार विकास दुबे 90 के दशक में एक छोटा-मोटा बदमाश हुआ करता था। जब भी पुलिस उसे पकड़कर ले जाती थी, तो उसे छुड़वाने के लिए स्थानीय रसूखदार नेताओं के फोन आते थे। विकास दुबे को सत्ता का संरक्षण मिला, तो वह राजनीति में भी पाँव पसारने लगा और वह एक बार जिला पंचायत सदस्य भी चुन लिया गया था। उसके घर के लोग तीन गाँव में प्रधान रहे हैं। जाहिर है कि विकास दुबे अपराध, राजनीति और प्रशासन के गठजोड़ की ही उपज था।

पद्म विभूषण से सम्मानित जूलियो रिबेरो सुपर पुलिस अधिकारी माने जाते हैं। जब पंजाब में आतंकवाद चरम पर था, तो उन्होंने उसके खात्मे में अहम भूमिका निभाई थी। 'इंडियन एक्सप्रेस' में एक लेख में उन्होंने लिखा है कि वे 1953 में पुलिस सेवा में शामिल हुए थे और उन्होंने कभी सपने में भी नहीं सोचा था कि विकास दुबे जैसे अपराधी भारत में पनप सकते हैं। उनके दौर में भी अपराधी होते थे, लेकिन वे पुलिस से डरते थे और पुलिस का इकबाल बुलंद था। किसी अपराधी की पुलिस दल पर हमला करने की हिम्मत नहीं थी, खासकर जब कोई वरिष्ठ अधिकारी उसका नेतृत्व कर रहा हो। कैसे एक छोटे अपराधी, जिसका असर उत्तर प्रदेश के कुछ जिलों तक सीमित था, उसके दिल से पुलिस प्रशासन का भय समाप्त हो गया। वे लिखते हैं कि इसका जवाब ढूँढ़ना कोई मुश्किल नहीं है। संस्थाओं के राजनीतिकरण और न्यायिक व्यवस्था के क्षरण के कारण यह पहले से ही स्पष्ट नजर आने लगा था। कोई भी नागरिक कानून व्यवस्था के लिए सबसे पहले पुलिस से संपर्क करता है। उसके बाद अभियोजन पक्ष, बचाव पक्ष और

जज आते हैं। यदि पहला पड़ाव ही पैसे और राजनीति से प्रभावित हो जाए, तो फरियाद का कोई नतीजा नहीं निकलता है। रिबेरो लिखते हैं कि आजकल तो अधिकारियों की तैनाती राजनीतिक लाभ-हानि देखकर की जाती है। यही वजह है कि यदि किसी ने सही व्यक्ति से पैरवी लगवा दी, तो अभियुक्त का छूट जाना तय है।

कुछ समय पहले एक और घटना चर्चा में आई थी। हैदराबाद के बहुचर्चित रेप कांड में पकड़े गए चारों अभियुक्त एक एनकाउंटर में मारे गए थे। एनकाउंटर हैदराबाद से 50 किलोमीटर दूर उसी स्थान पर हुआ, जहाँ दुष्कर्म हुआ था। एनकाउंटर से पहले अभियुक्तों को गिरफ्तार कर लिया गया था। एनकाउंटर के बाद कुछ लोग घटनास्थल पर पहुँच गए और वे पुलिस पर फूल बरसाते और मिठाई बाँटते नजर आए। घटनास्थल पर स्थिति यह हो गई कि लोगों को सँभालने के लिए पुलिस फोर्स बुलानी पड़ी। इसमें कोई शक नहीं है कि ऐसा जारी रहा तो इससे हमारी पूरी न्याय व्यवस्था पर संकट उत्पन्न हो सकता है, लेकिन इस सवाल का जवाब भी देना जरूरी है कि क्या ऐसे अपराधियों के शिकार हुए लोगों को न्याय मिलने का अधिकार नहीं है। बड़ी संख्या में लोगों का इसके पक्ष में आना सामाजिक व्यवस्था की विफलता का भी संकेत है। लोगों का यह रुख न्याय प्रणाली को लेकर हताशा से उपजा है। इसमें धीमी चाल से चलनेवाली अदालतें, कारवाई में सुस्ती बरतने वाली हमारी पुलिस, कड़े कानून बनाने में विफल हमारे जनप्रतिनिधि और ऐसे लोगों को संरक्षण देने वाला समाज सभी बराबर के दोषी हैं। कहा गया है कि न्याय केवल होना ही नहीं चाहिए, बल्कि होते हुए दिखना भी चाहिए। हालाँकि इसका जवाब किसी भी स्थिति में एनकाउंटर तो नहीं है, लेकिन सरकारों, न्यायपालिका और समाज का यह दायित्व भी है कि विकास दुबे जैसे अपराधी बचकर नहीं निकल पाने चाहिए।

□

बेटियों को बराबरी का दर्जा मिले

सीबीएसई, आईसीएससी और विभिन्न राज्यों के बोर्ड के नतीजे आ गए हैं। सबमें एक समानता है कि बेटियों ने हर जगह अपना परचम लहराया है। एक बेटी का कमाल देखिए। सीबीएसई 12वीं बोर्ड में दिव्यांशी जैन ने 600 में से 600 नंबर हासिल करके इतिहास रच दिया है। यह सफलता इसलिए भी खास है, क्योंकि दिव्यांशी विज्ञान की छात्रा नहीं है, जिसमें अकसर शत-प्रतिशत नंबर आ जाते हैं। दिव्यांशी को इतिहास, अंग्रेजी, संस्कृत, भूगोल, अर्थशास्त्र और इंश्योरेंस सभी विषयों में शत-प्रतिशत नंबर मिले हैं। सीबीएसई की 10वीं और 12वीं दोनों बोर्ड परीक्षाओं में लड़कियों ने बाजी मारी है। इन परीक्षाओं में लड़कों की अपेक्षा अधिक लड़कियाँ पास हुई हैं। 10वीं के नतीजों में कुल 93.31 प्रतिशत छात्राएँ उत्तीर्ण हुई हैं, जबकि पास होने वाले लड़कों का प्रतिशत 90.14 है। लड़कों के मुकाबले 3.71 प्रतिशत अधिक लड़कियाँ दसवीं की परीक्षा में उत्तीर्ण हुई हैं। ऐसा ही कुछ झारखंड में भी देखने को मिला, जहाँ सीबीएसई 10वीं की स्टेट टॉपर भी एक लड़की है। खास बात यह है कि झारखंड बनने के बाद यह पहली बार है जब किसी आदिवासी समाज की लड़की ने स्टेट टॉपर बनकर नाम रोशन किया है। राँची के डीएवी हेहल की छात्रा लीजा उराँव ने दसवीं बोर्ड की परीक्षा में अंग्रेजी में 99, हिंदी में 100, गणित में 98, विज्ञान में 99, सामाजिक विज्ञान में 98 और आईटी में 100 अंक हासिल किए हैं। सीबीएसई की 12वीं बोर्ड परीक्षाओं के नतीजों पर नजर डालें। इसमें भी 88.78 फीसदी विद्यार्थी उत्तीर्ण हुए हैं। इस साल भी लड़कियों ने 92.15 प्रतिशत उत्तीर्ण होने के साथ लड़कों को पछाड़ दिया है, जबकि लड़कों के पास होने का प्रतिशत 86.16 है। हाल में झारखंड बोर्ड का 12वीं का परीक्षा परिणाम जारी हुआ। कला संकाय में 90.96 प्रतिशत, वाणिज्य में 83.77 प्रतिशत और विज्ञान में 57.32 प्रतिशत विद्यार्थी सफल हुए हैं। इसमें भी लड़कियों का प्रदर्शन लड़कों से बेहतर रहा। तीनों विषयों में उन्होंने लड़कों को पछाड़ा है। सबसे बेहतर परीक्षा परिणाम कला संकाय का रहा। इसमें 93.96 प्रतिशत छात्राएँ सफल हुई हैं, वहीं कॉमर्स

में 89.46 और विज्ञान में 61.22 प्रतिशत छात्राओं को सफलता मिली है।

दूसरी ओर एक और सुखद खबर आई कि रोशनी नाडर मल्होत्रा देश की प्रमुख आईटी कंपनी एचसीएल टेक्नोलॉजीज की चेयरमैन बन गई हैं। वे किसी सूचीबद्ध भारतीय आईटी कंपनी की पहली महिला प्रमुख हैं। एचसीएल टेक्नोलॉजीज कोई छोटी-मोटी कंपनी नहीं है। यह 8.9 अरब डॉलर की कंपनी है। रोशनी की उम्र महज 38 वर्ष है। वे 2019 में फोर्ब्स वर्ल्ड की 100 सबसे शक्तिशाली महिलाओं की सूची में 54वें स्थान पर रही थीं। कहने का आशय यह है कि जहाँ भी महिलाओं को मौका मिला है, उन्होंने कमाल कर दिखाया है। चाहे शहनाज हर्बल की शहनाज हुसैन हों, बायोकेम की किरण मजूमदार शॉ, वीएलसीसी की वंदना लूथरा, पार्क होटल की प्रिया पॉल, फैशन डिजाइनर रितु कुमार, लाइम रोड की शुचि मुखर्जी, न्याका की फाल्गुनी नायक, मोबिक्विक की उपासना ताकू, यह सूची अंतहीन है। कहने का आशय यह है कि हर क्षेत्र में बेटियाँ आगे हैं, तो समाज के विभिन्न क्षेत्रों में उनकी भागीदारी कम क्यों है। दरअसल, उनकी शिक्षा की अनदेखी की जाती है। हालाँकि मौजूदा दौर में लोगों में समझदारी बढ़ी है, लेकिन अब भी ऐसे लोगों की कमी नहीं है, जो यह मानते हैं कि बेटी को ज्यादा पढ़ा-लिखा देने से शादी में दिक्कत हो सकती है। ऐसे लोगों की भी बड़ी संख्या है, जो बेटी के कॅरियर को ध्यान में रखकर नहीं पढ़ाते, बल्कि शादी को ध्यान में रखकर शिक्षा दिलवाते हैं। जबकि हकीकत यह है कि बेटी का कॅरियर अच्छा होगा, तो शादी में भी आसानी होगी। इस मानसिकता में तत्काल बदलाव लाने की जरूरत है।

बेटे-बेटियों में भेदभाव सिर्फ भारत में ही नहीं है, बल्कि विश्वस्तर पर भी देखने को मिलता है। इस भेदभाव की एक वजह यह है कि लड़कियों को हमेशा एक ही तरह की परंपरागत भूमिकाओं में दिखाया जाता है। बाद में यह भेदभाव सार्वजनिक जीवन में प्रकट होने लगता है। कुछ समय पहले यूनेस्को ने ग्लोबल एजुकेशन मॉनिटरिंग रिपोर्ट जारी की थी, जिसमें बताया गया था कि दुनियाभर में स्कूली पुस्तकों में महिलाओं को कम स्थान दिया जाता है, साथ ही उन्हें कमतर पेशों में दिखाया जाता है। जैसे पुरुष डॉक्टर की भूमिका में दिखाए जाते हैं, तो महिलाएँ हमेशा नर्स के रूप में नजर आती हैं। साथ ही महिलाओं को हमेशा खाने, फैशन या मनोरंजन से जुड़े विषयों में ही दिखाया जाता है। सन् 2016 में राष्ट्रीय शैक्षिक अनुसंधान और प्रशिक्षण परिषद् (एनसीईआरटी) के जेंडर स्टडीज विभाग ने भी एक रिपोर्ट जारी की थी, जिसमें असम, बिहार, छत्तीसगढ़, गुजरात, हरियाणा, हिमाचल प्रदेश, उड़ीसा, महाराष्ट्र, मणिपुर और राजस्थान जैसे 10 राज्यों की बच्चों की पुस्तकों का अध्ययन किया था। इस अध्ययन में भी यही निष्कर्ष निकला था कि पाठ्य पुस्तकों में महिलाओं को कमतर भूमिका में दिखाया जाता है, जबकि पुरुषों को नेतृत्व और फैसले लेने की भूमिका में रखा जाता है। दरअसल, समस्या यह है कि

हमारी सामाजिक संरचना ऐसी है जिसमें बचपन से ही यह बात बच्चों के मन में स्थापित कर दी जाती है कि लड़का लड़की से बेहतर है। इन बातों के मूल में यह धारणा है कि परिवार और समाज का मुखिया पुरुष है और महिलाओं को उसकी व्यवस्थाओं का पालन करना है। यह सही है कि परिस्थितियों में भारी बदलाव आया है, लेकिन अब भी ऐसे परिवारों की संख्या कम है जिनमें बेटे और बेटी के बीच भेदभाव नहीं किया जाता है।

बेटियों के सामने चुनौती केवल अपने देश में ही नहीं है। यूनीसेफ की एक रिपोर्ट के अनुसार दुनिया भर में गरीब घरों की हर तीन लड़कियों में से केवल एक लड़की को स्कूल जाने का मौका नहीं मिल पाता है। गरीबी, भेदभाव, स्कूल से दूरी, बुनियादी सुविधाओं का अभाव जैसी बाधाओं के कारण गरीब घरों की बच्चियाँ शिक्षा से वंचित रह जाती हैं। समय-समय पर लड़कियों की सुरक्षा को लेकर भी सवाल खड़े होते रहते हैं। उन्हें अकसर निशाना बनाया जाता है। भारतीय परंपरा में बेटियों को उच्च स्थान दिया गया है। हर वर्ष नौ दिनों तक नारी स्वरूपा देवी की उपासना की जाती है और उन्हें पूजा जाता है। कई राज्यों में कन्या जिमाने और उनके पैर पूजने की भी परंपरा है। एक तरह से यह त्योहार नारी के समाज में महत्त्व और सम्मान को भी रेखांकित करता है, लेकिन आदर का यह भाव समाज में केवल कुछ समय तक ही रहता है। महिला उत्पीड़न की घटनाएँ बताती हैं कि हम जल्द ही इसे भुला देते हैं। देश में बच्चियों व महिलाओं के साथ दुष्कर्म और छेड़छाड़ के बड़ी संख्या में मामले इस बात के गवाह हैं। दरअसल, यह केवल कानून व्यवस्था का मामला भर नहीं है। हमें बेटियों व महिलाओं के प्रति समाज में सम्मान की चेतना जगानी होगी। इसके लिए सामाजिक आंदोलन चलाने होंगे। सबसे बड़ी जिम्मेदारी माता-पिता की है कि वे लड़के और लड़की में भेदभाव न करें, तभी परिस्थितियों में कोई सुधार लाया जा सकता है।

□

सुशांत की आत्महत्या से उठे सवाल

देश के एक उभरते फिल्म अभिनेता सुशांत सिंह राजपूत की दुःखद परिस्थितियों में आत्महत्या के मामले की गुत्थी अभी तक नहीं सुलझी है। केंद्र सरकार ने अभिनेता सुशांत सिंह राजपूत की मौत की जाँच सीबीआई से कराने की बिहार सरकार की सिफारिश मान ली है। इससे पहले महाराष्ट्र पुलिस का जाँच को लेकर कैसा रवैया रहा है, यह हम सब लोगों के सामने है। बिहार सरकार की पहल के बाद ही इस मामले में जाँच आगे बढ़ी है। सुशांत बिहार-झारखंड के सबसे उभरते अभिनेता थे। शत्रुघ्न सिन्हा के बाद इस इलाके से कई अभिनेता बॉलीवुड में चमके, लेकिन इतना बड़ा स्टार सामने नहीं आया था। बेहद दुःखद परिस्थितियों में उनकी मौत हो गई। उम्मीद की जा रही है कि सीबीआई जाँच से उनकी मौत के राज से परदा उठेगा। वजह जो भी हो, जो अब तक की सूचनाएँ सामने आईं हैं, उनसे लगता है कि सुशांत अवसाद से ग्रसित थे। सुशांत की आत्महत्या ने बॉलीवुड पर ढका ग्लैमर का सुनहरी परदा उठा दिया है। पिछले कुछ महीनों में मनोरंजन उद्योग में हुई आत्महत्याओं को जानकर आप अचंभित रह जाएँगे। 25 जनवरी को टीवी अभिनेत्री सेजल शर्मा ने आत्महत्या कर ली। इसके बाद 16 मई को अभिनेता मनमीत ग्रेवाल, 27 मई को टीवी एक्टर प्रेक्षा मेहता, 14 जून को फिल्म अभिनेता सुशांत सिंह राजपूत, 26 जून को टिकटॉक स्टार सिया कक्कड़, 3 जुलाई को टिकटॉक स्टार संध्या चौहान, 8 जुलाई को कन्नड़ टीवी स्टार सुशील गौड़ा, 29 जुलाई को मराठी फिल्म अभिनेता आशुतोष भाखरे, 2 अगस्त को भोजपुरी फिल्म अभिनेत्री अनुपमा पाठक और 6 अगस्त को टीवी एक्टर समीर शर्मा ने आत्महत्या कर ली थी। इन घटनाओं से लगता है कि मनोरंजन उद्योग मानसिक अवसाद की बड़ी समस्या से जूझ रहा है। दरअसल, अवसाद नए दौर की महामारी के रूप में उभरकर सामने आ रहा है। किसी भी समाज के लिए यह बेहद चिंताजनक स्थिति है। कोई शख्स आत्महत्या को आखिरी विकल्प क्यों मान रहा है?

सुशांत सिंह राजपूत की मौत के बाद हिंदी फिल्म इंडस्ट्री में भाई-भतीजावाद पर

भी बहस चल रही है। इसे अवसाद की मुख्य वजह बताया जा रहा है। इसको लेकर कुछ कलाकार खुलकर अपनी बातें सामने रख रहे हैं। अभिनेत्री कंगना रनौत ने कई गंभीर आरोप लगाए हैं। इस बहस में चेतन भगत जैसे लेखक भी कूदे हैं और जाने-माने संगीतकार ए.आर. रहमान ने भी इस बात की ओर इशारा किया है। हाल ही में एक इंटरव्यू के दौरान ए.आर. रहमान ने कहा कि पिछले पाँच वर्षों में उन्होंने केवल पाँच फिल्मों में ही संगीत दिया है। वे कभी भी अच्छी फिल्मों को न नहीं कहते हैं, लेकिन बॉलीवुड में एक गैंग है, जो उनके खिलाफ झूठी अफवाहें फैला रहा है। लोग उनसे उम्मीद करते हैं कि वे अच्छा काम करें, लेकिन लोगों का एक गिरोह है, जो ऐसा नहीं होने दे रहा है। दूसरी ओर जाने-माने लेखक चेतन भगत ने यह दावा किया है कि फिल्म निर्माता विधु विनोद चोपड़ा ने उन्हें आत्महत्या करने के लिए लगभग मजबूर कर दिया था। चेतन भगत ने फिल्म निर्माता विधु विनोद चोपड़ा की पत्नी और फिल्म समीक्षक अनुपमा चोपड़ा को एक जवाबी ट्वीट किया—'मैडम, जब आपके पति ने मुझे सबके सामने धमकाया था और बेशर्मी से मेरा सारा क्रेडिट खुद ले लिया था। मेरे कहे जाने पर भी मुझे फिल्म '3 ईडियट्स' में क्रेडिट देने से इनकार कर दिया था और मुझे आत्महत्या तक करने के लिए मजबूर कर दिया था। उस समय आप सिर्फ तमाशा देख रही थीं।

ऐसा नहीं है कि मनोरंजन उद्योग से जुड़े लोगों ने आत्महत्याएँ नहीं की हों। यदा-कदा ऐसी घटनाएँ सामने आती रही हैं, लेकिन अचानक इसमें तेजी आई है और यह प्रवृत्ति बढ़ी है। पुराने मामलों पर नजर दौड़ाएँ तो दिसंबर 2019 में फिल्म और टीवी अभिनेता कुशल पंजाबी ने आत्महत्या कर ली थी। वे अवसादग्रस्त थे। मार्च 2017 में जाने-माने अभिनेता जितेंद्र के चचेरे भाई नितिन कपूर ने एक बिल्डिंग से कूदकर आत्महत्या कर ली थी। नितिन ने दक्षिण की एक अभिनेत्री जयासुधा से शादी की थी और वे भी अवसाद से ग्रसित थे। टीवी सीरियल 'बालिका वधू' में आनंदी के रोल से चर्चित हुई अभिनेत्री प्रत्यूशा बनर्जी ने 2016 में अपने अपार्टमेंट में आत्महत्या कर ली थी। 2015 में तेलुगू फिल्मों के जाने-माने अभिनेता रंगनाथ ने आत्महत्या कर ली थी। उन्होंने लगभग 300 फिल्मों में काम किया था और 2013 में युवा अभिनेत्री जिया खान ने आत्महत्या कर ली थी। जिया ने 'निशब्द' और 'गजनी' जैसी सुपरहिट फिल्मों में काम किया था। पिछले साल जानी-मानी विज्ञान पत्रिका 'लैंसेट' में 2017 में किए गए एक अध्ययन को प्रकाशित किया था, जिसके अनुसार सात में से एक भारतीय व्यक्ति किसी-न-किसी तरह के मानसिक अस्वस्थता से ग्रसित है। हाल में देश में किए एक अध्ययन के अनुसार कोरोना महामारी और लॉकडाउन से भारतीयों में तनाव बढ़ा है। लगभग 10 हजार भारतीयों पर यह जानने के लिए सर्वेक्षण किया गया कि वे कोरोना वायरस से उत्पन्न परिस्थिति का किस तरह से सामना कर रहे हैं। अध्ययन में शामिल 26 प्रतिशत

लोगों ने बताया कि वे हलके अवसाद से ग्रस्त हैं जबकि 11 प्रतिशत लोगों ने कहा कि वे काफी हद तक अवसाद से ग्रस्त हैं, वहीं 6 प्रतिशत लोगों ने अवसाद के गंभीर लक्षण होने की बात स्वीकार की।

मेरा मानना है कि आत्महत्या से बड़ा कोई अपराध नहीं है। विश्व स्वास्थ्य संगठन के अनुसार दुनिया में लगभग आठ लाख लोग हर साल आत्महत्या कर लेते हैं। ऐसा नहीं है कि केवल निराशा और अवसाद से पीड़ित भारत में ही हों, सबसे विकसित देश अमरीका में सबसे अधिक लोग अवसाद से पीड़ित हैं, लेकिन चिंताजनक बात यह है कि पीड़ित लोगों में से केवल आधे लोगों का इलाज हो पाता है। आत्महत्या की एक बड़ी वजह आर्थिक परेशानी पाई गई है। हमारे पूर्वजों ने वर्षों के अध्ययन और मनन के बाद एक बात कही थी, तेते पाँव पसारिये, जेती लांबी सौर। जितनी चादर है, उतने ही पैर फैलाएँ, लेकिन हम इस जीवन-दर्शन को भूल गए हैं और आर्थिक चकाचौंध में फँस गए हैं। अब हम उधार लेकर घी पीने के विदेशी चिंतन के मायाजाल में फँस गए हैं। जाहिर है कि ऐसी परिस्थिति में जीवन में ऐसे अनेक अवसर आएँगे जब व्यक्ति आर्थिक कारणों से तनाव का शिकार होगा। यह सही है कि मौजूदा दौर की गलाकाट प्रतिस्पर्धा के कारण लोगों को जीवन में भारी मानसिक दबाव का सामना करना पड़ता है और वे अवसाद में चले जाते हैं। कई लोग संघर्ष करने के बजाय हार मानकर आत्महत्या का सहज रास्ता चुन लेते हैं। यह बेहद दुर्भाग्यपूर्ण है कि परीक्षा अथवा प्रेम में असफल होने, नौकरी छूटने अथवा बीमारी जैसी वजह से भी लोग आत्महत्या कर लेते हैं। सबसे बड़ी समस्या यह है कि भारत में अवसाद को बीमारी नहीं माना जाता। इलाज तो दूर, पीड़ित व्यक्ति की मदद करने के बजाय लोग उसका उपहास उड़ाते हैं। कई बार तो पढ़े-लिखे लोग भी झाड़-फूँक के चक्कर में फँस जाते हैं। दरअसल, भारत में परंपरागत परिवार का ताना-बाना टूट गया है। व्यक्ति एकाकी हो गया है। यही वजह है कि अनेक लोग अवसादग्रस्त हो जाते हैं और आत्महत्या जैसे अतिरेक कदम उठा लेते हैं।

□

हिंदी को लेकर बेवजह विवाद

हिंदी भाषा को लेकर विवाद एक बार फिर सुर्खियों में है। द्रमुक सांसद कनिमोझी ने आयुष मंत्रालय के सचिव द्वारा गैर-हिंदीभाषी योग शिक्षकों और चिकित्सकों को एक वेबिनार से बाहर निकलने के कथित मामले को लेकर सवाल उठाए हैं। कनिमोझी ने कहा कि ये घटना अत्यंत निंदनीय है। उन्होंने मामले में आयुष मंत्री श्रीपद नाइक को पत्र लिखा है और पूर्व प्रधानमंत्री जवाहरलाल नेहरू द्वारा संसद् में किए गए वादे की याद दिलाई है, जिसमें कहा गया था कि जब तक गैर-हिंदीभाषी राज्यों को सहयोगी भाषा के रूप में अंग्रेजी की जरूरत है, तब तक यह व्यवस्था जारी रहेगी। कनिमोझी ने कहा है कि उन सभी अधिकारियों के खिलाफ कारवाई की जाए, जिन्होंने भाषा के आधार पर भेदभाव किया है। उन्होंने आरोप लगाया है कि इससे पता चलता है कि किस तरह हिंदी को थोपा जा रहा है। मेरा मानना है कि अगर यह घटना घटी है, तो इसे किसी भी तरह उचित नहीं ठहराया जा सकता।

हालाँकि पिछले कुछ समय से कनिमोझी लगातार हिंदी का मसला उछालती रही हैं। पिछले दिनों कनिमोझी ने आरोप लगाया था कि हवाई अड्डे पर जब उन्होंने केंद्रीय औद्योगिक सुरक्षा बल की एक अधिकारी से तमिल या अंग्रेजी में बोलने को कहा था, तब वह अधिकारी उनसे पूछ बैठीं कि क्या आप भारतीय हैं? कनिमोझी ने इसे भाषाई विवाद बना दिया और ट्वीट कर पूछा था कि वह जानना चाहती हैं कि कब से भारतीय होने के लिए हिंदी जानना जरूरी हो गया है? कनिमोझी ने कहा कि उन्हें हिंदी नहीं आती। उन्होंने कभी अपने स्कूल में इसका अध्ययन नहीं किया। वहाँ केवल तमिल और अंग्रेजी पढ़ाई जाती थी। हालाँकि सीआईएसएफ के एक वरिष्ठ अधिकारी ने कनिमोझी के आरोपों का खंडन करते हुए कहा कि महिला अधिकारी ने वे शब्द नहीं कहे थे, जिनका कनिमोझी जिक्र कर रही हैं, लेकिन भाषाई विवाद में पूर्व केंद्रीय मंत्री पी. चिदंबरम भी तत्काल कूद पड़े। चिदंबरम ने कहा कि मुझे सरकारी अधिकारियों और आम लोगों से बातचीत के दौरान इसी तरह के अनुभव का सामना करना पड़ा है। टेलीफोन पर या

आमने-सामने की बातचीत के दौरान उनका जोर रहता है कि उन्हें हिंदी में ही बोलना चाहिए। इसको लेकर तमिलनाडु में राजनीति शुरू हो गई और द्रमुक अध्यक्ष एम.के. स्टालिन ने पूछा कि क्या भारतीय होने के लिए हिंदी जानना ही एकमात्र मापदंड है? यह इंडिया है या हिंदिया है। वहीं भाजपा ने कनिमोझी पर चुनावी फायदे के लिए भाषाई मसला उछालने का आरोप लगाया। भाजपा महासचिव बी.एल. संतोष ने ट्वीट कर कहा कि विधानसभा चुनाव अभी आठ माह दूर हैं, लेकिन प्रचार शुरू हो गया है।

तमिलनाडु में हिंदी विरोध की राजनीति काफी पहले से होती आई है। इसमें अनेक लोगों की जानें तक जा चुकी हैं। तमिलनाडु के नेता त्रिभाषा फॉर्मूले के तहत हिंदी को स्वीकार करने को भी तैयार नहीं रहे हैं। वे हिंदी का जिक्र-भर कर देने से नाराज हो जाते हैं। तमिल राजनीति में हिंदी का विरोध 1937 के दौरान शुरू हुआ था और देश की आजादी के बाद भी जारी रहा। सी. राजगोपालाचारी ने स्कूलों में हिंदी को अनिवार्य बनाने का सुझाव दिया, तब भी भारी विरोध हुआ था। तमिलनाडु के पहले मुख्यमंत्री अन्ना दुरई ने तो हिंदी नामों के साइनबोर्ड हटाने को लेकर एक आंदोलन ही छेड़ दिया था। इस आंदोलन में डीएमके नेता और तमिलनाडु के कई बार मुख्यमंत्री रहे दिवंगत एम. करुणानिधि भी शामिल रहे थे। हाल में नई शिक्षा नीति के प्रारूप की घोषणा की गई है, जिसमें सबसे महत्त्वपूर्ण बदलाव है कि अब पाठ्यक्रम में मातृभाषा को प्राथमिकता दी जाएगी, जिससे कि बच्चे अपनी क्षेत्रीय भाषा में पठन-पाठन कर सकें। नई नीति में कहा गया है कि बच्चों द्वारा सीखी जाने वाली तीन भाषाएँ, राज्यों, क्षेत्रों और छात्रों की पसंद की होंगी। इसके लिए तीन में से कम-से-कम दो भाषाएँ भारतीय मूल की होनी चाहिए, लेकिन इसको लेकर भी विरोध शुरू हो गया है और मानव संसाधन मंत्रालय रमेश पोखरियाल 'निशंक' को सफाई देनी पड़ी कि किसी भी राज्य पर कोई भाषा थोपी नहीं जाएगी।

लेकिन यह भी सही है कि उत्तर भारत के लोगों ने दक्षिण भारतीयों को जानने की बहुत कोशिश नहीं की है। जब से आईटी की पढ़ाई और नौकरी के लिए हिंदीभाषी राज्यों के हजारों बच्चे और कामगार दक्षिण जाने लगे तब से उन्हें दक्षिणी राज्यों की जानकारी बढ़ी है। अन्यथा सभी दक्षिण भारतीय मद्रासी कहे जाते थे। आंध्र, कर्नाटक, तमिलनाडु और केरल का भेद और उनकी भाषाओं की जानकारी उन्हें नहीं थी। मैंने पाया कि अब भी जो हिंदीभाषी लोग दक्षिणी राज्यों में रहते हैं, उनमें उस राज्य की भाषा सीखने की कोई ललक नजर नहीं आती है। चूँकि देश की राजनीति अधिकांशतः उत्तर भारत के राज्यों से संचालित होती है, इसलिए उनमें अपने आप के लिए एक श्रेष्ठता का भाव है। मुझे याद है कि जब देवगौड़ा प्रधानमंत्री बने, तो उनके सामने सबसे बड़ी चुनौती हिंदीभाषियों से संवाद की थी। उन्हें समझा दिया गया था कि अगर ऐसा नहीं कर पाएँगे

तो उत्तर भारत आपको स्वीकार नहीं करेगा। इसके बाद हिंदी के एक वरिष्ठ पत्रकार ने उन्हें हिंदी पट्टी में स्थापित करने के लिए मोर्चा सँभाल लिया था। मुझे स्मरण है कि प्रधानमंत्री एच.डी. देवगौड़ा की ओर से हिंदी में हस्ताक्षर किया एक आमंत्रण-पत्र मिला था, जिसमें उन्होंने हिंदी के अनेक पत्रकारों और साहित्यकारों को अपने आवास पर भोज के लिए आमंत्रित किया था। जाहिर है, इसके बाद कुछ होना-जाना नहीं था। हाल में उनके बेटे और कर्नाटक के पूर्व मुख्यमंत्री एच.डी. कुमारस्वामी ने सिलसिलेवार ट्वीट किए हैं और कहा है कि हिंदी पॉलिटिक्स ने दक्षिण भारत के कई नेताओं को प्रधानमंत्री बनने से रोका। करुणानिधि, एच.डी. देवगौड़ा और कामराज इसमें प्रमुख हैं। हालाँकि देवगौड़ा इस बाधा को पार तो कर गए, लेकिन भाषा के कारण कई मौकों पर उनकी आलोचना की गई। कुमारस्वामी ने लिखा कि हिंदी पॉलिटिक्स के कारण ही स्वतंत्रता दिवस के मौके पर प्रधानमंत्री एच.डी. देवगौड़ा को हिंदी में भाषण देना पड़ा था। वे उत्तर प्रदेश और बिहार के किसानों के कारण इस पर राजी भी हो गए थे। यह दिखाता है कि दक्षिणी राज्यों के लोग हिंदी पट्टी के लोगों से कितने सशंकित रहते हैं।

यह हम सब जानते हैं कि तमिलनाडु का हिंदी से बैर पुराना है, लेकिन हिंदी पट्टी के क्षेत्रों में भी हम कहाँ हिंदी पर ध्यान दे रहे हैं। पिछले दिनों उत्तर प्रदेश से बेहद चिंताजनक खबर आई थी कि यूपी बोर्ड की हाईस्कूल और इंटर की परीक्षा में लगभग आठ लाख विद्यार्थी हिंदी में फेल हो गए थे। ऐसे राज्य में, जिसमें बोलचाल व लिखने-पढ़ने की भाषा केवल हिंदी हो, यह खबर चिंता जगाती है। हम हर साल 14 सितंबर को देशभर में हिंदी दिवस मनाते हैं, लेकिन यह भी कटु सत्य है कि हमारे कथित हिंदी प्रेमियों और सरकारी हिंदी ने हिंदी को भारी नुकसान पहुँचाया है। अगर सरकारी अनुवाद का प्रचार-प्रसार हो जाए, तो हिंदी का बंटाढार होने से कोई नहीं रोक सकता। यह सही है कि भारत अनेक भाषाओं का देश है और हर किसी का अपना महत्त्व है, लेकिन पूरे देश में एक भाषा का होना बेहद जरूरी है। आज भारत को एकता की डोर में बाँधने का काम कोई भाषा कर सकती है, तो वह हिंदी है, लेकिन राजनीतिक कारणों से नेताओं को यह पसंद नहीं है।

□

विरले होते हैं प्रणब दा जैसे नेता

नेता आते हैं और जाते हैं, लेकिन कुछ नेता राष्ट्र–पटल पर अपनी छाप छोड़ जाते हैं। ऐसे ही एक नेता थे पूर्व राष्ट्रपति और 'भारत रत्न' से सम्मानित प्रणब मुखर्जी। उनके निधन पर देश की हर पार्टी ने शोक व्यक्त किया और अपने निजी रिश्तों का जिक्र किया। उनके बारे में काफी कुछ कहा और लिखा जा चुका है। वे प्रधानमंत्री पद के योग्य व्यक्ति थे और यदि यूपीए सरकार में वे मनमोहन सिंह के स्थान पर प्रधानमंत्री बने होते तो देश की राजनीति का परिदृश्य कुछ भिन्न होता, लेकिन वे अपनी स्वतंत्र राय रखते थे, इसलिए कभी कांग्रेस नेतृत्व की पसंद नहीं बन पाए। यहाँ तक कि राष्ट्रपति पद के लिए भी वे कांग्रेस की पहली पसंद नहीं थे, लेकिन अन्य अनेक दलों ने उनका समर्थन कर दिया, तो कांग्रेस के पास कोई चारा नहीं बचा था। मनमोहन सरकार के कार्यकाल में जब भी कोई राजनीतिक संकट आया, वे तारणहार बने। वे यूपीए सरकार के दौरान संकट के हल के लिए गठित लगभग दो दर्जन मंत्रिमंडलीय समितियों के प्रमुख रहे। हर संकट में कांग्रेस पार्टी उन्हीं की ओर देखती थी और वे अपने कौशल से हर संकट का समाधान निकाल लेते थे। उनका आदर सभी दलों के लोग करते थे। प्रधानमंत्री नरेंद्र मोदी भी उतना ही सम्मान करते थे, जितना कांग्रेस का कोई अन्य बड़ा नेता। मोदी सरकार के दौरान ही उन्हें 'भारत रत्न' से सम्मानित किया गया।

उनमें कुछ अद्‌भुत गुण थे। राष्ट्रपति भवन के कार्यक्रमों में मुझे अनेक बार जाने का अवसर मिला, लेकिन इस दौरान मुलाकात बेहद संक्षिप्त और औपचारिक होती थी। मुझे उनके साथ जॉर्डन, इजराइल, फिलिस्तीन और मॉरीशस की यात्रा करने का अवसर मिला था। मॉरीशस में वे उनके राष्ट्रीय दिवस के कार्यक्रम के मुख्य अतिथि थे। यात्राओं में वे पत्रकारों से खुलकर बात भी करते थे। ज्यादातर पत्रकार उन्हें 'प्रणब दा' कहकर ही संबोधित करते थे। पत्रकारों से बातचीत में उनकी दिलचस्पी देश की राजनीति को लेकर रहती थी। वे कोई प्रतिक्रिया नहीं देते थे, बस सुनते थे। जॉर्डन, इजराइल, फिलिस्तीन की यात्रा की कहानी दिलचस्प है। दरअसल भारत इससे पहले तक इजराइल के साथ

अपने रिश्तों को दबा–छिपाकर रखता आया था। भारत फिलिस्तीनियों का बहुत करीबी दोस्त रहा है और फिलिस्तीनी राष्ट्र निर्माण के संघर्ष में उसने साथ दिया है, लेकिन अब फिलिस्तीनियों के लिए समर्थन लगातार कम होता जा रहा है। मौजूदा सच्चाई यह है कि इजराइल भारत का सबसे भरोसेमंद साथी है। भारत इजराइल के साथ रक्षा और राष्ट्रीय सुरक्षा के मामले में ही नहीं, डेयरी, सिंचाई, ऊर्जा और बहुत से तकनीकी क्षेत्रों में साझेदारी कर रहा है। दरअसल, प्रधानमंत्री मोदी का इजराइल के प्रति झुकाव जगजाहिर है और वे वहाँ की यात्रा करना चाहते थे, लेकिन विदेश मंत्रालय मध्य पूर्व के देशों की प्रतिक्रिया को लेकर सशंकित था। काफी विमर्श के बाद यह तय हुआ कि राष्ट्रपति प्रणब मुखर्जी पहले यात्रा करेंगे और इससे प्रतिक्रिया का अंदाजा लगेगा, लेकिन प्रणब बाबू फिलिस्तीनी लोगों का साथ छोड़ने के पक्ष में नहीं थे। उन्होंने स्पष्ट कर दिया था कि वे इजराइल जाएँगे, लेकिन साथ ही रमल्ला, फिलिस्तीन भी जाएँगे। विदेश मंत्रालय ने काफी माथापच्ची के बाद जॉर्डन, फिलिस्तीन और इजराइल का कार्यक्रम बनाया। यात्रा में मध्य पूर्व के एक देश जॉर्डन को भी डाला गया ताकि यात्रा सभी पक्षों की नजर आए। वहाँ से चलकर हम लोग तेल अवीव, इजराइल होते हुए रमल्ला, फिलिस्तीन क्षेत्र पहुँचे। यह पूरा क्षेत्र अशांत है और आए दिन यहाँ गोलीबारी होती रहती है, लेकिन प्रणब दा तो ठहरे प्रणब दा। उन्होंने एक रात फिलिस्तीन क्षेत्र में गुजारने का कार्यक्रम बनाया था। उनके साथ हम सब पत्रकार भी थे। इजराइली सीमा क्षेत्र और फिलिस्तीनी क्षेत्र में जगह–जगह सैनिक भारी अस्त्र–शस्त्रों के साथ तैनात नजर आ रहे थे। फिलिस्तीन में हम लोग फिलिस्तीनी नेता और राष्ट्रपति महमूद अब्बास के मेहमान थे। कोई बड़े देश का राष्ट्राध्यक्ष पहली बार फिलिस्तीन क्षेत्र में रात गुजार रहा था। हमें बताया गया कि नेता हेलीकॉप्टर से आते हैं और बातचीत कर कुछेक घंटों में तुरंत उस क्षेत्र से निकल जाते हैं। कोई नेता इस अशांत क्षेत्र में रात गुजारने का जोखिम नहीं उठाता। यहाँ होटल आदि भी कोई खास नहीं थे। हम लोगों को एक सामान्य से दो मंजिला होटल में ठहराया गया, जिसमें ऊपर की मंजिल में राष्ट्रपति प्रणब मुखर्जी और उनकी टीम ठहरी हुई थी और नीचे की मंजिल में हर सब पत्रकार ठहरे हुए थे। फिलिस्तीन क्षेत्र में प्रणब बाबू गार्ड ऑफ ऑनर में भी शामिल हुए। उनके सम्मान में आयोजित रात्रि भोज में भी उन्होंने शिरकत की जिसमें फिलिस्तीन आंदोलन के चुनिंदा नेता शामिल हुए थे। अगले दिन फि लिस्तीन के अल कुद्स विश्वविद्यालय में उन्हें मानद डॉक्टरेट की उपाधि से सम्मानित किया गया। उसके बाद उनका भाषण था, लेकिन एक फिलिस्तीनी छात्र की इजराइली सैनिकों की गोलीबारी में मौत के बाद वहाँ हंगामा हो गया। किसी तरह बचते–बचाते हम सभी लोग यरुशलम, इजराइल पहुँचे। यहाँ संसद् को संबोधन से लेकर अनेक व्यस्त कार्यक्रम थे जिनमें प्रणब मुखर्जी ने अपनी दमदार उपस्थिति दर्ज कराई। मेरा मानना है

कि प्रणब मुखर्जी ने ही एक तरह से प्रधानमंत्री मोदी की इजराइल यात्रा की नींव रखी थी।

दूसरी महत्त्वपूर्ण यात्रा मॉरीशस की थी, जिसमें प्रणब मुखर्जी वहाँ के राष्ट्रीय दिवस में मुख्य अतिथि थे। मॉरीशस में बड़ी संख्या में भारतवंशी हैं और अधिकांश पूर्वांचली हैं। मुझे याद है कि जैसे ही शिवसागर रामगुलाम एयरपोर्ट पर राष्ट्रपति प्रणब मुखर्जी का विमान उतरा, उन्हें 21 तोपों की सलामी दी गई और उनकी अगवानी करने प्रधानमंत्री नवीन रामगुलाम अपनी पूरी कैबिनेट के साथ हवाई अड्डे पर मौजूद थे। मॉरीशस की आबादी लगभग 12 लाख है और इसमें लगभग 70 फीसदी लोग भारतवंशी हैं। इनमें बड़ी संख्या बिहार और पूर्वी उत्तर प्रदेश के लोगों की है, जिन्हें गिरमिटिया मजदूर कहा जाता है, लेकिन इन लोगों ने अपने आप को इस देश में स्थापित किया और सत्ता के शिखर तक पहुँचे। मॉरीशस के राष्ट्रपिता कहे जाने वाले सर शिवसागर रामगुलाम सन् 1968 में देश के पहले प्रधानमंत्री बने। मॉरीशस में उस दौरान दोनों महत्त्वपूर्ण पद भारतवंशियों के पास थे—प्रधानमंत्री नवीन रामगुलाम थे और राष्ट्रपति राजकेश्वर प्रयाग। भारत और मॉरीशस के राष्ट्रपतियों की मौजूदगी में आपसी सहयोग बढ़ाने के समझौतों पर हस्ताक्षर हुए। भारत की ओर से समझौते पर हस्ताक्षर साथ में गए तत्कालीन केंद्रीय गृह राज्यमंत्री आर.पी.एन. सिंह ने किए। इस दौरान सीमित संख्या में दोनों ओर के पत्रकार मौजूद थे। राष्ट्रपति के दौरे में अमूमन कोई प्रेस कॉन्फ्रेंस नहीं होती है। इसमें भी नहीं थी। उस दौरान मॉरीशस के जरिए भारत में विदेशी निवेश की व्यवस्था पर अनेक सवाल उठ रहे थे। अचानक मॉरीशस का एक पत्रकार खड़ा हो गया और उसने इसको लेकर एक सवाल पूछ लिया। आर.पी.एन. सिंह आर्थिक विषयों के जानकार नहीं हैं और अचानक पूछे सवाल से अचकचा गए। ऐसे में राष्ट्रपति प्रणब मुखर्जी आगे आए। कोई ये उम्मीद ही नहीं कर रहा था। हम सब जानते हैं कि प्रणब बाबू देश के वित्त मंत्री रहे हैं। उन्होंने ऐसा सधा हुआ जवाब दिया कि वहाँ मौजूद लोगों ने उसका जोरदार तालियाँ बजाकर स्वागत किया। प्रणब बाबू के साथ यात्रा की एक और खासियत रहती थी कि पत्रकारों से मिलने पर उनका हालचाल अवश्य पूछते थे। कई बार वे एक शब्द कहते थे—एन्जाय यानी मस्त रहिए। वे वापसी में प्रेस कॉन्फ्रेंस जरूर करते थे और जिसमें आपको किसी भी किस्म के सवाल पूछने की छूट रहती थी। ऐसे थे हमारे प्रणब बाबू, जिनसे हम सब बहुत कुछ सीख सकते हैं।

□

हिंदीभाषियों को हिंदी की परवाह नहीं

फिर 14 सितंबर यानी हिंदी दिवस आ रहा है। सरकारी दफ्तरों में फिर हिंदी पखवाड़े के बैनर झाड़-पोंछकर निकाले जाएँगे और लटका दिए जाएँगे। इसके बाद उनको सहेजकर अगले साल के लिए रख दिया जाएगा। न तो इससे हिंदी का भला हुआ है और न होने वाला है। पूरे देश में यह कार्यक्रम चलेगा, लेकिन कैसे हिंदी को जन-जन की भाषा बनाना है, उस पर कोई सार्थक विमर्श नहीं होगा। मैं कहता रहा हूँ कि कम-से-कम हम हिंदी पट्टी के लोगों को तो हिंदी भाषा को लेकर जागृत हो जाना चाहिए। सरकारी प्रयासों से तो मुझे हिंदी का भला होता नजर नहीं आता है। मेरा मानना है कि हमारे कथित हिंदीप्रेमियों और सरकारी हिंदी ने हिंदी को भारी नुकसान पहुँचाया है। आम बोलचाल की हिंदी के स्थान पर संस्कृतनिष्ठ हिंदी का दुराग्रह आप करेंगे, तो आप हिंदी को ही नुकसान पहुँचाएँगे। अंग्रेजी भाषा में ऑक्सफोर्ड डिक्शनरी हर साल यह घोषित करती है कि वे अंग्रेजी में विभिन्न भाषाओं से कौन-कौन से शब्द शामिल कर रहे हैं। हिंदी के लूट से लेकर गुरु शब्द तक आज अंग्रेजी भाषा का हिस्सा हैं। इससे भाषा समृद्ध होती है, कमजोर नहीं होती है, लेकिन एक तो हिंदी में ऐसा कोई प्रयास नजर नहीं आता है और अगर हो तो कथित हिंदीप्रेमी सोटा लेकर उसके पीछे पड़ जाएँगे, लेकिन मैं इस बात से पूरी तरह सहमत हूँ कि अगर हिंदी का ऐसा शब्द उपलब्ध है, जिससे बात स्पष्ट हो जाती है, तो बेवजह अंग्रेजी का शब्द इस्तेमाल करना उचित नहीं है। हिंदी में अद्भुत माधुर्य है। मुहावरे और लोकोक्तियाँ उसे और समृद्ध करते हैं। उदाहरण के तौर पर जैसे हिंदी को मान लिया गया है कि यह घर की मुरगी है, दाल बराबर है। फिर भी हम अंग्रेजी का दुराग्रह पाले हुए हैं। अब स्थिति यह है कि हम घर दफ्तर में हिंदी बोलते हैं, लिखते-पढ़ते हैं, लेकिन अपने बच्चों से हिंदी के साहित्यकारों का नाम पूछकर देख लीजिए। मेरा दावा है कि 90 फीसदी नहीं बता पाएँगे और जो बाकी 10 फीसदी होंगे, उनमें से अधिकांश प्रेमचंद से आगे नहीं बढ़ पाएँगे। कुछेक ही हैं, जो इस परीक्षा में खरे उतरेंगे। यह करके भी देख लीजिए कि कुछेक युवाओं से कहें कि वे दो पैरा

बिना अंग्रेजी के शब्दों के इस्तेमाल के शुद्ध हिंदी में लिखकर दिखा दें। अधिकांश इस परीक्षा में भी असफल हो जाएँगे। इसमें उनका दोष नहीं है। हमने उन्हें अपनी भाषा पर गर्व करना नहीं सिखाया है, उनका सही मार्गदर्शन नहीं किया है। मैं इसमें कुछ हद तक गुरुजनों का भी दोष मानता हूँ। आजकल पितृ पर्व चल रहा है और हम अपने पितरों को याद कर उन्हें श्रद्धांजलि दे रहे हैं। भारतेंदु हरिश्चंद्र, मैथिलीशरण गुप्त, जयशंकर प्रसाद, सुमित्रानंदन पंत, महावीर प्रसाद द्विवेदी, महादेवी वर्मा, सूर्यकांत त्रिपाठी 'निराला', हजारी प्रसाद द्विवेदी, उपेंद्र नाथ 'अश्क', धर्मवीर भारती, राजेंद्र यादव, नामवर सिंह, केदारनाथ सिंह, श्रीलाल शुक्ल, काशीनाथ सिंह जैसे हिंदी के लब्ध प्रतिष्ठित पितरों ने हिंदी की विकास यात्रा में महत्त्वपूर्ण योगदान दिया है। पितृ पर्व पर हम उन्हें याद कर सकते हैं और युवाओं को यह बता सकते हैं कि जिस हिंदी भाषा में आप लिख-पढ़ रहे हैं, इन पितरों ने उसे आगे बढ़ाने में महत्त्वपूर्ण योगदान दिया है।

तमिलनाडु को तो छोड़ दीजिए, वे तो हिंदी को कोसने का कोई अवसर नहीं गँवाते हैं, लेकिन हम हिंदी वाले भी कब अपनी भाषा पर गर्व करते हैं। हिंदी पट्टी के क्षेत्रों में भी हम कहाँ हिंदी पर ध्यान दे रहे हैं। पिछले दिनों उत्तर प्रदेश बोर्ड की हाईस्कूल और इंटर की परीक्षा में लगभग आठ लाख विद्यार्थी हिंदी में फेल हो गए थे। यूपी के आँकड़े तो हमें उपलब्ध हैं, इसलिए हम उस पर विमर्श कर पा रहे हैं। मेरा मानना है कि यदि बिहार और झारखंड के आँकड़ों का भी सही तरीके से विश्लेषण कर दिया जाए, तो स्थिति कोई बेहतर सामने नहीं आएगी। हिंदीभाषी राज्यों में, जिनमें बोलचाल व लिखने पढ़ने की भाषा केवल हिंदी हो, यह खबर चिंताजनक है। इसके बरक्स बांग्ला या दक्षिण की किसी भी भाषा को बोलने वालों को लें, वे जब भी मिलेंगे, अपनी मातृ भाषा में ही बात करेंगे। उनमें अपनी भाषा के प्रति मोह है, यही वजह है कि वे भाषाएँ प्रगति कर रही हैं। उनमें स्तरीय साहित्य रचा जा रहा है। अगर आप बाजार अथवा मनोरंजन उद्योग को देखें तो उन्हें हिंदी की ताकत का एहसास है। यही वजह है कि अमेजन हो या फिर फ्लिपकार्ट दोनों की साइट हिंदी में उपलब्ध है। हॉलीवुड की लगभग सभी बड़ी फिल्में हिंदी में डब होती हैं, लेकिन भारतीय भाषाओं के साहित्य अथवा फिल्मों को देखें, तो गिनी-चुनी कृतियाँ ही हिंदी में उपलब्ध हैं।

यह सच्चाई है कि प्रभु वर्ग की भाषा आज भी अंग्रेजी है और जो हिंदीभाषी हैं भी, वे अंग्रेजीदाँ दिखने की पुरजोर कोशिश करते नजर आते हैं। गुलामी के दौर से यह ग्रंथि आज भी देश में बरकरार है। हमें अंग्रेजी बोलने, पढ़ने-लिखने और अंग्रेजियत दिखाने में बड़प्पन नजर आता है। जबकि हिंदी भारत के लगभग 40 फीसदी लोगों की मातृभाषा है। अंग्रेजी, मंदारिन और स्पेनिश के बाद हिंदी दुनियाभर में बोली जाने वाली चौथी सबसे बड़ी भाषा है। इसे राजभाषा का दर्जा मिला हुआ है। राज भाषा वह भाषा होती है, जिसमें

सरकारी कामकाज किया जाता है, लेकिन आज भी नौकरशाही की भाषा अंग्रेजी है। कोरोनाकाल में आपने देखा होगा कि हिंदीभाषी राज्यों में भी लॉकडाउन के सारे दिशा-निर्देश अंग्रेजी में निकलते थे। अखबार हिंदी में न छापें, तो जनता की समझ में ही न आए कि निर्देश क्या है। कुछ समय पहले केंद्रीय गृह मंत्रालय का एक आदेश तो खासा चर्चा में रहा था, जिसमें ऐसी अंग्रेजी भाषा का इस्तेमाल किया गया था, जो किसी को समझ में नहीं आई थी। उसको समझाने के लिए मंत्रालय को स्पष्टीकरण जारी करना पड़ा था। बॉलीवुड को ही लें, जिसमें अधिकांश हीरो-हीरोइन रोजी-रोटी हिंदी की खाते हैं, लेकिन बातचीत में मजाल है कि कोई हिंदी में बात कर ले। एक हिंदीभाषी सुशांत सिंह राजपूत बॉलीवुड में सफल हुआ था, उसे भी भाई लोगों ने घेराबंदी कर हमसे छीन लिया।

मैं अपने पुराने अनुभव की बात साझा करता हूँ। मैंने दिल्ली में हिंदी 'इंडिया टुडे' के संपादकीय विभाग में नौकरी जॉइन की थी। सीमित वेतन था और मैं दक्षिण दिल्ली के साकेत इलाके में एक कमरा देख रहा था, क्योंकि कई भाई-बंद इस इलाके में रहते थे। हर शनिवार और रविवार को क्लासीफाइड विज्ञापन की मदद से कमरा देखने निकलता था, जिसे दिल्ली की भाषा में बरसाती भी कहते हैं। मैंने पाया कि मुझे सबसे बड़ी समस्या भाषा को लेकर आ रही थी। दक्षिण दिल्ली का यह इलाका अभिजात्य वर्ग का है और हर मकान मालिक केवल अंग्रेजी में बात करता था। हम ठहरे ठेठ हिंदीभाषी और छोटे जिले से आए व्यक्ति जिसका अंग्रेजी में हाथ तंग था। मैंने पाया कि केवल हिंदीभाषी होने के कारण मुझे कमरा किराए पर नहीं मिल पा रहा था। बाद में यूपी के एक मित्तल साहब की कृपा हुई, जिन्होंने हमें पनाह दी। यह सही है कि भारत विविधता भरा देश है और इसमें अनेक भाषाएँ व बोलियाँ बोली जाती हैं और हरेक का अपना महत्त्व है, लेकिन पूरे देश को एक सूत्र में पिरोने वाली एक भाषा का होना बेहद जरूरी है, लेकिन राजनीतिक कारणों से नेताओं को यह पसंद नहीं है।

□

समाज पर बदनुमा दाग है दुष्कर्म

हाथरस की बेटी के साथ दुष्कर्म और फिर हत्या पर उत्तर प्रदेश पुलिस ने जिस असंवेदनशील तरीके से कारवाई की और मामले को दबाने-ढकाने की कोशिश की, वह दरशाता है कि हमारे समाज का क्षरण हो गया है। हाथरस की घटना के बाद राजस्थान व मध्य प्रदेश सहित अनेक राज्यों से दुष्कर्म की संगीन घटनाओं की खबरें सामने आई हैं। सब जगह की कहानी एक-सी है। जैसे ही मामला तूल पकड़ता है, तो पहले पुलिस प्रशासन ऐसी किसी घटना के होने से ही इनकार करता है। फिर यह साबित करने की कोशिश होती है कि दुष्कर्म हुआ ही नहीं। हाथरस मामले में तो इंतिहा कर दी। आधी रात को ही बिना परिवार की सहमति के लड़की का दाह संस्कार कर दिया गया। ऐसी घटनाओं से आम लोगों का पुलिस प्रशासन से भरोसा उठता है। यही वजह है कि लोग अब हर आपराधिक घटना की स्थानीय पुलिस के बजाय सीबीआई से जाँच कराने की माँग करने लगे हैं। हम अकसर महिलाओं के प्रति सम्मान की बड़ी-बड़ी बातें करते हैं, लेकिन वास्तविकता में आदर का यह भाव समाज में समाप्त हो गया है। देश में बच्चियों और महिलाओं के साथ दुष्कर्म, यौन शोषण और छेड़छाड़ के बड़ी संख्या में मामले इस बात की पुष्टि करते हैं कि हमने इस आदर को गंगा में प्रवाहित कर दिया है। दरअसल, यह कानून व्यवस्था का मामला भर नहीं है। यह हमारे समाज की सड़न का प्रगटीकरण भी है। दुष्कर्म के मामलों को बेहतर ढंग से सुलझाने के लिए भारत में प्रोटेक्शन ऑफ चिल्ड्रन फ्रॉम सेक्सुअल ऑफेंस यानी पॉक्सो एक्ट बनाया गया है। पॉस्को एक्ट के तहत 18 साल से कम उम्र के बच्चों और बच्चियों से दुष्कर्म व यौन शोषण के मामले में सुरक्षा प्रदान की जाती है। इस कानून के तहत आरोपी को सात साल या फिर उम्र कैद की सजा का प्रावधान है। कहने का आशय यह कि हमारे पास एक मजबूत कानून उपलब्ध है, लेकिन बावजूद इसके ऐसी घटनाएँ रुक नहीं रही हैं। सुप्रीम कोर्ट का कहना है कि दुष्कर्म से पीड़ित महिला स्वयं अपनी नजरों में ही गिर जाती है और जीवन भर उसे उस अपराध की सजा भुगतनी पड़ती है, जो उसने किया ही नहीं होता।

हाथरस की घटना ने महिला सुरक्षा को लेकर एक बार फिर गंभीर सवाल खड़े कर दिए हैं। या यूँ कहें कि एक तरह से यह जिम्मेदारी स्वयं महिलाओं पर ही आ गई है कि उन्हें अपनी सुरक्षा का खुद खयाल रखना है। जो सूचनाएँ सामने आई हैं, वे चिंता जगाती हैं। वर्ष 2019 में अब तक दर्ज मामलों के मुताबिक भारत में औसतन रोजाना 87 दुष्कर्म के मामले सामने आ रहे हैं। इस साल के शुरुआती नौ महीनों में महिलाओं के खिलाफ अपराध के अब तक कुल 4,05, 861 आपराधिक मामले दर्ज हो चुके हैं। राष्ट्रीय अपराध रिकॉर्ड ब्यूरो के अनुसार यह 2018 की तुलना में सात फीसदी अधिक हैं। वर्ष 2018 में महिलाओं के खिलाफ अपराध के कुल 3,78, 236 मामले दर्ज किए गए थे। वर्ष 2018 में देश में दुष्कर्म के कुल 33,356 मामले दर्ज हुए थे, जबकि 2017 में यह संख्या 32,559 थी। आँकड़ों से पता चलता है कि केवल महिलाएँ ही नहीं, बच्चों के खिलाफ भी अपराध से जुड़े मामलों में बढ़ोतरी हुई है। 2018 से 2019 में बच्चों के खिलाफ अपराध के मामलों में 4.5 प्रतिशत की वृद्धि हुई है। साल 2019 में बच्चों के खिलाफ अपराध के कुल 1.48 लाख केस दर्ज हुए हैं। इनमें से 46.6 फीसदी अपहरण और 35.3 फीसदी उनके यौन शोषण से जुड़े हैं।

न्याय में देरी, अन्याय है—न्याय के क्षेत्र में अकसर इस सूत्र वाक्य का प्रयोग होता है। इसका भावार्थ यह है कि यदि किसी को न्याय मिल जाता है, किंतु इसमें बहुत अधिक देरी हो गई हो, तो ऐसे न्याय की सार्थकता नहीं रहती है। यह सिद्धांत ही त्वरित न्याय के अधिकार का आधार है। यह सूत्र वाक्य न्यायिक सुधार के समर्थकों का प्रमुख हथियार है। हमारे देश में दुष्कर्म के मामलों में न्यायिक प्रक्रिया पर नजर डालते हैं। राष्ट्रीय अपराध रिकॉर्ड ब्यूरो के मुताबिक दुष्कर्म के मामलों में सजा की दर 2018 में पिछले साल के मुकाबले घटी है। देश में दुष्कर्म के मामलों में सजा की दर केवल 27.2 फीसदी है। 2017 में सजा की दर 32.2 फीसदी थी। उस वर्ष बलात्कार के 18,099 मामलों में मुकदमे की सुनवाई पूरी हुई और इनमें से 5,822 मामलों में दोषियों को सजा हुई थी। राष्ट्रीय अपराध रिकॉर्ड ब्यूरो के मुताबिक 2018 में बलात्कार के 1,56,327 मामलों में मुकदमे की सुनवाई हुई। इनमें से 17,313 मामलों में सुनवाई पूरी हुई और सिर्फ 4,708 मामलों में दोषियों को सजा हुई। ब्यूरो के अनुसार, 11,133 मामलों में आरोपी बरी किए गए जबकि 1,472 मामलों में आरोपियों को आरोप मुक्त किया गया। किसी मामले में आरोप मुक्त तब किया जाता है जब आरोप तय नहीं किए गए हों, वहीं मामले में आरोपियों को बरी तब किया जाता है जब मुकदमे की सुनवाई पूरी हो जाती है। सन् 2018 में बलात्कार के 1,38,642 मामले लंबित थे। सबसे गंभीर बात यह है कि 2012 में निर्भया कांड के बाद कानून सख्त किए जाने के बावजूद सजा की दर कम हो रही है। ऐसा माना जा रहा है कि आपराधिक न्याय व्यवस्था में कमियों के कारण ऐसा

हो रहा है। बहुचर्चित निर्भया मामले को ही लें। इस मामले ने पूरे देश की अंतरात्मा को हिलाकर रख दिया था। देश की राजधानी दिल्ली के वसंत विहार इलाके में 16 दिसंबर, 2012 की रात 23 साल की पैरामेडिकल की छात्रा निर्भया के साथ चलती बस में बहुत ही बर्बर तरीके से सामूहिक दुष्कर्म किया गया था। इस जघन्य घटना के बाद पीड़िता को बचाने की हरसंभव कोशिश की गई, लेकिन उसकी मौत हो गई। इस मामले में दिल्ली पुलिस ने बस चालक सहित छह लोगों को गिरफ्तार किया था। इनमें एक नाबालिग भी शामिल था। इस मामले में नाबालिग को तीन साल तक सुधारगृह में रखने के बाद रिहा कर दिया गया, जबकि एक आरोपी राम सिंह ने जेल में खुदकुशी कर ली थी। फास्ट ट्रैक कोर्ट ने सितंबर 2013 में इस मामले में चार आरोपियों पवन, अक्षय, विनय और मुकेश को दोषी ठहराते हुए फाँसी की सजा सुनाई थी। मार्च 2014 में हाई कोर्ट ने इस सजा को बरकरार रखा। फिर मई 2017 में सुप्रीम कोर्ट ने भी इस फैसले पर मुहर लगा दी। मई 2017 में देश की सर्वोच्च अदालत ने जिस फैसले की पुष्टि कर दी हो, उसके बावजूद निर्भया के गुनहगारों को फाँसी की सजा मार्च 2020 में जाकर मिली। न्यायिक दाँवपेचों के कारण यह मामला सात साल तक खिंचा। हर रोज देश के किसी-न-किसी हिस्से से महिलाओं के दुष्कर्म की खबरें सामने आती हैं। वर्ष 2012 में निर्भया के साथ दुष्कर्म और हत्या के बाद उत्पन्न आक्रोश के बाद कानून में भारी बदलाव कर उन्हें कड़ा किया गया था, लेकिन लगता है कि सामाजिक स्तर पर कुछ नहीं बदला है। ये घटनाएँ सभ्य समाज को शर्मसार करने वाली हैं। उस पर एक बदनुमा दाग हैं।

□

ऑनलाइन गुंडागर्दी पर लगे लगाम

आजकल नई किस्म के गुंडे बढ़ते जा रहे हैं। ये सूचना युग के ऑनलाइन गुंडे हैं, जो अदृश्य रहकर शिकार करते हैं। ये सोशल मीडिया पर सक्रिय रहते हैं। ये आमतौर पर कानून के शिकंजे से बचे रहते हैं। इन्हें ट्रोलर्स कहते हैं। ट्रोलिंग अब हमारे समाज के लिए बहुत बड़ी समस्या बन चुका है। हम सब जानते हैं कि सोशल मीडिया हमारी जिंदगी का एक हिस्सा बन चुका है। हम इससे अलग नहीं रह सकते हैं, मगर इन ऑनलाइन गुंडों पर नकेल तो कस ही सकते हैं। ट्विटर और फेसबुक ऐसे घिनौने लोगों पर लगाम लगाने में नाकामयाब रहा है। आईटी एक्ट में ऐसे लोगों के लिए कड़े दंड का प्रावधान है, फिर भी ट्रॉलर्स छुट्टे घूम रहे हैं। पिछले दिनों ऐसा ही एक मामला सामने आया था। चेन्नई सुपर किंग्स के कप्तान महेंद्र सिंह धोनी को लेकर सोशल मीडिया पर नफरत फैलाने वाले एक शख्स ने उन्हें और उनकी पाँच वर्षीय बेटी जीवा को धमकी दी थी। पिछले कुछ समय से ट्विटर पर धोनी को हेटर्स ट्रोल कर रहे हैं और वे लोग उनकी मासूम बच्ची को भी नहीं बख्श रहे हैं। सोशल मीडिया पर धमकी की वजह यह है कि, क्योंकि धोनी का आईपीएल में प्रदर्शन निराशाजनक है। यह मामला बहुत गंभीर है। धोनी की बेटी के बारे में जिस तरह की टिप्पणी एक यूजर ने की, वह कतई स्वीकार्य नहीं है। ऐसे व्यक्ति को हर हाल में सजा मिलनी चाहिए। ट्रोलर्स के भद्दे कमेंट्स के खिलाफ देशभर से धोनी और जीवा के समर्थन में लोग सामने आए हैं। पूर्व क्रिकेटर इरफान पठान ने ट्विटर के माध्यम से ऐसे ट्रोलर्स को लताड़ा है। उन्होंने ट्वीट किया कि सभी खिलाड़ी अपना सर्वश्रेष्ठ प्रदर्शन करने की कोशिश करते हैं। कई बार ऐसा होता है कि लोग इसमें सफल नहीं हो पाते हैं, लेकिन यह किसी को भी अधिकार नहीं देता कि वह उनके बच्चों को धमकी दे।

सोशल मीडिया, खासकर ट्विटर और फेसबुक कुत्सित और परपीड़क मानसिकता वालों का अड्डा बनता जा रहा है। सोशल मीडिया पर महिलाओं का पीछा करनेवाले, असभ्य भाषा का इस्तेमाल करनेवाले बढ़ते ही जा रहे हैं। पिछले दिनों सुप्रीम कोर्ट ने

एक मामले की सुनवाई के दौरान कहा था कि हाल के दिनों में जिस चीज का सबसे ज्यादा दुरुपयोग हुआ है, वह है अभिव्यक्ति की आजादी का। सोशल मीडिया पर आए दिन इसके उदाहरण देखने को मिल जाते हैं। आप अंदाजा नहीं लगा सकते कि स्थिति कितनी गंभीर है। पिछले दिनों सोशल मीडिया पर 'रेप कैसे करें' जैसी पोस्ट वायरल हो गई थी। पश्चिम बंगाल पुलिस ने इसकी जाँच शुरू की है। पुलिस का कहना है कि शुरुआती जाँच में यह पोस्ट भारत के बाहर की लगती है और इसे कुछ लोकल सोशल मीडिया हैंडल्स ने शेयर किया है। महिला संगठनों ने इस पोस्ट का स्क्रीनशॉट्स शेयर कर पुलिस से काररवाई की माँग की है। ट्रोलिंग करने के पीछे कई कारण हो सकते हैं। ट्रोलिंग मजे के लिए भी हो सकती है और सुनियोजित भी हो सकती है। मौजूदा समय में सभी बड़े राजनीतिक दलों के पास ट्रोल्स की बड़ी फौज है। उनका काम है कि पार्टी के पक्ष में माहौल बनाना और इस बात का ध्यान रखना कि उनके खिलाफ सोशल मीडिया में कोई नकारात्मक राय न बन पाए। साथ ही पार्टी से जुड़े ये ट्रोल विरोधी दल की नकारात्मक छवि पेश करने की हरसंभव कोशिश करने में भी जुटे रहते हैं। चुनावों में तो इनकी भूमिका और बढ़ जाती है। कॉरपोरेट ट्रोलिंग में कारोबारी हिसाब चुकता किए जाते हैं। जैसे किसी प्रतिस्पर्धी कंपनी के बारे में बेबुनियाद बातें फैलाई जाती हैं और अपनी कंपनी के बारे में सुनहरी तसवीर पेश की जाती हैं ताकि निवेशकों का भरोसा बना रहे। कुछ लोग तो ऐसे हैं, जिनके पीछे ट्रोल लगातार पड़े रहते हैं। इनमें से एक हैं अनुष्का शर्मा। विराट कोहली को लेकर वे हमेशा निशाने पर रहती हैं। विराट के अच्छा न खेलने पर अनुष्का को निशाना बनाया जाता है और उन पर असभ्य टिप्पणियाँ की जाती हैं। एक बार तो विराट कोहली को कहना पड़ा था कि भगवान् के लिए अनुष्का शर्मा को इसमें न घसीटो। ऐसा देखा गया है कि महिलाओं को ट्रोलिंग का ज्यादा निशाना बनाया जाता है।

अकसर ट्रोलर्स के तथ्य भी सही नहीं होते हैं। मिसाल के तौर पर धोनी को ही लें। धोनी की कप्तानी की वजह से चेन्नई सुपर किंग आईपीएल इतिहास की सबसे सफल टीमों में से एक है। धोनी की कप्तानी में सीएसके ने तीन खिताब जीते हैं। धोनी अपनी टीम को आईपीएल में 100 से अधिक मैच जिताने वाले अकेले कप्तान हैं। पिछले साल उनकी टीम फाइनल तक पहुँची थी, जबकि 2018 में उसने खिताब जीता था। इस सीजन की शुरुआत सीएसके ने मुंबई इंडियंस के खिलाफ जीत से की थी। यह सही है कि इसके बाद से टीम ने लगातार कई मैच गँवाए। धोनी ही क्या कोई भी खिलाड़ी हमेशा फॉर्म में नहीं रह सकता है। हर खिलाड़ी के खेल जीवन में उतार-चढ़ाव का दौर आता है, लेकिन धोनी विकेट के पीछे आज भी उतने ही सक्रिय हैं। धोनी ने केकेआर के खिलाफ मैच में जिस तरह का कैच पकड़ा वैसा कम ही देखने को मिलता है। ड्वेन ब्रावो की गेंद का सामना केकेआर के बल्लेबाज शिवम मावी कर रहे थे। ब्रावो की गेंद पर मावी ने गेंद

को हिट करने की कोशिश की, लेकिन गेंद बल्ले का बाहरी किनारा लेते हुए विकेट के पीछे गई। इस पर धोनी ने गेंद को कैच करने के लिए अपनी दाहिनी तरफ डाइव लगाई, लेकिन गेंद उनके हाथ से लगकर थोड़ी दूर चली गई, पर धोनी ने कमाल की फुरती दिखाते हुए वह कैच पकड़ ही लिया। विकेट के पीछे आईपीएल के इस सीजन का यह सर्वश्रेष्ठ कैच माना जा रहा है। धोनी वह खिलाड़ी हैं, जिसे भारतीय क्रिकेट प्रशंसक कभी भुला नहीं पाएँगे। आप ऐसे खिलाड़ी का नाम गिनाएँ जिसने अंतरराष्ट्रीय क्रिकेट को कोई शॉट दिया हो। धोनी ने क्रिकेट को हेलीकॉप्टर शॉट दिया और आज दुनिया के सभी दिग्गज खिलाड़ी उसे लगाने की कोशिश करते हैं। मैं पहले भी कहता आया हूँ कि धोनी का सबसे बड़ा योगदान यह है कि उन्होंने भारतीय क्रिकेट टीम की चाल, चरित्र और चेहरा बदल दिया। इससे पहले भारतीय क्रिकेट टीम में केवल मुंबई और दिल्ली के खिलाड़ियों का बोलबाला था। झारखंड से निकले इस क्रिकेटर ने न केवल टीम में जगह बनाई, बल्कि उसे नई ऊँचाइयों तक ले गया। उसने टीम का न केवल सफल नेतृत्व किया, बल्कि छोटी जगहों से आने वाले प्रतिभाशाली खिलाड़ियों के लिए टीम में आने का रास्ता भी खोला। इसमें तो कोई दो राय नहीं है कि उन्होंने झारखंड को राष्ट्रीय और अंतरराष्ट्रीय स्तर पर पहचान दी है। भारतीय क्रिकेट के प्रति धोनी से ज्यादा समर्पित कोई खिलाड़ी नहीं है। कहने का आशय यह है कि क्रिकेट के प्रति ऐसे समर्पित व्यक्ति को भी ट्रोलर्स नहीं छोड़ रहे हैं। यह ट्विटर और फेसबुक आदि सोशल मीडिया प्लेटफॉर्म की जिम्मेदारी है कि वे ऐसे लोगों को चिह्नित करें और उसे इंटरनेट की दुनिया से बाहर करें, दंडित करें। आईटी एक्ट में ऐसे लोगों के लिए कड़े दंड का प्रावधान है, फिर भी ट्रोलर्स छुट्टे घूम रहे हैं। यह स्थिति किसी भी तरह स्वीकार्य नहीं है।

□

छठ बने पर्यावरण संरक्षण महापर्व

भारत में उत्सव और त्योहारों की प्राचीन परंपरा रही है। पूर्वी भारत का बड़ा पर्व है छठ और इसे महापर्व भी कहा जा सकता है। दीपावली निकल गई है और छठ का माहौल बन गया है। व्रत रखने वाली महिलाओं ने तैयारी शुरू कर दी है। कोरोनाकाल में छठ को लेकर थोड़ी बाधा भले ही आ गई हो, लेकिन लोगों की आस्था में कोई कमी नहीं आई है। कोरोना के कारण संसाधन सीमित हैं, बावजूद इसके लोग अपने घर पहुँचने शुरू हो गए हैं। कुछ अरसा पहले तक छठ बिहार, झारखंड और पूर्वांचल तक ही सीमित था, लेकिन अब यह पर्व देश-विदेश व्यापी हो गया है। वैसे तो सभी पर्व-त्योहार महत्त्वपूर्ण होते हैं, लेकिन पूर्वांचल के लोगों के बीच धर्म और आस्था के प्रतीक के तौर पर छठ सबसे महत्त्वपूर्ण है। छठ सूर्य आराधना का पर्व है और सूर्य को हिंदू धर्म में विशेष स्थान प्राप्त है। देवताओं में सूर्य ही ऐसे देवता हैं, जो मूर्त रूप में नजर आते हैं। कोणार्क का सूर्य मंदिर तो इसका जीता-जागता उदाहरण है। इस पर्व की पूजा-अर्चना सूर्य से जुड़ी है। उगते और अस्त होते सूर्य को नदी अथवा तालाब के किनारे अर्घ्य देना होता है। सूर्य को आरोग्य देवता भी माना जाता है। सूर्य की किरणों में कई रोगों को नष्ट करने और निरोग करने की क्षमता पाई जाती है। माना जाता है कि ऋषि-मुनियों ने छठ के दिन इसका प्रभाव विशेष पाया और यहीं से छठ पर्व की शुरुआत हुई।

छठ को स्त्री और पुरुष समान उत्साह से मनाते हैं, लेकिन इस पुरुष प्रधान समाज में व्रत की जिम्मेदारी केवल महिलाओं की है। आप एक सिरे से देख लीजिए—पति से लेकर बच्चों तक के कल्याण के सभी व्रत महिलाओं के जिम्मे हैं। छठ का व्रत निर्जला और बेहद कठिन होता है और बड़े विधि-विधान के साथ रखना होता है। पुरुष इसमें सहभागी जरूर होता है, हालाँकि कुछ पुरुष भी इस व्रत को रखते हैं, लेकिन अधिकांशत: कठिन तप महिलाएँ ही करती हैं। चार दिनों के इस व्रत में व्रती को लगातार उपवास करना होता है। भोजन के साथ ही सुखद शैया का भी त्याग किया जाता है। पर्व के लिए बनाए गए कमरे में व्रती फर्श पर एक कंबल अथवा चादर के सहारे ही रात बिताती है।

छठ पर्व को शुरू करना कोई आसान काम नहीं है। एक बार व्रत उठा लेने के बाद इसे तब तक करना होता है, जब तक कि अगली पीढ़ी की कोई विवाहित महिला इसके लिए तैयार न हो जाए। इसके नियम बहुत कड़े हैं। इसमें छूट की कोई गुंजाइश नहीं है। इसका मूल मंत्र है शुद्धता, पवित्रता और आस्था। इस दौरान तन और मन दोनों की शुद्धता और पवित्रता का भारी ध्यान रखा जाता है, लेकिन तकलीफ तब होती है कि जिस शुद्धता और पवित्रता की अपेक्षा इस त्योहार से की जाती है, उसका सार्वजनिक जीवन में ध्यान नहीं रखा जाता। यह महापर्व नदी-तालाबों के तट पर मनाया जाता है। दु:खद यह है कि छठ के बाद इन स्थलों की स्थिति देख लीजिए। वहाँ गंदगी का अंबार लगा मिलता है। हम स्वच्छता के इस महापर्व के बाद पूरे साल अपनी नदियों-तालाबों की कोई सुध नहीं लेते हैं और उन्हें जमकर प्रदूषित करते हैं। जबकि हमारे देश में नदियों को देवी स्वरूप मानकर उन्हें पूजा जाता है। यह हमारे संस्कार और परंपरा का हिस्सा है। एक तरफ नदियों को माँ कहकर पूजा जाता है तो दूसरी ओर हम उनमें गंदगी प्रवाहित करने में कोई संकोच नहीं करते हैं। हमने नदियों को इतना प्रदूषित कर दिया है कि वे पूजने लायक नहीं रही हैं। नदियों को जीवनदायी माना जाता है। यही वजह है कि अधिकांश प्राचीन सभ्यताएँ नदियों के किनारे विकसित हुई हैं। आप गौर करें तो पाएँगे कि उत्तर भारत के सभी प्राचीन शहर नदियों के किनारे बसे हैं, लेकिन हमने इन जीवनदायी नदियों की बुरी गत कर दी है। केंद्रीय प्रदूषण नियंत्रण बोर्ड की रिपोर्ट के अनुसार देश में अधिकांश नदियों का अस्तित्व संकट में है। प्रदूषण नियंत्रण बोर्ड देश की 521 नदियों के पानी पर नजर रखता है। उसका कहना है कि देश की 198 नदियाँ ही स्वच्छ हैं। इनमें अधिकांश छोटी नदियाँ हैं, जबकि ज्यादातर बड़ी नदियाँ प्रदूषित हैं। दरअसल, हमें स्वच्छता के प्रति अपना नजरिया बदलना होगा। छठ में इतनी शुद्धता और पवित्रता का ध्यान, लेकिन अपने आसपास की स्वच्छता को लेकर ऐसा नजरिया किसी भी स्थिति में स्वीकार नहीं किया जा सकता है। दरअसल, हम भारतीयों का सफाई के प्रति नकारात्मक रवैया है। भारतीय सफाई के लिए कोई प्रयास नहीं करते हैं और जो लोग सफाई के काम में जुटे होते हैं, उन्हें हम हेय दृष्टि से देखते हैं। स्वच्छता और सफाई के काम को करने में सांस्कृतिक बाधाएँ भी आड़े आती हैं। देश में ज्यादातर धार्मिक स्थलों के आसपास अकसर बहुत गंदगी दिखाई देती है। इन जगहों पर चढ़ाए गए फूलों के ढेर लगे होते हैं। कुछेक मंदिरों ने स्वयंसेवी संस्थाओं की मदद से फूलों के निस्तारण और उन्हें जैविक खाद बनाने का प्रशंसनीय कार्य प्रारंभ किया है, जिसकी जितनी तारीफ की जाए, कम है। अन्य धर्म-स्थलों को भी ऐसे उपाय अपनाने चाहिए। राष्ट्रपिता महात्मा गांधी का सफाई के प्रति विशेष प्रेम था। एक बड़ी खासियत यह थी कि वह लोगों से किसी काम का अनुरोध बाद में करते थे, पहले उस पर खुद अमल करते थे। 11 फरवरी, 1938

को हरिपुरा अधिवेशन में गांधीजी ने कहा था—जो लोग गंदगी फैलाते हैं, उन्हें यह नहीं मालूम कि वे क्या बुराई कर रहे हैं। महात्मा गांधी ने धार्मिक स्थलों में फैली गंदगी की ओर भी ध्यान दिलाया था। अगर आप गौर करें तो पाएँगे कि आज भी अनेक धार्मिक स्थलों में गंदगी का अंबार लगा रहता है। 'यंग इंडिया' के फरवरी 1927 के अंक में उन्होंने बिहार के पवित्र शहर गया की गंदगी के बारे में भी लिखा था। उनका कहना था कि उनकी हिंदू आत्मा गया के गंदे नालों में फैली गंदगी और बदबू के खिलाफ विद्रोह करती है। लोगों में जब तक साफ-सफाई और प्रदूषण के प्रति चेतना नहीं जगेगी, तब तक कोई उपाय कारगर साबित नहीं होंगे। होता यह है कि हम लाखों-करोड़ों रुपए खर्च करके सुंदर मकान तो बना लेते हैं, लेकिन नाली पर ध्यान नहीं देते। अगर नाली है भी तो उसे भी पाट देते हैं और गंदा पानी सड़क पर बहता रहता है। यही स्थिति कूड़े की है। हम रास्ता चलते कूड़ा सड़क पर फेंक देते हैं, उसे कूड़ेदान में नहीं डालते।

यह बात सबको स्पष्ट होनी चाहिए कि स्वच्छता का काम केवल केंद्र अथवा राज्य सरकार के बूते का नहीं है। इसमें जन भागीदारी जरूरी है। सरकारें नदियों-तालाबों के प्रदूषण नियंत्रित करने की जिम्मेदारी अकेले नहीं निभा सकती हैं। प्रदूषण मुख्य रूप से मानव निर्मित होता है, इसलिए इसमें सुधार एक सामूहिक जिम्मेदारी है। साथ ही हमारी जनसंख्या जिस अनुपात में बढ़ रही है, उसके अनुपात में सरकारी प्रयास हमेशा नाकाफी रहने वाले हैं। हमें अपनी नदियों और तालाबों के प्रदूषण को नियंत्रित करने के प्रयासों में योगदान करना होगा तभी स्थितियों में सुधार लाया जा सकता है। अगर हम ठान लें तो यह कोई मुश्किल काम नहीं है। इस कार्य में हर व्यक्ति कुछ-न-कुछ योगदान कर सकता है। यदि हम छठ पर्व को पर्यावरण संरक्षण का पर्व बना दें, तो देश और समाज का बहुत कल्याण हो सकता है।

□

इस जहान में और खेल भी हैं

फुटबॉल के महानतम खिलाड़ियों में से एक अर्जेंटीना के मशहूर फुटबॉलर डिएगो माराडोना का कुछ दिनों पहले दिल का दौरा पड़ने से निधन हो गया। वे 60 साल के थे और पिछले कुछ समय से बीमार थे। माराडोना के निधन के बाद अर्जेंटीना की राजधानी ब्यूनस आयर्स की सड़कों पर भावुक फैंस का हुजूम उमड़ पड़ा था। अर्जेंटीना में तीन दिन का राष्ट्रीय शोक घोषित किया गया। माराडोना के ताबूत को अर्जेंटीना के झंडे और फुटबॉल जर्सी में लपेटा गया था, जिस पर 10 नंबर लिखा था। माराडोना जब तक फुटबॉल खेले, उन्होंने 10 नंबर की जर्सी ही पहनी। उनके पार्थिव शरीर को आखिरी दर्शन के लिए वहाँ के राष्ट्रपति भवन में रखा गया था। माराडोना को लेकर भारत में भी दीवानगी रही है और उनके निधन के बाद भारत में भी श्रद्धांजलि का ताँता लग गया। प्रधानमंत्री नरेंद्र मोदी ने कहा कि अपने बेहतरीन कॅरियर में उन्होंने हमें फुटबॉल के मैदान पर कुछ बेहतरीन खेल के क्षण दिए। उनके असामयिक निधन ने हम सब दुःखी हैं। भारतीय क्रिकेट टीम के पूर्व कप्तान सौरव गांगुली ने ट्वीट किया—'मेरा हीरो नहीं रहा। मेरा मैड जीनियस भगवान् के पास चला गया। मैंने तुम्हारे लिए फुटबॉल देखी।' भारतीय फुटबॉल टीम के कप्तान सुनील छेत्री ने ट्वीट किया—'वह इनसान हमें छोड़ गया, लेकिन उनका जादू, पागलपन और लेजेंड कभी नहीं जा सकेंगे।' सचिन तेंदुलकर ने लिखा है—'फुटबॉल और खेल की दुनिया का एक महानतम खिलाड़ी चला गया। आप हमेशा याद आएँगे।' शाहरुख खान ने ट्वीट किया—'माराडोना! आपने फुटबॉल को और खूबसूरत बना दिया। आपकी कमी बहुत खलेगी। उम्मीद है आप अब स्वर्ग का भी दिल वैसे ही बहलाओगे जैसा इस दुनिया का बहलाया।' फुटबॉल के एक और महान् खिलाड़ी पेले ने ट्वीट किया—'मैंने एक अच्छा दोस्त और दुनिया ने एक महान् खिलाड़ी खो दिया। उम्मीद है कि एक दिन हम आसमान में कहीं एक साथ फुटबॉल खेलेंगे।' पेले और माराडोना एक-दूसरे के खेल के प्रशंसक थे। हालाँकि दोनों की उम्र में दो दशक का फासला था। फुटबॉल में इन दोनों के योगदान को सारी दुनिया याद करती है। माराडोना

को 1986 विश्व कप में अपने दो गोल के लिए आज भी याद किया जाता है, जो उन्होंने इंग्लैंड के खिलाफ क्वार्टर फाइनल में किए थे। मेक्सिको में क्वार्टर फाइनल का वह मैच बेहद तनावपूर्ण माहौल में खेला गया था, क्योंकि इंग्लैंड और अर्जेंटीना के बीच चार साल पहले फॉकलैंड युद्ध हुआ था। इस मैच में माराडोना ने दो गोल करके अर्जेंटीना को जीत दिलाई थी। इसमें एक गोल को हैंड ऑफ गॉड की संज्ञा दी गई, तो दूसरे को गोल ऑफ द सेंचुरी माना गया था।

माराडोना का जन्म अर्जेंटीना के झुग्गी-झोंपड़ियों वाले एक इलाके में हुआ था। माराडोना विलक्षण प्रतिभा के धनी थे और वे युवावस्था में ही फुटबॉल के सुपरस्टार बन गए थे। फुटबॉल में अमूमन मजबूत कद-काठी के खिलाड़ी होते हैं, लेकिन माराडोना छोटे कद के और मोटे थे। उनकी लंबाई पाँच फीट पाँच इंच थी, लेकिन उनके पास तेजी, चौकन्नापन, फुटबॉल को काबू में रखने की अद्‌भुत क्षमता थी। उन्होंने महज 16 साल की उम्र में अंतरराष्ट्रीय फुटबॉल जगत् में कदम रख दिया था। माराडोना 1982 में स्पेन में खेले गए विश्व कप फुटबॉल से चर्चा में आ गए थे। उस समय वे मात्र 21 साल के थे। इसके बाद 1986 में जब अर्जेंटीना ने वर्ल्डकप जीता तब माराडोना उस टीम के कप्तान थे। उन्होंने चार विश्व कप में अर्जेंटीना का प्रतिनिधित्व किया। कुछ लोग तो उन्हें ब्राजील के महान् फुटबॉलर पेले से भी शानदार खिलाड़ी मानते हैं। एक सर्वेक्षण में तो उन्हें पेले को पीछे छोड़ 20वीं सदी के सबसे महान् फुटबॉलर करार दे दिया गया था। हालाँकि इसके बाद फीफा ने वोटिंग के नियम बदल दिए थे और दोनों खिलाड़ियों को सम्मानित किया था। भारत में ज्यादातर लोग विश्व फुटबॉल को अर्जेंटीना और ब्राजील से ही जोड़ते हैं। माराडोना के बहाने यह अवसर है कि हम भारत में फुटबॉल के बारे में समीक्षा करें। वैसे तो कई खेल में भारत ने उपलब्धियाँ दर्ज की हैं, लेकिन हम भारतीयों की दिक्कत यह है कि हम खेलों में क्रिकेट के आगे कभी सोचना ही नहीं चाहते हैं। यह सही है कि क्रिकेट की उपलब्धियों पर हम गर्व कर सकते हैं और स्पष्ट कर दूँ कि मैं क्रिकेट के कतई खिलाफ नहीं हूँ, लेकिन यह तथ्य हमारी शर्मिंदगी को कम नहीं कर सकता कि हम अन्य खेलों में अंतरराष्ट्रीय स्तर पर कहीं नहीं ठहरते हैं। यह दुःखद है कि हम किसी अन्य खेल में कितनी भी शानदार उपलब्धि हो, हम उसका जश्न तक नहीं मनाते हैं। ऑस्ट्रेलिया के साथ वनडे सीरीज चल रही है और आपको अपने आसपास ऐसे लोग बड़ी संख्या में मिल जाएँगे, जो मैच का आँखों देखा हाल सुना देंगे और हार-जीत का विश्लेषण भी कर देंगे, लेकिन विश्वव्यापी फुटबॉल के बारे में जानकार बेहद सीमित मिलेंगे। यही वजह है कि इतनी बड़ी जनसंख्या वाला देश फुटबॉल के विश्व कप के लिए क्वालीफाई ही नहीं कर पाता, जबकि भारत के किसी राज्य से भी छोटे स्विट्जरलैंड और स्वीडन जैसे देश फुटबॉल विश्व कप तक पहुँच जाते हैं। मुझे याद है कि कुछ

अरसा पहले भारतीय फुटबॉल के जाने-माने खिलाड़ी सुनील छेत्री ने लोगों से फुटबॉल मैच देखने की भावुक अपील की थी। यह दिखाता है कि हम क्रिकेट के अलावा अन्य खेलों के प्रति कितने उदासीन हैं। कुछ समय पहले भारत ने अंडर-17 फीफा विश्व कप का आयोजन कर एक अच्छी पहल की थी, लेकिन यह भी सच्चाई है कि भारत में खिलाड़ियों से ज्यादा खेल संघों के सिर फुटव्वल की खबरें ज्यादा सुर्खियाँ बनती हैं। हालाँकि टाटा जैसे कई कॉरपोरेट फुटबॉल को बढ़ावा देने के लिए आगे आए हैं और उससे उम्मीद बँधी है, लेकिन कई और कॉरपोरेट घरानों को आगे आने की जरूरत है। जब 2014 में फुटबॉल की इंडियन सुपर लीग का आगाज हुआ था, तो उम्मीद जगी थी कि इससे भारतीय फुटबॉल के स्तर में सुधार आएगा। हालाँकि इस दिशा में प्रगति हुई है, लेकिन जितनी उम्मीद थी, वैसा नहीं हुआ। भारतीय टीम ने फीफा रैंकिंग में जगह जरूर बनाई है। 2019 में भारतीय टीम एएफसी एशियन कप में एशिया की सर्वश्रेष्ठ टीमों में से एक मानी गई थी। यह हमारे लिए गर्व की बात है कि हमने फीफा अंडर-17 वर्ल्ड कप की मेजबानी की है और हम 2022 में एएफसी वुमन एशिया कप की मेजबानी करेंगे।

हमारे प्रसार के तीनों राज्यों झारखंड, बिहार और पश्चिम बंगाल में फुटबॉल खूब खेली जाती है। पिछले साल झारखंड के 15 युवा खिलाड़ियों का चयन ऑल इंडिया फुटबॉल फेडरेशन की प्रतिभा खोज के तहत नेशनल कैंप के लिए हुआ था। इसमें खूँटी, गुमला और जामताड़ा जैसी छोटी जगहों के नवयुवक शामिल थे। फुटबॉल फेडरेशन की योजना फीफा अंडर-17 वर्ल्ड कप, एशियाई खेल और ओलंपिक के लिए टीम तैयार करना है। इसमें कोई शक नहीं है कि यदि युवा खिलाड़ियों को मौका और मार्गदर्शन मिलेगा, तो वे आने वाले दिनों में देश का नाम रोशन करेंगे। हमारी सबसे बड़ी समस्या यह है कि हमारे खेल संघों पर नेताओं ने कब्जा कर रखा है। देश में खेल संस्कृति पनपे, इसके लिए खेल प्रशासन पेशेवर लोगों के हाथ में ही होना चाहिए, लेकिन हुआ इसके ठीक उलट। नतीजतन अधिकांश खेल संघ राजनीति का अखाड़ा बन गए। खेल संघों में फैले भाई-भतीजावाद, भ्रष्टाचार और निहित स्वार्थों ने खेलों और खिलाड़ियों को भारी नुकसान पहुँचाया है। यही वजह है कि हम आज भी अंतरराष्ट्रीय स्तर पर कहीं नहीं ठहरते हैं। हमारे देश में प्रतिभा की कमी नहीं है। यदि बेहतर माहौल तैयार किया जाए और युवा खिलाड़ियों को उचित मार्गदर्शन मिले, तो हम हर खेल में अच्छा प्रदर्शन कर सकते हैं।

□

व्यापक पुलिस सुधारों की जरूरत

पिछले दिनों केंद्रीय गृह मंत्रालय ने 2020 के देश के सर्वश्रेष्ठ थानों की सूची जारी की। इस सूची में मणिपुर के थौबाल जिले का नोंगपोक सेकमाई थाना देश में सर्वश्रेष्ठ माना गया। सूची में दूसरे स्थान पर तमिलनाडु के सलेम सिटी का सुरामंगलम और अरुणाचल प्रदेश के चाँगलाँग जिले का खरसाँग थाना तीसरे स्थान पर है। चौथे स्थान पर छत्तीसगढ़ का झिलमिल का भैया थाना, गोवा का सांगुएम पाँचवें, अंडमान निकोबार द्वीप समूह का काली घाट छठे, सिक्किम का पाकयोंग सातवें, मुरादाबाद का काँठ आठवें, दादरा-नगर हवेली का खानवेल नौवें और तेलंगाना के करीमनगर का थाना जमीकुंटा दसवें स्थान पर है, लेकिन इस सूची में बिहार, झारखंड, पश्चिम बंगाल और देश की राजधानी दिल्ली का कोई थाना स्थान नहीं पा सका है। कोरोनाकाल के मुश्किल हालात के बीच केंद्रीय गृह मंत्रालय ने यह सर्वेक्षण कराया था। केंद्रीय गृह मंत्री अमित शाह ने कहा कि छोटे कस्बों और ग्रामीण क्षेत्रों के हजारों पुलिस थानों का सर्वे किया गया जिसके बाद यह सूची तैयार की गई है। इनमें दूर-दराज के पुलिस स्टेशन भी शामिल हैं। इससे यह पता चलता है कि साधनों के अभाव में भी प्रतिबद्ध होने पर अच्छा काम किया जा सकता है। इस सर्वे में 10 बेहतरीन पुलिस थानों के चयन में उनके कामकाज, सेवा देने की गुणवत्ता और पुलिसिंग को बेहतर बनाने के लिए तकनीक के इस्तेमाल जैसी 19 कसौटियों के आधार पर परखा गया।

यह सच्चाई है कि आम जनता का पुलिस को लेकर भारी अविश्वास का भाव है। सबसे बड़ी चुनौती पुलिस पर लोगों का भरोसा कायम करने की है। अगर आप समीक्षा करेंगे तो पाएँगे कि कोरोनाकाल में पुलिसकर्मियों का भारी योगदान रहा है। लॉकडाउन के दौरान झारखंड और देश के अन्य अनेक राज्यों के थानों में रोजाना भोजन की व्यवस्था थी। कोरोनाकाल में पुलिसकर्मी पूरी शिद्दत से अपनी ड्यूटी में लगे हुए थे, जबकि लोगों ने घरों से निकलना बंद कर दिया था। इस दौरान जब लोग परेशानी में फँसे, तब उन्हें पुलिस प्रशासन से ही सहारा मिला था, लेकिन बावजूद इसके आम जन

में पुलिस की छवि दोस्ताना न होने और अपने अधिकारों का दुरुपयोग करने वाले की है। समाज में एक कहावत प्रचलित है कि पुलिस वाले की न दोस्ती भली, न दुश्मनी। इस धारणा की जड़ें गहरी हैं। इसकी वजह यह है कि अनेक राज्यों से पुलिस द्वारा अपने अधिकारों का दुरुपयोग किए जाने की खबरें अकसर सामने आती रहती हैं। आम आदमी के दिमाग में पुलिस की छवि के साथ प्रताड़ना, अमानवीय व्यवहार और उगाही जैसे शब्द जुड़ गए हैं। जिस आम आदमी को पुलिस के सबसे ज्यादा सहारे की जरूरत होती है, वह पुलिस से दूर भागने की हरसंभव कोशिश करता है। हाल में सुप्रीम कोर्ट ने हिरासत में प्रताड़ना से जुड़े एक मामले के निपटारे के दौरान सभी पुलिस स्टेशनों में सीसीटीवी कैमरे लगाने का आदेश दिया, जिससे मानवाधिकारों के हनन की जाँच की जा सके। सुप्रीम कोर्ट ने राज्यों और केंद्र शासित प्रदेशों से कहा है कि वे सुनिश्चित करें कि हर पुलिस स्टेशन के सभी प्रवेश और निकास बिंदुओं, मुख्य द्वार, लॉकअप, गलियारों पर सीसीटीवी कैमरे लगाए जाएँ। सुप्रीम कोर्ट ने कहा है कि हर व्यक्ति का अधिकार है कि उसके मानवाधिकारों की रक्षा हो। देश में समय-समय पर पुलिस सुधारों को लेकर अनेक समितियों और सुप्रीम कोर्ट ने सुझाव दिए हैं, लेकिन दुर्भाग्य है कि इन पर कभी पूरी तरह अमल नहीं हो पाया है। कुछ समय पहले एनजीओ कॉमन कॉज और सेंटर फॉर द स्टडी ऑफ डेवलपिंग सोसाइटीज (सीएसडीएस) ने पुलिस सुधारों पर एक विस्तृत रिपोर्ट तैयार की थी। इस रिपोर्ट के अनुसार यूपी में केवल 8 फीसदी और पंजाब में सिर्फ 9 फीसदी लोग ही पुलिस के कामकाज से संतुष्ट थे। हालाँकि हिमाचल प्रदेश और हरियाणा के 71 फीसदी लोग अपने राज्य के पुलिस बल से संतुष्ट पाए गए।

देश में विभिन्न राज्यों में 16,587 पुलिस थाने हैं, लेकिन इनमें से बड़ी संख्या में थानों में बुनियादी सुविधाओं का अभाव है। ब्यूरो ऑफ पुलिस रिसर्च एंड डेवलपमेंट के आँकड़ों के मुताबिक देश के 85 पुलिस स्टेशनों में इलाके में गश्त करने और पूछताछ करने के लिए वाहन उपलब्ध नहीं हैं। इसके अलावा देश में 539 पुलिस स्टेशन हैं जिनमें टेलीफोन जैसी बुनियादी सुविधा नहीं है। इसी तरह वायरलेस और मोबाइल फोन के बिना 400 पुलिस स्टेशन हैं। हालाँकि देश में हर एक लाख व्यक्ति पर पुलिसकर्मियों की स्वीकृत मानक संख्या 181 है, लेकिन वास्तविक संख्या उससे कहीं कम है। जबकि संयुक्त राष्ट्र के मानक के अनुसार, एक लाख व्यक्तियों पर 222 पुलिसकर्मी होने चाहिए। राज्य पुलिस बलों में 85 फीसदी संख्या कॉन्स्टेबल की होती है। अपने सेवाकाल में कॉन्स्टेबलों की आमतौर पर एक बार पदोन्नति होती है और अमूमन वे हेड कॉन्स्टेबल के पद पर ही रिटायर हो जाते हैं। अभी तक माना जाता था कि रुतबे के कारण पुलिस की नौकरी का आकर्षण है, लेकिन उत्तर प्रदेश से तो ऐसे संकेत मिल रहे हैं कि युवाओं का पुलिस की नौकरी को लेकर मोह भंग हो गया है। हाल में जिन युवाओं

को पुलिस और सरकारी शिक्षक की नौकरी के बीच चयन करने का अवसर मिला, उनमें से अनेक ने शिक्षक की नौकरी पसंद की। उत्तर प्रदेश के मेरठ में जॉइनिंग से पहले ही 33 लोगों ने पुलिस की नौकरी से त्यागपत्र दे दिया और ज्यादातर ने प्राइमरी स्कूल में शिक्षक पद को प्राथमिकता दी। राजस्थान के जयपुर में भी 43 पुलिसकर्मी नौकरी छोड़कर शिक्षक बन गए। इसकी एक वजह आर्थिक भी है—कई राज्यों में शिक्षकों का वेतन पुलिसकर्मी से बेहतर है। एक शिक्षक को साल में रविवार, सार्वजनिक और अन्य अवकाश मिलाकर तकरीबन 100 छुट्टियाँ मिलती हैं। पुलिसकर्मियों को साल भर में भले ही कितनी भी छुट्टियाँ स्वीकृत हों, उन्हें बमुश्किल 10-12 छुट्टियाँ ही मिल पाती हैं। शिक्षकों की पदोन्नति औसतन 10 साल में हो जाती है, जबकि पुलिसकर्मियों को पदोन्नति पाने में अमूमन 15 साल तक लग जाते हैं। शिक्षकों की ड्यूटी सात घंटे की होती है, लेकिन पुलिसकर्मी की ड्यूटी के घंटे निर्धारित नहीं हैं। वे औसतन 12 घंटे काम करते हैं। शिक्षक घर के समीप वाले स्कूल में पढ़ाते हैं जबकि पुलिसकर्मी गृह जनपद में नौकरी नहीं कर सकते। यही वजह है कि पुलिस की नौकरी का आकर्षण धीरे-धीरे समाप्त होता नजर आ रहा है।

यह बात कोई छुपी हुई नहीं है कि भारत में पुलिस बल के कामकाज में भारी राजनीतिक हस्तक्षेप होता है। जब भी किसी पहुँच वाले शख्स को पुलिस पकड़कर ले जाती है, तो उसे छुड़ाने के लिए स्थानीय रसूखदार नेताओं के फोन आ जाते हैं। जब अपराधी खुद राजनीति में आ जाते हैं, तो मुश्किलें और बढ़ जाती हैं। सुप्रीम कोर्ट के हस्तक्षेप के बावजूद बाहुबलियों को लोकतांत्रिक प्रक्रिया से बाहर रखने में सफलता हासिल नहीं हुई है। पद्म विभूषण से सम्मानित जूलियो रिबेरो सुपर पुलिस अधिकारी माने जाते हैं। जब पंजाब में आतंकवाद चरम पर था, उस दौरान उन्होंने उसके खात्मे में अहम भूमिका निभाई थी। यूपी के चर्चित अपराधी विकास दुबे के संदर्भ में उन्होंने एक लेख लिखा था। रिबेरो का कहना था कि उनके दौर में भी अपराधी होते थे, लेकिन वे पुलिस से डरते थे और पुलिस का इकबाल बुलंद था। किसी अपराधी की पुलिस दल पर हमला करने की हिम्मत नहीं थी। वे लिखते हैं कि इसका जवाब ढूँढ़ना कोई मुश्किल नहीं है। संस्थाओं के राजनीतिकरण और न्यायिक व्यवस्था के क्षरण के कारण यह पहले से ही स्पष्ट नजर आने लगा था। कोई भी नागरिक कानून व्यवस्था के लिए सबसे पहले पुलिस से संपर्क करता है। उसके बाद अभियोजन पक्ष, बचाव पक्ष और जज आते हैं। यदि पहला पड़ाव ही पैसे और राजनीति से प्रभावित हो जाए, तो फरियाद का कोई नतीजा नहीं निकलता है।

□

आंध्र के एलुरू शहर से सबक

यह गंभीर चिंता का विषय है कि देश का कोई-न-कोई हिस्सा हर साल किसी रहस्यमय बीमारी की गिरफ्त में आ जाता है। एक ओर तो कोरोना का कहर जारी है, इसी बीच आंध्र प्रदेश के एलुरू इलाके में रहस्यमय बीमारी का शिकार होने की खबरें सामने आई हैं। आनन-फानन में बीमारी का पता लगाने के लिए ऑल इंडिया इंस्टीट्यूट ऑफ मेडिकल साइंस की टीम पहुँची। उसने प्रारंभिक जाँच से जो निष्कर्ष निकाला है, उसके अनुसार एलुरू शहर में पीने के पानी में निकल और सीसा जैसे भारी तत्त्वों की मौजूदगी रहस्यमय बीमारी का कारण है। एम्स के विशेषज्ञों का मानना है कि सीसा और निकल जैसी भारी धातुओं की मौजूदगी के कारण न्यूरोलॉजिकल इश्यू उभरकर सामने आ रहे हैं। लोगों में मिरगी जैसे लक्षण, बेहोशी, घबराहट, उलटी और पीठदर्द जैसी समस्याएँ उत्पन्न होने लगी हैं। प्रारंभिक जाँच से जो संकेत मिले हैं, उनके अनुसार निकल और सीसा जैसे घातक रासायनिक तत्त्व कीटनाशकों के माध्यम से लोगों के खून तक जा पहुँचे हैं। हालाँकि ठोस नतीजे पर पहुँचने से पहले कुछ और रिपोर्ट का इंतजार किया जा रहा है। मुख्यमंत्री जगनमोहन रेड्डी ने अधिकारियों को निर्देश दिए हैं कि वे मरीजों के शरीर में भारी धातु तत्त्वों की मौजूदगी को लेकर गहन जाँच करें और इलाज की प्रक्रिया पर लगातार नजर रखें। विशेषज्ञों का मानना है कि पेयजल, सब्जियों, चावल और मछलियों के जरिए ये धातुएँ लोगों के शरीर तक जा पहुँची हैं। मुख्यमंत्री ने विशेषज्ञों से चावल के नमूनों का फिर से परीक्षण करने के आदेश दिए हैं। साथ ही उन्होंने कहा कि किसानों को जैविक खेती करने के लिए प्रोत्साहित किया जाना चाहिए। बीमारी की चपेट में अब तक 505 लोग आए हैं, जिनमें से 370 से अधिक लोग ठीक हो गए हैं और 120 अन्य का इलाज चल रहा है। सूचनाओं के अनुसार इस शहर के पास परस्पर जुड़ी दो नहरें हैं जिनमें खेती में इस्तेमाल होने वाले कीटनाशक और सब्जियों व मछलियों को ताजा रखनेवाले रसायन अलग-अलग इलाकों से बहकर आते हैं। चिंताजनक बात यह है कि अनेक गाँवों व एलुरू शहर के लोगों के लिए पेयजल का स्रोत भी ये नहरें हैं।

यह देखने में आया है कि अनेक राज्यों में घातक कीटनाशकों का इस्तेमाल धड़ल्ले से होता है। इनको लेकर समाज में जागरूकता का भारी अभाव है, जबकि इनके दुष्प्रभावों के बारे में व्यापक जानकारियाँ उपलब्ध हैं। कीटनाशक कैंसर जैसी जानलेवा बीमारी का कारण बन सकते हैं। ये पानी को दूषित करने के साथ-साथ भूमि का क्षरण भी करते हैं। समय-समय पर देश के अलग-अलग हिस्सों से इन कीटनाशकों की वजह से किसानों की मौत की भी खबरें सामने आती रहती हैं। देश में अनेक रासायनिक कीटनाशकों के इस्तेमाल पर रोक है, लेकिन पाबंदी को कड़ाई से लागू नहीं किया जाता है। विशेषज्ञ कहते हैं कि शरीर में सबसे अधिक कीटनाशक सब्जियों और पेयजल के माध्यम से पहुँचते हैं। किसान फसलों में अधिक कीटनाशक का छिड़काव कर रहे हैं, तो उसके अवशेष अनाज, फल, सब्जी और अन्य माध्यमों से मानव शरीर तक पहुँच जाते हैं। यह तथ्य छुपा हुआ नहीं है कि हमारे देश के कई राज्यों की खेती में कीटनाशकों का अनियंत्रित इस्तेमाल हो रहा है। कीटनाशक के जहरीले तत्त्व सिंचाई जल के जरिए अनाज, सब्जियों और फलों तक जा पहुँचते हैं। ये कीटनाशक जमीन में रिसकर भूजल को भी जहरीला बना देते हैं। साथ ही नदियों, तालाबों और अन्य जलस्रोतों के पानी को भी जहरीला बनाते हैं।

जब भी कृषि में आत्मनिर्भरता का जिक्र आता है, तो हरित क्रांति की चर्चा जरूर होती है। हरित क्रांति पश्चिमी देशों का खेती का मॉडल था, जिसमें कृषि पैदावार बढ़ाने के लिए रासायनिक उर्वरकों और कीटनाशकों का जमकर इस्तेमाल किया जाता था। हमने बिना सोचे-समझे अधिक पैदावार बढ़ाने के लालच में इस व्यवस्था को अपना लिया, लेकिन जल्द ही हमें समझ में आया कि इसके अनेक गंभीर दुष्परिणाम हैं। हमने इस प्रणाली को तो अपना लिया, लेकिन इसकी कमियों की अनदेखी कर दी। इससे पानी की खपत भी बढ़ गई, साथ ही किसानों की सेहत पर भी बुरा असर पड़ा। पंजाब के किसानों ने इस व्यवस्था को सबसे अधिक अपनाया, लेकिन पिछले कुछ वर्षों में पंजाब के बठिंडा, फरीदकोट, मोगा, मुक्तसर, फिरोजपुर और संगरूर जिलों से बड़ी संख्या में किसान कैंसर मरीज के रूप में सामने आए हैं। पंजाब के बठिंडा से चलकर राजस्थान के बीकानेर जाने वाली ट्रेन का नाम अबोहर-जोधपुर एक्सप्रेस है, लेकिन इसे कैंसर एक्सप्रेस के नाम से भी जाना जाता है। कैंसर एक्सप्रेस सैकड़ों कैंसर मरीजों को बठिंडा से बीकानेर के आचार्य तुलसी कैंसर संस्थान तक पहुँचाती है। हर रोज पूरे उत्तर भारत से सैकड़ों लोग यहाँ अपना इलाज कराने आते हैं। इसमें सबसे ज्यादा मरीज पंजाब के होते हैं। हालाँकि बठिंडा में कैंसर संस्थान स्थापित कर दिया गया है, लेकिन लोग अब भी इलाज के लिए बीकानेर जाना पसंद करते हैं।

मीडिया के अनुसार राष्ट्रीय कैंसर संस्थान, झज्जर की प्राथमिक रिपोर्ट में वर्ष

2019 में कैंसर से आठ लाख से अधिक लोगों की मौत हुई है। राष्ट्रीय कैंसर संस्थान हर साल देश में कैंसर की स्थिति को लेकर एक रिपोर्ट जारी करता है, लेकिन इस बार कोरोनाकाल के कारण यह रिपोर्ट जारी नहीं की गई है। राष्ट्रीय कैंसर संस्थान के आँकड़ों के मुताबिक 2014 से लेकर 2019 तक के बीच छह वर्ष में 45,10,188 लोगों की कैंसर से मौत हुई है। भारतीय चिकित्सा अनुसंधान परिषद् के राष्ट्रीय कैंसर रजिस्ट्री कार्यक्रम के अनुसार जहरीले आहार और तंबाकू उत्पादों के इस्तेमाल के कारण मुँह, प्रोस्टेट, फेफड़े, स्तन, गर्भाशय, सर्वाइकल और ब्लड कैंसर हो रहा है। कैंसर के मामले में सबसे अधिक मौतें उत्तर प्रदेश में हुई हैं। यहाँ कैंसर बढ़ने और इससे होने वाली मौत दोनों राष्ट्रीय औसत से अधिक हैं। उत्तर प्रदेश में साल 2016 से लेकर अब तक 4.93 फीसदी की दर से कैंसर मरीजों की संख्या बढ़ रही है, जबकि मौत 4.95 फीसदी की दर से बढ़ी है। बिहार, झारखंड और पश्चिम बंगाल के हमारे अन्य अनेक शहरों की स्थिति भी कोई बहुत अच्छी नहीं है।

देश में एक अन्य बड़ा खतरा पॉलीथीन और प्लास्टिक से भी है। बिहार, झारखंड समेत कई राज्यों में पॉलीथीन पर प्रतिबंध तो है, लेकिन इनका इस्तेमाल अब भी जारी है। जान लीजिए कि सामान्य सी दिखने वाली पॉलीथीन और प्लास्टिक बहुत बड़ा जंजाल है। यह पूरे पर्यावरण में वह जहर घोल रही है। इसने इनसान, जानवर और पेड़-पौधों किसी को नहीं छोड़ा है। प्रकृति के लिए यह अत्यंत घातक है। माना जाता है कि प्लास्टिक अजर-अमर है और इसको नष्ट होने में एक हजार साल लग जाते हैं। इसके नुकसान की लंबी-चौड़ी सूची है। जलाने पर यह ऐसी गैसें छोड़ती है, जो जानलेवा होती हैं। यह जल-चक्र में बाधक बनकर बारिश को प्रभावित करती है। नदी-नालों को अवरुद्ध करती है। खेती की उर्वरा शक्ति को प्रभावित करती है। हम लोग अकसर खाने की वस्तुएँ प्लास्टिक में रख लेते हैं, जिससे कैंसर की संभावना बढ़ जाती है। अपने देश में प्रदूषण और पर्यावरण का परिदृश्य वर्षों से निराशाजनक रहा है। इसको लेकर समाज में जैसी चेतना होनी चाहिए, वैसी नहीं है, लेकिन अब समय आ गया है कि हम इस विषय में संजीदा हों।

□

बच्चों के पोषण को लेकर संजीदा हों

हाल में केंद्रीय स्वास्थ्य मंत्री डॉक्टर हर्षवर्धन ने राष्ट्रीय परिवार स्वास्थ्य सर्वेक्षण के पहले चरण की रिपोर्ट जारी की। इसमें चिंताजनक तथ्य सामने आया है कि विभिन्न राज्यों के बच्चों में कुपोषण फिर से पाँव पसारने लगा है। यह सर्वेक्षण 2019–20 में किया गया था और इसमें 17 राज्य और पाँच केंद्र शासित प्रदेश शामिल थे। सर्वे में आंध्र प्रदेश, असम, बिहार, गोवा, गुजरात, हिमाचल प्रदेश, कर्नाटक, केरल, महाराष्ट्र, मणिपुर, मेघालय, मिजोरम, नागालैंड, सिक्किम, तेलंगाना, त्रिपुरा, पश्चिम बंगाल, अंडमान व निकोबार, दादरा-नगर हवेली व दमन दीव, जम्मू-कश्मीर, लद्दाख और लक्षद्वीप शामिल हैं। दूसरे चरण में यूपी, पंजाब और मध्य प्रदेश जैसे राज्य हैं। हालाँकि दूसरे चरण का सर्वे कोरोना और लॉकडाउन की वजह से पूरा नहीं हो पाया है और इसकी रिपोर्ट मई 2021 तक आने की उम्मीद है। सर्वेक्षण में जानकारियाँ छह लाख घरों में जाकर जनसंख्या, स्वास्थ्य, परिवार नियोजन और पोषण से जुड़े मानकों के बारे में जुटाई गई हैं। सर्वे के मुताबिक ज्यादातर राज्यों और केंद्र शासित प्रदेशों में कम वजन वाले वयस्कों की संख्या 2015-16 के मुकाबले कम हुई है, लेकिन बच्चों के मामले में स्थिति बिल्कुल विपरीत है। इस सर्वे के मुताबिक पिछले पाँच सालों में ठिगने, कमजोर और कुपोषित बच्चों की संख्या में बढ़ोतरी हुई है। यह स्थिति बच्चों के स्वास्थ्य में एक दशक के सुधार के एकदम उलट है। दुनिया भर में बच्चों के पोषण को मापने के चार पैमाने होते हैं—लंबाई के हिसाब से शरीर का वजन कम होना, शरीर की लंबाई कम होना, सामान्य से कम वजन का होना और पोषक तत्त्वों की कमी होना। कुपोषण को उम्र के हिसाब से लंबाई कम होने का अहम कारण माना जाता है। शुरुआत में यदि बच्चे की लंबाई कम रह गई, तो बाद में उसकी लंबाई में वृद्धि की संभावना बेहद कम रह जाती है। कुपोषण दूर करने के लिए लगभग सभी प्रदेश सरकारें आँगनबाड़ी और स्कूलों में पोषण कार्यक्रम संचालित कर रही हैं। बावजूद इसके कुपोषित बच्चों की संख्या बढ़ना चिंताजनक है, लेकिन सबसे अहम है कि देश में कुपोषण के प्रति लोगों का नजरिया

बदलना बेहद जरूरी है। कुपोषण से आशय अकसर बेहद कमजोर दिखने वाले बच्चों से लगाया जाता है, जबकि कमजोर होने के साथ-साथ बच्चों में मोटापा बढ़ना भी कुपोषण का ही एक रूप है। बीते कुछ वर्षों में ग्रामीण क्षेत्रों में अति कुपोषित बच्चों की संख्या में कमी आई है, लेकिन अल्प-पोषित बच्चों को पोषित मान लेने की गलती आम होती जा रही है। खाद्य सुरक्षा और खाने में विविधता कुपोषण दूर करने के लिए जरूरी है और ये दोनों ही बातें सीधे-सीधे व्यक्ति की आय से जुड़ी होती हैं। समुचित आय नहीं होगी तो बच्चे और परिवार के अन्य सदस्यों को पोषण मिलना मुमकिन नहीं है, लेकिन पिछले कुछ वर्षों में खाद्यान्न की उपलब्धता और ईंधन तक लोगों की पहुँच आसान हुई है, लेकिन इसके बावजूद कुपोषण में वृद्धि सवाल खड़े करती है। इसी तरह शहरों में बच्चों के मोटापे को तंदुरुस्त माने जाने की भूल भी चिंताजनक है। प्रगति के दावों के बावजूद देश में बच्चों की स्थिति दयनीय बनी हुई है। ऐसा आकलन है कि देश में हर साल अकेले कुपोषण से 10 लाख से ज्यादा बच्चों की मौत हो जाती है। 'सेव द चिल्ड्रन' दुनियाभर के बच्चों की स्थिति पर एक सूची जारी करता है, जहाँ बच्चे सबसे ज्यादा संकट में हैं। पिछले साल जारी सूची में भारत 116वें स्थान पर था। यह सूचकांक स्वास्थ्य, शिक्षा समेत आठ पैमानों के आधार पर तैयार किया जाता है। बड़ी संख्या में लोगों को पर्याप्त पोषण न मिलने के साथ-साथ मोटापा और गैर-संक्रामक रोगों की बढ़ी हुई दर बड़ी चिंता का विषय है, खासकर गैर-संक्रामक रोगों के मामले में स्थिति ज्यादा चिंताजनक है। कोविड के दौरान डायबिटीज, तनाव और मोटापे ने हालात को और गंभीर बना दिया है। आँकड़ों से पता चलता है कि कई राज्यों में मोटापा तेजी से बढ़ा है। संपन्न राज्यों में डायबिटीज के स्तर में भी तेजी से बढ़ोतरी हुई है। सर्वे में पाया गया कि गोवा और केरल के वयस्कों में हाई ब्लड शुगर सबसे ज्यादा है। साथ ही बड़े राज्यों में हर पाँच में से एक वयस्क को उच्च रक्तचाप की समस्या पाई गई, जो भविष्य में हृदय संबंधी रोगों को जन्म दे सकती है। 22 राज्यों और केंद्र शासित प्रदेशों में औसतन लगभग एक-चौथाई पुरुष आबादी उच्च रक्तचाप की समस्या से जूझ रही है और इसे नियंत्रित करने के लिए दवा लेती है। राष्ट्रीय परिवार स्वास्थ्य सर्वेक्षण के अनुसार बिहार में संस्थागत प्रसव, महिला सशक्तीकरण, संपूरक आहार, प्रसव पूर्व जाँच एवं टीका-करण जैसे सूचकांकों में काफी सुधार हुआ है। सरकारी प्रयास बिहार के लोगों की लंबाई में कमी को रोकने में सहायक साबित हुए हैं। सर्वे के अनुसार बिहार में वर्ष 2015-16 में 26.4 प्रतिशत महिलाओं के पास अपना बैंक अकाउंट था और अब 76.7 प्रतिशत महिलाओं का बैंक खाता है। साथ ही मोबाइल का इस्तेमाल करने वाली महिलाओं की संख्या भी 40.9 फीसदी से बढ़कर 51.4 फीसदी हो गई है, जो अच्छा संकेत है।

शहरी संपन्न वर्ग के बच्चों में मोटापा बढ़ने की एक बड़ी वजह दौड़-भाग के खेलों में कम हिस्सा लेना है। बाहरी खेलों में हिस्सा लेना उन्होंने पहले ही कम कर दिया था। कोरोनाकाल में तो यह एकदम बंद हो गया। नतीजतन शारीरिक श्रम के अभाव में संपन्न तबके के बच्चे मोटे होते जा रहे हैं। शायद आपने गौर नहीं किया कि बच्चों में बहुत परिवर्तन आ चुका है। विदेशी पूँजी और टेक्नोलॉजी ने वातावरण और संस्कृति पूरी तरह बदल दी है। एक और चिंताजनक बात और है कि बच्चों से माता-पिता की संवादहीनता बढ़ी है। टेक्नोलॉजी ने संवादहीनता और बढ़ा दी है। मोबाइल और इंटरनेट ने उनका बचपन ही छीन लिया है। वे बच्चे से सीधे वयस्क बन जाते हैं। शारीरिक रूप से भले ही वे वयस्क नहीं होते, लेकिन मानसिक रूप से वे वयस्क हो जाते हैं। उनकी बातचीत, आचार-व्यवहार में यह बात साफ झलकती है। यह सच है कि तकनीक में इतनी ताकत होती है कि उसके प्रभाव से कोई भी मुक्त नहीं रह सकता। दिक्कत यह है कि हम सब नई परिस्थितियों से तालमेल नहीं बिठा पा रहे हैं, लेकिन आप गौर करें कि बच्चों के सोने, पढ़ने के समय, हाव-भाव और खानपान सब बदल चुका है। आप सुबह पढ़ते थे, बच्चा देर रात तक जगने का आदी है। आप छह दिन काम करने के आदी हैं, बच्चा सप्ताह में पाँच दिन स्कूल का आदी है, वह पाँच दिन की नौकरी ही करेगा। उसका खानपान बदल गया है। उसका पसंदीदा भोजन मैगी, मोमो, बर्गर और पिज्जा है। यह व्हाट्सएप की पीढ़ी है, यह बात नहीं करती, मैसेज भेजती है। लड़के-लड़कियाँ दिन-रात आपस में चैट करते हैं। कोरोना ने इस प्रवृत्ति को और बढ़ावा दिया है। बच्चे दिनभर घर में रहते हैं और मोबाइल व कंप्यूटर पर सारा समय गुजारते हैं। माना जाता था कि पीढ़ियाँ 20 साल में बदलती हैं, लेकिन तकनीक ने इस परिवर्तन को 10 साल कर दिया है। अब नई व्याख्या है कि पाँच साल में पीढ़ी बदल जाती है। इसका मतलब यह कि पाँच साल में दो पीढ़ियों में आमूलचूल परिवर्तन हो जाता है। आज जरूरत इन मुद्दों पर संजीदा होने की है।

□

नस्लवादी सोच पर चोट की जरूरत

दुनिया भले ही 21वीं सदी में पहुँच गई है, लेकिन वह नस्लवादी मानसिकता से मुक्त नहीं हो पाई है। अब भी कुछ लोग ऐसे हैं, जो पुरानी सोच पर कायम हैं और मानते हैं कि उनकी नस्ल अन्य से श्रेष्ठ है। अमरीका में लोकतंत्र 200 साल से पुराना हो गया, लेकिन वहाँ एक अश्वेत जॉर्ज फ्लॉयड को नस्लभेद का शिकार होना पड़ा और उसकी मौत हो गई। इस मुद्दे ने इतना तूल पकड़ा कि केवल अमरीका में ही नहीं, बल्कि यूरोप में भी रंगभेद के खिलाफ 'ब्लैक लाइव्स मैटर' यानी अश्वेतों की जिंदगी भी अहम है, जैसा आंदोलन चला। अमेरिकी शहरों और यूरोपीय देशों में हुए प्रदर्शन उस हताशा को दिखाते हैं, जो अश्वेत लोग संस्थागत नस्लवाद की वजह से महसूस करते हैं। हमें इस गलतफहमी में नहीं रहना चाहिए कि यह सिर्फ अमरीका की समस्या है। नस्लवाद दुनियाभर में मौजूद है। भारत भी इस व्याधि से अछूता नहीं है। अगर आप गौर करें, तो पाएँगे कि भारत में भी इसके पर्याप्त तत्त्व मौजूद हैं।

भारत और ऑस्ट्रेलिया के बीच तीसरा टेस्ट मैच क्रिकेट वर्ल्ड कप रोमांचक हो चला था कि कुछ दर्शकों की हरकतों ने इस पर पानी फेर दिया। वैसे तो यह मैच ड्रॉ हो गया और दूसरी पारी में भारतीय बल्लेबाजों के बेहतर प्रदर्शन की चर्चा है। मैच के दौरान कुछ दर्शकों ने भारतीय खिलाड़ियों पर नस्लीय टिप्पणियाँ कीं जिसके कारण मैच थोड़ी देर के लिए रोक देना पड़ा। मैच के चौथे दिन दूसरे सत्र के दौरान भारतीय खिलाड़ी मैदान के बीच में जमा हो गए, जब स्क्वायर लेग बाउंड्री पर खड़े सिराज ने 'ब्राउन डॉग' जैसे अपशब्द कहे जाने की शिकायत की। इसके बाद सुरक्षाकर्मी दर्शक दीर्घा में गए और अपशब्द कहने वाले व्यक्ति को ढूँढ़ने लगे और फिर दर्शकों के एक समूह को स्टैंड से जाने को कहा गया। ऑस्ट्रेलियाई क्रिकेट बोर्ड ने इस पर माफी माँगी है और कड़ी कारवाई का वादा किया है। क्रिकेट ऑस्ट्रेलिया का कहना है कि नस्लवादी टिप्पणी की शिकायत पर कई दर्शकों को स्टेडियम से बाहर निकाल दिया गया था। इससे एक दिन पहले भी जसप्रीत बुमराह और मोहम्मद सिराज पर नस्लीय टिप्पणी की गई थी।

भारतीय क्रिकेट बोर्ड ने अंतरराष्ट्रीय क्रिकेट परिषद् से भी इसकी शिकायत की है। विराट कोहली ने इस घटना की निंदा करते हुए ट्वीट किया कि इस घटना पर पूरी तत्परता और गंभीरता के साथ गौर करने की जरूरत है और दोषियों के खिलाफ कड़ी काररवाई की जानी चाहिए। उन्होंने लिखा कि नस्लभेदी अपशब्द पूरी तरह अस्वीकार्य हैं। मैदान पर ऐसा होते देखना दुःखद है। सचिन तेंदुलकर ने भी इस घटना की निंदा की। उन्होंने ट्वीट किया कि खेल का मतलब हमें जोड़ना है, बाँटना नहीं। क्रिकेट कभी भी भेदभाव नहीं करता। बल्ला और गेंद उन्हें पकड़ने वाले व्यक्ति की प्रतिभा को पहचानते हैं—नस्ल, रंग, धर्म या राष्ट्रीयता नहीं। जो लोग इसे नहीं समझते हैं, उनकी खेल मैदान में कोई जगह नहीं है। वीरेंद्र सहवाग ने ट्वीट किया कि यह बहुत दुर्भाग्यपूर्ण है कि कुछ ऑस्ट्रेलियाई दर्शक एक अच्छी टेस्ट सीरीज को खराब कर रहे हैं। गौतम गंभीर ने कहा कि यह बहुत दुर्भाग्यपूर्ण है और यह किसी भी खेल में स्वीकार्य नहीं है। इसके खिलाफ सख्त कानून बनाने की जरूरत है। वेस्टइंडीज के पूर्व तेज गेंदबाज माइकल होल्डिंग मानते हैं कि जब तक समाज नस्लवाद के खिलाफ एकजुट नहीं होगा, तब तक खेलों में इसके खिलाफ नियम घाव पर महज मलहम लगाने जैसे होंगे। केवल कड़े नियमों से ही खेलों में नस्लवाद को नहीं रोका जा सकता। इसे समाज से खत्म करना होगा।

नस्लवाद के कई आयाम हैं। सांस्कृतिक नस्लवाद की मिसाल यह है कि गोरे लोगों की मान्यताओं, मूल्यों और धारणाओं को ही जन धारणा मान लिया जाता है और अश्वेत लोगों की मान्यताओं को खारिज कर दिया जाता है। जब संस्थान इस तरह की सोच को बढ़ावा देने लगते हैं तो नस्लवाद संस्थानिक हो जाता है। अमरीका दुनिया का सबसे पुराना लोकतंत्र है, लेकिन वह अब तक नस्लवाद से मुक्त नहीं हो पाया है। उपलब्ध आँकड़ों के अनुसार अमरीका में गरीबी रेखा के नीचे जीवन यापन करने वाले लोग लगभग 4.5 करोड़ लोग हैं। इनमें 80 फीसदी अश्वेत हैं। अमरीका की नया प्रशासन कई मायनों में ऐतिहासिक है। 20 जनवरी को वहाँ जो बाइडेन राष्ट्रपति और कमला हैरिस उपराष्ट्रपति बनने जा रहे हैं। अमेरिकी इतिहास में कमला हैरिस महत्त्वपूर्ण हैं। इसलिए नहीं कि उनका संबंध भारत और अफ्रीका से है, बल्कि इसलिए कि अमरीका के 200 साल से अधिक के लोकतांत्रिक इतिहास में वे पहली महिला उपराष्ट्रपति होंगी। साथ ही इस पद तक पहुँचने वाली वे पहली दक्षिण एशियाई और अश्वेत मूल की पहली महिला होंगी। नवनिर्वाचित राष्ट्रपति जो बाइडन ने अमेरिकी सेना के रिटायर्ड जनरल लॉयड ऑस्टिन को देश के नए रक्षा मंत्री के रूप में चुना है। लॉयड ऑस्टिन अमरीका के पहले अश्वेत हैं, जिन्हें रक्षा मंत्रालय की जिम्मेदारी सौंपी जा रही है। ऑस्टिन योग्य व्यक्ति हैं। वे इराक में सैन्य कमांडर रह चुके हैं और युद्ध की चुनौतियों से रूबरू होने का उन्हें प्रत्यक्ष अनुभव है, लेकिन उनसे पहले आज तक कोई अश्वेत रक्षा मंत्री नहीं बना है।

ऐसा नहीं है कि भारत नस्लवाद से अछूता हो। कुछ अरसा पहले वेस्टइंडीज के डेरेन सैमी ने आरोप लगाया था कि इंडियन प्रीमियर लीग में सनराइजर्स हैदराबाद की तरफ से खेलते हुए उनके लिए नस्ली टिप्पणी की गई थी। हमारे देश में भी अफ्रीकी देशों के लोगों को उनके रंग के कारण हिकारत की नजर से देखा जाता है। ऐसी घटनाएँ आम हैं जब अकारण किसी अफ्रीकी छात्र को किसी शहर में पीट दिया जाता है। यह धारणा बना दी गई है कि सभी अश्वेत ड्रग्स का धंधा करते हैं। राजधानी दिल्ली और कई अन्य शहरों में अफ्रीकी देशों के छात्र काफी बड़ी संख्या में पढ़ने आते हैं। यह बात सभी जानते हैं कि अकसर लोग उन्हें 'कालू' कहकर पुकारते हैं और हिकारत की नजर से देखते हैं। उनका काला रंग इस प्रकार के अपमानजनक बर्ताव का मूल कारण होता है। कुछ समय पहले देश में ऐसी घटनाएँ बहुत बढ़ गई थीं, तो अफ्रीकी देशों के राजदूतों ने मिलकर इन घटनाओं को भारत सरकार के समक्ष उठाया था और इसे नस्लभेद बताया था। यह अजीब तथ्य है कि सरकारी स्तर पर अफ्रीकी देशों से भारत के रिश्ते घनिष्ठ हैं, लेकिन भारतीय जनता का अश्वेत लोगों से कोई लगाव नहीं है; और तो और, अपने ही पूर्वोत्तर राज्यों के लोगों को नाक-नक्शा भिन्न होने के कारण भेदभाव और अपमान का सामना करना पड़ता है। यह विडंबना नहीं तो और क्या है कि जिस देश में नस्लभेद व रंगभेद के खिलाफ संघर्ष के सबसे बड़े प्रणेता महात्मा गांधी ने जन्म लिया हो, उस समाज में नस्लभेद की जड़ें बेहद गहरी हैं। दक्षिण अफ्रीका के एक शहर पीटरमेरिट्सबर्ग के रेलवे स्टेशन पर सन् 1893 में महात्मा गांधी के खिलाफ नस्लभेद की घटना घटित हुई थी। इसी शहर के रेलवे स्टेशन पर एक गोरे सहयात्री ने मोहन दास करमचंद गांधी को धक्के देकर ट्रेन से बाहर फेंक दिया था। इसी घटना ने मोहन दास करमचंद गांधी को आगे चलकर महात्मा गांधी बना दिया और नस्लभेद व रंगभेद के खिलाफ संघर्ष के लिए प्रेरित किया। 21वीं सदी में नस्लवादी सोच किसी भी तरह स्वीकार्य नहीं है। भारतीय समाज को भी इससे मुक्त होना होगा।

□

स्वास्थ्य व कृषि पर ध्यान दिया जाए

कोई भी सरकार जब अपना बजट पेश करती है तो वह आर्थिक बहीखाते के साथ-साथ एक सियासी संदेश भी देती है। वित्त मंत्री निर्मला सीतारमण सोमवार को बजट पेश करने जा रही हैं। इससे पहले संसद् परिसर में मीडिया से बातचीत में प्रधानमंत्री नरेंद्र मोदी ने कहा कि शायद भारत के इतिहास में पहली बार हुआ कि 2020 में एक नहीं, वित्त मंत्री को अलग-अलग पैकेज के रूप में एक प्रकार से चार-पाँच मिनी बजट पेश करने पड़े। वर्ष 2020 में एक प्रकार से मिनी बजट का सिलसिला चलता रहा। मेरा मानना है कि यह बजट भी उन चार बजट की श्रृंखला में देखा जाएगा। दरअसल, वित्त मंत्री निर्मला सीतारमण ने कोरोना वायरस संकट और लॉकडाउन से अर्थव्यवस्था को राहत देने के लिए कई चरणों में राहत पैकेज की घोषणा की थी। वित्त मंत्री सीतारमण एक ऐसे वक्त में बजट पेश करने जा रही हैं, जब जीडीपी ऐतिहासिक संकुचन के दौर में है। माना जा रहा है कि बजट में स्वास्थ्य और कृषि क्षेत्र के लिए बड़ा आवंटन किया जा सकता है।

बजट की पहली कड़ी में आर्थिक सर्वेक्षण पेश हो चुका है। इसमें देश के आर्थिक विकास का सालाना लेखा-जोखा होता है। सर्वे यह भी बताता है कि लघु, मध्यम और दीर्घ अवधि में अर्थव्यवस्था में किस तरह की संभावनाएँ मौजूद हैं। आर्थिक सर्वे को वित्त मंत्रालय में मुख्य आर्थिक सलाहकार तैयार करते हैं। एक तरह से यह वित्त मंत्रालय का अहम दस्तावेज होता है। आर्थिक सर्वेक्षण भारतीय अर्थव्यवस्था की समग्र तसवीर पेश करता है। कोरोना ने अर्थव्यवस्था को तहस-नहस कर दिया है। लोगों की आदमनी में अभूतपूर्व गिरावट हुई है, नौकरियों में छँटनी का दौर चला है। आर्थिक सर्वेक्षण की सबसे अहम बात यह है कि भारत अगले दो वर्षों में दुनिया की सबसे तेजी से बढ़ने वाली अर्थव्यवस्था बनकर उभर सकता है। सर्वे के मुताबिक 2021-22 में देश की आर्थिक तरक्की की रफ्तार 11 फीसदी रहने की उम्मीद है। आर्थिक सर्वेक्षण में कहा गया है कि लॉकडाउन के दौरान लोगों ने खर्च पर नियंत्रण रखा। इसका असर माँग पर

पड़ा है। अनिश्चितता के दौर में आर्थिक गतिविधियों पर अंकुश के साथ भारत ने सिर्फ तत्कालीन आवश्यकताओं पर ध्यान दिया। सार्वजनिक वितरण प्रणाली के तहत सबको खाद्यान्न, गरीबों को खाते में पैसे, सस्ते कर्ज जैसे कदम उठाए। अनलॉक के दौरान माँग बढ़ाने के लिए आत्मनिर्भर 2.0 और आत्मनिर्भर 3.0 कार्यक्रमों की घोषणा की गई। सब्सिडी, प्रोत्साहन स्कीम के साथ मोरेटोरियम जैसे कदमों से मदद की। आर्थिक सर्वेक्षण में स्वास्थ्य सेवाओं पर सरकारी खर्च एक फीसदी से बढ़ाकर जीडीपी का 2.5 से 3 फीसदी तक करने का सुझाव दिया गया है। वर्ष 2017 की राष्ट्रीय स्वास्थ्य नीति में भी यह लक्ष्य रखा गया था। इसके बावजूद अभी यह एक फीसदी के आसपास ही है। देश को भविष्य में किसी भी महामारी से प्रभावी तरीके से निपटने के लिए स्वास्थ्य क्षेत्र के बुनियादी ढाँचे में तेजी लाने की आवश्यकता है। कम-से-कम देश के हर जिले के अस्पतालों में बुनियादी स्वास्थ्य सुविधाएँ उपलब्ध होनी चाहिए। साथ ही दूर-दराज के इलाकों में भी स्वास्थ्य सेवाएँ बेहतर करने के लिए टेली मेडिसिन का पूरा उपयोग किए जाने की जरूरत है। इसके लिए इंटरनेट कनेक्टिविटी में निवेश की जरूरत है। सर्वे में कहा गया है कि आयुष्मान भारत योजना के साथ ही राष्ट्रीय स्वास्थ्य मिशन पर भी ध्यान देने की आवश्यकता है। यह हम सब जानते हैं कि देश में स्वास्थ्य सेवाओं का बड़ा हिस्सा निजी क्षेत्र उपलब्ध कराता है। उसे बढ़ावा देने के साथ-साथ उस पर नियंत्रण की भी जरूरत है।

इस बार का बजट कोरोना के कारण अर्थव्यवस्था को पहुँची क्षति को फिर से उच्च विकास दर की पटरी पर लाने के लिए होगा। माना जा रहा है कि प्रधानमंत्री मोदी हर अवसर का लाभ उठाने में माहिर हैं और वे इस मौके को यूँ ही जाने नहीं देंगे। कुछ समय पहले भारतीय अर्थव्यवस्था दुनिया में सबसे तेज गति से बढ़ने वाली अर्थव्यस्थाओं में शामिल थी, लेकिन पिछले कुछ समय में जीडीपी की रफ्तार में भारी कमी आई है। बजट में लोगों की निगाहें इसी पर लगी हैं कि सरकार इस दिशा में क्या कदम उठाती है। इसमें सबसे अहम इंफ्रास्ट्रक्चर में निवेश को माना जाता है। इस क्षेत्र में निवेश अर्थव्यवस्था को एक बार फिर गति दे सकता है। होता यह है कि घोषणाएँ तो हो जाती हैं, लेकिन सबसे बड़ी चुनौती इन योजनाओं को धरातल पर उतारने की होती है। वर्षों से हम देखते आए हैं कि योजनाएँ तो बहुत अच्छी बनती हैं, लेकिन उनका कार्यान्वियन या तो होता नहीं अथवा बहुत खराब तरीके से होता है।

देश में अभी माँग का संकट है। अगर करदाता की जेब में पैसे बचेंगे, तो उसका फायदा बाजार और अर्थव्यवस्था को होगा। अगर यह रकम आम आदमी के खर्च के रूप में बाजार में जाएगी, तो निश्चित ही अर्थव्यवस्था को सहारा मिलेगा। मेरा मानना है कि अन्नदाताओं को बजट में मदद मिलनी ही चाहिए। अमरीका से लेकर यूरोप तक

सभी देशों की सरकारें अपने किसानों का खयाल रखती हैं और सब्सिडी के माध्यम से किसानों की भारी मदद करती हैं। पर यह तथ्य भी है कि आर्थिक सहायता किसानों को तात्कालिक मदद तो प्रदान कर सकती है, लेकिन किसानों की समस्याओं का दीर्घकालिक हल निकालने की जरूरत है। पिछले एक दशक से अपने देश के किसानों की स्थिति बहुत खराब रही है। उन्हें उनकी उपज का उचित मूल्य नहीं मिल पाता है। यह हर साल का दृश्य है कि टमाटर और अन्य सब्जियों के दाम इतने कम हो जाते हैं कि किसान उन्हें सड़कों पर फेंककर चले जाते हैं। हाल में किसानों के आंदोलन विरोध की बड़ी आवाज बने हैं। किसानों की सबसे बड़ी समस्या फसल का उचित मूल्य है। किसान अपनी फसल में जितना लगाता है कि उसका आधा भी नहीं निकलता है। यही वजह है कि आज किसान कर्ज में डूबा हुआ है। बैंक से ज्यादा किसानों पर साहूकारों का कर्ज है। यह सही है कि केंद्र सरकार ने न्यूनतम समर्थन मूल्य में दो गुना से अधिक की वृद्धि की है, लेकिन मौजूदा समय में खेती में लागत खासी बढ़ गई है। दूसरी कुछ व्यावहारिक समस्याएँ भी हैं; जैसे सरकारें बहुत देर से फसल की खरीद शुरू करती हैं, तब तक किसान आढ़तियों को फसल बेच चुके होते हैं। कृषि भूमि के मालिकाना हक को लेकर भी विवाद पुराना है। जमीनों का एक बड़ा हिस्सा बड़े किसानों, महाजनों और साहूकारों के पास है जिस पर छोटे किसान काम करते हैं। ऐसे में अगर फसल अच्छी नहीं होती तो छोटे किसान कर्ज में डूब जाते हैं। यह देश का दुर्भाग्य है कि दशकों से हमारा तंत्र किसानों के प्रति उदासीन रहा है। अगर आप गौर करें तो पाएँगे कि विकास की दौड़ में हमारे गाँव लगातार पिछड़ते जा रहे हैं। बिजली-पानी, सड़क, शिक्षा और स्वास्थ्य जैसी बुनियादी सुविधाएँ शहरों में केंद्रित होकर रह गई हैं। आजादी के 70 साल से अधिक हो गए, लेकिन गाँवों में बुनियादी सुविधाओं का नितांत अभाव है। गाँवों का जीवन स्तर सुधरना चाहिए और विकास की प्राथमिकता के केंद्र में गाँव होने चाहिए।

□

सड़क दुर्घटनाओं के डरावने आँकड़े

सड़कों पर आपको एक-से-एक आधुनिक बाइक और कारें नजर आ जाएँगी। भीड़भाड़ भरे स्थानों पर भी तेजी से वाहन चलाते लोग मिल जाएँगे। ट्रैफिक नियमों की अनदेखी हमारे समाज में रची-बसी है। नाबालिगों का वाहन चलाना और उलटी दिशा में वाहन चलाना आम बात है। रात में तो ट्रैफिक नियमों का कोई अर्थ ही नहीं रह जाता है। यही वजह है कि हमारे देश में हर साल डेढ़ लाख लोग सड़क दुर्घटनाओं में अपनी जान गँवा देते हैं। दुनिया भर में सबसे अधिक सड़क दुर्घटनाएँ भारत में होती हैं। हमारे देश में वर्ष 2019 में लगभग 4.81 लाख सड़क दुर्घटनाएँ हुई थीं जिनमें 1.51 लाख से अधिक लोगों की मौतें हुईं और 4.39 लाख लोग घायल हुए। देश में प्रतिदिन औसतन 415 लोग सड़क दुर्घटनाओं में अपनी जान गँवा देते हैं। आपको यह जानकर आश्चर्य होगा कि दुनियाभर में सबसे अधिक सड़क हादसे भारत में होते हैं। उसके बाद चीन और अमरीका का स्थान है। हालाँकि इसमें कोई साम्य नहीं है, लेकिन विषय की गंभीरता को बताने के लिए है कि पिछले एक साल में कोरोना से अब तक इतनी ही लगभग डेढ़ लाख मौतें हुई हैं और उसकी रोकथाम के लिए हम कितने उपाय कर रहे हैं, लेकिन सड़क दुर्घटनाओं की ओर हमारा कोई ध्यान नहीं है। इसकी रोकथाम के हम समुचित उपाय नहीं कर रहे हैं। सबसे अधिक दुपहिया वाहन दुर्घटनाओं के शिकार होते हैं और जान गँवाने वालों में सबसे अधिक संख्या युवाओं की है। आप अंदाजा लगा सकते हैं कि किसी युवा का किसी हादसे में चले जाना परिवार पर कितना भारी पड़ता होगा।

हाल के बजट में वित्त मंत्री निर्मला सीतारमण ने पुराने वाहनों को सड़कों से हटाने के लिए नई स्क्रैप पॉलिसी की घोषणा की है। इसके बाद यह विषय विमर्श में आया है। नई नीति के मुताबिक 20 साल से पुराने लाखों वाहनों को स्क्रैप किया जाएगा। माना जा रहा है कि इससे गाड़ियों की वजह से होने वाले प्रदूषण में 25 से 30 फीसदी की कमी आएगी। साथ ही पुराने वाहन अनेक बार दुर्घटनाओं का कारण बनते हैं, उसमें भी सुधार

आएगा। परिवहन मंत्रालय ने भी कहा है कि नई स्क्रैप पॉलिसी के आने से ऐसे वाहनों के उपयोग में कमी आएगी, जो पर्यावरण को अधिक नुकसान पहुँचाते हैं। मंत्रालय का कहना है कि वाणिज्यिक वाहनों से होने वाले कुल प्रदूषण में लगभग 65-70 फीसदी योगदान करते हैं। इसमें पुराने वाहनों का भारी योगदान होता है और ये अनेक बार दुर्घटना के कारण भी बनते हैं। 'प्रभात खबर' के बिहार, झारखंड और पश्चिम बंगाल संस्करणों में ऐसा कोई दिन नहीं जाता, जिसमें हम किसी बड़े सड़क हादसे की खबर न छापते हों। ऐसा नहीं कि केवल आम आदमी ही इन हादसों को शिकार होता हो। कुछ समय पहले केंद्रीय मंत्री श्रीपद नाइक भी सड़क दुर्घटना में घायल हो गए थे। कर्नाटक के अंकोला में उनकी कार दुर्घटना का शिकार हो गई। श्रीपद नाइक कर्नाटक में धर्मस्थल से गोवा लौट रहे थे। इस सड़क दुर्घटना में मंत्री की पत्नी और निजी सचिव की मौत हो गई थी। देश में एक बड़ी समस्या घायलों को अस्पताल तक पहुँचाने की है। लोग पुलिस की पूछताछ से बचने के लिए घायलों की अनदेखी कर देते हैं। अकसर देखने में आता है कि सड़क किनारे कोई दुर्घटना हो जाती है और कोई मदद को आगे नहीं आता है। नतीजतन अनेक घायलों की मौत हो जाती है। झारखंड सरकार ने घायलों की सहायता के लिए लोगों को प्रोत्साहित करने हेतु सराहनीय कदम उठाया है। झारखंड कैबिनेट ने सड़क दुर्घटना में घायलों की मदद के लिए आगे आने वाले लोगों को प्रोत्साहित करने के लिए 'नेक आदमी' नीति को स्वीकृति दी है। इसके तहत घायलों को दुर्घटना के प्रथम घंटे में अस्पताल पहुँचाने में मदद देने वाले व्यक्ति को 'नेक आदमी' का तमगा देते हुए सम्मानित किया जाएगा और इनाम दिया जाएगा। साथ ही इस बात का ध्यान रखा जाएगा कि ऐसे व्यक्ति को पुलिस पूछताछ के नाम पर तंग न करे। इस नीति के तहत अत्यावश्यक होने पर पूछताछ के लिए ऐसे लोगों को पुलिस अगर बुलाएगी, तो प्रत्येक बार उस व्यक्ति को प्रोत्साहन राशि भी देगी।

हाईवे और अन्य सड़कों पर जहाँ-तहाँ सड़क किनारे खड़े वाहन भी अकसर हादसों को जन्म देते हैं। दूर से यह नहीं पता चल पाता है कि वाहन चल रहा है कि रुका है। सर्दी के मौसम में जब दिखाई देना कम हो जाता है, तो यह समस्या और गंभीर हो जाती है। जब तक आगे वाले वाहन के करीब पीछे की गाड़ी पहुँचती है, तब तक देर हो जाती है और लोग बेवजह मारे जाते हैं। पूरे देश में ऐसे सड़क हादसे होते हैं और हम अब तक इस समस्या का समाधान नहीं ढूँढ़ पाए हैं। इसके अलावा तेज गति से वाहन चलाना, सीट बेल्ट का इस्तेमाल न करना, वाहन चलाने के दौरान मोबाइल पर बात करना, शराब पीकर वाहन चलाना, मोटरसाइकिल चालक और सवारी का हेलमेट नहीं लगाना कई बार हादसों का कारण बनता है। हादसे की एक अन्य वजह है—गलत दिशा में वाहन चलाना। यह समस्या आम है कि वाहन चालक कई बार गलत दिशा में वाहन

चलाता है और सामने से आने वाली गाड़ियों से उसकी गाड़ी टकरा जाती है। कई बार सड़क हादसों में वाहन सवार लोगों की दुर्घटना स्थल पर ही मौत हो जाती है। केंद्रीय परिवहन और राजमार्ग मंत्री नितिन गडकरी ने उम्मीद जताई है कि उनका मंत्रालय अनेक उपाय अपना रहा है और वर्ष 2025 तक सड़क दुर्घटनाएँ और इसके कारण होने वाली मौतों में लगभग 50 प्रतिशत तक कमी हो जाएगी। गडकरी ने कहा कि प्रतिदिन सड़क दुर्घटनाओं में 415 लोगों की मौत हो जाती है और सड़कों पर लोगों के जीवन की रक्षा सुनिश्चित करने के काम को तेज करने की जरूरत है। उन्होंने बताया कि तमिलनाडु ने इस क्षेत्र में उल्लेखनीय कार्य किया है। वहाँ सड़क हादसों और उसके कारण होने वाली मौतों की संख्या में 53 फीसदी की कमी आई है। वैसे तो पिछले साल लॉकडाउन और अन्य पाबंदियों की वजह से पूरे देश में सड़क दुर्घटनाओं की संख्या में बड़ी कमी आई है, लेकिन तमिलनाडु लगातार इस क्षेत्र में बेहतर कार्य कर रहा है। नितिन गडकरी ने कहा कि दुर्घटनाओं के कारणों की पहचान करने, घायलों को अस्पताल ले जाने के लिए 13 मिनट के भीतर घटनास्थल पर एंबुलेंस पहुँचाने, दुर्घटना की जगह की समुचित मरम्मत करने और विभिन्न एजेंसियों के बीच बेहतर समन्वय के मामले में तमिलनाडु मॉडल को देशभर में अपनाने की जरूरत है। उन्होंने कहा कि सरकार सड़क पर दुर्घटना संभावित क्षेत्र की पहचान करने और उसके समाधान के लिए 14 हजार करोड़ रुपए खर्च करेगी। हम सभी को यह जान लेना जरूरी है कि सड़क दुर्घटनाओं के कारण न केवल जान की क्षति होती है, बल्कि देश की अर्थव्यवस्था पर भी इसका असर पड़ता है। सड़क हादसे केवल कानून व्यवस्था का मामला भर नहीं है, बल्कि एक सामाजिक समस्या भी है। अगर हमें सड़क हादसों से बचना है, तो हम सभी को यातायात नियमों का पालन करना होगा। साथ ही युवाओं को इस बारे में लगातार आगाह करते रहना होगा।

□

मोबाइल से बदलता परिदृश्य

तकनीक ने सारा परिदृश्य बदल दिया है। तकनीक ने चुपके से कब हमारे जीवन को बदल दिया, हमें पता ही नहीं चला। अब हम सब, मौका मिलते ही मोबाइल के नए मॉडल और पैकेज की बातें करने लगते हैं। व्हाट्सएप, फेसबुक और ट्विटर तो जीवन की जरूरतों में कब शामिल हो गए, हमें पता ही नहीं चला। मोबाइल फोन के बिना तो हमारा जीवन जैसे अधूरा ही है। शायद आपने अनुभव किया हो कि यदि आप कहीं मोबाइल भूल जाएँ या फिर किसी तकनीकी खराबी से वह बंद हो जाए, तो आप कितनी बेचैनी महसूस करते हैं। जैसे जीवन का कोई अहम हिस्सा अधूरा हो गया हो। सूचनाएँ हों अथवा कारोबार हो या फिर मनोरंजन, मोबाइल फोन की लोगों को लत लग गई है। भारत में मोबाइल के इस्तेमाल पर नोकिया ने हाल में एक रिपोर्ट जारी की। इस रिपोर्ट के अनुसार भारत में लोग अन्य देशों की तुलना में स्मार्टफोन पर औसतन ज्यादा समय बिताते हैं। इसके अनुसार भारतीय स्मार्टफोन पर रोजाना लगभग पाँच घंटे तक व्यतीत करते हैं। यह समय दुनियाभर में सबसे ज्यादा है। रिपोर्ट के अनुसार भारत में स्मार्टफोन पर वीडियो देखने का चलन खासा बढ़ा है और यह 2025 तक आते-आते बढ़कर चार गुना तक हो जाएगा। देश में पिछले पाँच वर्षों में डाटा ट्रैफिक में लगभग 60 गुना से अधिक की वृद्धि हुई है। यह अपने आप में एक रिकॉर्ड है। पिछले साल देश में एक सामान्य उपयोगकर्ता का मोबाइल डाटा उपयोग चार गुना बढ़ गया है। रिपोर्ट के मुताबिक 2020 में घर से काम करने की जरूरत के कारण डाटा का उपयोग तेजी से बढ़ा है। डाटा उपयोग के मामले में भारत भी बड़े बाजार में शामिल हो गया है और यहाँ प्रतिमाह प्रति उपभोक्ता मोबाइल डाटा उपयोग 13.5 जीबी से अधिक हो रहा है। रिपोर्ट के अनुसार भारत में प्रतिमाह प्रति उपयोगकर्ता डाटा का उपभोग साल-दर-साल 76 फीसदी की दर से बढ़ रहा है। इसमें 55 फीसदी डाटा अल्प अवधि की वीडियो देखने में खर्च किया जा रहा है। अधिकतर ऐसे वीडियो यूट्यूब जैसे चैनलों पर उपलब्ध होते हैं। रिपोर्ट के अनुसार मोबाइल पर ब्रॉडबैंड के सबसे अधिक इस्तेमाल के मामले

में फिनलैंड के बाद दूसरा स्थान भारत का है। यह अच्छी बात है कि डाटा का इस्तेमाल बढ़ा है, लेकिन यह भी देखना जरूरी है कि इसका इस्तेमाल किसमें किया जा रहा है। लोग ऐसे वीडियो देखें, जिनसे कोई ज्ञानवर्धन हो तो बेहतर है। अगर यह इस्तेमाल समाज में विकृति लाए, तो यह चिंता का विषय है।

देश में इंटरनेट इस्तेमाल करने वाले लोगों की संख्या लगातार बढ़ रही है। सांख्यिकी वेबसाइट स्टेटिस्टा के अनुसार 2020 में भारत में लगभग 70 करोड़ लोग इंटरनेट का इस्तेमाल कर रहे थे। ऐसा अनुमान है कि 2025 तक यह संख्या बढ़कर 90 करोड़ तक जा पहुँचेगी। इसमें शहरी और ग्रामीण दोनों क्षेत्रों में इंटरनेट इस्तेमाल करने वालों की संख्या में भारी वृद्धि होगी। भारत चीन के बाद दुनिया का दूसरा सबसे बड़ा इंटरनेट का बाजार है। दिलचस्प तथ्य यह है कि ज्यादातर लोग इंटरनेट का इस्तेमाल मोबाइल के माध्यम से करते हैं। इंटरनेट इस्तेमाल करने वालों की इतनी बड़ी संख्या के बावजूद एक बड़ी खामी यह है कि ग्रामीण और शहरी इलाकों में इस्तेमाल करने वालों के बीच संख्या का बड़ा अंतर है। साथ ही महिला व पुरुषों तथा बूढ़े और जवानों के बीच भी संख्या की बड़ी खाई है। एक बड़ी समस्या कनेक्टिविटी और कॉल ड्रॉप की है। आप बिहार, झारखंड के विभिन्न शहरों में किसी को फोन मिलाने की कोशिश करें, तो कई बार कनेक्टिविटी की समस्या से आपको दो-चार होना पड़ सकता है। साथ ही इंटरनेट की स्पीड भी एक बड़ी समस्या है। जब बैंक से लेकर पढ़ाई तक सारा कामकाज इंटरनेट के माध्यम से होना है, तो जाहिर है कि सबको तेज गति का इंटरनेट चाहिए और निर्बाध मिलना चाहिए।

इंटरनेट के साथ सोशल मीडिया का इस्तेमाल करने वालों की संख्या भी बढ़ रही है। 2018 तक के उपलब्ध आँकड़ों के अनुसार भारत में लगभग 32.61 करोड़ लोग सोशल मीडिया का इस्तेमाल कर रहे थे। अनुमान है कि 2023 तक लगभग 44.8 करोड़ लोग सोशल मीडिया का इस्तेमाल करने लगेंगे। इसमें सबसे लोकप्रिय फेसबुक है। सोशल मीडिया पर आईपीएल सबसे आगे है। दुनिया की जितनी भी खेल की लीग प्रतियोगिताएँ हैं, आईपीएल उसमें सबसे अधिक लाइक किया गया है। आईपीएल के कुछ फेसबुक पोस्ट पर 5.9 करोड़ लाइक तक रहे हैं। ट्विटर पर तो लगभग 5.8 करोड़ लोग इसे फॉलो करते हैं। दरअसल, भारत सोशल मीडिया कंपनियों के लिए एक बड़ा बाजार है। विभिन्न स्रोतों से मिले आँकड़ों के अनुसार दुनिया भर में व्हाट्सएप के एक अरब से अधिक सक्रिय यूजर्स हैं। इनमें से लगभग 20 करोड़ भारत में ही हैं। फेसबुक इस्तेमाल करने वाले भारतीयों की संख्या लगभग 34 करोड़ है और ट्विटर अकाउंट्स की संख्या लगभग 1.75 करोड़ से ऊपर है। सोशल मीडिया की समस्या यह है कि यह अनियंत्रित होता जा रहा है। इसके माध्यम से फेक न्यूज की तो जैसे बाढ़ आ गई है। यह

बात भी अपनी जगह सही है कि यह सूचनाओं का वैकल्पिक स्रोत भी है।

नोकिया की रिपोर्ट में कहा गया है कि कोरोनाकाल में शिक्षा से जुड़े एप के इस्तेमाल में 30 फीसदी तक की वृद्ध देखी गई है। दरअसल, कोरोना ने शिक्षा के चरित्र को पूरी तरह बदल दिया है और वर्चुअल कक्षाओं ने इंटरनेट को एक अहम कड़ी बना दिया है, लेकिन हमें यह नहीं भूलना चाहिए कि हमारे देश में एक बड़े तबके के पास न तो स्मार्टफोन है, न कंप्यूटर और न ही इंटरनेट की सुविधा उपलब्ध है। नेशनल सैंपल सर्वे के अनुसार केवल 23.8 फीसदी भारतीय घरों में ही इंटरनेट की सुविधा उपलब्ध है। इसमें ग्रामीण इलाके काफी पीछे हैं। शहरी घरों में यह उपलब्धता 42 फीसदी है जबकि ग्रामीण घरों में यह 14.9 फीसदी ही है। केवल आठ फीसदी घर ऐसे हैं जहाँ कंप्यूटर और इंटरनेट दोनों की सुविधा उपलब्ध है। पूरे देश में मोबाइल की उपलब्धता 78 फीसदी आँकी गई है, लेकिन इसमें भी शहरी और ग्रामीण इलाकों में भारी अंतर है। ग्रामीण क्षेत्रों में 57 फीसदी लोगों के पास ही मोबाइल है। तकनीक ने गरीब तबके की मुश्किलें और बढ़ा दी हैं।

कुछ वर्ष पहले मुझे बीबीसी के लंदन में आयोजित मीडिया लीडरशिप इवेंट में हिस्सा लेने का मौका मिला। इसमें बदलते तकनीकी परिदृश्य पर विस्तार से चर्चा हुई। तकनीक को लेकर तो मीडिया के क्षेत्र में भी खूब प्रयोग हुए हैं। वॉइस से टेक्स्ट जैसे कई सॉफ्टवेयर भी विकसित कर लिये गए हैं। लोग अखबार तो पढ़ ही रहे हैं, साथ ही वे वेबसाइट और अन्य नए माध्यमों के जरिए भी खबरें प्राप्त कर रहे हैं। इस दौरान एक दिलचस्प तथ्य भी सामने आया कि यूरोप में मोबाइल इस्तेमाल करने वाले औसतन दिन में 2617 बार अपने फोन स्क्रीन को छूते हैं। कोरोनाकाल में निश्चित रूप से इस औसत में और वृद्धि हुई होगी। मुझे लगता है कि भारत भी इस मामले में बहुत पीछे नहीं होगा। आज लगभग 70 करोड़ भारतीय इंटरनेट का इस्तेमाल कर रहे हैं। यह बहुत बड़ी संख्या है। तकनीक ने हमें भी दुनिया से इतना जोड़ दिया है कि अब हम भी इन बदलावों से प्रभावित हुए बिना नहीं रह सकते।

□

कोरोनाकाल में मानवीय मूल्यों का ह्रास

हम सबके लिए यह विकट दौर है। हम सभी अपनी जिंदगी के ऐसे मुश्किल दौर से गुजर रहे हैं जिसकी किसी ने कल्पना भी नहीं की थी। अस्पतालों का दृश्य विचलित करता है। अस्पतालों में बिस्तर, वेंटिलेटर, ऑक्सीजन और रेमडेसिविर जैसी दवाओं की कमी है। भरती होने के लिए मरीजों की लंबी कतारें हैं। ऐसे हालात थोड़े समय तक ही रहने वाले हैं और जल्द ही मौजूदा परिस्थिति पर काबू पा लिया जाएगा, लेकिन यह जानकर गहरा धक्का लगता है कि आपदा की इस घड़ी में भी लूट-खसोट की खबरें सामने आ रही हैं। सभी नहीं, लेकिन बहुत से मरीजों को एंबुलेंस, दवा, ऑक्सीजन सिलेंडर और अस्पताल में भरती के लिए लूटा जा रहा है। अनेक प्राइवेट अस्पताल भी इस दौरान अधिक-से-अधिक मुनाफा कमाने की कोशिश में लगे हुए हैं। कई निजी अस्पताल कैश लेस हेल्थ इंश्योरेंस को ही स्वीकार नहीं कर रहे हैं और मरीजों के परिवारों से कई लाख की धनराशि नगद जमा करने को कह रहे हैं। वित्त मंत्रालय को इस बारे में दिशा-निर्देश जारी करना पड़ा। बाजार से ऑक्सीजन सिलेंडर गायब हैं और मुनाफा कमाने के लिए उसकी मुँहमाँगी कीमत वसूली जा रही है। रेमडेसिविर इंजेक्शन की उपलब्धता पर संकट है और चंद लोग इसकी कालाबाजारी कर रहे हैं। कोरोना से जुड़ी दवाइयाँ और यहाँ तक कि विटामिंस तक बाजार से गायब हैं और अधिक कीमत में बेचे जा रहे हैं। और तो और, खाने-पीने का सामान भी अचानक महँगा हो गया है। कहने का आशय यह कि आपदा की इस घड़ी में भी मुनाफा कमाने का कोई अवसर नहीं छोड़ा जा रहा है। हम सबके लिए यह बेहद कठिन दौर है। उम्मीद की जा रही थी कि संकट की इस घड़ी में हम एक-दूसरे के काम आएँगे, लेकिन यह बेहद शर्मनाक है कि समाज का एक वर्ग आपदा को अवसर मान रहा है। हाल में दिल्ली हाईकोर्ट ने कोरोना की मुश्किलों पर सुनवाई के दौरान कहा कि आपदा के समय नैतिक ताना-बाना बहुत हद तक विखंडित हो गया है। लोग कोरोना महामारी से लड़ने के लिए एक साथ आने की बजाय ऑक्सीजन सिलेंडर, दवाओं और ऑक्सीजन कंसंट्रेटर की कालाबाजारी

कर रहे हैं। न्यायमूर्ति विपिन सांघी और न्यायमूर्ति रेखा पल्ली की पीठ ने कहा कि हम अब भी परिस्थिति की गंभीरता को नहीं समझ रहे हैं, इसीलिए हम एक साथ नहीं आ रहे हैं। इसी कारण हम जमाखोरी और कालाबाजारी के मामले देख रहे हैं। हमारा नैतिक ताना-बाना काफी हद तक विखंडित हो चुका है। दिल्ली से लगातार खबरें आ रही हैं कि लोग ऑक्सीजन के अभाव में कोरोना से दम तोड़ रहे हैं, लेकिन हाल में दिल्ली पुलिस ने कुछ ठिकानों पर छापा मारा और एक पॉश इलाके से 524 से ज्यादा ऑक्सीजन कंसंट्रेटर बरामद किए। इन्हें ऊँचे दामों पर बेचकर मोटी रकम बनाने की कोशिश की जा रही थी। अकेले एक चर्चित रेस्तराँ में छापेमारी कर पुलिस ने 96 ऑक्सीजन कंसंट्रेटर बरामद किए। इस कालाबाजारी में दिल्ली के एक जाने-माने कारोबारी संलिप्त थे। इस व्यवहार से स्पष्ट है कि सभ्य व चेतन समाज रूप में हमारी यात्रा अभी अधूरी है।

कोरोना महामारी के बीच देश की अदालतों ने सराहनीय हस्तक्षेप किया है और सरकारों को तत्काल कदम उठाने के लिए बाध्य किया है। इलाहाबाद हाईकोर्ट ने सख्त टिप्पणी की और कहा कि अस्पतालों में ऑक्सीजन सप्लाई न होने से कोरोना मरीजों की जान जाना अपराध है और यह किसी नरसंहार से कम नहीं है। जस्टिस सिद्धार्थ वर्मा और जस्टिस अजित कुमार की पीठ ने कहा कि कोरोना मरीजों को मरते देख हम दु:खी हैं। ऑक्सीजन की कमी से मौत किसी नरसंहार से कम नहीं है। इलाहाबाद हाईकोर्ट की एक अन्य खंडपीठ ने सिस्टम की कमी को उजागर कर दिया। राज्य के अस्पतालों में बेड की उपलब्धता की जानकारी देने वाला सरकारी पोर्टल दिखा रहा था कि राज्य में आइसोलेशन बेड और आईसीयू बेड उपलब्ध हैं। पोर्टल पर लखनऊ के एक बड़े अस्पताल में 192 बेड खाली दिखाए जा रहे थे। हाईकोर्ट ने सच्चाई जानने के लिए अपने सामने अस्पताल को फोन लगवाया। जजों के सामने अस्पताल को फोन मिलाया गया और स्पीकर पर डाल दिया गया। उधर से जवाब आया कि अस्पताल में एक भी बेड खाली नहीं है। दिल्ली हाई कोर्ट ने भी ऑक्सीजन संकट पर केंद्र सरकार को आड़े हाथों लिया। हाई कोर्ट ने केंद्र से कहा कि आप शुतुरमुर्ग की तरह रेत में सिर डालकर बैठे रह सकते हैं, हम नहीं। हाई कोर्ट ने केंद्र सरकार को नोटिस जारी कर पूछा कि दिल्ली को ऑक्सीजन सप्लाई करने के आदेश का पालन न करने पर क्यों न आपके खिलाफ अदालत की अवमानना का मामला चलाया जाए। बाद में केंद्र सरकार के अनुरोध पर सुप्रीम कोर्ट को इस मामले में हस्तक्षेप करना पड़ा। मद्रास हाई कोर्ट ने विधानसभा चुनावी रैलियों में कोरोना प्रोटोकॉल टूटने के बाद चुनाव आयोग पर बेहद सख्त टिप्पणियाँ की थीं और उसे कोरोना का प्रसार करने के लिए जिम्मेदार ठहराया था। मुख्य न्यायाधीश संजीव बनर्जी ने चुनाव आयोग से कहा कि आपकी संस्था कोरोना की दूसरी लहर के लिए जिम्मेदार है और आयोग के अधिकारियों पर हत्या का केस चलना

चाहिए। अदालत ने कहा कि लोगों का स्वास्थ्य सबसे अहम है और यह चिंताजनक है कि संवैधानिक अधिकारियों को ऐसी बातें याद दिलानी पड़ती हैं। जब कोई शख्स जीवित रहेगा तभी वह अपने लोकतांत्रिक अधिकारों का लाभ उठा सकेगा। इस टिप्पणी पर चुनाव आयोग विचलित हो गया। इसके खिलाफ चुनाव आयोग सुप्रीम कोर्ट तक गया और कहा था कि इस टिप्पणी के बाद मीडिया हमें हत्यारा कह रहा है। चुनाव आयोग की याचिका पर सुप्रीम कोर्ट ने अपने फैसले में कहा कि इसमें कोई शक नहीं है कि हाई कोर्ट की प्रतिक्रियाएँ तल्ख थीं। अदालत ने कहा कि कभी-कभी हम कठोर हो जाते हैं, क्योंकि हम लोगों की भलाई चाहते हैं। साथ ही सुप्रीम कोर्ट ने स्पष्ट किया कि मीडिया को रिपोर्टिंग करने से नहीं रोका जा सकता।

यह बात भी सच है कि आपदा की इस घड़ी में हर राज्य, हर शहर और हर कस्बे में अनेक लोग और संस्थाएँ मदद के लिए आगे आई हैं। सिख संस्थाओं ने तो कमाल कर दिया है। गाजियाबाद के इंदिरापुरम के एक गुरुद्वारे में कोरोना मरीजों के लिए ऑक्सीजन लंगर की व्यवस्था की गई है। इसके तहत बड़े टेंट में बेड, ऑक्सीजन सिलेंडर और कंसंट्रेटर्स की व्यवस्था की गई है। गुरुद्वारा कमिटी और खालसा हेल्प की ओर से संचालित इस गुरुद्वारे में 70 से अधिक मरीज हर रोज यहाँ आ रहे हैं। यहाँ आने वालों में अधिकतर वे लोग हैं, जिन्हें ऑक्सीजन की जरूरत होती है, लेकिन उन्हें अस्पतालों में जगह नहीं मिलती है। अधिकतर लोग गुरुद्वारे में इंतजार करते हैं, जबकि उनके परिवार वाले बेड की व्यवस्था में जुटे होते हैं। मुंबई में भी सिंह सभा गुरुद्वारा कोरोनाकाल में मदद का केंद्र बना हुआ है। मुंबई के अनेक गुरुद्वारे कोरोना मरीजों और जरूरतमंदों को खाना, राशन के साथ-साथ ऑक्सीजन भी मुहैया करा रहे है। मुंबई का सिंह सभा गुरुद्वारा टाटा कैंसर अस्पताल में भरती मरीजों का भी सहारा बना हुआ है। हमारे बीबीसी के एक पुराने साथी और उनका परिवार मुंबई में कोरोना से पीड़ित हो गया था। उन्होंने अपनी फेसबुक पोस्ट पर लिखा—'पंद्रह दिन से मेरा परिवार गुरुद्वारे से आ रहा खाना खा रहा है। सोसायटी के सभी कोविड प्रभावित परिवारों को गुरुद्वारा दोनों वक्त खाना पहुँचाता है। मेरी पत्नी के अस्पताल से घर आने के बाद भी उनकी सेवा रुकी नहीं है। यह है खालिस निस्स्वार्थ सेवा। आपदा की इस घड़ी में मंदिरों और मठों से भी ऐसी अपेक्षा की जाती है कि सदी के सबसे बड़े संकट में वे भी मानवता की सेवा के लिए आगे आएँ।'

□

अंधविश्वास की महामारी से भी लड़ना होगा

पुरानी कहावत है कि 'नीम-हकीम खतरा-ए-जान' यानी नीम-हकीम के चक्कर में पड़े तो जान को खतरा हो सकता है। वैसे सामान्य अवस्था में भी आप किसी भारतीय से किसी रोग का जिक्र भर कर दें, वह तत्काल आपको एलोपैथी से लेकर आयुर्वेद तक इलाज सुझा देगा, लेकिन व्हाट्सएप यूनिवर्सिटी ने तो देश के अधिकांश लोगों को कोरोना विशेषज्ञ बना दिया है। महामारी के इस दौर में अफवाहों का बाजार खासा गरम है। ऊल-जलूल नुस्खों से कोरोना का इलाज करने की कोशिश की जा रही है जिससे मरीज की जान संकट में पड़ जा रही है। सोशल मीडिया पर रोज शर्तिया इलाज बताए जा रहे हैं। इनसे कोरोना के पूरी तरह से ठीक होने का दावा किया जा रहा है। बताया जा रहा है कि गाय के गोबर और गोमूत्र का लेप शरीर पर करने से रोग प्रतिरोधक क्षमता बढ़ जाती है और कोरोना वायरस से बचाव होता है। गुजरात में कुछ लोगों ने पूरे शरीर पर गोबर पोतकर इस उपाय को भी आजमाने की कोशिश की। डॉक्टरों ने इसे सिरे से खारिज किया है और कहा है कि इसका कोई वैज्ञानिक आधार नहीं है। इससे कोरोना वायरस को नष्ट नहीं किया जा सकता, बल्कि इससे कई और बीमारियों के फैलने का खतरा है। सोशल मीडिया पर मैसेज वायरल होने के बाद गुजरात की कई गोशालाओं में लोगों की भीड़ लगने लगी। लोग इस उम्मीद में आ रहे थे कि इससे उनके शरीर की रोग प्रतिरोधक क्षमता बढ़ जाएगी और कोरोना संक्रमण नहीं होगा। दुनियाभर के वैज्ञानिक और डॉक्टर बार-बार कोरोना का वैकल्पिक उपचार न करने की चेतावनी दे रहे हैं। डॉक्टरों का कहना है कि सुरक्षा की झूठी भावना स्वास्थ्य समस्याओं को और अधिक जटिल बना सकती है। कोरोना संक्रमण के बचाव और इलाज के लिए जो गाइडलाइन बनाई गई है, उसका पालन करना चाहिए और डॉक्टर की सलाह के अनुसार दवाओं का सेवन करना चाहिए। इसी तरह वैक्सीन को लेकर अनेक भ्रामक सूचनाएँ फैलाई जा रही हैं कि इससे कोरोना संक्रमण हो जाता है, जबकि कोरोना से बचाव में वैक्सीन की अहम भूमिका है।

देश में कोरोना संक्रमण से स्थिति अब भी गंभीर बनी हुई है। हर दिन तीन लाख से ज्यादा संक्रमण के नए मामले सामने आ रहे हैं और प्रतिदिन लगभग चार हजार संक्रमितों की जान जा रही है। एक ही बात सुकून देती है कि लोग बड़ी संख्या में ठीक भी हो रहे हैं। देश में लगभग ढाई करोड़ लोग कोरोना संक्रमित हो चुके हैं और ढाई लाख से अधिक लोग कोरोना के कारण अपनी जान गँवा चुके हैं। देश भर में कोरोना से संक्रमित मरीज अस्पताल में बेड, ऑक्सीजन और दवाओं के लिए संघर्ष कर रहे हैं। कई लोग इलाज के अभाव में जान गँवा रहे हैं। कोरोना की दूसरी लहर इतनी खतरनाक है कि पूरे देश में भय का माहौल है। शायद यही वजह है कि लोग बचाव के टोने-टोटके आजमा रहे हैं। पर चिंता की बात यह है कि कई मामलों में ये टोटके मरीज के जीवन पर भारी पड़ रहे हैं। सोशल मीडिया पर एक वीडियो वायरल है, जिसमें परिवार की महिलाएँ ऑक्सीजन पर निर्भर कोरोना के एक मरीज के पास जोर-जोर से धार्मिक पाठ कर रही हैं। खबर है कि बाद में उन्होंने मरीज को पाठ सुनाने के लिए मरीज की ऑक्सीजन हटा दी, जिसके कारण मरीज की मौत हो गई। हाल में खबर आई कि एक सरकारी डॉक्टर ने शराब के काढ़े से 50 कोरोना संक्रमितों की ठीक करने का दावा किया है। महाराष्ट्र के अहमदनगर जिले की शेवगाँव तहसील के एक डॉक्टर ने यह दावा किया और सोशल मीडिया पर यह वायरल हो गया। उन्होंने दावा किया है कि देशी शराब के काढ़े से उन्होंने 50 से ज्यादा मरीजों को स्वस्थ किया है। बाद में सरकार को बयान देना पड़ा कि शराब के काढ़े से कोरोना मरीजों के इलाज का दावा पूरी तरह से गलत है और इस पर विश्वास न करें। एक व्हाट्सएप मैसेज में दावा किया जा रहा है कि कोरोना वायरस का घरेलू उपचार मिल चुका है। पुडुचेरी के एक भारतीय छात्र रामू ने कोविड-19 का घरेलू उपचार खोज लिया है और उसे विश्व स्वास्थ्य संगठन ने स्वीकृति प्रदान कर दी है। उसने सिद्ध कर दिया कि एक चाय के कप में चम्मच भरकर कालीमिर्च का चूर्ण, दो चम्मच शहद और थोड़ा सा अदरक का रस लगातार पाँच दिनों तक लिया जाए, तो कोरोना के प्रभाव को सौ फीसदी समाप्त किया जा सकता है। बीबीसी हिंदी की फैक्ट चेक टीम ने इसकी जाँच की और पुडुचेरी विश्वविद्यालय के प्रवक्ता से बात की तो उनका कहना था कि ऐसी कोई दवा विश्वविद्यालय के किसी छात्र ने नहीं बनाई है। विश्व स्वास्थ्य संगठन ने तो ऐसी फेक खबरों के लिए एक अलग सेक्शन बना रखा है। उसने स्पष्ट किया है कि कोरोना वायरस की अब तक कोई दवा नहीं बनी है और न ही कालीमिर्च के खाने में इस्तेमाल करने से कोरोना वायरस से बचा जा सकता है। कालीमिर्च आपके खाने को स्वादिष्ट बना सकती है, लेकिन कोरोना वायरस से नहीं बचा सकती। मध्य प्रदेश के गुना में तो कुछ लोगों ने सूखी हुई नदी में गड्ढे खोदे और उससे निकलने वाले पानी को कोरोना की औषधि समझकर पीने लगे। गुना के जोहरी गाँव से

बरनी नदी गुजरती है, गरमियों में उसकी धारा दो-तीन महीने सूख जाती है। सूखी हुई नदी की सतह पर अगर गड्ढा खोदा जाए, तो उसमें पानी निकलता है। इसी बीच गाँव में अफवाह उड़ी कि यह चमत्कारी पानी है और इस पानी को पीने से कोरोना बीमारी ठीक हो जाएगी। अफवाह उड़ते ही जोहरी गाँव में लोगों की भीड़ जुट गई और लोग गड्ढा खोदकर पानी पीने लगे। नदी में पहले से ही कुछ गड्ढों में पानी भरा हुआ था। कुछ लोग उन गड्ढों में भरा गंदा पानी भी पीने लगे। इस पानी के पीने से अन्य बीमारियों का खतरा बढ़ गया है। अधिकारियों ने भी लोगों को समझाने की कोशिश की, लेकिन लोग मानने को राजी नहीं हैं।

विशेषज्ञों का कहना है कि 90 फीसदी मरीज घर पर ही साधारण दवाओं से ठीक हो जाते हैं। उन्हें आप ग्लूकोज की पुड़िया दे दें और मंत्र फूँक दें और मरीज अपने आप ठीक हो जाएगा। आप गौर करेंगे तो पाएँगे कि दरअसल इन्हीं मरीजों को ठीक करने का दावा अपनी औषधियाँ बेचने वाले कर रहे हैं। वे लोगों का शोषण कर अपनी दवाइयाँ बेचने में सफल भी हो रहे हैं। असली चुनौती 10 फीसदी लोगों के इलाज को लेकर है। ऐसे गंभीर मरीज केवल और केवल एलोपैथिक दवाओं से ठीक होते हैं। इनके चक्कर में फँसकर कुछ लोग इलाज का महत्त्वपूर्ण समय गँवा देते हैं और अपनी जान दाँव पर लगा देते हैं। यह वैज्ञानिक तथ्य है कि एलोपैथी के अलावा अन्य सभी चिकित्सा पद्धतियों की भूमिका केवल शरीर की प्रतिरोधक क्षमता बढ़ाने में है। यह सही है कि कुछ पारंपरिक और घरेलू उपचार कोरोना के लक्षणों में राहत दे सकते हैं, लेकिन वे इस बीमारी का इलाज नहीं हैं। कोरोना संक्रमण से बचने के लिए वैक्सीन लगवाएँ, लोगों से एक मीटर की दूरी बनाए रखें और लगातार हाथ धोएँ।

□

इस्राइल-फिलिस्तीन संघर्ष और भारत

इस्राइल और फिलिस्तीनी चरमपंथी संगठन हमास के बीच संघर्ष विराम हो गया। दोनों पक्षों ने 11 दिन की लड़ाई के बाद आपसी सहमति से संघर्ष विराम का फैसला किया। दिलचस्प यह है कि दोनों पक्ष इसे अपनी जीत बता रहे हैं। इस दौरान 240 से अधिक लोग मारे गए जिनमें ज्यादातर मौतें फिलिस्तीनी इलाके गाजा में हुईं। इस्राइल ने उत्तरी गाजा में हमास के ठिकानों पर 100 से ज्यादा हमले किए। हमास ने भी जवाब में इस्राइल पर रॉकेट दागे। अमेरिकी, मिस्र, कतर और संयुक्त राष्ट्र ने इस्राइल और हमास के बीच मध्यस्थता में अहम भूमिका निभाई। इस्राइल और हमास के बीच संघर्ष यरुशलम में पिछले लगभग एक महीने के तनाव का नतीजा है। इसकी शुरुआत पूर्वी यरुशलम के एक इलाके से फिलिस्तीनी परिवारों को निकालने की धमकी के बाद शुरू हुई, जिन्हें यहूदी अपना बताते हैं और वहाँ बसना चाहते हैं। इसको लेकर अरब आबादी वाले इलाकों और यरुशलम की अल-अक्सा मसजिद के पास प्रदर्शनकारियों और पुलिस के बीच झड़पें हुईं। अल-अक्सा मसजिद मक्का-मदीना के बाद मुसलमानों का तीसरा सबसे पवित्र स्थल है। इसके बाद तनाव बढ़ता गया और 10 मई को संघर्ष छिड़ गया। हमास ने इस्राइल को वहाँ से हटने की चेतावनी देते हुए रॉकेट दागे और इस्राइल ने भी जवाबी काररवाई में हवाई हमले किए। भारत ने संयुक्त राष्ट्र सुरक्षा परिषद् में अपना नजरिया रखा। संयुक्त राष्ट्र में भारत के राजदूत टी.एस. तिरुमूर्ति ने कहा कि भारत हर तरह की हिंसा की निंदा करता है। भारत फिलिस्तीनियों की जायज माँग का समर्थन करता है और वह दो-राष्ट्र की नीति के जरिए समाधान को लेकर वचनबद्ध है। भारतीय राजदूत ने कहा कि भारत गाजापट्टी से होने वाले रॉकेट हमलों की निंदा करता है, साथ ही इस्राइल की काररवाई में भी बड़ी संख्या में आम नागरिक मारे गए हैं जिनमें औरतें और बच्चे भी शामिल हैं, जो बेहद दुःखद है। भारतीय राजदूत ने कहा कि ताजा संघर्ष के बाद इस्राइल और फिलिस्तीनी प्रशासन के बीच बातचीत दोबारा शुरू करने की जरूरत और बढ़ गई है। संवाद न होने की वजह से दोनों पक्षों के बीच अविश्वास बढ़ रहा है। बातचीत न होने की स्थिति में भविष्य में भी

ऐसे टकराव होंगे, इसलिए वार्त्ता के लिए सकारात्मक माहौल तैयार किया जाना चाहिए।

यह सच है कि एक समय भारत फिलिस्तीनियों के बहुत करीब रहा है और उसने फिलिस्तीन राष्ट्र के निर्माण संघर्ष में उनका साथ दिया, लेकिन भारत में फिलिस्तीनियों के लिए यह समर्थन लगातार कम होता जा रहा है। वर्ष 2017 में प्रधानमंत्री मोदी ने इस्राइल की यात्रा की। इस्राइल की यात्रा करने वाले वे पहले भारतीय प्रधानमंत्री थे। प्रधानमंत्री मोदी की इस्राइल यात्रा एक तरह से भारत की यह सार्वजनिक घोषणा भी थी कि फिलिस्तीन के साथ प्रगाढ़ संबंध पुरानी बात है और इस्राइल के साथ रिश्तों का एक नया अध्याय शुरू हो रहा है। मौजूदा सच्चाई यह है कि भारत अब इस्राइल का एक भरोसेमंद साथी है। वह इस्राइल से सैन्य साज-सामग्री खरीदने वाला सबसे बड़ा देश है। रक्षा और राष्ट्रीय सुरक्षा के मामले में ही नहीं, डेयरी, सिंचाई, ऊर्जा और बहुत से तकनीकी क्षेत्रों में इस्राइल की भारत के साथ साझेदारी है। पिछले दौर के संबंधों पर निगाह डालें तो भारत ने 15 सितंबर, 1950 को इस्राइल को मान्यता दी थी। अगले साल मुंबई में इस्राइल ने अपना वाणिज्य दूतावास खोल दिया, लेकिन राजनीतिक कारणों से भारत इस्राइल में अपना वाणिज्य दूतावास नहीं खोल पाया। दोनों देशों को एक-दूसरे के यहाँ आधिकारिक तौर पर दूतावास खोलने में लगभग 42 साल लगे थे। जहाँ प्रधानमंत्री मोदी हमेशा से इस्राइल के साथ गहरे रिश्तों के हिमायती रहे हैं, जबकि विदेश मंत्रालय के नीति निर्माताओं में यह द्वंद्व रहा है कि इस्राइल का कितना साथ दिया जाए। विदेश मंत्रालय के अधिकारी आशंकित रहते थे कि एक देश के साथ गहरे रिश्तों की कीमत कहीं मध्य पूर्व के लगभग 50 मुल्कों की नाराजगी से न उठानी पड़े।

मुझे तत्कालीन राष्ट्रपति प्रणब मुखर्जी के साथ-साथ इस्राइल और फिलिस्तीन क्षेत्र की यात्रा करने और वहाँ के हालात देखने-समझने का मौका मिला है। हम सड़क के रास्ते फिलिस्तीनी इलाकों में गए और रमल्ला में एक रात बिताई। फिलिस्तीन से इस्राइल की यात्रा के दौरान ऐसे अनेक इलाके पड़ते हैं, जहाँ बस्तियों का घालमेल है। एक बस्ती कब समाप्त होती है और दूसरी कब शुरू हो जाती है, पता ही नहीं चलता। यहाँ दोनों समुदाय के घर क्रीम रंग के पत्थरों से बने होते हैं जिन्हें यरुशलम स्टोन कहा जाता है, लेकिन इस्राइल से जब फिलिस्तीन इलाकों में जब आप पहुँचते हो, तो आपको दोनों इलाकों की संपन्नता का अंतर साफ-साफ नजर आने लगता है। फिलिस्तीनी इलाके किसी छोटे भारतीय शहर की तरह नजर आते हैं, जबकि इस्राइल के यरुशलम या फिर तेल अवीव एकदम साधन संपन्न किसी पश्चिमी देश के शहर की तरह नजर आते हैं। इसका अंदाजा दोनों देशों की प्रति व्यक्ति आय से भी लगाया जा सकता है। उपलब्ध आँकड़ों के अनुसार फिलिस्तीनी लोगों की प्रति व्यक्ति आय लगभग 3500 डॉलर है, जबकि कुछेक किलोमीटर दूरी पर रहने वाले इस्राइल की प्रति व्यक्ति आय लगभग 43 हजार डॉलर है।

तत्कालीन राष्ट्रपति प्रणब मुखर्जी के साथ इस्राइल और फिलिस्तीन क्षेत्र की यात्रा की कहानी दिलचस्प है। दरअसल, भारत इससे पहले तक इस्राइल के साथ अपने रिश्तों को दबा-छिपाकर रखता आया था। दूसरी ओर प्रधानमंत्री मोदी का इस्राइल के प्रति झुकाव जगजाहिर है और वे वहाँ की यात्रा करना चाहते थे। विदेश मंत्रालय मध्य पूर्व के देशों की प्रतिक्रिया को लेकर सशंकित था। काफी विमर्श के बाद यह तय हुआ कि राष्ट्रपति प्रणब मुखर्जी पहले यात्रा करेंगे और इससे प्रतिक्रिया का अंदाजा लगेगा, लेकिन प्रणब बाबू फिलिस्तीनी लोगों का साथ छोड़ने के पक्ष में नहीं थे। उन्होंने स्पष्ट कर दिया था कि वे इस्राइल जाएँगे, लेकिन साथ ही रमल्ला, फिलिस्तीन इलाके में भी जाएँगे। विदेश मंत्रालय ने काफी माथापच्ची के बाद जॉर्डन, फिलिस्तीन और इस्राइल का कार्यक्रम बनाया। यात्रा में मध्य पूर्व के एक देश जॉर्डन को भी डाला गया, ताकि यात्रा सभी पक्षों की नजर आए। प्रणब दा के साथ पत्रकारों का दल तेल अवीव, इस्राइल होते हुए रमल्ला, फिलिस्तीन क्षेत्र पहुँचा। यह पूरा क्षेत्र अशांत है और आए दिन यहाँ गोलीबारी होती रहती है, लेकिन प्रणब दा तो ठहरे प्रणब दा। उन्होंने एक रात फिलिस्तीन क्षेत्र में गुजारने का कार्यक्रम बनाया था। उनके साथ हम सब पत्रकार भी थे। इस्राइली सीमा क्षेत्र और फिलिस्तीनी क्षेत्र में जगह-जगह सैनिक भारी अस्त्र-शस्त्रों के साथ तैनात नजर आ रहे थे। फिलिस्तीन क्षेत्र में हम लोग फिलिस्तीनी नेता और राष्ट्रपति महमूद अब्बास के मेहमान थे। कोई बड़े देश का राष्ट्राध्यक्ष पहली बार फिलिस्तीनी क्षेत्र में रात गुजार रहा था। हमें बताया गया कि नेता हेलीकॉप्टर से आते हैं और बातचीत कर कुछेक घंटों में तुरंत उस क्षेत्र से निकल जाते हैं। कोई नेता इस अशांत क्षेत्र में रात गुजारने का जोखिम नहीं उठाता। यहाँ होटल आदि भी कोई खास नहीं थे। हम लोगों को एक सामान्य से दोमंजिला होटल में ठहराया गया, जिसमें ऊपर की मंजिल में राष्ट्रपति प्रणब मुखर्जी और उनकी टीम ठहरी हुई थी और नीचे की मंजिल में हर सब पत्रकार ठहरे हुए थे। फिलिस्तीन क्षेत्र में प्रणब बाबू गार्ड ऑफ ऑनर में भी शामिल हुए। उनके सम्मान में आयोजित रात्रि भोज में भी उन्होंने शिरकत की जिसमें फिलिस्तीन आंदोलन के चुनिंदा नेता शामिल हुए थे। अगले दिन फिलिस्तीन के अल कुद्स विश्वविद्यालय में उन्हें मानद डॉक्टरेट की उपाधि से सम्मानित किया गया। उसके बाद उनका भाषण था, लेकिन एक फिलिस्तीनी छात्र की इजराइली सैनिकों की गोलीबारी में मौत के बाद वहाँ हंगामा हो गया। किसी तरह बचते-बचाते हम सभी लोग यरुशलम, इस्राइल पहुँचे। यहाँ संसद् को संबोधन से लेकर अनेक व्यस्त कार्यक्रम थे, जिनमें प्रणब मुखर्जी ने अपनी दमदार उपस्थिति दर्ज कराई। मेरा मानना है कि प्रणब मुखर्जी ने ही एक तरह से प्रधानमंत्री मोदी की इस्राइल यात्रा की नींव रखी थी।

□

मीडिया की अहमियत और सवाल

एक दिन पहले ही हिंदी पत्रकारिता दिवस बीता है। 30 मई को हिंदी पत्रकारिता दिवस मनाया जाता है। जुगल किशोर शुक्ल ने 30 मई, 1826 को पहले हिंदी समाचार-पत्र 'उदंत मार्तंड' का प्रकाशन प्रारंभ किया था। देश में हिंदी पत्रकारिता की शुरुआत 'उदंत मार्तंड' से ही मानी जाती है। यह साप्ताहिक समाचार-पत्र हर मंगलवार को पाठकों तक पहुँचता था। वैसे तो जुगल किशोर शुक्ल पेशे से वकील थे और कानपुर के रहने वाले थे। पर उनका कार्यक्षेत्र कोलकाता था। वे खुद 'उदंत मार्तंड' के संपादक और प्रकाशक थे। विपरीत परिस्थितियों में उन्होंने 'उदंत मार्तंड' का प्रकाशन प्रारंभ किया और आर्थिक कठिनाइयों के कारण अखबार ज्यादा दिनों तक प्रकाशित नहीं हो पाया। उस समय औपनिवेशिक दौर था और भारत पर ब्रिटिश शासन था। सत्ता का केंद्र कोलकाता था और उस दौर में भारतवासियों के हित की बात करना बहुत बड़ी चुनौती थी। अंग्रेजी शासकों की भाषा था, उसके बाद बांग्ला और उर्दू का प्रभाव था। उस दौर में कोलकाता से अंग्रेजी और बांग्ला के कई समाचार-पत्र प्रकाशित होते थे, लेकिन हिंदी भाषा का एक भी अखबार नहीं निकलता था। इस साप्ताहिक समाचार-पत्र के पहले अंक की 500 प्रतियाँ छपी। हिंदीभाषी पाठकों की कमी की वजह से उसे ज्यादा पाठक नहीं मिल सके। दूसरी बात कि हिंदीभाषी राज्यों से दूर होने के कारण उन्हें समाचार-पत्र डाक द्वारा भेजना पड़ता था। डाक दर बहुत ज्यादा थी, इसलिए इसे हिंदीभाषी राज्यों में भेजना आर्थिक रूप से महँगा सौदा हो गया था। जुगल किशोर ने सरकार ने बहुत अनुरोध किया कि वे डाक दरों में कुछ रियायत दे दें, जिससे हिंदीभाषी प्रदेशों में पाठकों तक समाचार-पत्र भेजा जा सके, लेकिन ब्रिटिश हुकूमत इसके लिए तैयार नहीं हुई और डेढ़ साल में यह समाचार-पत्र बंद हो गया, लेकिन अपने साहसिक प्रयास के लिए जुगल किशोर शुक्ल आज भी याद किए जाते हैं।

आज दौर बदल गया है। हिंदी पत्रकारिता ने एक लंबा सफर तय कर लिया है। अखबारी पत्रकारिता के क्षेत्र में भी काफी बदलाव आया है। साक्षरता बढ़ी है और

राजनीतिक चेतना भी बढ़ी है। नतीजतन, हिंदी पाठकों की संख्या में खासी बढ़ोतरी हुई है। स्थानीय संस्करणों ने ग्रामीण इलाकों में अखबारों की पैठ बढ़ा दी है। 2019 के इंडियन रीडरशिप सर्वे के अनुसार सबसे ज्यादा पढ़े जाने वाले पहले 10 समाचार-पत्रों में हिंदी अखबारों का बोलबाला है। उसमें केवल एक अंग्रेजी का अखबार जगह बना पाया है। हिंदी पत्रकारिता के भी विभिन्न आयाम हो गए हैं। हिंदी के अखबार तो हैं ही, साथ ही टीवी और सोशल मीडिया भी प्रभावी माध्यम बनकर उभरे हैं, लेकिन सोशल मीडिया की भूमिका को लेकर अकसर सवाल उठ रहे हैं। हाल में सोशल मीडिया और केंद्र सरकार आमने-सामने नजर आए। दरअसल, तीन महीने पहले 25 फरवरी को केंद्र सरकार ने नए आईटी नियम जारी किए थे। नए दिशानिर्देशों के मुताबिक सभी सोशल मीडिया कंपनियों को किसी पोस्ट के लिए शिकायत मिलने पर उसे संज्ञान लेना आवश्यक हो गया है। इसके तहत कंपनियों को तीन अधिकारियों को नियुक्त करना है। ये अधिकारी भारत में ही रह रहे हों। साथ ही इनका फोन नंबर सोशल मीडिया वेबसाइट और एप पर होना अनिवार्य है, ताकि लोग शिकायत कर सकें। साथ ही इन अधिकारियों के लिए शिकायत पर फैसला लेने के लिए 15 दिनों की समय-सीमा भी तय की गई है। इसके अलावा अगर कोई फेक न्यूज वायरल हो रही है, तो सरकार सोशल मीडिया कंपनी से पूछ सकती है कि इस पोस्ट को सबसे पहले किसने शेयर किया था। सरकार और कंपनियों के बीच इसी नियम को लेकर विवाद है। व्हाट्सएप का कहना है कि यह नियम लोगों के निजता के अधिकार को कमजोर करेगा। व्हाट्सएप तो भारत सरकार के खिलाफ दिल्ली हाईकोर्ट में चला और उसने नए आईटी नियमों को लेकर याचिका दायर की है, जिसमें नियमों को असंवैधानिक करार देते हुए रोकने का अनुरोध किया है। व्हाट्सएप का कहना है कि नए नियमों से उपयोगकर्ता की निजता प्रभावित होगी। नए नियम एंड-टू-एंड एन्क्रिप्शन को तोड़ देंगे और लोगों के निजता के अधिकार को मौलिक रूप से कमजोर कर देंगे। दूसरी ओर सरकार ने कहा कि वह निजता के अधिकार का सम्मान करती है और नए नियम निजता के खिलाफ नहीं हैं। सरकार ने कहा है कि व्हाट्सएप जैसे संदेश मंचों को नए आईटी नियमों के तहत मूल स्रोत की जानकारी देने को कहना निजता का उल्लंघन नहीं है। सूचना प्रौद्योगिकी मंत्रालय के जारी बयान में कहा गया है कि नए आईटी नियमों के तहत देश की संप्रभुता, सार्वजनिक व्यवस्था और देश की सुरक्षा से जुड़े बेहद गंभीर अपराध वाले संदेशों को रोकने या उसकी जाँच के लिए उनके मूल स्रोत की जानकारी माँगना निजता का हनन नहीं है।

दरअसल, सोशल मीडिया दोधारी तलवार है। इस बात से इनकार नहीं किया जा सकता कि सोशल मीडिया अभिव्यक्ति के एक असरदार माध्यम के रूप में उभरा है। आज कोई भी व्यक्ति सोशल मीडिया के माध्यम से अपने विचार रख सकता है और उसे

हजारों–लाखों लोगों तक पहुँचा सकता है। राजनीतिक, सामाजिक संगठन और आमजन इसका भरपूर लाभ उठा रहे हैं। दूसरी ओर सोशल मीडिया के दुरुपयोग के भी अनेक मामले सामने आए हैं। इसके माध्यम से समाज में भ्रम व तनाव फैलाने की कोशिशें हुई हैं। मौजूदा कोरोना संकट के दौर को ही देख लें। इस दौर में भी सोशल मीडिया पर कोरोना को लेकर फेक वीडियो व फेक खबरें बड़ी संख्या में चल रही हैं। हम सबके पास सोशल मीडिया के माध्यम से रोजाना कोरोना के बारे में अनगिनत खबरें और वीडियो आते हैं। कभी फेक न्यूज में कोरोना की दवा निकल जाने का दावा किया जाता है, तो कभी वैक्सीन के बारे में भ्रामक सूचना फैलाई जाती है। फेक न्यूज को तथ्यों के आवरण में ऐसे लपेटकर पेश किया जाता है कि आम व्यक्ति उस पर भरोसा कर ले और और उसे पता ही नहीं चले कि वह कब फेक न्यूज का शिकार हो गया।

सूचना के एक अन्य सशक्त माध्यम टीवी पर नजर दौड़ाएँ तो पाएँगे कि टीवी चैनल खबरों के बजाय बेवजह की बहस आयोजित करने पर ज्यादा जोर देते नजर आते हैं। स्थिति यह है कि टीवी की गंभीरता पर सवाल उठने लगे हैं। पिछले दिनों किस चैनल को कितने लोग देख रहे हैं, इसको लेकर भी विवाद उठ खड़ा हुआ था। टीआरपी यानी टेलीविजन रेटिंग पॉइंट एक प्रणाली है, जिससे इस बात का आकलन लगाया जाता है कि कौन से कार्यक्रम या टीवी चैनल सबसे अधिक देखा जाता है। इस रेटिंग के आधार पर कंपनियाँ और विज्ञापन देने वाली एजेंसियाँ यह तय करती हैं कि उनके विज्ञापन किस कार्यक्रम के दौरान अधिक देखे जा सकते हैं। जो कार्यक्रम या टीवी चैनल टीआरपी रेटिंग में सबसे आगे, उसे अधिक विज्ञापन मिलते हैं यानी अधिक कमाई होती है। भारत में ब्रॉडकास्ट ऑडियंस रिसर्च काउंसिल (बार्क) एकमात्र एजेंसी है, जो टेलीविजन रेटिंग मुहैया कराती है। बार्क ने यह काम एक एजेंसी को सौंप दिया है। मुंबई पुलिस के अनुसार एजेंसी के कुछ अधिकारियों ने एक चैनल से पैसे लेकर उनकी टीआरपी बढ़ाने का सौदा किया था। लोगों को अपने घरों में किसी विशेष चैनल को देखने के लिए हर महीने 400 से 500 रुपए दिए जाते थे, ताकि चैनल की टीआरपी ज्यादा आए। दूसरी ओर अखबारों की ओर नजर दौड़ाएँ तो आप पाएँगे कि वे आज भी सूचनाओं के सबसे विश्वसनीय स्रोत हैं। अखबार की खबरें काफी जाँच–पड़ताल के बाद प्रकाशित की जाती हैं और वे उनसे मुकर नहीं सकते। यह कोई दबा–छुपा तथ्य नहीं है कि मीडिया को कई तरह के दबावों का सामना करना पड़ता है। इसमें राजनीतिक और सामाजिक दबाव दोनों शामिल हैं। बावजूद इसके आज भी अखबार खबरों के सबसे प्रामाणिक स्रोत हैं।

□

सोशल मीडिया के ज्ञान से उपजी चिंताएँ

आप गौर करें तो पाएँगे कि रोजाना आपके पास सोशल मीडिया के ऐसे संदेश आते होंगे, जिनमें कोरोना से लेकर अन्य अनेक विषयों के बारे में ज्ञान दिया जाता होगा। शायद आपने भी एक ऑडियो सुना होगा, जिसमें बताया जाता है कि दूरसंचार विभाग का कथित एक वरिष्ठ अधिकारी अपने एक रिश्तेदार से बात कर रहा होता है, जिसमें वह बताता है कि कोरोना की दूसरी लहर 5जी नेटवर्क ट्रायल का नतीजा है। यह गुप्त बातचीत है, जिसे किसी तरह रिकॉर्ड कर लिया गया है और आपके हित में इसे सोशल मीडिया के माध्यम से पहुँचाया जा रहा है। इस कथित लीक ऑडियो में बताया जाता है कि यह ट्रायल उत्तर से दक्षिण तक चलेगा और कोरोना की दूसरी लहर इसी का नतीजा है। अधिकारी यह कह रहा होता है कि जब तक ट्रायल चलेगा, तब तक कोरोना के मामले आएँगे और ज्यों-ज्यों ट्रायल खत्म होगा, मामले भी समाप्त होते जाएँगे। वह यह भी बताता है कि पश्चिमी देशों में भी 5जी के कारण ही कोरोना की लहर आई थी। 5जी नेटवर्क को लेकर इस तरह की अफवाह केवल अपने देश में ही नहीं, विदेशों में भी खूब चली थी। भारत में मोबाइल व इंटरनेट नेटवर्क 4जी तक पहुँचा है और 5जी नेटवर्क की प्रक्रिया शुरू हुई है, लेकिन दुनिया के कई देशों जैसे अमरीका, यूरोप, चीन और दक्षिण कोरिया में यह पहले से ही काम कर रहा है। 5जी से इंटरनेट की स्पीड बहुत तेज हो जाती है और इसे क्रांतिकारी तकनीक माना जा रहा है। अभी हम मोबाइल और इंटरनेट के लिए 3जी से लेकर 4जी नेटवर्क का इस्तेमाल कर रहे हैं। अंतर इतना है कि 5जी तकनीक पुराने मोबाइल नेटवर्क से ज्यादा फ्रीक्वेंसी वाली तरंगों का इस्तेमाल करती है। इससे ज्यादा संख्या में मोबाइल पर एक साथ इंटरनेट सुविधा उपलब्ध हो सकती है। साथ ही इंटरनेट की स्पीड भी तेज हो जाती है, लेकिन दुनिया के कई हिस्सों में इसको लेकर सवाल उठे हैं कि 5जी तरंगों से कहीं कैंसर की आशंका तो नहीं है। वैज्ञानिक आधार पर ये आशंकाएँ बेबुनियाद साबित हुईं हैं। 2014 में विश्व स्वास्थ्य संगठन ने कहा था कि आज तक मोबाइल फोन के इस्तेमाल से स्वास्थ्य पर कोई

प्रतिकूल असर नहीं दिखा है। अभी इस बारे में पुख्ता सबूत नहीं मिले हैं कि मोबाइल फोन से उत्पन्न तरंगों से कैंसर की कोई आशंका है। पिछले साल ब्रिटेन में भी यह फेक न्यूज व्यापक रूप से फैली थी कि कोरोना वायरस 5जी टावर के कारण तेजी से फैल रहा है। इसका असर यह हुआ कि लोगों ने कई मोबाइल टावर्स में आग लगा दी थी। भारत में भी ऐसी अफवाहों के बाद सरकार को स्पष्ट करना पड़ा था कि यह सब बेबुनियाद है।

लेकिन जब फेक न्यूज के आधार पर कोई सेलिब्रिटी अदालत में केस कर दे, तो चिंता बढ़ जाती है। हाल में फिल्म अभिनेत्री जूही चावला ने दिल्ली हाई कोर्ट में 5जी नेटवर्क के खिलाफ जनहित याचिका दायर की थी। हाई कोर्ट ने न सिर्फ याचिका को खारिज कर दिया, साथ ही यह भी कहा है कि याचिकाकर्ताओं ने न्यायिक प्रक्रिया का दुरुपयोग किया है और उन पर 20 लाख रुपए का जुरमाना लगा दिया। दिल्ली हाई कोर्ट ने अपने आदेश में कहा कि ऐसा लगता है कि जैसे यह याचिका प्रचार पाने के मकसद से दायर की गई थी। दरअसल, जूही चावला ने सुनवाई के ऑनलाइन लिंक को सोशल मीडिया पर तीन बार शेयर किया, जिससे अदालत की काररवाई में बाधा पड़ी। इस लिंक की मदद से तो एक सज्जन अदालत की काररवाई के दौरान जूही चावला की फिल्म का गाना गाकर सुनाने लगे, जिससे अदालत की काररवाई में बाधा पड़ी। देश में 5जी तकनीक के खिलाफ दिल्ली हाई कोर्ट में जूही चावला के साथ दो अन्य याचिकाकर्ता वीरेश मलिक और टीना वाच्छानी ने अपनी याचिका में कहा था कि अदालत सरकारी एजेंसियों को आदेश दें कि वे जाँच कर पता लगाएँ कि 5जी तकनीक स्वास्थ्य के लिए कितनी सुरक्षित है। इस याचिका में 30 से अधिक सरकारी और गैर-सरकारी संस्थाओं व संगठनों को वादी बनाया गया था। याचिका में अदालत से अनुरोध किया गया था कि 5जी को उस वक्त तक रोक दिया जाए, जब तक सरकार पुष्टि न कर ले कि इस तकनीक से कोई खतरा नहीं है। हाई कोर्ट ने सरकार को प्रतिवेदन दिए बिना 5जी वायरलेस नेटवर्क तकनीक को सीधे अदालत में चुनौती देने पर भी सवाल उठाए। हाई कोर्ट ने कहा कि वादी जूही चावला और दो अन्य लोगों को पहले अपनी चिंताओं को सरकार के समक्ष उठाने की आवश्यकता थी और यदि वहाँ से इनकार किया जाता, तब उन्हें अदालत में आना चाहिए था।

आपने गौर किया होगा कि व्हाट्सएप ज्ञान कितना प्रभावशाली है कि इसने बड़ी संख्या में लोगों को कोरोना विशेषज्ञ बना दिया है। सोशल मीडिया पर ऐसी अनेक फेक न्यूज चल रही हैं, जिनमें कोरोना से ठीक होने का दावा किया जाता है। जबकि इनसे अनेक मरीजों की जान संकट में पड़ रही है। डॉक्टरों का कहना है कि सुरक्षा की झूठी भावना स्वास्थ्य समस्याओं और अधिक जटिल बना देती है। हाल में आंध्र प्रदेश के नेल्लोर जिले के कृष्णपटनम गाँव में कोरोना की 'चमत्कारी आई ड्रॉप' का वीडियो

सोशल मीडिया पर वायरल होने के बाद गाँव में हजारों लोगों की भीड़ जुटने लगी। प्रशासन को लोगों को नियंत्रित करने के लिए पुलिस की व्यवस्था करनी पड़ी। वायरल वीडियो में दावा किया गया था कि एक आयुर्वेदिक डॉक्टर द्वारा बनाई गई आई ड्रॉप से 10 मिनट में कोरोना संक्रमण में राहत मिलती है और ऑक्सीजन का स्तर सामान्य हो जाता है। इस दावे के बाद कृष्णपटनम गाँव में हजारों लोगों की भीड़ जुटने लगी। एक वीडियो वायरल हुआ था, जिसमें आई ड्रॉप लेने के 10 मिनट बाद एक रिटायर्ड हेड मास्टर के पूरी तरह ठीक होने का दावा किया गया था। मीडिया से जानकारी मिली कि कुछ ही दिन बाद उस शख्स की कोरोना से मौत हो गई, लेकिन उसका वीडियो कहीं नहीं चला। कहीं शराब के काढ़े से कोरोना संक्रमितों की ठीक करने का दावा किया जा रहा है, तो किसी वीडियो में कहा जा रहा है कि गाय के गोबर और गोमूत्र का लेप पूरे शरीर पर लगाने से रोग प्रतिरोधक क्षमता बढ़ जाती है और कोरोना वायरस से बचाव होता है। सोशल मीडिया पर मैसेज वायरल होने के बाद गुजरात की गोशालाओं में लोगों की भीड़ लगने लगी। किसी मैसेज में कहा जा रहा है कि पुडुचेरी के एक छात्र रामू ने कोविड-19 का घरेलू उपचार खोज लिया है, जिसे डब्ल्यूएचओ ने भी स्वीकृति प्रदान कर दी है। उसने सिद्ध कर दिया कि कालीमिर्च, शहद और अदरक का लगातार 5 दिनों तक सेवन किया जाए, तो कोरोना के प्रभाव को 100 फीसदी तक समाप्त किया जा सकता है। जबकि खुद विश्वविद्यालय को ऐसे रामू और उसकी किसी ऐसी खोज की जानकारी तक नहीं है। कहने का आशय यह है कि व्हाट्सएप के ज्ञान की एक बार जाँच अवश्य कर लें, ताकि आप उसके आधार पर कोई गलत धारणा न बना बैठें।

□

सभी भाषाओं का आदर करना होगा

पिछले दिनों दिल्ली सरकार के एक अस्पताल में मलयालम को लेकर एक विवादास्पद आदेश जारी किया गया था। इसमें कहा गया था कि अस्पताल की नर्सें केवल हिंदी या अंग्रेजी भाषा में ही बात करें, किसी दूसरी भाषा में नहीं अन्यथा उनके खिलाफ सख्त काररवाई की जाएगी। गोविंद बल्लभ पंत अस्पताल की ओर जारी इस आदेश में मलयालम भाषा का उल्लेख था। इसमें कहा गया था कि कुछ नर्सें पंत अस्पताल में मलयालम भाषा का इस्तेमाल करती हैं, जिससे मरीजों और उनके तीमारदारों को उनकी बात समझना मुश्किल होता है। इसलिए नर्सिंग स्टाफ केवल हिंदी अथवा अंग्रेजी में बात करे, वरना सख्त काररवाई की जाएगी। इसको लेकर भारी विवाद उठ खड़ा हुआ और केरल से कांग्रेस सांसद राहुल गांधी और शशि थरूर भी इसमें कूद पड़े। भाषा विवाद बनता देख अस्पताल प्रशासन को इसे वापस लेना पड़ा और उसने सफाई दी कि वरिष्ठ लोगों की जानकारी के बगैर यह आदेश जारी कर दिया गया था। दिल्ली में एम्स, राम मनोहर लोहिया, लोक नायक जयप्रकाश अस्पताल और गुरु तेग बहादुर जैसे बड़े अस्पताल हैं और एक अनुमान के अनुसार इनमें 60 फीसदी नर्सें केरल से हैं। जाहिर है कि उनकी मातृभाषा मलयालम है। नर्सों की यूनियन ने इस आदेश का खुलकर विरोध किया और उन्होंने इसे पक्षपातपूर्ण और गलत निर्णय बताया। उनका कहना था कि वे आपस में तो अपनी मातृभाषा में बात कर सकती हैं, लेकिन यह कैसे संभव है कि वे दूसरे प्रांतों से आए मरीजों और उनके परिजनों से मलयालम में बात करेंगी। आपको देश के हर कोने में केरल की नर्सें मिलेंगी और उन्हें हिंदी राज्यों में नौकरी करने में कोई असुविधा नहीं होती। वे अपनी बेहतरीन सेवा के लिए जानी जाती हैं। दक्षिण में केरल एक ऐसा राज्य है जहाँ हिंदी को लेकर कोई दुराग्रह नहीं है। वहाँ त्रिभाषा फॉर्मूले के तहत हिंदी पढ़ाई जाती है और लोग चाव से इसे पढ़ते हैं, लेकिन ऐसी घटनाओं से संदेश अच्छा नहीं जाता है।

केरल की तुलना में दक्षिण के एक अन्य राज्य तमिलनाडु पर नजर डालें तो

पाएँगे कि उसका हिंदी से बैर खासा पुराना है। अगर आपको याद है कि कुछ समय पहले द्रमुक की सांसद कनिमोझी ने आरोप लगाया था कि हवाई अड्डे पर उन्हें केंद्रीय औद्योगिक सुरक्षा बल की एक अधिकारी ने हिंदी में बोलने को कहा था। कनिमोझी ने इसे भाषाई विवाद बना दिया था और ट्वीट कर कहा था कि कब से भारतीय होने के लिए हिंदी जानना जरूरी हो गया है। इस भाषाई विवाद में पूर्व केंद्रीय मंत्री पी. चिदंबरम भी तत्काल कूद पड़े थे। चिदंबरम ने कहा था कि मुझे सरकारी अधिकारियों और आम लोगों से बातचीत के दौरान इसी तरह के अनुभव का सामना करना पड़ा है। इसको लेकर तमिलनाडु में राजनीति शुरू हो गई थी और तत्कालीन द्रमुक अध्यक्ष और मौजूदा मुख्यमंत्री स्टालिन ने पूछा था कि क्या भारतीय होने के लिए हिंदी जानना ही एकमात्र मापदंड है। यह इंडिया है या हिंदिया है। तमिलनाडु में हिंदी विरोध की राजनीति काफी पहले से होती आई है। इसमें अनेक लोगों की जानें तक जा चुकी हैं। तमिलनाडु के नेता त्रिभाषा फॉर्मूले के तहत हिंदी को स्वीकार करने को भी तैयार नहीं रहे हैं। वे हिंदी का जिक्र भर कर देने से नाराज हो जाते हैं। तमिल राजनीति में हिंदी का विरोध 1937 के दौरान शुरू हुआ था और देश की आजादी के बाद भी जारी रहा। सी. राजगोपालाचारी ने स्कूलों में हिंदी को अनिवार्य बनाने का सुझाव दिया, तब भी भारी विरोध हुआ था। तमिलनाडु के पहले मुख्यमंत्री अन्ना दुरई ने तो हिंदी नामों के साइन बोर्ड हटाने को लेकर एक आंदोलन ही छेड़ दिया था। इस आंदोलन में डीएमके नेता और तमिलनाडु के कई बार मुख्यमंत्री रहे दिवंगत एम. करुणानिधि भी शामिल रहे थे। कुछ समय पहले कर्नाटक के पूर्व मुख्यमंत्री एच.डी. कुमारस्वामी ने भी सिलसिलेवार ट्वीट किए थे और कहा था कि हिंदी पॉलिटिक्स ने दक्षिण भारत के कई नेताओं को प्रधानमंत्री बनने से रोका। करुणानिधि, एच.डी. देवगौड़ा और कामराज इसमें प्रमुख हैं। हालाँकि देवगौड़ा इस बाधा को पार तो कर गए, लेकिन भाषा के कारण कई मौकों पर उनकी आलोचना की गई। कुमारस्वामी ने लिखा कि हिंदी पॉलिटिक्स के कारण ही स्वतंत्रता दिवस के मौके पर प्रधानमंत्री एच.डी. देवगौड़ा को हिंदी में भाषण देना पड़ा था। वह उत्तर प्रदेश और बिहार के किसानों के कारण इस पर राजी भी हो गए थे। यह दिखाता है कि दक्षिणी राज्यों के लोग हिंदी पट्टी के लोगों से कितने आशंकित रहते हैं। ऐसे में ऐसी घटनाएँ आग में घी का काम करती हैं। यह सच्चाई है कि देश की राजनीति अधिकांश उत्तर भारत के राज्यों से संचालित होती है। यह भी सच है कि उत्तर भारत के लोगों ने दक्षिण भारतीयों को जानने की बहुत कोशिश नहीं की है। जब से आईटी की पढ़ाई और नौकरी के लिए हिंदीभाषी राज्यों के हजारों बच्चे और कामगार दक्षिण जाने लगे तब से उन्हें दक्षिणी राज्यों की जानकारी बढ़ी है। अन्यथा सभी दक्षिण भारतीय मद्रासी कहे जाते थे। आंध्र, कर्नाटक, तमिलनाडु और केरल का भेद तथा उनकी भाषाओं की जानकारी उन्हें

नहीं थी। मैंने पाया कि अब भी जो हिंदीभाषी लोग दक्षिणी राज्यों में रहते हैं, उनमें उस राज्य की भाषा सीखने की कोई ललक नजर नहीं आती है।

हम हर 14 सितंबर को हिंदी के प्रचार-प्रसार के लिए देशभर में हिंदी दिवस मनाते हैं, लेकिन इससे न तो हिंदी का भला हुआ है और न होने वाला है। हिंदी को कैसे जन-जन की भाषा बनाना है, उस पर कोई सार्थक विमर्श नहीं होता है। दुर्भाग्य से हिंदीभाषी राज्यों में भी हिंदी की स्थिति कोई बहुत अच्छी नहीं है। पिछले साल उत्तर प्रदेश से बेहद चिंताजनक खबर आई थी कि यूपी बोर्ड की हाईस्कूल और इंटर की परीक्षा में लगभग आठ लाख विद्यार्थी हिंदी में फेल हो गए थे। ऐसे राज्य में जिसमें बोलचाल व लिखने-पढ़ने की भाषा केवल हिंदी हो, यह खतरे की घंटी है। यदि बिहार और झारखंड की स्थिति का गहन तरीके से विश्लेषण किया जाए, तो हालात कोई बेहतर नजर नहीं आएँगे। इसमें छात्रों का दोष नहीं है। हमने उन्हें अपनी भाषा पर गर्व करना नहीं सिखाया है, उनका सही मार्गदर्शन नहीं किया है। इसकी तुलना में बांग्ला या दक्षिण की किसी भी भाषा को बोलने वालों को लें, वे जब भी मिलेंगे, अपनी मातृभाषा में ही बात करेंगे। उन्हें अपनी भाषा के प्रति मोह है, यही वजह है कि वे भाषाएँ प्रगति कर रही हैं। इनमें स्तरीय साहित्य रचा जा रहा है। अगर आप बाजार अथवा मनोरंजन उद्योग को देखें तो उन्हें हिंदी की ताकत का एहसास है। यही वजह है कि अमेजन हो या फिर फ्लिपकार्ट उन सबकी साइट हिंदी में उपलब्ध है। हॉलीवुड की लगभग सभी बड़ी फिल्में हिंदी में डब होती हैं, लेकिन भारतीय भाषाओं के साहित्य अथवा फिल्मों को देखें, तो गिनी-चुनी कृतियाँ ही हिंदी में उपलब्ध हैं। यह सच्चाई है कि प्रभु वर्ग की भाषा आज भी अंग्रेजी है और जो हिंदीभाषी हैं भी, वे अंग्रेजीदाँ दिखने की पुरजोर कोशिश करते नजर आते हैं। गुलामी के दौर से यह ग्रंथि आज भी देश में बरकरार है। हमें अंग्रेजी बोलने, पढ़ने-लिखने और अंग्रेजियत दिखाने में बड़प्पन नजर आता है। जबकि भारत के लगभग 40 फीसदी लोगों की मातृभाषा हिंदी है।

□

गाँव-देहात से निकलते बड़े सितारे

खेलों का महाकुंभ यानी ओलंपिक एक साल की देरी से जापान के टोक्यो शहर में आयोजित होने जा रहा है। इसकी शुरुआत 23 जुलाई को होगी और समापन 8 अगस्त को होगा। इसका आयोजन 2020 में होना था, लेकिन कोरोना महामारी के कारण इसे स्थगित करना पड़ा था। अंतरराष्ट्रीय ओलंपिक समिति और जापान सरकार ने काफी विमर्श के बाद इसके आयोजन पर सहमति दे दी है। हालाँकि यह निर्णय भी किया गया है कि जापान के अलावा किसी दूसरे देश के दर्शक टोक्यो जाकर इस खेल को नहीं देख सकेंगे। उन्हें टीवी पर देखकर ही इसका आनंद उठाना पड़ेगा। भारत में भी इसकी तैयारियाँ शुरू हो गई हैं और ओलंपिक खेलों के लिए खिलाड़ियों के नामों की घोषणा होने लगी है। किसी भी खिलाड़ी के लिए ओलंपिक तक का सफर तय करना कोई आसान बात नहीं है। हाल में 16 सदस्यीय महिला हॉकी टीम की घोषणा हुई, जिसमें झारखंड की भी दो बेटियों डिफेंडर निक्की प्रधान और मिडफील्डर सलीमा टेटे का भी चयन हुआ है। निक्की और सलीमा काफी संघर्ष के बाद भारतीय हॉकी टीम में जगह बना पाई हैं। निक्की प्रधान का जन्म राँची से लगभग 60 किलोमीटर दूर आदिवासी बहुल जिले खूँटी के हेसल गाँव में हुआ। उनकी पारिवारिक पृष्ठभूमि कोई बहुत मजबूत नहीं है, लेकिन अपनी मेहनत और प्रतिभा के बल पर उन्होंने भारतीय हॉकी टीम में जगह बनाई है। इससे पहले निक्की प्रधान का चयन 2016 रियो ओलंपिक के लिए भी हुआ था। दूसरी खिलाड़ी सलीमा टेटे झारखंड के सिमडेगा जिले की रहने वाली हैं। उनका भी सफर आसान नहीं रहा है। सलीमा पहली बार ओलंपिक के लिए चुनी गई हैं। संघर्ष और अपनी प्रतिभा के बल पर सलीमा इस मुकाम तक पहुँची हैं। शुरुआती दौर में वह आसपास खेलकर हॉकी सीखती थीं। बाद में स्कूल के आवासीय प्रशिक्षण के माध्यम से उनकी प्रतिभा में निखार आया। अनेक अंतरराष्ट्रीय मैचों में अपने बेहतरीन खेल की बदौलत उन्होंने अपनी प्रतिभा का लोहा मनवाया है। उसके बाद ही सलीमा ओलंपिक हॉकी टीम में अपनी जगह बनाने में कामयाब हुई हैं।

ओलंपिक के लिए भारतीय पुरुषों की हॉकी टीम की घोषणा हुई है, जिसमें वाराणसी के ललित उपाध्याय का चयन हुआ है। ललित फॉरवर्ड खिलाड़ी के रूप में टीम का हिस्सा होंगे। जिस तरह झारखंड हॉकी खिलाड़ियों की खान है, उसी तरह वाराणसी से भी अनेक हॉकी खिलाड़ी निकले हैं। ललित उपाध्याय वाराणसी से चौथे हॉकी खिलाड़ी हैं, जो ओलंपिक टीम में शामिल होंगे। इससे पहले वाराणसी के मोहम्मद शाहिद, विवेक सिंह और राहुल सिंह भी ओलंपिक में भारतीय हॉकी टीम का हिस्सा रह चुके हैं। ललित वाराणसी के एक छोटे से गाँव से हैं। इसी तरह मेरठ की प्रियंका गोस्वामी ने भी रेस वॉक यानी पैदल चाल में ओलंपिक में जगह बनाई है। उन्होंने राँची में आयोजित रेस वॉक चैंपियनशिप में राष्ट्रीय रिकॉर्ड के साथ स्वर्ण पदक जीता था। प्रियंका का जीवन भी मुश्किलों से भरा रहा है। वह मूल रूप से यूपी के मुजफ्फरनगर जिले के एक गाँव की रहने वाली हैं। प्रियंका के पिता यूपी रोडवेज में परिचालक थे, लेकिन किन्हीं कारणों से उनकी नौकरी चली गई। उसके बाद मुश्किलों का दौर शुरू हो गया। मीडिया ने उनके परिवार से जो बातचीत की, उसके अनुसार लंबे समय तक प्रियंका एक समय का खाना गुरुद्वारे के लंगर में खाती थीं। 2011 में पहला पदक जीतने के बाद परिस्थितियाँ बदलीं। प्रियंका ने पटियाला से स्नातक किया और उसके बाद बेंगलुरु साईं सेंटर में उनका चयन हुआ और विधिवत् प्रशिक्षण मिला। सन् 2018 में खेल कोटे से उन्हें रेलवे में नौकरी मिली तब जाकर उनकी जिंदगी थोड़ी पटरी पर आई। पंजाब के लुधियाना जिले के एक गाँव से निकली मुक्केबाज सिमरनजीत कौर ने भी टोक्यो ओलंपिक के लिए क्वालीफाई किया है। सिमरन कौर गाँव के एक साधारण परिवार से हैं। उनकी माँ जीविकोपार्जन के लिए काम करती थीं और पिता एक मामूली नौकरी करते थे। घर की आर्थिक स्थिति कमजोर थी। इसके बावजूद सिमरनजीत ने वर्षों की कड़ी मेहनत कर ओलंपिक टीम में जगह बनाई है। सिमरनजीत की बड़ी बहन और दो भाई भी मुक्केबाज हैं। हालाँकि इनमें से कोई भी सिमरनजीत जितनी कामयाबी हासिल नहीं कर पाया है।

अगर आपको याद हो, तो 2018 के इंडोनेशिया में आयोजित एशियाई खेलों के दौरान सोशल मीडिया पर एक संदेश ने खास सुर्खियाँ बटोरी थीं कि हॉर्लिक्स, बूस्ट और कॉम्प्लान वाले रह गए और बाजरे की रोटी और लहसुन की चटनी वाले पदक जीत ले गए। दरअसल, इंडोनेशिया में हुए एशियाई खेलों में गाँव-देहात के खिलाड़ियों ने, जिनके पास सुविधाओं का अभाव है, उन्होंने पदक जीतकर भारत का परचम लहरा दिया था। इन खेलों में भारत ने ऐतिहासिक प्रदर्शन किया था और 69 पदक जीते थे। एशियाई खेलों के इतिहास में यह भारत का सर्वश्रेष्ठ प्रदर्शन था। भारत ने 15 स्वर्ण, 24 रजत और 30 काँस्य पदक जीतकर पिछले एशियाई खेलों का रिकॉर्ड तोड़ दिया था। पिछला रिकॉर्ड 65 पदकों का था। भारत की इस कामयाबी में छोटे स्थानों से आए खिलाड़ियों, खासकर

महिला खिलाड़ियों का बड़ा योगदान रहा था। महिलाओं ने एथलेटिक्स, स्क्वॉश, शूटिंग समेत कई खेलों में पदक जीते थे। अभी तक धारणा यह है कि खेलों में सुविधाओं के कारण समृद्ध देशों के खिलाड़ियों का प्रदर्शन बेहतर रहता है। ये देश अपने खिलाड़ियों को तैयार करने में बड़ी धनराशि खर्च करते हैं। शायद यही कारण है कि कोई भी अंतरराष्ट्रीय खेल स्पर्धा हो, वहाँ अमरीका और पश्चिमी देशों का दबदबा देखने को मिलता है, लेकिन इसके उलट हमारे देश में गाँव-देहात से निकले गरीब खिलाड़ी अंतरराष्ट्रीय मंचों पर अपनी प्रतिभा का लोहा मनवाते हैं।

हमारे प्रसार के तीनों राज्यों झारखंड, बिहार और पश्चिम बंगाल को ही लें, तो यहाँ हॉकी व फुटबॉल खूब खेली जाती है। कोरोनाकाल से पहले झारखंड के 15 युवा खिलाड़ियों का चयन ऑल इंडिया फुटबॉल फेडरेशन की प्रतिभा खोज के तहत नेशनल कैंप के लिए हुआ था। इसमें खूँटी, गुमला, और जामताड़ा जैसी छोटी जगहों के नवयुवक शामिल थे। फुटबॉल फेडरेशन की योजना फीफा अंडर-17 वर्ल्ड कप, एशियाई खेल और ओलंपिक के लिए टीम तैयार करना है। इसमें कोई शक नहीं है कि यदि युवा खिलाड़ियों को मौका और मार्गदर्शन मिलेगा, तो वे आने वाले दिनों में देश का नाम रोशन करेंगे। हमारी सबसे बड़ी समस्या यह है कि हमारे खेल संघों पर नेताओं ने कब्जा कर रखा है। देश में खेल संस्कृति पनपे, इसके लिए खेल प्रशासन पेशेवर लोगों के हाथ में होना चाहिए, लेकिन हुआ इसके ठीक उलट। नतीजतन अधिकांश खेल संघ राजनीति का अखाड़ा बन गए। खेल संघों में फैले भाई-भतीजावाद, भ्रष्टाचार और निहित स्वार्थों ने खेलों और खिलाड़ियों को भारी नुकसान पहुँचाया है। यही वजह है कि हम आज भी अंतरराष्ट्रीय स्तर पर कहीं नहीं ठहरते हैं। हमारे देश में प्रतिभा की कोई कमी नहीं है। यदि बेहतर माहौल तैयार किया जाए और युवा खिलाड़ियों को उचित मार्गदर्शन मिले, तो हम हर खेल में अच्छा प्रदर्शन कर सकते हैं।

□

अभिव्यक्ति की आजादी और अखबार

कोरोना ने मीडिया के समक्ष अपने आप को बचाए रखने की चुनौती पेश की है। दुनियाभर में अनेक अखबार अपने अस्तित्व के लिए संघर्ष कर रहे हैं। कई अखबार इस कठिन दौर से तालमेल नहीं बैठा पा रहे हैं और बंद हो जा रहे हैं, लेकिन हाँगकाँग में एक अखबार का बंद होना दुनियाभर की सुर्खियों में है। उसके बंद होने पर अमेरिकी राष्ट्रपति बाइडेन ने चिंता जताई है। चीन की लोकतंत्र विरोधी नीतियों के कारण हाँगकाँग का 26 साल पुराना लोकतंत्र समर्थक अखबार 'एप्पल डेली' को बंद कर देना पड़ा है। जब उसका आखिरी संस्करण प्रकाशित हुआ, तो लोग भारी बारिश के बावजूद आधी रात से ही अखबार के दफ्तर के बाहर जमा हो गए थे। अखबार के प्रकाशन के अंतिम दिन अखबार की लगभग 10 लाख प्रतियाँ बिक गईं, जबकि सामान्य दिनों में यह अखबार 80 हजार प्रतियाँ प्रकाशित करता था। अखबार के बंद होने से संदेश स्पष्ट था कि हाँगकाँग से प्रेस की स्वतंत्रता समाप्त हो गई है। 'एप्पल डेली' पर चीनी सत्ता ने राजद्रोह का आरोप लगाया था और उसके प्रधान संपादक रॉयन लॉ एवं दो अन्य संपादकों को गिरफ्तार कर जेल में डाल दिया था। अखबार की संपत्ति जब्त कर ली गई थी। पिछले दो साल से हाँगकाँग में लोकतंत्र के समर्थन में व्यापक आंदोलन हुए हैं और इन आंदोलनों की खबरें इस अखबार में मुखरता से प्रकाशित होती रही हैं। कुछ दिनों पहले चीनी प्रशासन ने चेतावनी दी थी कि जो अखबार लोकतंत्र के समर्थन में लिखेगा, उसे राष्ट्रीय सुरक्षा कानून का उल्लंघन माना जाएगा, लेकिन 'एप्पल डेली' इसके आगे झुका नहीं। उसने अखबार के माध्यम से इसका डटकर विरोध किया और अगले दिन समाचार-पत्र की 5 लाख प्रतियाँ छापीं। उस दिन भी लोगों ने कतार में लग कर अखबार को खरीदा था। अमेरिकी राष्ट्रपति जो बाइडेन ने इसे हाँगकाँग और दुनिया भर में मीडिया की आजादी के लिए एक दुःखद दिन करार दिया है। अमेरिकी राष्ट्रपति ने कहा कि राष्ट्रीय सुरक्षा कानून के माध्यम से गिरफ्तारी और धमकियों से चीन ने स्वतंत्र मीडिया को दबाने व असहमतिपूर्ण विचारों को चुप कराने के लिए अपनी ताकत का दुरुपयोग

किया है। राष्ट्रपति बाइडेन ने कहा कि स्वतंत्र मीडिया की समाज में एक अहम भूमिका है। उन्होंने चीन से स्वतंत्र प्रेस को निशाना बनाना बंद करने और हिरासत में लिये गए सभी पत्रकारों को रिहा करने की अपील की। उन्होंने कहा कि स्वतंत्र पत्रकारिता अपराध नहीं है और हाँगकाँग के लोगों को प्रेस की स्वतंत्रता का अधिकार है।

दरअसल, हाँगकाँग की व्यवस्था अन्य चीनी शहरों से भिन्न है। हाँगकाँग पर 1842 से ब्रिटेन का नियंत्रण रहा था। इसे ब्रिटेन को 99 साल की लीज पर दिया गया था। कुछ वर्ष पूर्व चीन ने ब्रिटेन पर इसकी वापसी का दबाव बनाया और दोनों पक्षों ने 1984 में एक समझौता किया कि एक देश, दो प्रणाली के सिद्धांत के तहत हाँगकाँग को 1997 में चीन को सौंप दिया जाएगा। इसका आशय यह था कि चीन का हिस्सा होने के बावजूद हाँगकाँग 50 वर्षों तक विदेशी और रक्षा मामलों को छोड़कर अन्य सभी मामलों में स्वायत्त रहेगा। चीन ने सन् 2047 तक हाँगकाँग के लोगों को स्वतंत्रता और मौजूदा कानूनी व्यवस्था को बनाए रखने की गारंटी दी थी, लेकिन जैसी चीन की फितरत है, वह जल्द ही अपने वादे से पलट गया। 2014 आते-आते हाँगकाँग में लोकतंत्र का समर्थन करने वालों पर चीन सरकार काररवाई करने लगी। विरोध प्रदर्शनों में शामिल लोगों को जेल में डाला जाने लगा। आजादी का समर्थन करने वाली पार्टियों पर प्रतिबंध लगा दिया गया। हाँगकाँग में हर रोज आजादी के नारे मुखर हो रहे हैं और चीन समर्थित प्रशासन उनका दमन कर रहा है।

अपने देश की जनता को भी मीडिया की पाबंदियों का एहसास है। आपातकाल की ज्यादतियों को इस देश ने नजदीक से महसूस किया है। उस दौरान प्रेस की स्वायत्तता पर किस तरह कुठाराघात किया गया था, वह पुरानी पीढ़ी के लोगों को बखूबी याद होगा, लेकिन नई पीढ़ी को शायद इसका एहसास न हो। उस दौरान दिल्ली के प्रमुख अखबारों की बिजली काट दी गई थी, ताकि अखबार प्रकाशित न हो सकें। जो अखबार छपे भी थे, तो उन्हें जब्त कर लिया गया। 25 जून, 1975 की रात इमरजेंसी लगी और 26 जून की दोपहर तक प्रेस सेंसरशिप लागू कर दी गई थी। अखबारों के दफ्तरों में सरकारी अधिकारी बैठा दिए गए थे। स्थिति यह थी कि सरकारी अधिकारी की अनुमति के बिना अखबारों में राजनीतिक खबरें नहीं छप सकती थीं। जयप्रकाश नारायण और अन्य अनेक नेताओं की गिरफ्तारी की खबरें अखबारों में प्रकाशित नहीं हो पा रही थीं। सैकड़ों पत्रकारों को भी आपातकाल के दौरान गिरफ्तार किया गया था। पत्रकारों की मान्यता रद्द कर दी गई और प्रेस काउंसिल ऑफ इंडिया को भंग कर दिया गया था। मीडिया को ही नहीं, बल्कि बॉलीवुड को भी निशाना बनाया गया। जो कलाकार सरकार के समर्थक नहीं थे, उन्हें काली सूची में डाल दिया गया। सरकार के समर्थन में गाना गाने से मना करने की वजह से आकाशवाणी और दूरदर्शन पर

किशोर कुमार के गानों के प्रसारण पर पाबंदी लगा दी गई थी। गुलजार की फिल्म 'आँधी' पर रोक लगा दी गई थी, क्योंकि फिल्म की हीरोइन सुचित्रा सेन और हीरो संजीव कुमार का किरदार इंदिरा गांधी और फिरोज गांधी से मिलता-जुलता था। अमृत नाहटा की फिल्म 'किस्सा कुरसी का' के मूल प्रिंट को ही जला दिया गया था। ऐसी अनेक घटनाएँ हैं, लेकिन हर दौर में अखबार अभिव्यक्ति की आजादी का सशक्त माध्यम बनकर उभरे हैं। कहने का आशय यह है कि मौजूदा सोशल मीडिया के दौर में भी अखबार हमेशा भरोसे का साथी रहा है। कोरोना के संकट के इस दौर में भी अखबार के साथी मुस्तैदी से अपने काम में लगे रहे हैं। अपने आप को जोखिम में डालकर अखबार पाठकों तक विश्वसनीय खबरें पहुँचाने का काम कर रहे हैं। 'प्रभात खबर' ने तो अपने सामाजिक दायित्व के तहत अखबार के माध्यम से अपने पाठकों तक मास्क पहुँचाने का प्रयास किया है ताकि कोरोनाकाल में आप सभी सुरक्षित रहें। यह सच है कि समय बदल गया है और पत्रकारिता के क्षेत्र में भी काफी बदलाव आया है। साक्षरता बढ़ी है और राजनीतिक चेतना भी बढ़ी है। नतीजतन, पाठकों की संख्या में खासी बढ़ोतरी हुई है। स्थानीय संस्करणों ने ग्रामीण इलाकों में अखबारों की पैठ बढ़ा दी है। पत्रकारिता के भी विभिन्न आयाम हो गए हैं। अखबार तो हैं ही, साथ ही टीवी और सोशल मीडिया भी प्रभावी माध्यम बनकर उभरे हैं, लेकिन सोशल मीडिया की भूमिका को लेकर गंभीर सवाल उठ रहे हैं। इस बात से इनकार नहीं किया जा सकता कि सोशल मीडिया अभिव्यक्ति के एक असरदार माध्यम के रूप में उभरा है। आज कोई भी व्यक्ति सोशल मीडिया के माध्यम से अपने विचार रख सकता है और उसे हजारों-लाखों लोगों तक पहुँचा सकता है, लेकिन दूसरी ओर सोशल मीडिया के दुरुपयोग के भी अनेक मामले सामने आए हैं। इसके माध्यम से समाज में भ्रम व तनाव फैलाने की कोशिशें हुई हैं। मौजूदा संकट के दौर में सोशल मीडिया पर कोरोना को लेकर फेक वीडियो व फेक खबरें बड़ी संख्या में चल रही हैं। सूचना के एक अन्य सशक्त माध्यम टीवी पर नजर दौड़ाएँ तो पाएँगे कि टीवी की गंभीरता पर सवाल उठने लगे हैं। दूसरी ओर अखबारों की ओर नजर दौड़ाएँ तो आप पाएँगे कि वे आज भी सूचनाओं के सबसे विश्वसनीय स्रोत हैं।

□

सामाजिक समरसता को बनाए रखना होगा

अमरीका के जाने-माने थिंक टैंक प्यू रिसर्च सेंटर ने 'भारत में धर्म : सहिष्णुता और अलगाव' विषय पर एक विस्तृत अध्ययन किया और हाल में अपनी रिपोर्ट जारी की है। यह रिपोर्ट देश के 17 भाषाओं के बोलने वाले 30 हजार लोगों से की गई बातचीत पर आधारित है। कोविड महामारी के दौरान 2019 से 2020 के बीच यह अध्ययन किया गया था। प्यू की रिपोर्ट में कहा गया है कि भारत में ज्यादातर लोग खुद को और देश को धार्मिक तौर पर सहिष्णु मानते हैं। इस सर्वे के मुताबिक ज्यादातर लोगों ने कहा कि भारत में वे अपने धर्म के पालन को लेकर स्वतंत्र हैं। इसमें कहीं कोई समस्या नहीं है। भारतीय लोग इस बात को लेकर भी एकमत थे कि एक-दूसरे के धर्मों का सम्मान बहुत जरूरी है। सर्वे में शामिल अधिकतर भारतीयों ने कहा कि उनकी जिंदगी में धर्म का बहुत महत्त्व है। इस बात का अंदाजा इस बात से लगाया जा सकता है कि चाहे शहर हो या गाँव, 60 प्रतिशत लोग रोज पूजा-पाठ या प्रार्थना में कुछ-न-कुछ वक्त जरूर देते हैं। इससे पता चलता है कि सभी भारतीयों में धर्म के प्रति समर्पण और उससे बहुत लगाव है। रिपोर्ट के मुताबिक अधिकांश लोगों का कहना था कि सभी धर्मों के लोगों के लिए सच्चा भारतीय होना बेहद जरूरी है। अधिकतर मुसलिम मानते हैं कि भारतीय संस्कृति सबसे अच्छी है और 95 फीसदी मुसलिम लोगों ने कहा कि उन्हें भारतीय होने पर बेहद गर्व है। जबकि 85 फीसदी इस बात को मानते हैं कि भारतीय संस्कृति सबसे अच्छी है, लेकिन 24 फीसदी मुसलिमों ने कहा कि उन्हें भारत में भेदभाव का सामना करना पड़ता है, तो 21 फीसदी हिंदू भी मानते हैं कि उन्हें भी भेदभाव का शिकार होना पड़ता है। ज्यादातर भारतीय, चाहे वे किसी भी धर्म के हों, अपनी पहचान जाति से जोड़ते हैं। हर पाँच में से एक भारतीय ने कहा कि अनुसूचित जातियों के लोगों के साथ भेदभाव होता है। इस रिपोर्ट में कुछ चौंकाने वाली बातें सामने आई हैं। अधिकांश भारतीयों ने कहा कि वे अंतर धार्मिक विवाह को सही नहीं मानते हैं। लगभग 64 फीसदी भारतीयों ने कहा कि उनके समुदाय की महिलाओं को दूसरी जातियों में शादी करने से रोकना बहुत जरूरी है। हिंदू,

मुसलिम, सिख और जैन समुदायों के अधिकतर लोग अंतरजातीय विवाह के पक्ष में नहीं थे और उन सबकी राय थी कि इसे रोका जाना चाहिए। अधिकांश लोगों ने कहा कि ऐसी शादियों को रोकना उनके लिए प्राथमिकता में काफी ऊपर है।

आम जनजीवन में बहुत सी समानताओं के बावजूद इस अध्ययन में धार्मिक समूहों के बीच कई विभिन्नताएँ बहुत स्पष्ट तौर पर उभरकर सामने आई हैं। मसलन, ज्यादातर लोग कहते हैं कि उनका धर्म दूसरे से अलग है। लगभग 66 फीसदी हिंदू मानते हैं कि उनका धर्म इसलाम से एकदम अलग है, तो 64 प्रतिशत मुसलमान भी ऐसा ही मानते हैं। हालाँकि दो-तिहाई जैन और लगभग 50 प्रतिशत सिख कहते हैं कि हिंदू धर्म के साथ उनकी बहुत समानताएँ हैं। सर्वे में शामिल ज्यादातर हिंदुओं ने कहा कि उनके ज्यादातर दोस्त भी हिंदू हैं। यही स्थिति बाकी अन्य धर्म के लोगों की भी है, लेकिन कम ही लोगों ने कहा कि वे दूसरे धर्मों के लोगों को अपने घरों और गाँवों में आने भी नहीं देना चाहते। कम ही लोगों ने कहा कि वे दूसरे धर्म के लोगों को अपने घरों या गाँवों में आने से नाखुश होंगे। सर्वे में पता चला कि धर्मांतरण से किसी धार्मिक समूह की आबादी पर कोई खास फर्क नहीं पड़ता है। लगभग 82 फीसदी भारतीयों ने कहा कि वे हिंदू पैदा हुए थे और हिंदू ही रहेंगे। अन्य धर्मों के लोगों का भी यही रुख था। इस शोध में देश के सभी बड़े छह धार्मिक समूहों के लोगों ने कहा कि वे सभी धर्मों का सम्मान करते हैं। 81 फीसदी हिंदू गंगाजल की पवित्रता में आस्था रखते हैं, तो लगभग 33 फीसदी भारतीय ईसाई भी इसमें आस्था रखते हैं। उत्तर भारत में 12 प्रतिशत हिंदू, 10 प्रतिशत सिख और 37 प्रतिशत मुसलमान सूफी और उनके बताए रास्ते पर चलने में यकीन रखते हैं। हिंदुओं की तरह 77 फीसदी मुसलमान भी कर्म फल के सिद्धांत में यकीन करते हैं। सभी धर्मों के लोगों का मानना था कि बुजुर्गों का सम्मान करना बहुत जरूरी है।

भारत अपनी विविधता के लिए जाना जाता है, जहाँ हर व्यक्ति को अपने धर्म का पालन करने की स्वतंत्रता है। इस शोध में इस बात की पुष्टि हुई है। प्यू की रिपोर्ट से यह बात पुष्ट होती है कि विसंगतियों के बावजूद भारत में विविधता को पसंद करने वालों की संख्या में कमी नहीं आई है। एक-दूसरे धर्म के बारे में ज्यादा नहीं जानते हुए भी भारतीय लोग इस बात को लेकर एकमत हैं कि एक-दूसरे के धर्मों का आदर व सम्मान बहुत जरूरी है। यही वो बात है, जो हमें आश्वस्त करती है कि भारत का वसुधैव कुटुंबकम् वाला स्वरूप आसानी से नहीं टूटने वाला है। चिंता करने वाली बात यह है कि महिलाओं के बारे में सभी धर्मों का एक ही नजरिया है। प्यू रिसर्च सेंटर की रिपोर्ट के अनुसार, हर धर्म के लोगों ने कहा कि उन्हें अपने धर्म के पालन की पूरी आजादी है। अधिकतर भारतीय मानते हैं कि धार्मिक सहिष्णुता देश की पहचान का अहम हिस्सा है। दरअसल, इस देश में महात्मा गांधी रचे-बसे हैं। उन जैसे लोगों ने ही स्वतंत्र भारत की नींव रखी

थी। महात्मा गांधी को अपने हिंदू होने पर गर्व था और वे अत्यंत धर्मनिष्ठ हिंदू थे। परंतु वे अन्य सभी धर्मों का आदर करते थे। गांधी का कहना था कि उनकी आस्था सहिष्णुता पर आधारित है। महात्मा गांधी के पास अहिंसा, सत्याग्रह और स्वराज नाम के तीन हथियार थे। सत्याग्रह और अहिंसा के उनके सिद्धांतों ने न केवल भारत, बल्कि पूरी दुनिया के लोगों को अपने अधिकारों और अपनी मुक्ति के लिए संघर्ष करने की प्रेरणा दी। यही वजह है कि इतिहास का सबसे बड़ा आंदोलन अहिंसा के आधार पर लड़ा गया। महात्मा गांधी ने अपना पूरा जीवन अहिंसक समाज के निर्माण में लगाया। भारतीय लोकतंत्र की भी यह खूबसूरती है कि यह धार्मिक समरसता और विविधता में एकता की मिसाल है। यहाँ अलग-अलग जाति, धर्म, संस्कृति को मानने वाले लोग वर्षों से रहते आए हैं। भारत जैसी विविधता दुनिया में कहीं देखने को नहीं मिलती। यह भारत की बहुत बड़ी पूँजी है और यह हम सबकी जिम्मेदारी है कि इसे बचाकर रखें। साथ ही हम सबको यह बात स्पष्ट होनी चाहिए कि धार्मिक होना और कट्टर होना दो अलग बातें हैं। यह बात भी स्पष्ट है कि देश की आर्थिक हो या फिर सामाजिक किसी भी तरह की प्रगति सामाजिक शांति व समरसता के बिना हासिल करना नामुमकिन है। इसलिए यह हम सबके हित में है कि अपने सामाजिक ताने-बाने को हर कीमत पर बनाए रखें। यह सही है कि सरकार मुस्तैद रहे, लेकिन हम-आपको भी अपना दायित्व निभाना होगा। सामाजिक समरसता में खलल डालने वाले लोग किसी अन्य ग्रह से नहीं आते हैं, वे आपके आसपास के ही लोग होते हैं। शहर के जागरूक नागरिक अपना कर्तव्य निभाएँ, ऐसे लोगों को टोकें और आगाह करें कि वे माहौल खराब न करें। दूसरी महत्त्वपूर्ण बात है कि सोशल मीडिया खासकर व्हाट्सएप अकसर अफवाहों को हवा देता है। अगर आपका कोई परिचित ऐसा करता नजर आता है, तो उसे टोकें। हमें अपने देश की सामाजिक समरसता को हर कीमत पर बनाए रखना होगा।

□

नस्लवाद की महामारी से निपटना होगा

भले ही हम 21वीं सदी में पहुँच गए हों, लेकिन नस्लवादी मानसिकता से मुक्त नहीं हो पाए हैं। पश्चिम में अब भी कुछ लोग ऐसे हैं, जो पुरानी सोच पर कायम हैं कि उनकी नस्ल अन्य से श्रेष्ठ है। दुनिया के प्रमुख फुटबॉल टूर्नामेंट यूरो कप का फाइनल हारने वाली इंग्लैंड की टीम के तीन खिलाड़ियों पर जिस तरह से नस्लीय टिप्पणियाँ की गईं, उसने स्पष्ट कर दिया कि ब्रिटेन में लोकतंत्र की जड़ें भले कितनी ही गहरी हों, वहाँ से नस्लवाद नहीं गया है। यूरोपीय फुटबॉल चैंपियनशिप के फाइनल में इटली के खिलाफ पेनल्टी शूटआउट में चूकने वाले इंग्लैंड के तीनों अश्वेत खिलाड़ियों—बुकायो साका, मार्कस रैशफोर्ड और जादोन सांचो को सोशल मीडिया पर भारी नस्लीय गाली-गलौज का सामना करना पड़ा। ये तीनों पेनल्टी के अवसरों को गोल में परिवर्तित नहीं कर पाए थे। मार्कस रैशफोर्ड की पेनल्टी किक गोल पोस्ट से टकरा गई थी, जबकि बुकायो साका और जादोन सांचो की पेनल्टी किक को इटली के गोलकीपर ने रोक लिया था। इटली ने यूरो कप पेनल्टी शूट आउट में 3-2 से जीत लिया था। यह बात ब्रिटेन के फुटबॉल प्रशंसकों नहीं को पची और उन्होंने अश्वेत खिलाड़ियों को निशाना बनाकर जमकर अपनी भड़ास निकाली। खेलों में हार-जीत इसका एक हिस्सा है। एक टीम हारती और दूसरी जीतती है। इस मैच का भी सभी फुटबॉल-प्रेमियों ने आनंद उठाया। मैच बराबरी का था, लेकिन पेनल्टी में इटली की टीम ने थोड़ा प्रदर्शन बेहतर किया और जीत गई। देर रात खेले गए यूरो फाइनल के प्रकाशन की 'प्रभात खबर' ने विशेष व्यवस्था की थी, ताकि जो लोग जागकर मैच न देख पाए हों, उन्हें सुबह नतीजा पता चल जाए। लेकिन ब्रिटेन में मैच के बाद मैदान के बाहर जो कुछ हुआ, वह शर्मनाक है। यह तब है, जबकि इंग्लैंड की टीम यूरोपीय चैंपियनशिप के अपने मैचों से पहले घुटने के बल बैठकर नस्लीय भेद के खिलाफ अपना समर्थन व्यक्त कर रही थी।

इंग्लैंड के फुटबॉल संघ ने बयान जारी करके कहा कि वे लोगों के घटिया बरताव से स्तब्ध हैं। हम खिलाड़ियों के समर्थन में जो कर सकते हैं, वह सब करेंगे; खेल से

भेदभाव को समाप्त करने के लिए हम हर संभव प्रयास जारी रखेंगे। लेकिन हम सरकार से अनुरोध करते हैं कि वह जल्द-से-जल्द इस मामले में काररवाई करे, ताकि इसके जिम्मेदार लोगों को सजा मिल सके। फुटबॉल संघ ने सरकार से नस्लीय दुर्व्यवहार के खिलाफ कानून बनाए जाने का भी अनुरोध किया। ब्रिटिश प्रधानमंत्री बोरिस जॉनसन ने इंग्लैंड के तीन अश्वेत खिलाड़ियों के प्रति नस्लीय टिप्पणी की निंदा की। उन्होंने ट्वीट किया कि इस तरह के घटिया व्यवहार के लिए जिम्मेदार लोगों को खुद पर शर्म आनी चाहिए। ये खिलाड़ी सोशल मीडिया पर नस्लीय दुर्व्यवहार के नहीं, बल्कि प्रशंसा के हकदार हैं। लंदन के मेयर सादिक खान ने सोशल मीडिया कंपनियों से अपील की कि वे जिम्मेदार लोगों को सजा दिलवाने में मदद करें। यह सराहनीय बात है कि ब्रिटेन में नस्लीय टिप्पणियों का काफी विरोध हो रहा है। इंग्लैंड क्रिकेट टीम के पूर्व कप्तान केविन पीटरसन ने भी इसकी आलोचना की है। पीटरसन ने सवाल उठाया कि ऐसी स्थिति में क्या उनके देश को 2030 फीफा विश्व कप की मेजबानी का अधिकार मिलना चाहिए? पीटरसन खुद वेंबले स्टेडियम में खेले गए फाइनल के बाद के हुड़दंग में फँस गए थे।

ब्रिटेन में नस्लभेद नया नहीं है। मैंने बीबीसी, लंदन के साथ कार्य किया है और मुझे कई वर्षों तक ब्रिटेन में रहने का अवसर मिला है। उस दौरान मैंने पाया कि ब्रिटेन रंगभेद से मुक्त नहीं हो पाया है। आप इस बात से ही अंदाजा लगा सकते हैं कि शाही घराना तक इससे अछूता नहीं है। कुछ समय पहले ब्रिटेन के प्रिंस हैरी की पत्नी मेगन मर्केल ने अमरीका की मशहूर होस्ट ओप्रा विन्फ्रे को दिए इंटरव्यू में कहा था कि शाही परिवार के एक सदस्य ने उनके पति प्रिंस हैरी से उनके होने वाले बच्चे के रंग को लेकर चिंता जताई थी। अपने इंटरव्यू में मेगन भावुक होकर यह कहती नजर आई थीं कि शाही परिवार को उनके बेटे के रंग की चिंता थी। दरअसल, मेगन की माँ अफ्रीकी मूल की अमेरिकी हैं और उनके पिता गोरे अमेरिकी हैं, इसलिए शाही परिवार के कुछ सदस्यों को मेगन और हैरी के बेटे के रंग को लेकर चिंता थी। इस इंटरव्यू में मेगन मर्केल ने कहा कि प्रिंस हैरी के साथ शादी के बाद की परिस्थितियों के कारण उनके मन में आत्महत्या तक के खयाल आने लगे थे। कुछ समय पहले अमरीका में एक अश्वेत जॉर्ज फ्लॉयड को नस्लभेद का शिकार होना पड़ा था और उसकी मौत हो गई थी। इस मुद्दे ने इतना तूल पकड़ा था कि केवल अमरीका में ही नहीं, बल्कि यूरोप में भी रंगभेद के खिलाफ 'ब्लैक लाइव्स मैटर', यानी अश्वतों की जिंदगी भी अहम है, जैसा आंदोलन चला था। अमेरिकी शहरों और यूरोपीय देशों में व्यापक प्रदर्शन हुए थे, जो अश्वेतों की उस हताशा को दिखाते हैं, जो वे संस्थागत नस्लवाद की वजह से महसूस करते हैं। नस्लवाद के कई आयाम हैं। सांस्कृतिक नस्लवाद की मिसाल यह है कि गोरे लोगों की मान्यताओं, मूल्यों और धारणाओं को ही जनधारणा मान लिया जाता है और अश्वेत लोगों की मान्यताओं

को खारिज कर दिया जाता है। जब संस्थान इस तरह की सोच को बढ़ावा देने लगते हैं तो नस्लवाद संस्थागत हो जाता है। ये घटनाएँ बताती हैं कि दुनिया के पुराने लोकतंत्र माने जाने वाले ब्रिटेन और अमरीका जैसे देश अब तक नस्लवाद से मुक्त नहीं हो पाए हैं।

अगर आपको याद हो, तो कुछ समय पहले भारतीय क्रिकेट टीम ऑस्ट्रेलिया दौरे पर गई थी। उस दौरान भारतीय खिलाड़ियों पर नस्लीय टिप्पणियाँ की गई थीं, जिसके कारण मैच थोड़ी देर के लिए रोक देना पड़ा था। भारतीय गेंदबाज मोहम्मद सिराज बाउंड्री पर खड़े थे और उन्होंने 'ब्राउन डॉग' जैसे अपशब्द कहे जाने की शिकायत की थी। इससे पहले जसप्रीत बुमराह ने भी ऐसी ही शिकायत की थी। ऐसा नहीं है कि भारत नस्लवाद से अछूता हो, कुछ अरसा पहले वेस्टइंडीज के डैरेन सैमी ने आरोप लगाया था कि इंडियन प्रीमियर लीग में सनराइजर्स हैदराबाद की तरफ से खेलते हुए उन पर नस्लीय टिप्पणी की गई थी। हमारे देश में भी अफ्रीकी देशों के लोगों को उनके रंग के कारण हिकारत की नजर से देखा जाता है। यह धारणा बना दी गई है कि कि सभी अश्वेत ड्रग्स का धंधा करते हैं। राजधानी दिल्ली और कई अन्य शहरों में अफ्रीकी देशों के छात्र काफी बड़ी संख्या में पढ़ने आते हैं। यह बात सभी जानते हैं कि अकसर लोग उन्हें 'कालू' कहकर पुकारते हैं और हिकारत की नजर से देखते हैं। उनका काला रंग इस प्रकार के अपमानजनक बरताव का मूल कारण होता है। और तो और, अपने ही पूर्वोत्तर राज्यों के लोगों को नाक-नक्शा भिन्न होने के कारण भेदभाव और अपमान का सामना करना पड़ता है। 21वीं सदी में नस्लवादी सोच किसी भी तरह से स्वीकार्य नहीं है। केवल कड़े कानूनों से नस्लवाद को नहीं रोका जा सकता। जब तक हर देश में सर्वसमाज नस्लवाद के खिलाफ एकजुट नहीं होगा, तब तक इसके खिलाफ नियम-कानून घाव पर महज मरहम लगाने जैसे ही होंगे।

□

बेटियों पर गर्व करने का समय

मीराबाई चानू ने देश को बेटियों पर गर्व करने के लिए एक और वजह दे दी है। दुनिया के किसी भी खिलाड़ी के लिए ओलंपिक में महज हिस्सा लेना ही बड़ी बात होती है। पदक जीतना तो किसी सपने के सच होने की तरह होता है। ओलंपिक खेलों में वेटलिफ्टिंग में मीराबाई चानू ने रजत पदक जीता है। मीराबाई चानू ने भारोत्तोलन स्पर्धा में भारत को 21 वर्षों बाद कोई पदक दिलाया है। उनकी इस ऐतिहासिक जीत से भारत का नाम भी पदक तालिका में नजर आने लगा है। मणिपुर की 26 साल की मीराबाई चानू ने स्नैच में 89 और क्लीन व जर्क में 115 किलो वजन उठाया। मीराबाई भारोत्तोलन में पदक जीतने वाली भारत की दूसरी महिला हैं। इससे पहले 2000 के सिडनी ओलंपिक में कर्णम मल्लेश्वरी ने काँस्य पदक जीता था। मीराबाई ने अपनी जीत के बाद कहा है कि उनके लिए यह एक सपने के सच होने की तरह है। वह इस पदक को अपने देश को समर्पित करती हैं। करोड़ों भारतीयों ने मेरे लिए दुआएँ माँगी और मेरे सफर में साथ रहे, इसके लिए वह आभारी हैं। उन्होंने कहा कि उनका पदक महिलाओं को भारोत्तोलन में प्रवेश करने के लिए प्रोत्साहित करेगा। वह सबसे कहना चाहती हैं कि लड़कियों को खेलों में प्रवेश के लिए प्रोत्साहित करें। उन्होंने अपने परिवार खासकर अपनी माँ के प्रति आभार जताया, जिन्होंने उनके लिए बहुत त्याग किया। मीराबाई चानू के पदक जीतने पर प्रधानमंत्री नरेंद्र मोदी ने कहा कि तोक्यो ओलंपिक में इससे सुखद शुरुआत नहीं हो सकती थी। देश मीराबाई चानू के शानदार प्रदर्शन से उत्साहित है। उनकी सफलता हर भारतीय को प्रेरित करेगी।

मीराबाई चानू मणिपुर के एक बहुत मामूली परिवार से आती हैं और वेटलिफ्टिंग ताकत का खेल है। इसमें बहुत पौष्टिक आहार चाहिए। शुरुआत में उनका जीवन बहुत संघर्षपूर्ण रहा। उनके बड़े भाई ने मीडिया से बातचीत में बताया कि शुरुआत में उनके परिवार के पास पर्याप्त संसाधन नहीं थे। मीराबाई और वह पास की पहाड़ियों से खाना बनाने के लिए लकड़ियाँ बटोरकर लाते थे। एक दिन वह अस्वस्थ होने के कारण

लकड़ी नहीं उठा सके, तो मीराबाई लकड़ियों का बंडल उठाकर लाई, जबकि उस समय वह काफी छोटी थी। मीराबाई के घर से प्रशिक्षण केंद्र लगभग 25 किलोमीटर दूर था। भाइयों की मदद से वह नियमित रूप से रोजाना प्रशिक्षण के लिए जाती थीं। कहने का आशय यह कि मीराबाई चानू का शुरुआती जीवन बेहद संघर्षपूर्ण रहा, लेकिन 18 साल की उम्र में मीराबाई चानू ने एशियाई जूनियर चैंपियनशिप में काँस्य पदक जीता। उसके बाद तो उन्होंने पदकों की झड़ी लगा दी। उन्होंने 2013 की जूनियर राष्ट्रीय वेटलिफ्टिंग चैंपियनशिप में स्वर्ण पदक जीता। 2014 में हुए राष्ट्रमंडल खेल में रजत पदक जीता। वर्ष 2016 के रियो ओलंपिक में मीराबाई चानू को सही तरीके से वेट न उठा पाने के कारण अयोग्य करार दे दिया गया था। यह उनके या किसी अन्य खिलाड़ी के लिए भी बड़ा झटका होता, लेकिन वह पूरे दमखम से डटी रहीं और उन्होंने 2018 के राष्ट्रमंडल खेलों में स्वर्ण पदक जीतकर शानदार वापसी की।

महिला हॉकी टीम में झारखंड की भी दो बेटियाँ डिफेंडर निक्की प्रधान और मिडफील्डर सलीमा टेटे भी खेल रही हैं। निक्की और सलीमा भी काफी संघर्ष के बाद भारतीय हॉकी टीम में जगह बना पाई हैं। निक्की प्रधान का जन्म राँची से लगभग 60 किलोमीटर दूर आदिवासी बहुल जिले खूँटी के हेसल गाँव में हुआ। उनकी पारिवारिक पृष्ठभूमि कोई बहुत मजबूत नहीं है, लेकिन अपनी मेहनत और प्रतिभा के बल पर उन्होंने भारतीय हॉकी टीम में जगह बनाई। दूसरी खिलाड़ी सलीमा टेटे सिमडेगा जिले की रहने वाली हैं। उनका भी सफर आसान नहीं रहा है। संघर्ष और अपनी प्रतिभा के बल पर सलीमा इस मुकाम तक पहुँची हैं। इसी तरह मेरठ की प्रियंका गोस्वामी भी रेस वॉक यानी पैदल चाल में पदक जीतने के लिए प्रयासरत हैं। उन्होंने राँची में आयोजित रेस वॉक चैंपियनशिप में राष्ट्रीय रिकॉर्ड के साथ स्वर्ण पदक जीता था। प्रियंका का जीवन भी मुश्किलों से भरा रहा है। प्रियंका के पिता यूपी रोडवेज में परिचालक थे, लेकिन किन्हीं कारणों से उनकी नौकरी चली गई। उसके बाद मुश्किलों का दौर शुरू हो गया। मीडिया ने उनके परिवार से जो बातचीत की, उसके अनुसार लंबे समय तक प्रियंका एक समय का खाना गुरुद्वारे के लंगर में खाती थीं। 2011 में पहला पदक जीतने के बाद परिस्थितियाँ बदलीं। प्रियंका ने पटियाला से स्नातक किया। सन् 2018 में खेल कोटे से उन्हें रेलवे में नौकरी मिली, तब जाकर उनकी जिंदगी पटरी पर आई। पंजाब के लुधियाना जिले के एक गाँव से निकली मुक्केबाज सिमरनजीत कौर भी तोक्यो ओलंपिक में हिस्सा ले रही हैं। सिमरनजीत कौर गाँव के एक साधारण परिवार से हैं। उनकी माँ जीविकोपार्जन के लिए छोटे-मोटे काम करती थीं और पिता एक मामूली नौकरी करते थे। घर की आर्थिक स्थिति कमजोर थी। इसके बावजूद सिमरनजीत ने कड़ी मेहनत कर ओलंपिक टीम में जगह बनाई।

अभी तक धारणा यह है कि खेलों में सुविधाओं के कारण समृद्ध देशों के खिलाड़ियों का प्रदर्शन बेहतर रहता है। ये देश अपने खिलाड़ियों को तैयार करने में बड़ी धनराशि राशि खर्च करते हैं। कोई भी अंतरराष्ट्रीय खेल स्पर्धा हो, वहाँ अमरीका और पश्चिमी देशों का दबदबा देखने को मिलता है, लेकिन इसके उलट हमारे देश में गाँव-देहात से निकले कमजोर पृष्ठभूमि के खिलाड़ी अंतरराष्ट्रीय मंचों पर अपनी प्रतिभा का लोहा मनवा रहे हैं। अगर आपको याद हो, तो 2018 के इंडोनेशिया में आयोजित एशियाई खेलों में भारत ने ऐतिहासिक प्रदर्शन किया था और 69 पदक जीते थे। एशियाई खेलों के इतिहास में यह भारत का सर्वश्रेष्ठ प्रदर्शन था। भारत की इस कामयाबी में छोटे स्थानों से आए खिलाड़ियों, खासकर महिला खिलाड़ियों का बड़ा योगदान रहा था। महिलाओं ने एथलेटिक्स, स्क्वॉश, शूटिंग समेत कई खेलों में पदक जीते थे। पिछले कुछ समय में शिक्षा से लेकर खेलकूद और विभिन्न प्रतिष्ठित प्रतियोगी परीक्षाओं में बेटियों ने अपनी प्रतिभा का लोहा मनवाया है। वे जिंदगी के सभी क्षेत्रों में सक्रिय हैं। चाहे वह राजनीति का क्षेत्र हो या फिर शिक्षा, कला-संस्कृति अथवा आईटी या फिर मीडिया का क्षेत्र, सभी क्षेत्रों में उन्होंने सफलता के झंडे गाड़े हैं, लेकिन अब भी समाज में महिलाओं के काम का सही मूल्यांकन नहीं किया जाता है। घर को सुचारु रूप से संचालित करने में उनकी दक्षता की अकसर अनदेखी कर दी जाती है। आर्थिक क्षेत्र में महिलाओं की भागीदारी के मामले में तो भारत दुनिया के अन्य देशों के मुकाबले बहुत पीछे है, लेकिन जब भी बेटियों-महिलाओं को मौका मिला है, उन्होंने कमाल कर दिखाया है। कहने का आशय यह है कि हर क्षेत्र में महिलाएँ सक्रिय तो हैं, लेकिन उनकी भागीदारी पुरुषों के मुकाबले बेहद कम है। वजह स्पष्ट है कि उन्हें समान अवसर नहीं मिलते हैं। भारत सरकार के आँकड़ों के मुताबिक देश के कुल श्रम बल में महिलाओं की हिस्सेदारी 25.5 फीसदी और पुरुषों का हिस्सेदारी 53.26 फीसदी है। कुल कामकाजी महिलाओं में से लगभग 63 फीसदी खेती-बाड़ी के काम में लगी हैं। जब कॅरियर बनाने का समय आता है, उस समय अधिकांश लड़कियों की शादी हो जाती है। विश्व बैंक के आकलन के अनुसार भारत में महिलाओं की नौकरियाँ छोड़ने की दर बहुत अधिक है। यह पाया गया है कि एक बार किसी महिला ने नौकरी छोड़ी, तो ज्यादातर दोबारा नौकरी पर वापस नहीं लौटती है। दरअसल, समस्या यह है कि हमारी सामाजिक संरचना ऐसी हैं, जिसमें बेटी को कमतर माना जाता है। यह सही है कि परिस्थितियों में परिवर्तन आया है। लोग समझदार हुए हैं, लेकिन अभी और बदलाव की जरूरत है।

□

जल संचयन के लिए आगे आएँ

रहिमन पानी राखिए, बिन पानी सब सून।
पानी गए न ऊबरे मोती मानुष चून।

जाने-माने कवि रहीम दास ने वर्षों पहले कई अर्थों में इस दोहे का इस्तेमाल किया था। पानी का पहला अर्थ मनुष्य के संदर्भ में विनम्रता से है। पानी का दूसरा अर्थ आभा से है, जिसके बिना मोती का कोई मूल्य नहीं। तीसरा अर्थ जल से है जिसे आटे (चून) से जोड़कर दरशाया गया है। दरअसल, भारी बारिश के बावजूद हम हर साल जल संकट से जूझते हैं। गाँवों को तो छोड़ ही दीजिए, शहरों में भी पेयजल की उपलब्धता की भारी कमी हो जाती है। जो पानी उपलब्ध भी होता है, वह दूषित होता है, लेकिन ओडिशा के पुरी शहर ने सराहनीय पहल की है। पुरी देश का पहला ऐसा शहर बन गया है जिसने शहर भर में गुणवत्तापूर्ण पानी की आपूर्ति सुनिश्चित कर दी है। पुरी अब अमरीका, ब्रिटेन, जर्मनी, जापान, सिंगापुर जैसे विकसित देशों की कतार में खड़ा हो गया है, जहाँ नल से गुणवत्तापूर्ण पीने योग्य पानी की आपूर्ति की जाती है। पुरी के ढाई लाख लोगों को अब स्वच्छ जल के लिए बोतलबंद पानी खरीदने की जरूरत नहीं पड़ेगी और उन्हें उच्च गुणवत्तावाला पानी नल के जरिए मिलेगा। हाल में ओडिशा के मुख्यमंत्री नवीन पटनायक ने नल द्वारा 24 घंटे स्वच्छ जल की आपूर्ति योजना को पुरी के नागरिकों को समर्पित किया। पुरी में हर वर्ष लाखों श्रद्धालु आते हैं। अब इन लोगों को भी पीने के पानी की बोतल नहीं खरीदनी होगी। शहर में जगह-जगह पीने के पानी के लिए नल उपलब्ध होंगे। सरकार ने इसकी व्यवस्था भी सुनिश्चित की है। ऐसा अनुमान है कि नल जल योजना शुरू हो जाने से पुरी शहर में सालाना 400 मीट्रिक टन प्लास्टिक कचरे में भी कमी आएगी। ओडिशा सरकार 16 शहरों के 40 लाख लोगों को शुद्ध पीने का पानी मुहैया कराने की योजना पर काम कर रही है। अगर यह व्यवस्था देश के हर शहर में संभव हो जाए, तो लोगों को कितनी राहत मिलेगी। संयुक्त राष्ट्र ने एक सर्वेक्षण में पाया है कि दुनिया के लगभग 400 से ज्यादा शहर ऐसे हैं जहाँ पीने के पानी की भारी किल्लत

हैं। जल संकट से जूझने वाले दुनिया के 20 प्रमुख शहरों में चार भारत के भी हैं। अकसर देखने में आया है कि जो पानी उपलब्ध भी होता है, वह इतना दूषित होता है कि कोई भी व्यक्ति उस पानी को पीकर बीमार पड़ सकता है। हर साल गरमी के दिनों में हमारे गाँव, कस्बे और शहर पानी की कमी से जूझते हैं, लेकिन इस विषय में हम तभी सोचते हैं जब समस्या हमारे सिर पर आ खड़ी होती है। इससे पहले न तो सरकारों की ओर से कोई ठोस पहल होती है और न ही समाज की ओर से कोई अभियान छेड़ा जाता है। अगर गरमी में पानी की कमी से बचना है, तो बारिश के दिनों में हमें इस बारे में सोचना होगा और जल संचयन के उपाय करने होंगे।

जल विशेषज्ञों का मानना है कि 2030 तक विश्व स्तर पर पीने के पानी की माँग और आपूर्ति में भारी अंतर हो जाएगा। विशेषज्ञ मानते हैं कि इसके तीन प्रमुख कारण हैं—जलवायु परिवर्तन, बेतरतीब विकास और जनसंख्या में भारी वृद्धि, लेकिन हमारी सरकारें और समाज अभी तक इसको लेकर चेते नहीं हैं। कुछ समय पूर्व संयुक्त राष्ट्र के सर्वे में पाया गया कि देश का बेंगलुरु शहर ऐसे ही संकट का सामना करने जा रहा है। बेंगलुरु एक तरह से देश की तकनीकी राजधानी है, लेकिन मैंने जितनी भी राजनीतिक बहसें सुनी हैं, उनमें इसका जिक्र तक नहीं होता है। राज्य का झंडा कैसा हो, इस पर बहस चल सकती है। भाषाई मुद्दे को हवा दी जा सकती है। लिंगायत समाज को विशेष व्यवस्था मिले, क्योंकि इस समाज के वोट बहुत हैं, ऐसे मुद्दे चर्चा में रहते हैं। दुर्भाग्य है कि जल संकट को दूर करने के क्या उपाय होने चाहिए, इसका खाका कोई दल पेश नहीं करता है। लोग भी जैसे इसको लेकर उदासीन हैं। शहर के जल संकट को लेकर कोई बड़ी मुहिम नहीं चलती है। दरअसल, यह बात हम सबको समझनी होगी कि समस्या कम बारिश की नहीं है, बल्कि जल संरक्षण की है। जो हमारे तालाब हैं, उनको हमने पाट दिया है। शहरों में तो उनके स्थान पर बहुमंजिले अपार्टमेंट्स और मॉल खड़े हो गए हैं। झारखंड की मिसाल लें। यहाँ अच्छी बारिश हो रही है। वैसे भी यहाँ साल में लगभग 1400 मिलीमीटर बारिश होती है। यह किसी भी पैमाने पर अच्छी बारिश मानी जाएगी, लेकिन बारिश का पानी बहकर निकल जाता है, उसके संचयन का कोई उपाय नहीं है। इसे चेक डैम अथवा तालाबों के जरिए रोक लिया जाए, तो साल भर खेती और पीने के पानी की समस्या नहीं होगी। इसी तरह महज 20 साल पहले तक बिहार में लगभग ढाई लाख तालाब हुआ करते थे, लेकिन आज इन तालाबों की संख्या सिर्फ 93 हजार रह गई है। शहरों के तालाबों पर भू-माफियाओं की काली नजर पड़ गई और एक झटके में डेढ़ लाख के अधिक तालाब काल-कवलित हो गए। उनके स्थान पर इमारतें खड़ी हो गईं। नतीजा यह हुआ कि शहरों का जलस्तर तेजी से घटने लगा है। दरभंगा जैसे शहर में, जहाँ कभी बहुत कम गहराई पर पानी उपलब्ध होता था, वहाँ जलस्तर दो सौ फीट तक

पहुँच गया है। यही स्थिति अन्य शहरों की भी है। बिहार के तालाबों में सैकड़ों किस्म की मछलियाँ होती थीं, वह खत्म हो गईं।

अगर केंद्र व राज्य सरकारों और समाज ने जल व्यवस्था पर ध्यान नहीं दिया तो भारत के ज्यादातर बड़े शहरों में 2020 तक पानी उपलब्ध नहीं होगा। मैं बार-बार सरकारों के साथ समाज का जिक्र भी करता हूँ। ऐसा इसलिए कि मुझे मालूम है कि केवल सरकारों के बूते की बात यह नहीं है। समाज को भी इसके लिए आगे आना होगा। हम लोग गाँवों में जल संरक्षण के उपाय करते थे, वे भी हमने करने छोड़ दिए हैं। जाने-माने पर्यावरणविद दिवंगत अनुपम मिश्र ने तालाबों पर भारी काम किया था। उनका मानना था कि जल संकट प्राकृतिक नहीं मानवीय है। हमारे देश में बस्ती के आसपास जलाशय-तालाब, पोखर आदि बनाए जाते थे। जल को संरक्षित रखने की व्यवस्था की जाती थी। यह काम पूरे देश में प्रकृति के अनुकूल किया जाता था। इस काम के विशेषज्ञ थे, परंतु वे जनसामान्य लोग ही थे, लेकिन हमने अपने आसपास के तालाब मिटा दिए और जल संरक्षण का काम छोड़ दिया। आज तालाबों को दोबारा जिंदा करने की जरूरत है। राज्य सरकारें यह काम करें तो बहुत अच्छा अन्यथा लोगों को इसकी पहल करनी चाहिए। भू-जल स्तर जिस तरह से नीचे जा रहा है, उसे रोकने का उपाय केवल जल संरक्षण ही है। पर्यावरण संरक्षण और जल संकट से बचने के लिए जन भागीदारी बढ़ाने की जरूरत है। इसके लिए नीतियाँ जनोपयोगी बनें और वे पर्यावरण के अनुकूल बनें, इसके लिए प्रबुद्ध लोगों को हस्तक्षेप करने की जरूरत है। पानी के लिए धरती का दोहन करने के बजाय सतह की वाटर बॉडी को संरक्षित करने की जरूरत है। सिर्फ सरकार के भरोसे पर्यावरण संरक्षण का काम नहीं हो सकता है। इसकी शुरुआत घर से करनी होगी। बिहार, झारखंड और पश्चिम बंगाल में तालाबों का संरक्षण करना बेहद जरूरी है। स्कूलों में पर्यावरण संबंधी जानकारी बच्चों को देनी होगी। बच्चों के माध्यम से उनके घरों तक पहुँचना होगा। सबको संकल्प लेना होगा कि न केवल पेड़ लगाएँगे, बल्कि उन्हें बचाएँगे भी। जल स्रोतों के पुनरुद्धार के लिए एक कार्ययोजना बनाकर काम करना होगा। राज्य और केंद्र स्तर पर पर्यावरण संरक्षण के लिए कई नीतियाँ और कानून हैं। नीतियों का पालन सही ढंग से हो, इसके लिए दबाव बनाना होगा। जनसंख्या का जल स्रोतों पर दबाव बढ़ता जा रहा है, जनसंख्या नियंत्रण के विषय में भी हमें सोचना होगा। हम सभी को जल संचय का संकल्प लेना होगा वरना यह आपदा का रूप ले लेगा।

□

अफगानिस्तान पर तालिबान का काला साया

पूरी दुनिया की निगाहें अफगानिस्तान और तालिबान पर लगी थीं और तालिबान धीरे-धीरे पूरे देश पर कब्जा करता जा रहा था। अगस्त के मध्य तक उन्होंने पूरे अफगानिस्तान पर कब्जा कर लिया। उम्मीद की जा रही थी कि अफगान सेना उन्हें कड़ी टक्कर देगी, लेकिन ऐसा कुछ नहीं हुआ। अफगान सेना ने बिना लड़े हथियार डाल दिए। यह हार न सिर्फ अफगानिस्तान की, बल्कि अमरीका की भी मानी जा रही है। अफगानिस्तान में अमरीका 20 साल से जमा हुआ था और उसने जंग में अरबों डॉलर खर्च किए थे। अफगानिस्तान की सेना को प्रशिक्षण से लेकर हथियार उपलब्ध कराए गए थे, लेकिन कुछ काम नहीं आया। खबरों के अनुसार अमरीका ने अफगानिस्तान के सैन्य इंफ्रास्ट्रक्चर पर लगभग 88 अरब डॉलर खर्च किए थे। अफगान सरकार के तीन लाख सैनिकों की तुलना में तालिबान के पास 80 हजार सैनिक थे, लेकिन फिर भी लड़ाई कुछ ही हफ्ते चली, क्योंकि अफगानी सैन्य कमांडरों में लड़ने का जज्बा नहीं था और उन्होंने बिना लड़े ही हथियार डाल दिए। अफगानिस्तान में सत्ता पतन पर अमरीका के पूर्व राष्ट्रपति डोनाल्ड ट्रंप ने कहा है कि तालिबान का विरोध किए बिना काबुल का पतन होना अमेरिकी इतिहास की सबसे बड़ी हार के रूप में दर्ज होगा।

अमरीका ने यह जंग 11 सितंबर, 2001 को आतंकवादी हमलों के बाद शुरू की थी। ओसामा बिन लादेन ने तालिबान की सत्ता के साये में अफगानिस्तान में बैठकर अमरीका पर हमलों की साजिश रची थी, लेकिन हमले के बाद अमेरिकी नेतृत्व ने तालिबान को सत्ता से उखाड़ फेंका था, लेकिन अमरीका की असमय वापसी ने तालिबान को वापस ला खड़ा किया है। इसके पीछे की कहानी यह है कि पाकिस्तान ने वर्षों तक तालिबान को पाल-पोसकर रखा और वह इस बात का इंतजार कर रहा था कि कब अफगानिस्तान से अमरीका हटे और वह एक बार फिर तालिबान को जंग के मैदान में उतार दे। इसके लिए पाकिस्तान ने 20 साल तक इंतजार किया। इस दौरान वह अमरीका और तालिबान के बीच मध्यस्थ की भूमिका में नजर आता रहा, लेकिन आप यदि

तालिबान के चेहरे से नकाब उतारेंगे, तो उसके पीछे आपको पाकिस्तानी सेना का घिनौना चेहरा साफ नजर आएगा। अमरीका और पश्चिमी देश वर्षों से जानते हैं कि तालिबान और पाकिस्तान की सेना का गहरा नाता रहा है, लेकिन वे सब जानते हुए भी आँख मूँदे रहे। तालिबान के सारे नेता परिवार सहित पाकिस्तान में ठाठ की जिंदगी जी रहे थे। वहीं से उन्हें हथियार, प्रशिक्षण व पैसा उपलब्ध कराया जा रहा था। जो अमेरिकी सहायता पाकिस्तानियों की मदद के लिए मिल रही थी, उसका एक बड़ा हिस्सा तालिबान और उन जैसे कई आतंकवादी संगठनों को तैयार करने में इस्तेमाल किया जा रहा था। पाकिस्तान की खुफिया एजेंसी के पूर्व प्रमुख हामिद गुल जिहादी मानसिकता के थे। उन्होंने हमेशा तालिबान का समर्थन किया। वह ओसामा बिन लादेन के समर्थक थे और 9/11 के अमेरिकी हमलों को भी वे अमरीका की ही साजिश मानते थे। उन्हें भारत का कट्टर दुश्मन माना जाता था। रिटायर होने के बाद एक टीवी इंटरव्यू में उन्होंने कहा था कि एक दिन जब इतिहास लिखा जाएगा तो उसमें जिक्र होगा कि पाकिस्तान ने अमरीका को अमरीका की ही मदद से अफगानिस्तान में हरा दिया। अफगानिस्तान में अमरीका की हार के बाद हामिद गुल का यह वीडियो एक बार फिर से चर्चा में है, लेकिन अमरीका इतने सबूतों के बावजूद अब तक पाकिस्तान के दुष्चक्र से अपने आप को अलग नहीं कर पाया है। धोखा खाने के बावजूद बार-बार उसमें फँसता जाता है। जैसे ही मौका आया, पाकिस्तान ने तालिबान को अफगानिस्तान के मैदान में उतार दिया। इससे पहले भी पाकिस्तान उन्हें अफगानिस्तान में उतार चुका है, लेकिन अंतर यह है कि इस बार अमरीका के कहने पर सोवियत संघ के खिलाफ उन्हें उतारा था। जब सोवियत संघ ने अफगानिस्तान पर कब्जा कर लिया था, उस दौरान अमरीका चाहता था कि किसी भी तरह से सोवियत संघ को मुँह की खानी पड़े और उसे अफगानिस्तान छोड़ना पड़े। इसके लिए उसने तालिबान को तैयार करने का जिम्मा पाकिस्तान को सौंपा था। भारी संख्या में हथियार और बेहिसाब पैसा पाकिस्तान को उपलब्ध कराया गया। इसका नुकसान भारत को भी उठाना पड़ा। पाकिस्तान ने इसका इस्तेमाल भारत में आतंकवादी गतिविधियों को बढ़ाने में किया, लेकिन इस दौरान अमरीका आँखें बंद करे रहा। पाकिस्तान की खुफिया एजेंसी आईएसआई ने मजहबी नेताओं को प्रशिक्षण व हथियार देकर अफगानिस्तान में भेजना शुरू कर दिया। इन्हीं में पश्तून समुदाय का एक अनजान-सा नेता मुल्ला उमर भी था, जिसने सोवियत संघ की हार के बाद तालिबान की स्थापना की और अमरीका के गले की फाँस बन गया।

तालिबान की जीत से पाकिस्तान और चीन उत्साहित हैं, लेकिन शायद वे इतिहास से कोई सबक लेना नहीं चाहते हैं। अफगानिस्तान वह देश है, जिसने पहले भी अनेक जंगें देखी हैं और वहाँ बड़ी-बड़ी ताकतों को मुँह की खानी पड़ी है। अफगानिस्तान पर

रूस का प्रभाव धीरे-धीरे बढ़ रहा था। इसको रोकने के लिए और अफगानिस्तान को ब्रिटिश साम्राज्य में मिलाने के लिए अंग्रेजों ने वर्ष 1839 से 1919 के बीच तीन बार अफगानिस्तान पर नियंत्रण की कोशिश की। यह वह दौर था जब कहा जाता था कि ब्रिटिश साम्राज्य का सूरज अस्त नहीं होता था, लेकिन हर बार उसे मुँह की खानी पड़ी। तीसरे और अंतिम युद्ध में ब्रिटिश सेना की करारी हार हुई और यह युद्ध रावलपिंडी की संधि के साथ समाप्त हुआ। इसके बाद अफगानिस्तान पूर्ण रूप से स्वतंत्र हो गया था। कई वर्षों की शांति के बाद 1978 से अफगानिस्तान में युद्ध का नया दौर शुरू हुआ। सोवियत संघ ने अफगानिस्तान पर नियंत्रण की कोशिश की और भारी नुकसान के बाद उसे पीछे हटना पड़ा। उसके बाद से अफगानिस्तान लगातार संघर्ष के दौर से गुजर रहा है। तालिबान आया और गया और फिर आ गया, लेकिन इस सबका खामियाजा आम अफगानिस्तानी को उठाना पड़ रहा है। इस सबमें पाकिस्तान की भूमिका हमेशा शर्मनाक रही है। भारत ने अफगानिस्तान के पुनर्निर्माण में अहम भूमिका निभाई है। इंफ्रास्ट्रक्चर की अनेक परियोजनाओं को भारत ने वहाँ अंजाम दिया है। यहाँ तक कि अफगानिस्तान संसद् के भवन का निर्माण भी भारत ने किया, ताकि लोकतांत्रिक व्यवस्था सुचारु रूप से चले। मैं अफगानिस्तान के कई पत्रकारों को जानता हूँ और मैंने बातचीत में पाया है कि आम अफगानिस्तानी के दिल में भारतीयों के प्रति भारी प्रेम है, लेकिन पाकिस्तान के हमसाया तालिबान के दिल में भारतीयों के प्रति उतनी ही नफरत है। अफगानिस्तान के बिगड़ते हालात ने भारत में चिंता जगाई है। आपके पड़ोस में आतंकवादी अड्डा बने, यह किसी भी देश के लिए चिंता की बात है। पिछली तालिबानी सत्ता के दौरान भारत के एक विमान का अपहरण कर कंधार ले जाया गया था और यात्रियों की जान बचाने के बदले कई आतंकवादियों को छोड़ना पड़ा था। हाल में अफगानिस्तान को लेकर सर्वदलीय बैठक हुई, जिसमें सभी दलों ने अफगानिस्तान के हालात पर चिंता जाहिर की। यह सब जानते हैं कि पाकिस्तान आतंकवाद का सबसे बड़ा अड्डा है। पाकिस्तान आईएसआई की मदद से जैश-ए-मोहम्मद ने पाकिस्तान के बहावलपुर शहर में अपना मुख्यालय बना रखा है और इसका मुखिया मसूद अजहर यहीं से अपनी आतंकी गतिविधियाँ संचालित करता है। सब जानते हैं कि 26 नवंबर, 2008 को लश्कर के आतंकवादियों ने मुंबई पर हमला किया था, जिसमें 166 लोग मारे गए थे। उनमें से एक आतंकवादी अजमल कसाब जिंदा पकड़ लिया गया था, जिसे बाद में मौत की सजा दी गई थी। भारत द्वारा पुख्ता सबूत देने के बावजूद पाकिस्तान हमेशा इस हमले में अपनी भूमिका को खारिज करता आया है। हालात का आकलन करते वक्त हमें इन बातों को विस्मृत नहीं करना चाहिए। □

अनियंत्रित सोशल मीडिया की चुनौती

हो सकता है कि आप उन भाग्यशाली लोगों में से एक हों, जो अनियंत्रित सोशल मीडिया के शिकार होने से अभी तक बचे रह गए हों, लेकिन जैसी परिस्थितियाँ हैं, उसमें किसी का भी फेक न्यूज से बच पाना मुश्किल लगता है। हाल में देश के मुख्य न्यायाधीश एन.वी. रमन्ना ने जो कहा, मुझे नहीं लगता कि उससे शायद ही कोई असहमत होगा। उन्होंने कहा कि देश में वेब पोर्टलों और यूट्यूब चैनलों पर किसी का नियंत्रण नहीं है। वे कुछ भी प्रकाशित कर सकते हैं। उनकी संख्या भी बढ़ती जा रही है। कोई भी शख्स यूट्यूब चैनल शुरू कर सकता है और उस पर फर्जी खबरें प्रसारित कर सकता है। उस पर किसी तरह का कोई नियंत्रण नहीं है। उनका कहना था कि अखबारों और टेलीविजन के लिए एक नियामक तंत्र है, लेकिन वेब मीडिया का एक वर्ग कुछ भी दिखाता है। कुछ वेब पोर्टल और यूट्यूब चैनल अपनी सामग्री से जनता को गुमराह कर रहे हैं, जिससे देशवासियों में तनाव पैदा हो रहा है। वे किसी भी बात को सांप्रदायिक रंग दे देते हैं। वे न्यायाधीशों, संस्थानों और जिसे भी वे नापसंद करते हैं, उनके खिलाफ अपशब्द लिखते हैं। ये प्लेटफॉर्म अपनी खबरों पर उठाए सवालों का कोई उत्तर नहीं देते हैं और न ही किसी प्रतिक्रिया पर कोई ध्यान देते हैं। मुख्य न्यायाधीश ने कहा कि अगर यह माध्यम इसी तरह अनियंत्रित रहा, तो इससे देश की बदनामी होगी। सुप्रीम कोर्ट के मुखर जज जस्टिस डी.वाई. चंद्रचूड़ ने भी एम.सी. छागला स्मारक व्याख्यान में कहा कि हमारा आदर्श वाक्य है—सत्यमेव जयते, लेकिन हमारे देश में फेक न्यूज का चलन बढ़ता जा रहा है। सोशल मीडिया पर तो जैसे झूठ का बोलबाला है। जस्टिस डी.वाई. चंद्रचूड़ ने कहा कि सत्य लोकतंत्र के कामकाज का अभिन्न अंग है। लोकतंत्र और सच्चाई साथ-साथ चलते हैं। लोकतंत्र को जीवित रहने के लिए सच्चाई की जरूरत होती है। चूँकि लोकतंत्र स्पेस ऑफ रीजंस है, इसलिए सत्य महत्त्वपूर्ण है, क्योंकि कारण कभी झूठ पर आधारित नहीं हो सकते। लोकतंत्र में जनता का विश्वास जगाने के लिए सत्य महत्त्वपूर्ण है। उन्होंने कहा कि

यह नहीं कहा जा सकता है कि लोकतंत्र में भी राजनीतिक कारणों से झूठ में कोई तंत्र लिप्त नहीं होगा।

कोरोना वायरस के संकट के दौरान हम सभी ने इसका अनुभव किया है कि सोशल मीडिया पर कोरोना को लेकर फेक वीडियो व फेक खबरें बड़ी संख्या में चल रही थीं। यह बहुत पुरानी बात नहीं है, कुछ समय पहले रोजाना अनगिनत फेक खबरें और वीडियो आ रहे थे, जिनमें किसी कथित जाने-माने डॉक्टर के हवाले से कोरोना की दवा निकल जाने का दावा किया जा रहा था, तो कभी वैक्सीन के बारे में भ्रामक सूचना फैलाई जाती थी। ऐसी खबरें भी चलीं कि एक आयुर्वेदिक डॉक्टर द्वारा बनाई गईं आई ड्रॉप से 10 मिनट में कोरोना संक्रमण में राहत मिलती है और ऑक्सीजन का स्तर सामान्य हो जाता है। इस दावे के बाद आंध्र प्रदेश के कृष्णपटनम गाँव में हजारों लोगों की भीड़ जुटने लगी थी। कहीं शराब के काढ़े से कोरोना संक्रमितों को ठीक करने का दावा किया जा रहा था तो किसी वीडियो में कहा जा रहा है कि गाय के गोबर और गोमूत्र का लेप पूरे शरीर पर लगाने से कोरोना वायरस से बचाव होता है। सोशल मीडिया पर मैसेज वायरल होने के बाद गुजरात की गोशालाओं में लोगों की भीड़ उमड़ पड़ी थी। किसी मैसेज में कहा जा रहा था कि पुडुचेरी के एक छात्र रामू ने कोविड का घरेलू उपचार खोज लिया है, जिसे डब्ल्यूएचओ ने भी स्वीकृति प्रदान कर दी है। जबकि खुद विश्वविद्यालय को ऐसे रामू और उसकी किसी ऐसी खोज की जानकारी तक नहीं थी। शायद आपने भी एक ऑडियो सुना होगा, जिसमें दूरसंचार विभाग का कथित एक वरिष्ठ अधिकारी अपने एक रिश्तेदार से बात कर रहा होता है, जिसमें वह बता रहा होता है कि कोरोना की दूसरी लहर 5जी नेटवर्क ट्रायल का नतीजा है। वैसे तो यह गुप्त बातचीत है, जिसे किसी तरह रिकॉर्ड कर लिया गया है और जनहित में इसे सोशल मीडिया के माध्यम से आप तक पहुँचाया जा रहा है। 5जी नेटवर्क को लेकर इस तरह की अफवाह केवल अपने देश में ही नहीं, विदेशों में भी खूब चली थी। ब्रिटेन में भी यह फेक न्यूज व्यापक रूप से फैली थी कि कोरोना वायरस 5जी टावर्स के कारण तेजी से फैल रहा है। इसका नतीजा यह हुआ कि लोगों ने कई मोबाइल टावर्स में आग लगा दी थी। जबकि वैज्ञानिकों ने कई बार स्पष्ट किया है कि यह सब बेबुनियाद है और इसका कोई वैज्ञानिक आधार नहीं है। फेक न्यूज के असर का अंदाजा आप इसी से लगा सकते हैं। ऐसी ही खबरों के आधार पर कुछ दिनों पहले फिल्म अभिनेत्री जूही चावला ने दिल्ली हाई कोर्ट में 5जी नेटवर्क के खिलाफ जनहित याचिका दायर कर दी थी। सुनवाई के बाद हाई कोर्ट ने न सिर्फ याचिका को खारिज कर दिया, साथ ही उन पर 20 लाख रुपए का जुरमाना भी लगा दिया था।

फेक न्यूज की समस्या इसलिए भी बढ़ती जा रही है, क्योंकि देश में इंटरनेट इस्तेमाल करने वाले लोगों की संख्या लगातार बढ़ रही है। चुनावी मौसम में तो इनकी

बाढ़ आ जाती है। वेबसाइट स्टेटिस्टा के अनुसार सन् 2020 तक भारत में लगभग 70 करोड़ लोग कंप्यूटर अथवा मोबाइल के माध्यम से इंटरनेट का इस्तेमाल कर रहे थे। ऐसा अनुमान है कि सन् 2025 तक देश में इंटरनेट इस्तेमाल करने वालों की संख्या बढ़कर 97.4 करोड़ तक पहुँच जाएगी। चीन के बाद दुनिया में सबसे ज्यादा इंटरनेट इस्तेमाल करने वाले लोग भारत में हैं। जाहिर है कि भारत इंटरनेट का बहुत बड़ा बाजार है। आप सोशल मीडिया का इस्तेमाल करने वालों से इस बात का अंदाजा लगा सकते हैं। भारत में व्हाट्सएप के 53 करोड़, फेसबुक के 40 करोड़ से अधिक और ट्विटर के एक करोड़ से अधिक उपयोग करने वाले हैं। केंद्र सरकार ने हाल में इंटरनेट मीडिया और ओटीटी (ओवर द टॉप) प्लेटफॉर्म के लिए गाइडलाइन जारी की है। अब नेटफ्लिक्स-अमेजन जैसे ओटीटी प्लेटफॉर्म हों या फेसबुक-ट्विटर जैसे सोशल मीडिया प्लेटफॉर्म, सबके लिए सख्त नियम बना दिए गए हैं। देखना यह है कि ये नियम कितने प्रभावी साबित होते हैं। इसमें कोई शक नहीं कि मौजूदा दौर की सबसे बड़ी चुनौती फेक न्यूज है। सच्ची खबर को तो लोगों तक पहुँचने में समय लगता है, लेकिन फेक न्यूज जंगल में आग की तरह फैलती है और समाज में भ्रम और तनाव भी पैदा कर देती है। लोगों को बोलने की आजादी व अभिव्यक्ति की स्वतंत्रता का इस्तेमाल अनुशासित होकर करना चाहिए। खासतौर से सोशल मीडिया में पोस्ट करते समय इसका ध्यान जरूर रखना चाहिए। आलोचना निष्पक्ष व रचनात्मक होनी चाहिए। अभिव्यक्ति की स्वतंत्रता की आड़ में दूसरों की आस्था को आहत नहीं करना चाहिए। अभिव्यक्ति की आजादी का इस्तेमाल संविधान के तहत तर्कसंगत तरीके से करना चाहिए। इसमें कोई शक नहीं कि सोशल मीडिया बेलगाम है और इसमें फेक न्यूज का बोलबाला है, जबकि उसकी तुलना में अखबार अब भी सूचनाओं के सबसे प्रामाणिक स्रोत हैं। एक अच्छी बात है कि सभी प्रतिष्ठित मीडिया संस्थान लगातार फेक न्यूज को बेनकाब कर रहे हैं ताकि लोग उसके झाँसे में न आएँ, लेकिन शरारती तत्त्व बाज नहीं आ रहे हैं।

□

अमीर-गरीब के बीच बढ़ती खाई

अमीर और गरीब के बीच पहले से ही भारी असमानता रही है, लेकिन कोरोना ने इसे और बढ़ा दिया है। राष्ट्रीय सांख्यिकी कार्यालय (एन.एस.ओ.) द्वारा किए गए अखिल भारतीय ऋण और निवेश सर्वेक्षण की हाल में जारी रिपोर्ट के अनुसार अमीर और गरीब के बीच खाई और गहरी होती जा रही है। हालाँकि यह तथ्य कोई नया नहीं है और न ही चौंकाता है। इससे पहले भी समय-समय पर अनेक राष्ट्रीय और अंतरराष्ट्रीय रिपोर्ट में यह तथ्य उजागर होता रहा है कि विकास की गति तेज होने के साथ-साथ आर्थिक विषमता में भी बढ़ोतरी हुई है। इस विस्तृत सर्वे के कई महत्त्वपूर्ण पहलू हैं, जिन पर विमर्श की जरूरत है; लेकिन एक तथ्य स्पष्ट है कि विकास की प्रक्रिया के साथ असमानता में भी बढ़ोतरी हुई है। सर्वे के अनुसार देश के 10 प्रतिशत शहरी परिवारों के पास औसतन 1.5 करोड़ रुपए की संपत्ति है, जबकि निचले वर्ग के परिवारों के पास औसतन केवल 2,000 रुपए की संपत्ति है। सर्वे के अनुसार ग्रामीण इलाकों में स्थिति शहरों की तुलना में थोड़ी बेहतर है। ग्रामीण इलाकों में शीर्ष 10 फीसदी परिवारों के पास औसतन 81.17 लाख रुपए की संपत्ति है, जबकि कमजोर तबके के पास औसतन केवल 41 हजार रुपए की संपत्ति है। यह सर्वे जनवरी-दिसंबर 2019 के बीच किया गया था। इस ऋण और निवेश सर्वेक्षण का मुख्य उद्देश्य परिवारों की संपत्ति और देनदारियों को लेकर बुनियादी तथ्य जुटाना था। एन.एस.ओ. सर्वे से जो चौंकाने वाली बात सामने आई कि खेतीबाड़ी करने वाले आधे से अधिक परिवार कर्ज के बोझ तले दबे हुए हैं। सर्वे के अनुसार 2019 में 50 फीसदी से अधिक किसान परिवारों पर कर्ज था। उन पर प्रति परिवार औसतन 74,121 रुपए कर्ज था। सर्वे में जानकारी दी गई है कि कर्ज में से केवल 69.6 फीसदी बैंक, सहकारी समितियों और सरकारी एजेंसियों जैसे संस्थागत स्रोतों से लिया गया था, जबकि 20.5 फीसदी कर्ज सूदखोरों से लिया गया था। इसके अनुसार कुल कर्ज में से 57.5 फीसदी ऋण कृषि उद्देश्य से लिये गए थे। सर्वे के अनुसार फसल के दौरान प्रति कृषि परिवार की औसत मासिक आय 10,218 रुपए

थी। इसमें से मजदूरी से प्राप्त प्रति परिवार औसत आय 4,063 रुपए, फसल उत्पादन से 3,798 रुपए, पशुपालन से 1,582 रुपए, गैर-कृषि व्यवसाय से 641 रुपए और भूमि पट्टे से 134 रुपए की आय हुई थी। सर्वे से पता चलता है कि 83.5 फीसदी ग्रामीण परिवार के पास एक हेक्टेयर से कम जमीन है, जबकि केवल 0.2 फीसदी के पास 10 हेक्टेयर से अधिक जमीन थी।

यह सही है कि देश में धीरे-धीरे ही सही, गरीबी घट रही है और विकास के अवसर बढ़े हैं; लेकिन आजादी के 75 साल बाद भी समाज में भारी असमानताएँ मौजूद हैं। बेहतर स्वास्थ्य सेवाएँ हों अथवा शिक्षा के अवसर, अब भी ये अमीरों के पक्ष में हैं। इस तथ्य पर ही गौर करें कि जब एक तरफ दुनिया कोरोना महामारी की तबाही से जूझ रही थी तो उस दौरान अरबपतियों की संख्या में बढ़ोतरी हो रही थी। मशहूर पत्रिका 'फोर्ब्स' का कहना है कि महामारी के बावजूद दुनिया के सबसे रईस लोगों के लिए यह साल बहुत अच्छा रहा है। इस दौरान उनकी दौलत में पाँच खरब डॉलर की वृद्धि हुई है और नए अरबपतियों की संख्या भी बढ़ी है। 'फोर्ब्स' की दुनिया भर के अरबपतियों की सूची में 2,755 लोग शामिल किए गए हैं, जो पिछले साल की संख्या से 600 अधिक हैं। इनमें से 86 फीसदी लोगों ने कोरोना महामारी के दौर में अपनी आर्थिक हैसियत को और बेहतर किया है। दुनिया में सबसे ज्यादा 724 अरबपति अमरीका में हैं, जबकि पिछले साल अमरीका में अरबपतियों की संख्या 614 थी। एक साल में इस सूची में 110 नए लोग जुड़ गए हैं। दूसरे स्थान पर चीन है, जहाँ अरबपतियों की संख्या अब 698 हो गई है, जो पिछले साल 456 थी। भारत भी कोई पीछे नहीं है और यह तीसरा सबसे अधिक अरबपतियों वाला देश है। इस साल इनकी संख्या 140 हो गई है, जबकि पिछले साल भारत में अरबपतियों की संख्या 102 थी। दूसरी ओर दुनिया में गरीबों की संख्या में भारी बढ़ोतरी हुई है। विश्व बैंक का अनुमान है कि कोरोना महामारी के दौरान दुनिया भर में 11.5 करोड़ लोग अत्यंत निर्धन की श्रेणी में पहुँच गए हैं। ये आँकड़े इस बात को रेखांकित करते हैं कि दुनिया भर में आय व संपत्ति का वितरण पूरी तरह से असंतुलित है।

यह सच है कि कोरोना काल ने मजदूरों और उनकी कठिनाइयों को विमर्श के केंद्र में ला दिया है। इन मजदूरों के बिना कारोबार जगत् का कामकाज कितना कठिन हो सकता है, इस विषय में उन्होंने इससे पहले कभी सोचा ही नहीं है। यह बात भी साबित हो गई कि इस देश की अर्थव्यवस्था का पहिया कंप्यूटर से नहीं, बल्कि मेहनतकश मजदूरों से चलता है। यह भी स्पष्ट हो गया है कि बिहार, झारखंड, मध्य प्रदेश, छत्तीसगढ़ और उड़ीसा के मजदूरों के बिना किसी राज्य का काम चलने वाला नहीं है। देश का कोई कोना ऐसा नहीं है, जहाँ इन राज्यों के लोग नहीं पाए जाते हैं। ये मेहनतकश हैं। गुजरात, महाराष्ट्र, पंजाब, हरियाणा व दिल्ली जैसे राज्यों की जो आभा और चमक-दमक नजर

आती है, उसमें प्रवासी मजदूरों का भारी योगदान है। विकसित माने जाने वाले राज्यों को यह बात समझ आ जानी चाहिए कि इन राज्यों की विकास की कहानी बिना बिहार और झारखंड के मजदूरों के योगदान के नहीं लिखी जा सकती। कॉरपोरेट जगत् को इस बात पर गंभीरता से विचार करना चाहिए कि वे अपने कल-कारखाने बिहार, झारखंड जैसे राज्यों में लगाएँ, जहाँ हुनरमंद कामगारों की भरमार है। ये प्रवासी मजदूर मेहनतकश हैं और पूरी ताकत से खटते हैं; लेकिन यह भी देखने में आता है कि इन मजदूरों को जैसा आदर, सुविधाएँ और वेतन मिलना चाहिए, वैसा नहीं मिलता है। महानगरों में तो जाति गौण हो गई है और उनकी जगह समाज विभिन्न वर्गों में विभाजित है। उच्च वर्ग है, मध्य वर्ग है और कामगार हैं, जिन्हें निम्न वर्ग का माना जाता है। मुंबई में यह वर्ग धारावी में रहता है तो दिल्ली एन.सी.आर. में उसका डेरा खोड़ा जैसे अनेक स्थान हैं। इन बस्तियों में बुनियादी सुविधाओं का नितांत अभाव है। यहाँ बिहार, झारखंड, छत्तीसगढ़, मध्य प्रदेश, उत्तर प्रदेश, पश्चिम बंगाल, उड़ीसा आदि जिस राज्य का आप नाम लें, उसका गरीब तबका आपको मिल जाएगा। सबकी एक पहचान है कि वे सब मजदूर हैं। ये बस्तियाँ दाइयाँ, ड्राइवर, ऑटो चलाने वाले, बढ़ई, पुताई करने वाले, डिब्बे वाले, चौकीदार और दिहाड़ी मजदूर उपलब्ध कराती हैं। सुबह से यहाँ से दाइयों के जत्थे काम पर निकल पड़ते हैं। ऐसा कहा जाता है कि अगर धारावी और खोड़ा के लोग हड़ताल पर चले जाएँ तो मुंबई और दिल्ली के बड़े हिस्से की गतिविधियाँ ठप हो जाएँगी। ड्राइवर के न आने से साहब लोग दफ्तर नहीं पहुँच पाएँगे और मेड के न आने से मैडम नौकरी पर नहीं पहुँच पाएँगी। यह सच है कि यूपी, बिहार, झारखंड, मध्य प्रदेश और छत्तीसगढ़ जैसे हिंदी पट्टी के राज्यों में हम अभी बुनियादी समस्याओं को हल नहीं कर पाए हैं। अनेक क्षेत्रों में उल्लेखनीय उपलब्धि के बावजूद ये राज्य प्रति व्यक्ति आय के मामले में अब भी पिछड़े हुए हैं। हमें इन राज्यों में ही शिक्षा और रोजगार के अवसर उपलब्ध कराने होंगे ताकि लोगों को बाहर जाने की जरूरत ही न पड़े।

□

पहनावे की औपनिवेशिक मानसिकता

दिल्ली के रेस्तराँ में एक महिला को साड़ी पहने होने की वजह से प्रवेश नहीं दिया गया। महिला को मैनेजर ने यह कहकर रेस्तराँ में जाने की इजाजत नहीं दी कि साड़ी स्मार्ट कैजुअल ड्रेस कोड में नहीं आती है। महिला की ओर से एक वीडियो भी वायरल हुआ है, जिसमें साड़ी को वजह बताते हुए उन्हें अंदर जाने से मना किया जा रहा है। महिला होटल के एक कर्मचारी से पूछती है कि क्या साड़ी की अनुमति नहीं है। कर्मचारी जवाब देता है कि साड़ी को स्मार्ट कैजुअल के रूप में नहीं गिना जाता है और रेस्तराँ केवल स्मार्ट कैजुअल की अनुमति देता है। दूसरी ओर रेस्तराँ ने एक बयान जारी कर कहा कि महिला ने उनके स्टाफ के झगड़ा किया, क्योंकि उन्हें रेस्तराँ के अंदर जाने के लिए इंतजार करने को इसलिए कहा गया था, क्योंकि उनका पहले से रिजर्वेशन नहीं था। दूसरी ओर रेस्तराँ ने अपने बयान में माफी भी माँगी है और कहा कि मैनेजर ने ऐसा इसलिए कहा ताकि महिला चली जाए और स्थिति को सँभाला जा सके। इस पर महिला का जवाब था कि हमारे देश में अगर साड़ी को स्मार्ट आउटफिट नहीं माना जाता, तो यह गंभीर चिंता का विषय है। यह सिर्फ उनकी लड़ाई नहीं है, बल्कि साड़ी और मानसिकता की लड़ाई है। विभिन्न सोशल मीडिया पोस्ट से पता चलता है कि इसको लेकर लोगों में भारी नाराजगी है। इसके विरोध में महिलाएँ साड़ी पहनकर पोस्ट कर रही हैं। लोग उस रेस्तराँ को जीरो रेटिंग दे रहे हैं और बहिष्कार करने को कह रहे हैं। इस मामले में अब राष्ट्रीय महिला आयोग ने संज्ञान लेते हुए दिल्ली पुलिस कमिश्नर को एक चिट्ठी लिखी है और कहा है कि इस पूरे मामले की जाँच कर उचित काररवाई की जाए। साथ ही महिला आयोग ने रेस्तराँ के अधिकारियों को समन भेजकर तलब किया है। इस घटना के विरोध में अखिल भारतीय विद्यार्थी परिषद् ने प्रदर्शन भी किया और रेस्तराँ के खिलाफ काररवाई की माँग की।

इसमें तो कोई दो राय नहीं हो सकती है कि हमारे कपड़े ही हमारी पहचान हैं। भारत में कम-से-कम शहरों में महिलाएँ अपने पहनावे को लेकर आजाद हैं, लेकिन

ड्रेस-कोड बनाए जाने और महिलाओं को उनके पहनावे के लिए निशाना बनाए जाने की भी घटनाएँ सामने आती रहती हैं। ऐसा नहीं है कि होटल और रेस्तराँ में पहनावे को लेकर महिलाओं के साथ भेदभाव किया गया हो। कई बार पुरुषों को भी औपनिवेशिक मानसिकता का शिकार होने की घटनाएँ सामने आई हैं। अंग्रेज चले गए, लेकिन उनके मानसिक गुलामी के चिह्न आज भी देश में मौजूद हैं, जो ऐसी घटनाओं के रूप में सामने आते रहते हैं। यह एक घटना मात्र नहीं है, बल्कि मानसिकता का मामला है। दरअसल, हम एक ओर अंग्रेजों की गुलामी की प्रथाओं से मुक्त होने की कोशिश कर रहे हैं, लेकिन हमारा एक वर्ग अब भी उन्हीं विचारों से जकड़ा है। कुछ समय पहले जाने-माने युवा लेखक नीलोत्पल मृणाल को दिल्ली के राजीव गांधी चौक, जो कभी कनॉट प्लेस कहलाता था, वहाँ एक रेस्तराँ में जाने से इसलिए रोक दिया गया था, क्योंकि उनके कंधे पर गमछा था। साहित्य कला अकादमी पुरस्कार से सम्मानित नीलोत्पल मृणाल पूर्वांचल से हैं। इस घटना की सोशल मीडिया पर भारी आलोचना हुई थी। उनके समर्थन में बड़ी संख्या में युवा वर्ग और साहित्यकार सामने आए थे। सभी लोगों ने एक स्वर से रेस्तराँ में हुई घटना के विरोध में आवाज बुलंद की थी। दिल्ली का कनॉट प्लेस का नाम भले ही राजीव चौक कर दिया हो, वह दिल्ली के अभिजात्य वर्ग के खरीदने, टहलने वाला इलाका रहा है। आजादी के 75 वर्ष बीत गए। इस दौरान बदलाव आया है, लेकिन मानसिकता में अब भी कुछ औपनिवेशिक तत्त्व मौजूद हैं। हम उससे पूरी तरह मुक्त नहीं हो पाए हैं।

अगर आपने गौर किया हो तो पाएँगे कि लगातार खबरें आ रही हैं कि हमारे अनेक विश्वविद्यालयों ने दीक्षांत समारोह में गाउन के स्थान पर भारतीय परिधान कुरता-पाजामा, साड़ी आदि का इस्तेमाल शुरू किया है। आईआईटी जैसे संस्थान भी इसे अपना रहे हैं। आईआईटी रुड़की, मुंबई और कानपुर ने पारंपरिक भारतीय पोशाक साड़ी और कुरता-पाजामे को पहनकर अपने यहाँ दीक्षांत समारोह आयोजित किए हैं। जवाहरलाल नेहरू विश्वविद्यालय में भी दीक्षांत समारोह में छात्र-छात्राओं ने साड़ी और कुरता पहना है। पूरे दक्षिण एशिया में साड़ी महिलाओं का परिधान है। चाहे बांग्लादेश हो, श्रीलंका अथवा पाकिस्तान सब जगह साड़ी खूब पहनी जाती है। मुझे लगभग एक दशक पहले भारतीय प्रतिनिधिमंडल के साथ पाकिस्तान जाने का मौका मिला था। वहाँ मैंने पाया कि अधिकांश महिलाएँ सलवार-सूट पहनती हैं, लेकिन वे साड़ी भी पहनती हैं। इस्लामाबाद के जिस पाँच सितारा सेरेना होटल में भारतीय प्रतिनिधिमंडल ठहरा हुआ था, वहाँ काम करने वाली महिलाओं के लिए ड्रेस कोड साड़ी था। यह सुखद आश्चर्य की तरह था कि उस होटल में काम करने वाली सभी महिलाएँ साड़ी पहने हुए थीं। हालाँकि हाल में पाकिस्तान में एक महिला सांसद जब साड़ी पहनकर संसद् पहुँची थीं, तो उस पर आपत्ति

की गई थी। एमक्यूएम सांसद नसरीन जलील संसद् में साड़ी पहनकर पहुँची थी, जिस पर जामियात उलेमा-ए-इसलाम फज्ल के एक सांसद ने कड़ी आपत्ति जताई थी।

हम लोगों को यह याद रखना चाहिए कि हम गांधी की परंपरा के देश हैं और हाल में हमने गांधी की 150वीं जन्मशती मनाई है। गांधी 1888 में कानून के एक छात्र के रूप में इंग्लैंड में सूट पहनते थे, लेकिन भारत में उन्होंने एक-एक कर सभी वस्त्र त्याग दिए और सिर्फ धोती में दिखे। सन् 1917 में गांधीजी जब चंपारण पहुँचे, तब वे काठियावाड़ी पोशाक पहने हुए थे। जब गांधीजी ने सुना कि नील फैक्टरियों के मालिक निम्न वर्ग की औरतों और मर्दों को जूते नहीं पहनने देते हैं, तो उन्होंने तुरंत जूते पहनने बंद कर दिए। दूसरी यात्रा में एक निर्धन महिला को अपना चोगा सौंप दिया था और इसके बाद उन्होंने चोगा ओढ़ना बंद कर दिया। सन् 1918 में जब वह अहमदाबाद में मजदूरों की लड़ाई में शामिल हुए, तो उन्होंने देखा कि उनकी पगड़ी में जितना कपड़ा लगता है, उसमें चार लोगों का तन ढका जा सकता है। उसके बाद उन्होंने पगड़ी पहनना छोड़ दिया था। हालाँकि आजादी के बाद हमारे राजनेताओं के पहनावे में भी भारी बदलाव आया है। आजादी के दौर में नेताओं की पहली पसंद धोती-कुरता और गांधी टोपी थी और महिलाएँ साड़ी पहनती थीं। बाद के दिनों में धोती-कुरते की जगह पाजामा-कुरते ने ले ली, लेकिन महिला नेताओं की पसंद साड़ी बनी रही। अगली पीढ़ी में गांधी टोपी का चलन धीरे-धीरे कम होने लगा। फिलहाल आप, सपा और कांग्रेस सेवा दल जैसे खास दलों व संगठनों को छोड़कर अन्य दलों के कुछेक नेता ही टोपी पहनते हैं। पिछले पाँच-सात साल में पहनावे का ट्रेंड बदला है। राजनीति में आने वाली नई पीढ़ी की पसंद अब कुरते-पाजामे के स्थान पर पैंट-शर्ट अथवा सूट-बूट हो गया है, लेकिन अधिकांश महिला नेताओं की पसंद आज भी साड़ी है। हम देश-काल और परिस्थितियों के अनुसार पहनावे के बारे में निर्णय लें तो बेहतर होगा। हम आजादी के 75 साल पूरे होने पर अमृत महोत्सव मना रहे हैं। ऐसे में ऐसी घटनाएँ चिंता जगाती हैं कि हम अभी तक औपनिवेशिक मानसिकता से मुक्त क्यों नहीं हो पाए हैं। इस पर व्यापक विमर्श की जरूरत है।

□

कद में कमी का चिंताजनक पहलू

हाल में एक अध्ययन में चौंकाने वाले नतीजे सामने आए हैं। जहाँ एक ओर दुनियाभर में लोगों का औसत कद बढ़ रहा है तो दूसरी ओर आम भारतीयों का कद लगातार घट रहा है। विज्ञान पत्रिका 'ओपन एक्सेस साइंस जर्नल' (प्लोस वन) में छपे अध्ययन में कहा गया है कि भारतीय पुरुषों और महिलाओं दोनों की औसत लंबाई तेजी से घट रही है। दिल्ली स्थित जवाहरलाल नेहरू विश्वविद्यालय के सेंटर फॉर सोशल मेडिसिन एंड कम्युनिटी हेल्थ ने सरकार के राष्ट्रीय परिवार और स्वास्थ्य सर्वेक्षणों के आधार पर अध्ययन कर यह निष्कर्ष निकाला है। इसके अनुसार भारत में वयस्कों की औसत लंबाई लगातार गिर रही है। अध्ययन में 15 से 25 वर्ष की आयु के बीच और 26 से 50 वर्ष की आयु के बीच के पुरुषों और महिलाओं की औसत लंबाई और उनकी सामाजिक व आर्थिक पृष्ठभूमि का विश्लेषण किया। रिपोर्ट के मुताबिक भारत में 2005-06 और 2015-16 के बीच वयस्क पुरुषों और महिलाओं की लंबाई में उल्लेखनीय गिरावट दर्ज की गई है। इस अध्ययन से जो सबसे ज्यादा चिंताजनक पहलू उभरकर सामने आया है, वह है कि लंबाई कम होने के पीछे आर्थिक व सामाजिक पृष्ठभूमि की भी बड़ी भूमिका है। देश में सुविधा संपन्न लोगों का सामाजिक कद हमेशा से ऊँचा रहा है, लेकिन अब यह भेद कद-काठी में भी झलकने रहा है। अध्ययन में संपन्न वर्ग के लोगों की औसत लंबाई में कोई ज्यादा गिरावट नजर नहीं आती है, लेकिन गरीब तबके के लोगों की औसत लंबाई लगातार घट रही है। कद में सबसे ज्यादा गिरावट गरीब और आदिवासी महिलाओं में देखी गई है। अध्ययन में पाया गया कि एक 5 साल की अनुसूचित जनजाति बच्ची की औसत लंबाई सामान्य वर्ग की बच्ची से लगभग 2 सेंटीमीटर कम पाई गई। पुरुषों के मामले में किसी भी वर्ग के लिए अच्छी स्थिति नहीं है। सभी वर्ग के पुरुषों की औसत लंबाई में करीब एक सेंटीमीटर की कमी आई है। अगर वैश्विक परिदृश्य पर नजर डालें, तो ये तथ्य चिंता जगाते हैं, क्योंकि दुनिया में लोगों की औसत लंबाई बढ़ रही है, जबकि भारत में इसके विपरीत लंबाई कम हो रही है। कुछेक

वर्ष पहले यह स्थिति नहीं थी। देश के लोगों में औसत लंबाई में गिरावट साल 2005 के बाद से आनी शुरू हुई है। देश में महिलाओं की औसत लंबाई पाँच फीट एक इंच और पुरुषों की औसत लंबाई पाँच फीट चार इंच मानी जाती हैं। हालाँकि कुछ वैज्ञानिक इन आँकड़ों से सहमत नहीं हैं। उनका मानना है कि औसत लंबाई उससे कहीं ज्यादा है। राष्ट्रीय परिवार स्वास्थ्य सर्वेक्षण के मुताबिक मेघालय, सिक्किम, अरुणाचल प्रदेश और झारखंड में पुरुषों की औसत लंबाई देश के अन्य राज्यों के पुरुषों के मुकाबले सबसे कम है। जबकि मेघालय, त्रिपुरा, झारखंड और बिहार में महिलाओं की औसत लंबाई सबसे कम है। जम्मू-कश्मीर, पंजाब, हिमाचल प्रदेश और केरल के पुरुषों की लंबाई औसत लंबाई से कहीं ज्यादा है। इसी तरह पंजाब, हरियाणा और केरल की महिलाओं की लंबाई महिलाओं की औसत लंबाई से कहीं अधिक है। वैज्ञानिकों के अनुसार माँ का स्वास्थ्य, पोषण व आबोहवा जैसे कारक बच्चे के कद को प्रभावित करते हैं। वैज्ञानिकों का मानना है कि लगातार कुपोषण से लंबाई प्रभावित होती है। पोषण की जरूरत को कम करने के लिए प्रकृति शरीर का आकार ही घटा देती है। यह एक दिन की प्रक्रिया का परिणाम नहीं है। दशकों के कुपोषण का यह नतीजा होता है।

किसी भी व्यक्ति की लंबाई के निर्धारण में कई कारक महत्त्वपूर्ण भूमिका निभाते हैं। इसमें सबसे महत्त्वपूर्ण है आनुवंशिक कारक। माता-पिता लंबे होते हैं, तो बच्चे भी लंबे होते हैं। आनुवंशिक कारक किसी शख्स की लंबाई के निर्धारण में 60 प्रतिशत से अधिक भूमिका निभाते हैं। अध्ययन में कहा गया है कि देश में लोगों की औसत लंबाई में गिरावट गैर-आनुवंशिक कारकों के कारण भी है। इनमें पोषण सबसे अहम है, जो सीधे-सीधे आर्थिक हैसियत से जुड़ा है। कुछ समय पहले स्वास्थ्य मंत्रालय ने राष्ट्रीय परिवार स्वास्थ्य सर्वेक्षण के पहले चरण की रिपोर्ट जारी की थी। इसमें भी चिंताजनक तथ्य सामने आया था कि विभिन्न राज्यों के बच्चों में कुपोषण फिर से पाँव पसारने लगा है। यह सर्वेक्षण 2019-20 में किया गया था और इसमें 17 राज्य और पाँच केंद्र शासित प्रदेश शामिल थे। सर्वे में आंध्र प्रदेश, असम, बिहार, गोवा, गुजरात, हिमाचल प्रदेश, कर्नाटक, केरल, महाराष्ट्र, मणिपुर, मेघालय, मिजोरम, नागालैंड, सिक्किम, तेलंगाना, त्रिपुरा, पश्चिम बंगाल, अंडमान व निकोबार, दादरा-नगर हवेली व दमन दीव, जम्मू-कश्मीर, लद्दाख और लक्षद्वीप शामिल थे। सर्वे के मुताबिक ज्यादातर राज्यों और केंद्र शासित प्रदेशों में कम वजन वाले वयस्कों की संख्या 2015-16 के मुकाबले कम हुई है, लेकिन बच्चों के मामले में स्थिति बिल्कुल विपरीत है। इस सर्वे के मुताबिक पिछले पाँच सालों में ठिगने, कमजोर और कुपोषित बच्चों की संख्या में बढ़ोतरी हुई है। यह स्थिति बच्चों के स्वास्थ्य में एक दशक के सुधार के एकदम उलट है। दुनिया भर में बच्चों के पोषण को मापने के चार पैमाने होते हैं—लंबाई के हिसाब से शरीर

का वजन कम होना, शरीर की लंबाई कम होना, सामान्य से कम वजन का होना और पोषक तत्त्वों की कमी होना। कुपोषण को उम्र के हिसाब से लंबाई कम होने का अहम कारण माना जाता है। शुरुआत में यदि बच्चे की लंबाई कम रह गई, तो बाद में उसकी लंबाई में वृद्धि की संभावना बेहद कम रह जाती है। कुपोषण दूर करने के लिए लगभग सभी प्रदेश सरकारें आँगनबाड़ी और स्कूलों में पोषण कार्यक्रम संचालित कर रही हैं। बावजूद इसके कुपोषित बच्चों की संख्या बढ़ना चिंताजनक है। बीते कुछ वर्षों में ग्रामीण क्षेत्रों में अति कुपोषित बच्चों की संख्या में कमी आई थी, लेकिन अल्प-पोषित बच्चों को पोषित मान लेने की गलती आम होती जा रही है। खाद्य सुरक्षा और खाने में विविधता कुपोषण दूर करने के लिए जरूरी है। ये दोनों ही बातें सीधे-सीधे व्यक्ति की आय से जुड़ी होती हैं। समुचित आय नहीं होगी तो बच्चे और परिवार के अन्य सदस्यों को पोषण मिलना मुमकिन नहीं है, लेकिन पिछले कुछ वर्षों में खाद्यान्न की उपलब्धता और ईंधन तक लोगों की पहुँच आसान हुई है, लेकिन इसके बावजूद कुपोषण में वृद्धि सवाल खड़े करती है। ऐसा आकलन है कि देश में हर साल अकेले कुपोषण से 10 लाख से ज्यादा बच्चों की मौत हो जाती है। सेव 'द चिल्ड्रन' दुनियाभर के बच्चों की स्थिति पर एक सूची जारी करता है। पिछले साल जारी सूची में भारत 116वें स्थान पर था। यह सूचकांक स्वास्थ्य, शिक्षा समेत आठ पैमाने के आधार पर तैयार किया जाता है। शहरी संपन्न वर्ग के बच्चों में चुनौती दूसरी है। यहाँ बच्चों में मोटापा बढ़ता जा रहा है। यह भी कोई अच्छा लक्षण नहीं है। मोटापा बढ़ने की एक बड़ी वजह दौड़-भाग के खेलों में कम हिस्सा लेना है। बाहरी खेलों में हिस्सा लेना शहरी बच्चों ने पहले ही कम कर दिया था। कोरोनाकाल में तो यह एकदम बंद हो गया। नतीजतन शारीरिक श्रम के अभाव में संपन्न तबके के बच्चे मोटे होते जा रहे हैं। राष्ट्रीय परिवार स्वास्थ्य सर्वेक्षण के अनुसार बिहार में संस्थागत प्रसव, महिला सशक्तीकरण, संपूरक आहार, प्रसव पूर्व जाँच एवं टीकाकरण जैसे सूचकांकों में काफी सुधार हुआ है। सरकारी प्रयास बिहार के लोगों की लंबाई में कमी को रोकने में सहायक साबित हुए हैं। आज जरूरत इन मुद्दों पर जागरूकता बढ़ाने और इसे विमर्श के केंद्र में लाने की है।

□

युवा मन और नशे की चुनौती

फिल्मी दुनिया में एक बार फिर ड्रग्स की चर्चा है। दरअसल नारकोटिक्स कंट्रोल ब्यूरो ने बॉलीवुड अभिनेता शाहरुख खान के बेटे आर्यन खान को मुंबई में एक क्रूज पर चल रही एक रेव पार्टी से गिरफ्तार कर लिया। आर्यन पर आरोप है कि उन्होंने ड्रग्स खरीदे और उनका सेवन किया था। हालाँकि अदालत में आर्यन खान के वकील ने कहा कि एनसीबी को आर्यन खान के पास से ड्रग्स नहीं मिले थे। उन्हें मैसेज चैट के आधार पर गिरफ्तार किया गया है। वहीं एनसीबी का दावा है कि उनके पास से ड्रग्स बरामद किए गए थे। इस चर्चित गिरफ्तारी के बाद से रेव पार्टियों और ड्रग्स के इस्तेमाल पर बहस शुरू हो गई है। हाल के वर्षों में रेव पार्टियों का नाम अधिक चर्चा में आया है। जो सूचनाएँ सामने आई हैं, वे चिंताजनक हैं। ये पार्टियाँ गुपचुप तरीके से आयोजित की जाती हैं और इनमें ड्रग्स और शराब का कॉकटेल होता है। वैसे तो ये पार्टियाँ बेहद अमीर लोगों के लिए होती हैं, लेकिन पिछले कुछ वर्षों में मध्य वर्ग के युवा भी इसका हिस्सा बनते नजर आ रहे हैं।

कुछ समय पहले चर्चित युवा अभिनेता सुशांत सिंह राजपूत की मौत की जाँच में नशे का एक तत्त्व पाया गया था। इस मामले में पहले रिया चक्रवर्ती और उनके भाई शौविक चक्रवर्ती गिरफ्तार हुए थे। इसके बाद भारतीय जनता पार्टी के सांसद और अभिनेता रवि किशन ने लोकसभा में फिल्म इंडस्ट्री में ड्रग्स के इस्तेमाल का मुद्दा उठाया था और कड़ी कारवाई की माँग की थी। ड्रग्स के बारे में अभिनेत्री कंगना रनौत ने भी सनसनीखेज बयान दिया था और कहा था कि बॉलीवुड के 99 फीसदी लोग नशीले पदार्थों का सेवन करते हैं। हालाँकि राज्य सभा में समाजवादी पार्टी की सांसद जया बच्चन ने कहा था कि कुछ लोगों की वजह से पूरी इंडस्ट्री की छवि खराब नहीं की जा सकती। हाल में गुजरात के मुंद्रा बंदरगाह पर टेल्कम पाउडर के नाम से आयात की गई लगभग तीन हजार किलो हेरोइन पकड़ी गई थी। इसकी कीमत अंतरराष्ट्रीय बाजार में लगभग 21 हजार करोड़ रुपए आँकी जा रही है। इसे अफगानिस्तान से भेजा गया था और यह

ईरान के रास्ते भारत पहुँची थी और पश्चिमी देशों को भेजी जा रही थी। एनआईए इस मामले की छानबीन कर रहा है। कहने का आशय यह है कि नशे की समस्या से जुड़ी चुनौती निरंतर बढ़ती जा रहा है। यह समस्या केवल फिल्म इंडस्ट्री तक ही सीमित नहीं है। ऐसी भी सूचनाएँ सामने आ रही हैं कि स्कूली और कॉलेज छात्रों में मादक पदार्थों का सेवन तेजी से बढ़ा है। यही नहीं, कई बार वे कफ-सिरप और दर्दनाशक दवाओं का इस्तेमाल नशे के लिए करते हैं। नशा सिर्फ एक खास इलाके तक सीमित नहीं रहता है और यह धीरे-धीरे आसपास के क्षेत्रों को भी अपनी जद में ले लेता है। दरअसल, नशा एक व्यापक सामाजिक समस्या बन गया है, जो परंपरागत पारिवारिक ढाँचे के बिखराव, स्वच्छंद जीवन-शैली और युवाओं से साथ संवादहीनता के साथ बढ़ा है।

मैंने महसूस किया है कि माता-पिता और बच्चों में संवादहीनता की स्थिति है। हम उनसे बिल्कुल कट गए हैं। एक ब्रिटिश मनोविज्ञानी से मुलाकात का मैं उल्लेख करना चाहूँगा। वह भारत में एक रिसर्च के सिलसिले में आई हुई थीं। मैंने जब उनसे पूछा कि उन्होंने भारत में क्या देखा तो उन्होंने कहा कि भारतीय माँ-बाप बच्चों को लेकर 'नहीं' का इस्तेमाल बहुत करते हैं। वे बात-बात में यह नहीं, वह नहीं, ऐसा नहीं, वैसा नहीं, यहाँ मत जाओ, ऐसा मत करो, वैसा मत करो, का बहुत अधिक इस्तेमाल करते हैं। इसमें सच्चाई भी है। उनका कहना था कि इसमें माताएँ बहुत आगे हैं, जबकि 'नहीं' शब्द का इस्तेमाल बहुत सोच-समझकर किया जाना चाहिए। इससे एक तो बच्चों में नकारात्मक प्रभाव पड़ता है, उनका मन विद्रोही हो सकता है, दूसरे अत्यधिक इस्तेमाल से बच्चों पर 'नहीं' का असर समाप्त हो जाता है। जहाँ आवश्यकता हो, वहाँ जरूर इसका इस्तेमाल करें। शायद आपने गौर नहीं किया कि आपके बच्चे में बहुत परिवर्तन आ चुका है। विदेशी पूँजी और टेक्नोलॉजी जब आती है तो उसके साथ एक वातावरण और संस्कृति भी लाती है। आप उसके प्रभाव से बच नहीं सकते। उसकी ताकत इतनी है कि उसके प्रभाव से कोई भी मुक्त नहीं हो सकता। दिक्कत यह है कि हम यह तो चाहते हैं कि पूँजी आए, लेकिन उसके साथ आने वाले वातावरण को हम स्वीकार नहीं करते, लेकिन आप गौर करें कि आपके बच्चे के सोने, पढ़ने के समय, हाव-भाव और खानपान सब बदल चुका है। हम या तो आँख मूँदे हैं या इसे स्वीकार नहीं करते, लेकिन आपके रोकने से ये परिवर्तन रुकने वाले नहीं है। आप सुबह पढ़ते थे, बच्चा देर रात तक जागने का आदी है। आप छह दिन काम करने के आदी हैं, बच्चा सप्ताह में पाँच दिन स्कूल का आदी है। उसे मैगी, मोमो, बर्गर, पिज्जा से प्रेम है, आप अब भी दाल-रोटी पर अटके हैं। यह व्हाट्सएप की पीढ़ी है, यह बात नहीं करती, मैसेज भेजती है, लड़के-लड़कियाँ दिन-रात आपस में चैट करते हैं। आप अब भी फोन कॉल पर ही अटके पड़े हैं। पहले माना जाता था कि पीढ़ियाँ 20 साल में बदलती हैं, उसके

बाद तकनीक ने इस परिवर्तन को 10 साल कर दिया और अब नई व्याख्या है कि पाँच साल में पीढ़ी बदल जाती है। इसका मतलब यह कि पाँच साल में दो पीढ़ियों में आमूलचूल परिवर्तन हो जाता है। होता यह है कि अधिकांश माता-पिता नई परिस्थितियों से तालमेल बिठाने के बजाय पुरानी बातों का रोना रोते रहते हैं। परिवर्तन तो हो गया, उस पर आपका वश नहीं है। अब जिम्मेदारी आपकी है कि आप जितनी जल्दी हो सके नई परिस्थिति से सामंजस्य बैठाएँ, ताकि बच्चे से संवादहीनता की स्थिति न आने पाए। ऐसा न हो कि गलती से कहीं वह नशे के जाल में उलझ जाए और आपको पता तक न चले। 'प्रभात खबर' ने कोरोनाकाल से पहले झारखंड में 'बचपन बचाओ' अभियान चलाया था। इसमें 'प्रभात खबर' की टीम विभिन्न स्कूलों में जाती थी, उनके साथ मनोविशेषज्ञ भी होते थे। हम भी जानना चाहते हैं कि बच्चे क्या सोच रहे हैं, कैसे सोच रहे हैं, उनकी महत्त्वाकांक्षाएँ क्या हैं। हमने पाया कि माता-पिता बच्चे से कुछ भी कहने से डरते हैं कि वह कहीं कुछ न कर ले। 'प्रभात खबर' के ऐसे ही एक कार्यक्रम में मुझे भी बच्चों से रूबरू होने का मौका मिला। एक स्कूल का हॉल भरा हुआ था, लगभग 800 बच्चे रहे होंगे। प्रारंभिक वक्तव्य के बाद जैसे ही सवाल-जवाब का सिलसिला शुरू हुआ, शुरुआत में बच्चों ने थोड़ा संकोच किया, लेकिन बाद में वे मुखर होते गए। लगभग 90 फीसदी बच्चों के सवाल माता-पिता और कॅरियर को लेकर केंद्रित थे। वे परिवार की मौजूदा व्यवस्था से संतुष्ट नजर नहीं आए। बच्चों ने पूछा, माता-पिता उनकी तुलना दूसरे बच्चों से क्यों करते हैं? वे अपनी सोच बच्चों पर क्यों थोपते हैं? बच्चों पर हरदम शक क्यों किया जाता है? माता-पिता उनके कॅरियर का फैसला क्यों करते हैं? ये गंभीर सवाल हैं। ये वे सवाल हैं, जो आज हर बच्चा अपने माता-पिता से पूछ रहा है। इन सवालों का जवाब हम सबको तलाशना है तभी हम युवा पीढ़ी से संवाद स्थापित कर पाएँगे और उन्हें किसी अप्रिय परिस्थितियों में फँसने से बचा पाएँगे।

□

ऐसा ही कानून का राज होना चाहिए

ब्राजील के लोग फुटबॉल के दीवाने हैं। उनकी टीम फीफा विश्व कप के इतिहास में सबसे सफल राष्ट्रीय फुटबॉल टीम है। ब्राजील हर विश्व कप में खेलने वाली एकमात्र टीम है। अपनी इन उपलब्धियों की वजह से ब्राजील की फुटबॉल टीम विश्व में सबसे शानदार और सफल टीम के रूप में मानी जाती है। फुटबॉल के बारे में एक आम कहावत प्रसिद्ध है कि अंग्रेजों ने भले ही इसका आविष्कार किया हो, पर ब्राजीलियाई लोगों ने इसे आत्मसात् किया है। यहीं से पेले आते हैं, जिन्हें सर्वकालीन महान् फुटबॉल खिलाड़ी माना जाता है। पूरी दुनिया में पेले का हीरो के रूप में सम्मान किया जाता है। वे फुटबॉल के खेल में अपनी उपलब्धियों और योगदान के लिए प्रसिद्ध हैं। वे फुटबॉल के शहंशाह माने जाते हैं। कोरोना महामारी के बाद से ब्राजील में फुटबॉल मैचों पर रोक लगा दी गई थी। अरसे बाद वहाँ दो प्रसिद्ध फुटबॉल क्लबों सैंटोस और ग्रेमियो के बीच मुकाबला होने जा रहा था। इसे देखने के लिए दिशा-निर्देश तय कर दिए थे कि केवल संपूर्ण टीकाकरण करवाने वाले अथवा नेगेटिव आरटी पीसीआर परीक्षण वाले लोगों को ही स्टेडियम में जाकर मैच देखने की अनुमति मिलेगी। ब्राजील के राष्ट्रपति बोल्सोनारो गजब शख्स हैं। उन्होंने कोरोना वायरस टीकों के प्रति संदेह व्यक्त किया था और खुद टीका नहीं लगवाया है। जुलाई 2020 में वह कोरोना पॉजिटिव हुए थे और 14 दिन क्वारंटाइन रहने के बाद वह काम पर लौट आए थे। इस दिलचस्प मुकाबले को देखने वे भी स्टेडियम पहुँच गए, लेकिन अधिकारियों ने उन्हें मैच देखने की अनुमति नहीं दी। अधिकारियों ने बेहद सम्मान के साथ राष्ट्रपति से कहा कि पहले आप कोरोना टीका लगवा लें, फिर आप आगे का मैच देख सकते हैं। एक वीडियो में राष्ट्रपति बोल्सोनारो कहते हुए नजर आ रहे हैं कि वह सिर्फ सैंटोस का मुकाबला देखना चाहते थे, लेकिन अधिकारियों ने उन्हें अनुमति नहीं दी और कहा कि पहले आपको टीका लगवाना होगा। राष्ट्रपति ने कई दलीलें भी दीं, लेकिन अधिकारियों ने उन्हें प्रवेश की अनुमति नहीं दी। बोल्सोनारो ने संवाददाताओं से कहा कि उनके पास उन लोगों की तुलना में अधिक

एंटीबॉडी हैं, जिन्होंने वैक्सीन लगवाई है। इसके अलावा अन्य लोगों के मुकाबले उनकी प्रतिरोधक क्षमता भी बहुत अधिक है और उन्हें कोरोना का खतरा नहीं है, लेकिन उनकी दलील नहीं सुनी गईं। ब्राजील में कोरोना का व्यापक असर है और वहाँ कोरोना संक्रमण से मरने वालों की संख्या छह लाख के पार हो गई है। मौत के मामले में वह दुनिया में दूसरे नंबर पर है, जबकि संक्रमण के मामले में अमरीका, भारत के बाद ब्राजील तीसरे नंबर पर है। कहने का आशय यह है कि संदेश साफ है कि भले ही आप देश के राष्ट्रपति हों, लेकिन आप कानून से ऊपर नहीं हैं। अगर आप नियमों का पालन नहीं करेंगे, तो आपसे आम आदमी के समान ही व्यवहार किया जाएगा। इसकी तुलना में भारत में परिस्थितियाँ देख लें। नेता व अधिकारी पुत्रों की दबंगई के मामले रोजाना सामने आते हैं, लेकिन कुछ मामलों में ही उन पर नकेल कसने की कोशिश होती है। अधिकारियों की हिम्मत नहीं होती है कि कोई उनसे नियम-कानून का पालन करने की बात भी कह दे। सैकड़ों में एक मामला सामने आता है जब कोई अधिकारी उनसे नियम-कानून का पालन करवाने का जज्बा दिखाता है। कुछ समय पहले पूर्वोत्तर के कुछ राज्यों ने कोरोना की वैक्सीन के बिना काम पर दोबारा लौटने से रोकने की कोशिश की थी, लेकिन उसका भारी विरोध हुआ और मामला अदालत तक चला गया और उसे वापस लेना पड़ा। मुझे याद है, जब मैं बीबीसी लंदन में कार्यरत था, उस दौरान टोनी ब्लेयर ब्रिटेन के प्रधानमंत्री थे। उनका 16 साल का बेटा इम्तिहान खत्म होने की खुशी में एक पब में दोस्तों के साथ पार्टी कर रहा था। इस दौरान उसे कुछ ज्यादा चढ़ गई और पुलिस ने उसे हिरासत में ले लिया था। बाद में टोनी ब्लेयर की पत्नी शैरी ब्लेयर को थाने जाकर बेटे को छुड़ाना पड़ा था। टोनी ब्लेयर या फिर किसी अन्य ने उसके बचाव की कोई कोशिश नहीं की, बल्कि प्रधानमंत्री कार्यालय की ओर से एक बयान जारी कर इस घटना पर खेद प्रकट किया गया। भारत के किसी कोने में मुख्यमंत्री, किसी मंत्री अथवा सेलिब्रिटी के बेटे को हाथ लगाकर तो देखिए। पूरे तंत्र पर हल्ला बोल दिया जाता है। लखीमपुर खीरी की घटना इसका ताजा उदाहरण है। केंद्रीय मंत्री के पुत्र पर गंभीर आरोप हैं, लेकिन उत्तर प्रदेश पुलिस एक पूरा दिन इंतजार करती रही और वह पूछताछ के लिए पेश ही नहीं हुआ। वह दूसरे दिन प्रकट हुआ। दूसरी ओर फिल्म स्टार शाहरुख खान का बेटा गिरफ्तार हुआ है और उस पर भी कितनी हाय-तौबा मची हुई है।

नियम और कानून की अनदेखी जैसे हमारी प्रवृत्ति बन गई है। उत्तर भारत में यह प्रवृत्ति अधिक है। इसकी एक वजह है कि आजादी के 75 वर्षों के दौरान अधिकांश समय सत्ता उत्तर भारतीयों के हाथों में रही है। लोगों की सत्ता प्रतिष्ठान तक पहुँच बहुत आसान रही है। ये मंत्री और प्रभावशाली व्यक्ति नियम-कानूनों को तोड़ने में एक मिनट भी नहीं लगाते हैं। मुझे लगता है कि इसी वजह से नियम-कानूनों को तोड़ने का चलन

बढ़ता गया है। आप गौर करें कि रेड लाइन उल्लंघन में फाइन देने के बजाय लोग पैरवी लगाकर छूटने की कोशिश करते नजर आते हैं। एक बार किसी पारिवारिक समारोह में शामिल होने मुंबई गया था। वहाँ एक सज्जन उत्तर प्रदेश से कार से आए थे। उनका ड्राइवर यूपी से था और उसी स्टाइल में वह कभी दाहिने से तो कभी बाएँ से अपनी कार अन्य सभी वाहनों से आगे निकालने की लगातार कोशिश कर रहा था। मुझे याद है कि मुंबई के एक सज्जन ने अपनी गाड़ी रोककर कहा कि कृपया आड़ी-तिरछी कार न चलाएँ और यातायात के नियमों का पालन करें। यह बात उन सज्जन को और ड्राइवर दोनों को बहुत बुरी लगी, क्योंकि उन्हें नियमों के पालन की आदत ही नहीं थी। हम लोग किसी कार्य के लिए लाइन में खड़े होने को शान के खिलाफ मानते हैं। पिछले साल शादियों में शामिल होने की संख्या को लेकर राज्य सरकारों ने अनेक नियम बनाए थे, लेकिन हम लगातार उनकी अनदेखी करते नजर आए। निर्धारित संख्या से कहीं अधिक संख्या में लोग विवाह समारोहों में शामिल हो रहे थे और उसने कोरोना के फैलाने में बड़ी भूमिका निभाई। अब फिर शादियों का मौसम आ रहा है। कोरोना को लेकर केंद्र और राज्य सरकारों ने अनेक दिशा-निर्देश अब भी दिए हैं, लेकिन हम उन सबसे बेपरवाह नजर आ रहे हैं। देखने में आया है कि जैसे-जैसे देश में कोरोना के कारण लगे लॉकडाउन में छूट दी गई, वैसे ही लोगों ने मान लिया है कि कोरोना अब समाप्त हो गया है। दुर्गा पूजा और दशहरे के दौरान बाजारों में भारी भीड़ जमा हुई और लोग लापरवाह नजर आ रहे हैं। यह केवल बिहार, झारखंड, पश्चिम बंगाल ही नहीं, पूरे देश की कहानी है। लोगों ने तो मास्क को उतारकर फेंक दिया है। दीपावली और छठ के दौरान सोशल डिस्टेंसिंग और मास्क की अनदेखी संकट को बढ़ा सकती है। यह बात सब लोगों को स्पष्ट होनी चाहिए कि कोरोना के खिलाफ लड़ाई लंबी चलनी है और सरकारी दिशा-निर्देशों की अवहेलना की प्रवृत्ति हम सबको संकट में डाल सकती है।

□

बिहार के लोगों को निशाना बनाना दुर्भाग्यपूर्ण

बिहार के लोगों को देश के किसी हिस्से में निशाना बनाने की खबरें जब तब आती रहती हैं। हाल में जम्मू-कश्मीर में आतंकवादियों ने बिहार के मजदूरों की गोली मारकर हत्या कर दी। उन पर अंधाधुंध फायरिंग की। इससे पहले एक अन्य घटना में चाट-गोलगप्पे बेचने वाले बिहार के एक शख्स की गोली मारकर हत्या कर दी गई थी। पिछले कुछ दिनों में बिहार के लोगों को तीन बार निशाना बनाया गया है। बताएँ कि मजदूरों और गरीब तबके के लोगों की हत्या करने से आतंकवादियों को क्या हासिल होने वाला है। अगर आप अपने आप को बहुत बहादुर मानते हैं तो सुरक्षाबलों से दो-दो हाथ करें। गरीब और निरीह मजदूर को मारकर आप कौन सा मुकाम हासिल करने जा रहे हैं। बिहार के मुख्यमंत्री नीतीश कुमार ने जम्मू-कश्मीर में बिहारी कामगारों पर लगातार हो रहे आतंकी हमलों की निंदा की है। उन्होंने कहा कि कश्मीर में कुछ लोग लगातार गड़बड़ी फैला रहे हैं। वे बाहर से काम करने के लिए आए लोगों को ही निशाना बना रहे हैं। यह गरीब-गुरबा तबका है और उनको निशाना बनाने वालों के खिलाफ सख्त काररवाई होनी चाहिए। मुख्यमंत्री ने बिहारियों पर हुए हमले के बाद वहाँ के उपराज्यपाल मनोज सिन्हा से बातचीत की और वहाँ रह रहे बिहारियों की सुरक्षा के पुख्ता इंतजाम करने का आग्रह किया।

जम्मू-कश्मीर में तो आतंकवादी बिहारियों को निशाना बना रहे हैं, लेकिन कुछ अन्य राज्यों में भी यदा-कदा बिहार व झारखंड के मजदूरों के साथ मारपीट और उन्हें अपमानित करने की घटनाएँ सामने आती रहती हैं। हाल में हिमाचल प्रदेश के किन्नौर जिले में एक पनबिजली परियोजना में काम कर रहे झारखंड के मजदूरों के साथ मारपीट की गई। इस घटना के बाद मजदूरों ने झारखंड सरकार से मदद की गुहार लगाई। मुख्यमंत्री हेमंत सोरेन के हस्तक्षेप के बाद चार जत्थों में कुल 61 मजदूरों की वापसी सुनिश्चित हुई है। उन्हें उनका बकाया वेतन भी दिलवाया जा रहा है। कुछ अरसा पहले महाराष्ट्र, कर्नाटक, असम, जम्मू, तमिलनाडु और केरल से भी हिंदीभाषियों के साथ

अभद्रता की खबरें आती रहती हैं। देखने में आया है कि अधिकांश मामलों में स्थानीय नेता राजनीतिक स्वार्थों के लिए हिंदीभाषियों को निशाना बनाते हैं। यह हमें स्वीकार करना होगा कि देश में बिहार, झारखंड और उत्तर प्रदेश के लोगों की जैसी इज्जत होनी चाहिए, वैसी नहीं है। कुछेक राज्यों में हिंदीभाषी लोगों को बिहारी कहकर बेइज्जत करने की कोशिश की जाती है। महाराष्ट्र, गुजरात, दिल्ली, पंजाब व हरियाणा में बिहार, झारखंड और यूपी के कामगार बड़ी संख्या में हैं। अकसर यह होता है कि यदि वहाँ कोई कानून व्यवस्था से जुड़ी घटना घटित होती है, तो बिना तथ्यों की जाँच किए सारा दोष इन कामगारों के मत्थे मढ़ दिया जाता है।

यह सही है कि आज विकास की दौड़ में बिहार अन्य राज्यों से पिछड़ गया है, लेकिन हम सबको जानने की जरूरत है कि बिहार का इतिहास चार से साढ़े चार हजार साल पुराना है। बिहार से गौतम बुद्ध का नाता रहा है, जिनके उपदेशों को मानने वाले आज पूरी दुनिया में फैले हैं। यहीं से महावीर जैसे विचारक आते हैं जिनके द्वारा स्थापित जैन संप्रदाय देश का एक प्रमुख धर्म है। यह 24 जैन तीर्थंकरों की कर्मभूमि रहा है। सिखों के दसवें गुरु गोबिंद सिंह का जन्म पटना में हुआ था। आज भी देश-विदेश से बड़ी संख्या में सिख धर्मावलंबी उनके जन्म स्थान पर मत्था टेकने आते हैं। यहाँ चाणक्य, वात्स्यायन, आर्यभट्ट और चरक जैसे विद्वानों ने समय-समय पर जन्म लिया और देश और दुनिया को अपने विचारों से दिशा दी है। बिहार की माटी के सपूत डॉ. राजेंद्र प्रसाद देश के पहले राष्ट्रपति बने। जयप्रकाश नारायण ने यहीं से इमरजेंसी के खिलाफ बिगुल फूँका। देश को बड़े-बड़े लेखक, विचारक, प्रशासक और मेधावी युवक उपलब्ध कराने का सिलसिला आज भी जारी है। जमींदारी उन्मूलन से लेकर पंचायतों में महिलाओं को 50 फीसदी आरक्षण देने का कानून बिहार में लागू होता है। बाद में उसे पूरा देश अपनाता है। कहने का आशय यह कि बिहार का इतिहास बेहद गौरवशाली रहा है और हर बिहारवासी उस परंपरा का वाहक है, लेकिन यह भी सच है कि मौजूदा दौर में बिहार के समक्ष अनेक चुनौतियाँ हैं और हम अभी बुनियादी समस्याओं को हल नहीं कर पाए हैं। अनेक क्षेत्रों में उल्लेखनीय उपलब्धि के बावजूद बिहार प्रति व्यक्ति आय के मामले में पिछड़ा हुआ है। बिहार अब भी शिक्षा, स्वास्थ्य, बिजली और पानी की समस्या से जूझ रहा है। बिहार के अधिकांश लोग कृषि से जीवनयापन करते हैं, लेकिन बिहार का एक बड़ा इलाका साल-दर-साल बाढ़ में डूबता आया है। कोसी और सीमांचल के इलाके की बाढ़ से आज भी मुक्ति नहीं मिल पाई है। अगर इससे मुक्ति मिल जाए तो इस पूरे इलाके की तसवीर बदल सकती है। हमें बिहार में ही शिक्षा और रोजगार के अवसर उपलब्ध कराने होंगे, ताकि लोगों को बाहर जाने की जरूरत ही न पड़े। आज हर साल दिल्ली और दक्षिण के राज्यों में पढ़ने के लिए बिहार के हजारों बच्चे जाते हैं।

राजस्थान के कोटा में बिहार और झारखंड के हजारों बच्चे कोचिंग के लिए जाते हैं। हमें बिहार को शिक्षा के केंद्र के रूप में विकसित करने की जरूरत है। आज जरूरत है कि हम ऐसा ढाँचा विकसित करें कि हमारे बच्चों को पढ़ाई और कोचिंग के लिए बाहर जाने की जरूरत ही न पड़े।

इस बात में तो कोई दोराय नहीं हो सकती है कि बिहार-झारखंड के लोग मेहनतकश हैं। मैं पहले भी कहता आया हूँ कि अकसर लोग इस बात को भूल जाते हैं कि गुजरात, महाराष्ट्र, पंजाब, हरियाणा और दिल्ली की जो आभा है और चमक-दमक नजर आती है, उसमें बिहार, झारखंड और यूपी के लोगों का भारी योगदान है। यह आभा और चमक-दमक उनके बिना खो भी सकती है। इन राज्यों की विकास की कहानी बिना बिहारियों के योगदान के नहीं लिखी जा सकती, लेकिन देखने में आया है कि स्थानीय नेता राजनीतिक स्वार्थों के लिए बिहारियों को निशाना बनाते हैं, जिसके कारण कई बार उन्हें पलायन तक करना पड़ता है। इसमें सोशल मीडिया की बेहद खराब भूमिका रही है। ऐसे अनेक उदाहरण हैं जब सोशल मीडिया के जरिए बिहार और उत्तर प्रदेश के लोगों के खिलाफ नफरत भरे संदेश फैलाए गए हैं। मुझे याद है कि कुछ समय पहले साबरकांठा जिले में एक बच्ची से दुष्कर्म हुआ था जिसका सारा दोष बिहार समाज पर मढ़ दिया गया था। इसके बाद सोशल मीडिया पर हिंदीभाषी समाज के खिलाफ अभियान चला और लोगों को निशाना बनाया जाने लगा। उन पर जानलेवा हमले हुए और पूरे समाज को कठघरे में खड़ा कर दिया गया। मेरा मानना है कि हिंसा को न रोक पाना वहाँ की राज्य सरकार की भी विफलता है। यदि कोई घटना घटित हुई है, तो दोषियों के खिलाफ कड़ी कारवाई होनी चाहिए, लेकिन इसकी आड़ में किसी क्षेत्र विशेष के लोगों के खिलाफ हिंसा स्वीकार्य नहीं है। हाल में जैसे कश्मीर में बिहार के लोगों को निशाना बनाया गया है, यह प्रवृत्ति देश के हित में नहीं है। इसमें तत्काल हस्तक्षेप किए जाने की जरूरत है।

□

यही बेहतर है कि भारत-पाक क्रिकेट न हो

मैं कुछ समय पहले तक इस बात के पक्ष में था कि क्रिकेट को विवादों से दूर रखना चाहिए और भारत-पाकिस्तान के बीच क्रिकेट मैच होते रहना चाहिए। अगर दोनों देशों में मैच संभव न हो, तो किसी तीसरे देश में मैच खेले जाने चाहिए, लेकिन पिछले दिनों भारत और पाकिस्तान के बीच टी-20 विश्व कप मैच के बाद जिस तरह का माहौल बना, उसके बाद मैं इस निष्कर्ष पर पहुँचा कि जिस खेल से माहौल और खराब हो और तनाव का वातावरण बने, तो ऐसे क्रिकेट मैचों की कोई जरूरत नहीं है। हालाँकि एक बड़ी सकारात्मक बात यह रही कि कप्तान विराट कोहली पाकिस्तान के कप्तान बाबर आजम व ओपनर-विकेटकीपर रिजवान से मैच के बाद बहुत आत्मीयता से मिले। दोनों टीमों के अन्य खिलाड़ियों का व्यवहार भी बहुत संयत और प्रशंसनीय था, लेकिन पाकिस्तान के पूर्व खिलाड़ियों और वहाँ के राजनेताओं ने माहौल को तार-तार कर दिया। बाकी कसर हम भारतीयों ने सोशल मीडिया पर पूरी कर दी। किसी भी मैच में एक टीम की हार और एक की जीत तय होती है। यह सही है कि विश्व कप के इस मैच में पाकिस्तान ने भारत को 10 विकेट से हरा दिया था। हालाँकि इसके पहले भारत-पाकिस्तान को विश्व कप मुकाबलों में पाँच बार हरा चुका है। विश्व कप मुकाबले में यह पाकिस्तान की पहली जीत है। सबसे चिंताजनक बात यह थी कि खेल और धर्म का जमकर घालमेल किया जा रहा था। सोशल मीडिया पर भारतीय तेज गेंदबाज मोहम्मद शमी पर ही अपने ही लोग टीका-टिप्पणी करने लगे और उन पर सवाल उठाने लगे, जो किसी भी दृष्टि से उपयुक्त नहीं था। सबसे आपत्तिजनक टिप्पणी पाकिस्तान के पूर्व कप्तान व तेज गेंदबाज वकार यूनुस की ओर से आई। उनका ध्यान हार-जीत अथवा कौन अच्छा खेला या बुरा खेला, इस पर नहीं था। उन्होंने विकेटकीपर मोहम्मद रिजवान के ड्रिंक्स ब्रेक के दौरान नमाज पढ़ने को इस मैच का खास पल बताया और कहा कि रिजवान की जो सबसे अच्छी बात लगी, वह यह थी कि उसने ग्राउंड में खड़े रहकर नमाज पढ़ी और वह भी हिंदुओं के बीच में। वह पल उनके लिए विशेष था। बाद में

वकार यूनुस के इस बयान पर सवाल उठे और पाकिस्तान के ही अनेक पत्रकारों ने उनके बयान की आलोचना की और उस पर सवाल उठाए। बाद में वकार को ट्वीट कर माफी भी माँगनी पड़ी। इस प्रकरण पर सबसे तीखी टिप्पणी जाने-माने कमेंटेटर हर्षा भोगले की ओर से आई। उन्होंने एक के बाद एक तीन ट्वीट किए और वकार यूनुस के बयान को खेल भावना के विपरीत बताया। हर्षा भोगले ने कहा कि वकार यूनुस के कद के व्यक्ति के लिए यह कहना कि रिजवान को हिंदुओं के सामने नमाज अदा करते देखना उसके लिए बहुत खास था, सबसे निराशाजनक बातों में से एक है। उन्होंने उम्मीद जताई कि पाकिस्तान में बहुत सारे खेलप्रेमी भी इस कथन के खतरनाक पक्ष को देख सकेंगे और उन्हीं की तरह निराशा होंगे। हम जैसे खेलप्रेमियों के लिए लोगों को यह बताना बहुत मुश्किल हो जाता है कि यह सिर्फ खेल है, सिर्फ एक क्रिकेट मैच है। उन्होंने उम्मीद जताई कि क्रिकेट खिलाड़ी हमारे खेल के एंबेसडर के तौर पर ज्यादा जिम्मेदार होंगे और वकार इसके लिए माफी माँगेंगे। हमें क्रिकेट के माध्यम से दुनिया को जोड़ने की जरूरत है, धर्म के आधार पर बाँटने की नहीं।

पाकिस्तान के गृह मंत्री शेख रशीद ने तो सारी हदें पार कर दीं। उन्होंने टी-20 विश्व कप में पाकिस्तान की भारत के खिलाफ जीत को इसलाम की जीत बताया। शेख रशीद ने कहा कि यही पाकिस्तानी क्रिकेट टीम का फाइनल था और वह इसके लिए पूरे इसलामी दुनिया के लोगों को मुबारकबाद देते हैं। रशीद ने यहाँ तक कह दिया कि दुनिया के मुसलमान समेत हिंदुस्तान के मुसलमानों के जज्बात पाकिस्तान के साथ हैं। इसमें सबसे आपत्तिजनक बात यह थी कि शेख रशीद ने अपने संदेश में खुद को भारतीय मुसलमानों का प्रवक्ता भी घोषित कर दिया था। शेख रशीद के अलावा पाकिस्तान के एक और मंत्री असद उमर ने भी भारत की हार के बाद आपत्तिजनक ट्वीट किया। असद उमर ने अपने ट्वीट में लिखा कि पहले हम उनको हराते हैं और जब जमीन पर गिर जाते हैं, तो चाय देते हैं। असद उमर ने भारत के विंग कमांडर अभिनंदन को लेकर यह टिप्पणी की थी। दूसरी ओर इस मैच को लेकर भारत के पूर्व खिलाड़ी हरभजन सिंह और पाकिस्तान के मोहम्मद आमिर ट्विटर पर भिड़े हुए थे। आमिर ने हरभजन को एक मैच याद दिलाया, जिसमें शाहिद अफरीदी ने उनकी गेंदों की जमकर धुनाई की थी। इसके जवाब में हरभजन ने इंग्लैंड के लॉर्ड्स में आमिर द्वारा फिक्सिंग के तौर पर की गई नो बॉल की याद दिलाई। भारत के पूर्व क्रिकेटर सबा करीम ने बीबीसी हिंदी से बातचीत में बहुत सही जवाब दिया। भारत और पाकिस्तान के बीच क्रिकेट में प्रतिद्वंद्विता खेल के स्तर पर है, न कि धार्मिक स्तर पर। इस तरह के बयान से उनके पागलपन का ही पता चलता है। भारत के मुसलमानों के वे प्रवक्ता न बनें। भारत के मुसलमान टीम इंडिया का अहम हिस्सा रहे हैं और उनकी खुशी और नाराजगी अपनी टीम की जीत-हार से

ही तय होती है। सबा करीम ने कहा कि पाकिस्तान से ऐसी बातें आती हैं, तो भारत के अतिवादियों को भी ऊर्जा मिलती है और उसकी प्रतिक्रिया में यहाँ भी वैसी बातें होती हैं। सबा करीम ने दोटूक और एकदम सही बात कही है। अगर आप गौर करें, तो पाएँगे कि पाकिस्तान के खिलाफ विश्व कप मैचों में भारत को तीन जीत मोहम्मद अजहरुद्दीन की कप्तानी में मिली हैं, लेकिन अजहरुद्दीन ने क्रिकेट और मजहब का कभी घालमेल नहीं किया और न कभी कोई ओछी टीका-टिप्पणी की, लेकिन हम भारतीयों को भी अपने गिरेबान में झाँकने की जरूरत है। मोहम्मद शमी के मामले को हम सबको गंभीरता से लिए जाने की आवश्यकता है। शुरुआत में भारतीय हार को लेकर विराट कोहली से इस्तीफा माँगा जा रहा था और निशाने पर हार्दिक पांड्या थे। बाद में अचानक मोहम्मद शमी पर धर्म के आधार पर सवाल उठाए जाने लगे। शमी के मुसलमान होने के नाते उन्हें कई तरह की घटिया बातों में लपेटा गया और उन पर पाकिस्तान का समर्थक होने के आरोप लगाए जाने लगे। शमी के खिलाफ कई तरह की शर्मनाक बातें कही गईं, लेकिन जल्द ही भारतीय क्रिकेट टीम के मौजूदा और पूर्व खिलाड़ी शमी के पक्ष में आ खड़े हुए और उनके समर्थन में ट्वीट नजर आने लगे। सचिन तेंदुलकर से लेकर वीरेंद्र सहवाग, इरफान पठान और चहल जैसे खिलाड़ियों ने शमी का समर्थन किया। भारत के कप्तान विराट कोहली ने मोहम्मद शमी को धर्म के आधार पर ट्रोल करने वालों को आड़े हाथों लिया। उन्होंने कहा कि धर्म के आधार पर किसी को निशाना बनाना निंदनीय है। उन्होंने कहा कि यह इनसानियत का सबसे निचला स्तर है। किसी को धर्म के आधार पर निशाना बनाने से ज्यादा निराशाजनक कुछ नहीं हो सकता। उन्होंने कभी धर्म के आधार पर पक्षपात के बारे में नहीं सोचा। धर्म बहुत पवित्र चीज है। हमारे भाईचारे और हमारी दोस्ती को डिगाया नहीं जा सकता।

□

अधिकारियों को ऊँचे मानदंड स्थापित करने होंगे

पिछले कुछ समय से कई अधिकारी-नौकरशाह सुर्खियों में हैं। यूपीएससी में जिन नवयुवकों का चयन होता है, वे कड़ी मेहनत और प्रतिस्पर्धा में अपना मुकाम हासिल कर पाते हैं। किसी नवयुवक के प्रशासनिक सेवा में चयन पर बधाइयों का ताँता लग जाता है। पूरे परिवार का नाम रोशन हो जाता है। जाहिर है कि वर्षों के कड़े परिश्रम और योग्यता के आधार पर ही प्रशासनिक सेवा में चयन हो पाता है, लेकिन जब-तब अधिकारियों के आचार व्यवहार को लेकर निराशाजनक खबरें सामने आती हैं तो सिर शर्म से झुक जाता है। नारकोटिक्स कंट्रोल ब्यूरो के मुंबई जोन के डायरेक्टर समीर वानखेड़े आर्यन खान ड्रग्स केस को लेकर चर्चा में हैं। महाराष्ट्र सरकार में मंत्री और एनसीपी नेता नवाब मलिक ने वानखेड़े के खिलाफ मोर्चा खोल दिया है। शाहरुख खान के बेटे की गिरफ्तारी के कारण यह मामला शुरू से ही सुर्खियों में रहा। मीडिया इस पर पहले से ही मेहरबान रहा है, लेकिन अब वानखेड़े खुद सवालों में घिरते नजर आ रहे हैं। क्रूज ड्रग्स केस के ही एक गवाह ने उन पर आठ करोड़ रुपए उगाही की कोशिश का आरोप लगाया है। समीर वानखेड़े को तेज-तर्रार अफसर माना जाता है, लेकिन अब एनसीबी ने इस केस से उन्हें अलग कर दिया है। मायानगरी मुंबई तो विचित्र है। यहाँ एक के बाद कई ऐसे मामले सामने आए हैं जिनमें अधिकारी खुद सलाखों के पीछे चले गए हैं। जाने-माने कारोबारी मुकेश अंबानी के घर विस्फोटक मिलने के मामले में पुलिस के एनकाउंटर स्पेशलिस्ट सचिन वझे खुद जेल चले गए। सौ करोड़ वसूली का मामला ऐसा तूल पकड़ा कि महाराष्ट्र के तत्कालीन गृह मंत्री अनिल देशमुख को इस्तीफा देना पड़ा और अब वे खुद सलाखों के पीछे हैं। विवादों के बाद मुंबई के तत्कालीन पुलिस कमिश्नर परमबीर सिंह को पद से हटना पड़ा और वे लापता बताए जाते हैं।

अगर आपको याद हो, अगस्त में हरियाणा के करनाल जिले में पुलिस ने प्रदर्शन कर रहे किसानों पर लाठीचार्ज किया था। इस लाठीचार्ज में कई किसान गंभीर रूप से घायल हो गए थे। इस दौरान करनाल के एसडीएम आयुष सिन्हा का एक वीडियो वायरल हुआ था, जिसमें उन्हें पुलिसकर्मियों को किसानों का सिर फोड़ने का आदेश देते हुए स्पष्ट सुना जा सकता था। आयुष सिन्हा पुलिसकर्मियों को निर्देश दे रहे थे—'उठा-उठा के मारना पीछे सबको, 'हम इस घेरे को तोड़ने की अनुमति नहीं देंगे। मेरे पास एक भी बंदा निकल के नहीं आना चाहिए।' अगर आए तो उसका सिर फटा हुआ होना चाहिए। छत्तीसगढ़ के सूरजपुर में भी कोरोना लॉकडाउन के नाम पर एक जिलाधिकारी ने एक नवयुवक के साथ बेजा हरकत की थी। जिलाधिकारी रणवीर शर्मा को नवयुवक ने दवाई की पर्ची भी दिखाई और बताया कि वह दवा लेने मेडिकल स्टोर जा रहा था, लेकिन डीएम नहीं माने और उन्होंने नवयुवक को थप्पड़ जड़ दिया और कहा कि वह उनका वीडियो बना रहा था। इतना ही नहीं, युवक का मोबाइल पटकने और सुरक्षाकर्मियों से पिटवाने के बाद उन्होंने युवक के खिलाफ एफआईआर दर्ज कराने के भी आदेश दे दिए थे। किसी ने डीएम का वीडियो रिकॉर्ड कर लिया और वह सोशल मीडिया पर वायरल हो गया। इसका संज्ञान मुख्यमंत्री भूपेश बघेल ने लिया। उन्होंने जिलाधिकारी को तत्काल प्रभाव से हटाने के निर्देश दिए थे और कहा था कि किसी भी अधिकारी का शासकीय जीवन में इस तरह का आचरण स्वीकार्य नहीं है। इसी तरह त्रिपुरा के एक जिलाधिकारी चर्चा में रहे थे। कोरोनाकाल के दौरान त्रिपुरा से भी एक ऐसा वीडियो आया था, जिसमें वहाँ तत्कालीन डीएम एक शादी समारोह में लोगों के साथ दुर्व्यवहार करते नजर आए थे। उन्होंने शादी समारोह रुकवा दिया था। जिलाधिकारी शैलेश कुमार यादव ने न सिर्फ पंडित को थप्पड़ मारा, बल्कि शादी में शामिल लोगों को धमकाया और इनमें से कुछ को गिरफ्तार करवा दिया था। सोशल मीडिया पर उनका वीडियो वायरल हुआ और सरकार ने उन्हें निलंबित कर दिया था।

हाल में सुप्रीम कोर्ट के मुख्य न्यायाधीश एनवी रमाना ने देश में नौकरशाही विशेषकर पुलिस अधिकारियों के व्यवहार पर कड़ी आपत्ति व्यक्त की थी। जस्टिस रमाना ने कहा कि वह एक समय नौकरशाहों, विशेष रूप से पुलिस अधिकारियों के खिलाफ शिकायतों की जाँच के लिए एक स्थायी समिति बनाने के बारे में भी विचार कर रहे थे। सीजेआई रमाना, जस्टिस सूर्यकांत और जस्टिस हेमा कोहली की पीठ छत्तीसगढ़ के निलंबित अतिरिक्त पुलिस महानिदेशक गुरजिंदर पाल सिंह की एक याचिका पर सुनवाई कर रही थी, जिसमें उन्होंने अपने खिलाफ दर्ज आपराधिक मामलों में सुरक्षा की माँग की थी। मुख्य न्यायाधीश ने कहा कि जब कोई राजनीतिक दल सत्ता में होता है, तो पुलिस अधिकारी एक विशेष दल के साथ होते हैं। फिर जब

कोई नई पार्टी सत्ता में आती है तो सरकार उन अधिकारियों के खिलाफ काररवाई शुरू करती है। यह एक नया चलन है, जिसे रोकने की जरूरत है। अगर आप समीक्षा करेंगे, तो पाएँगे कि कोरोनाकाल में पुलिसकर्मियों का भारी योगदान रहा है। लॉकडाउन के दौरान झारखंड और देश के अन्य अनेक राज्यों के थानों में रोजाना भोजन की व्यवस्था थी। कोरोनाकाल में पुलिसकर्मी पूरी शिद्दत से अपनी ड्यूटी में लगे हुए थे, जबकि लोगों ने घरों से निकलना बंद कर दिया था। इस दौरान जब लोग परेशानी में फँसे, तब उन्हें पुलिस प्रशासन से ही सहारा मिला था, लेकिन बावजूद इसके आम जन में पुलिस को लेकर भारी अविश्वास का भाव है। पुलिस की छवि के साथ प्रताड़ना, अमानवीय व्यवहार और उगाही जैसे शब्द जुड़ गए हैं। जिस आम आदमी को पुलिस के सबसे ज्यादा सहारे की जरूरत होती है, वह पुलिस से दूर भागने की हर संभव कोशिश करता है। यह बात कोई छुपी हुई नहीं है कि भारत में पुलिस बल के कामकाज में भारी राजनीतिक हस्तक्षेप होता है। जब भी किसी पहुँचने वाले शख्स को पुलिस पकड़कर ले जाती है, तो उसे छुड़वाने के लिए स्थानीय रसूखदार नेताओं के फोन आ जाते हैं। जब अपराधी खुद राजनीति में आ जाते हैं, तो मुश्किलें और बढ़ जाती हैं। सुप्रीम कोर्ट के हस्तक्षेप के बावजूद बाहुबलियों को लोकतांत्रिक प्रक्रिया से बाहर रखने में सफलता हासिल नहीं हुई है।

कुछ समय पहले पूर्व केंद्रीय मंत्री और मध्य प्रदेश की पूर्व मुख्यमंत्री उमा भारती ने नौकरशाही को लेकर एक विवादित बयान दिया था। बाद में उनका स्पष्टीकरण भी सामने आया। उमा भारती का कहना था कि जब तक सरकार होती है तब तक प्रशासनिक अधिकारी नौकर की तरह आगे-पीछे घूमते हैं। इसको लेकर उन्होंने एक किस्सा भी सुनाया। उमा भारती ने कहा कि साल 2000 में वह केंद्र में अटलजी की सरकार में पर्यटन मंत्री थी, तब बिहार में तत्कालीन मुख्यमंत्री राबड़ी देवी और लालू यादवजी के साथ उनका पटना से बोधगया हेलीकॉप्टर से जाने का कार्यक्रम बना। हेलिकॉप्टर में सामने की सीट पर बिहार राज्य के एक वरिष्ठ आईएएस अधिकारी भी बैठे हुए थे। लालू यादवजी ने उनके सामने अपने पीकदान में थूका और उस वरिष्ठ आईएएस अधिकारी के हाथ में थमाकर उसको खिड़की के बगल में नीचे रखने को कहा। उस अधिकारी ने ऐसा ही किया। उमा भारती ने कहा कि 2005-06 में जब उन्हें बिहार का प्रभारी बनाया गया, तो उन्होंने बिहार के पिछड़ेपन के साथ पीकदान को भी मुद्दा बनाया। पूरे बिहार के प्रशासनिक अधिकारियों से अपील की कि आज आप इनका पीकदान उठाते हो, कल हमारा भी उठाना पड़ेगा। अपनी गरिमा को ध्यान में रखो और पीकदान की जगह फाइल और कलमदान पकड़ो। उमा भारती ने ब्यूरोक्रेसी से अपील की कि आपको अपने पूर्वजों, माता-पिता, ईश्वर की कृपा और

अपनी योग्यता से यह स्थान मिला है। आप शासन के अधिकारी, कर्मचारी हैं, किंतु किसी राजनीतिक दल के घरेलू नौकर नहीं हैं। देश के विकास और स्वस्थ लोकतंत्र के लिए गरीब आदमी तक पहुँचने के लिए आप इस जगह पर बैठे हैं। हमेशा इसका ध्यान रखिए। भारतीय लोकतंत्र में ब्यूरोक्रेसी का सम्मान, उपयोगिता और योगदान बना रहे, इस पर स्वयं ब्यूरोक्रेसी को सजग रहना होगा।

□

इम्तिहाँ अभी और भी हैं

जैसे-तैसे सन् 2021 विदा हुआ और हम सन् 2022 में प्रवेश कर गए हैं। पीछे मुड़कर देखें तो सन् 2021 चुनौती भरा साल था। कोरोना ने मानव अस्तित्व को बड़ी चुनौती पेश की। देश-दुनिया ने कोरोना महामारी का विकराल रूप देखा है और हम सब उससे पार पाने में सफल रहे हैं। जीवन की गाड़ी फिर से पटरी पर आ गई थी कि सन् 2022 की शुरुआत में ही हमें कोरोना के वेरिएंट ओमिक्रॉन की चुनौती से दो-चार होना पड़ रहा है। ओमिक्रॉन ने दुनियाभर में दहशत फैला दी है। उम्मीद की जा रही है कि ओमिक्रॉन की लहर हलकी रहेगी और यह कोरोना के डेल्टा वेरिएंट की तरह घातक नहीं होगा। यह सही है कि देश कोरोना के लिए बेहतर तैयार है। हमारे शस्त्रागार में अब कई टीके हैं और कई प्रभावी दवाएँ हैं। पिछली लहर के कठोर सबक भी हमें बखूबी याद हैं। देश में कई बार एक दिन में कोरोना वैक्सीन की एक करोड़ से ज्यादा डोज लगाने का रिकॉर्ड बनाया है और अब बूस्टर डोज की भी अनुमति दे दी गई है। ओमिक्रॉन से बचाव को लेकर भी हमारे पास वही तरीका हैं, जो अन्य वेरिएंट्स के लिए हैं यानी वैक्सीन, मास्क, दूरी बनाए रखना। संक्रमित लोगों के जितना कम-से-कम संपर्क में आप आएँगे उसका फैलाव कम होगा। साथ ही वैक्सीन लगवाने से वायरस के लिए नए म्यूटेशन के मौके भी सीमित हो जाएँगे। हम सभी को अब भी बचाव के प्रति अधिक सतर्कता बरतने की जरूरत है। भारतीय मनीषियों ने कहा है कि बीती ताहि बिसार दे, आगे की सुध लेय। सार यह है कि पिछले साल से सबक लेकर भविष्य की ओर देखें। वैज्ञानिकों का मानना है कि हमें कुछ वर्ष तक कोरोना के साथ ही जीना होगा और इसी में से ही रास्ता निकालना होगा। सन् 2022 विधानसभा चुनावों का मौसम है। हम उम्मीद करते हैं कि सभी दल संयम और सावधानी बरतेंगे। विधानसभा चुनाव कोरोना के विस्तार के वाहक नहीं बनने चाहिए। यह जान लेना जरूरी है कि अर्थव्यवस्था ओमिक्रॉन रूपी तलवार की धार पर चल रही है। कमजोर खपत और मुद्रास्फीति ने अर्थव्यवस्था के संतुलन को गड़बड़ा दिया है। अर्थव्यवस्था के लिए कोरोना वायरस को नियंत्रण में रखना बेहद जरूरी है।

15 अगस्त, 2022 को देश की आजादी के 75 वर्ष पूरे होने जा रहे हैं। यह देश के लिए बेहद महत्त्वपूर्ण अवसर है, जब हम इतिहास का सिंहावलोकन करें और भविष्य का चिंतन करें। प्रधानमंत्री नरेंद्र मोदी ने 12 मार्च, 2021 महात्मा गांधी के दांडी मार्च के दिन अहमदाबाद के साबरमती आश्रम से आजादी का अमृत महोत्सव की शुरुआत की। प्रधानमंत्री ने कहा कि आजादी का अमृत महोत्सव यानी आजादी की ऊर्जा का अमृत, स्वाधीनता सेनानियों से प्रेरणाओं का अमृत, नए विचारों का अमृत, नए संकल्पों का अमृत और आत्मनिर्भरता का अमृत। 12 मार्च,1930 को महात्मा गांधी ने नमक सत्याग्रह की शुरुआत की थी। अंग्रेजों के शासनकाल में भारतीयों को नमक बनाने का अधिकार नहीं था। उन्हें इंग्लैंड से आने वाले नमक का ही इस्तेमाल करना पड़ता था। महात्मा गांधी ने देश के दर्द को महसूस किया और इसे जन-जन का आंदोलन बनाया। इधर देखने में आ रहा है कि महात्मा गांधी को अपमानित करने का प्रचलन कुछ ज्यादा ही बढ़ गया है। यह गांधी के विचारों की ताकत ही है कि उनके विचार आज भी जिंदा हैं। देश दुनिया में बड़ी संख्या में लोग आज भी उनके विचारों से प्रेरणा लेते हैं। गांधी की बातें सरल और सहज लगती हैं, लेकिन उनका अनुसरण करना बेहद कठिन है। महात्मा गांधी का मानना था कि नैतिकता, प्रेम, अहिंसा और सत्य को छोड़कर भौतिक समृद्धि और व्यक्तिगत सुख को महत्त्व देने वाली आधुनिक सभ्यता विनाशकारी है। गीता ने गांधीजी को सबसे अधिक प्रभावित किया था। यह उनकी प्रिय आध्यात्मिक पुस्तक थी। गीता के दो शब्दों को गांधीजी ने आत्मसात् कर लिया था। इसमें एक था—'अपरिग्रह', जिसका अर्थ है मनुष्य को अपने आध्यात्मिक जीवन को बाधित करने वाली भौतिक वस्तुओं का त्याग कर देना चाहिए। दूसरा शब्द है 'समभाव', इसका अर्थ है दुःख-सुख, जीत-हार, सब में एक समान भाव रखना।

हाल में केंद्र सरकार ने तीनों कृषि कानूनों को वापस ले लिया। तीनों कृषि कानूनों को रद्द करने की माँग को लेकर किसान लगभग पिछले एक साल से विरोध-प्रदर्शन कर रहे थे। आंदोलन के लाभ-हानि को छोड़ दें तो एक अच्छी बात यह हुई है कि इसने किसान और उनकी समस्याओं को विमर्श में ला दिया है। देश की एक बड़ी आबादी कृषि पर निर्भर है। हमें खेती-किसानी के बारे में नए सिरे से सोचना होगा। यह सच है कि खासकर छोटे किसानों के समक्ष संकट है, क्योंकि खेती-किसानी लाभकारी काम नहीं रह गई है। उन्हें उपज का सही मूल्य नहीं मिल पाता है। उनका उत्पाद तो मंडियों तक भी नहीं पहुँच पाता है, बीच में ही बिचौलिए उन्हें औने-पौने दामों में खरीद लेते हैं। यही वजह है कि आज किसान कर्ज में डूबा हुआ है। यह सही है कि केंद्र सरकार ने न्यूनतम समर्थन मूल्य में खासी वृद्धि की है, लेकिन खेती में लागत खासी बढ़ गई है। दूसरे, कुछ व्यावहारिक समस्याएँ भी हैं; जैसे सरकारें बहुत देर से फसल की खरीद शुरू करती हैं, तब तक किसान आढ़तियों

को फसल बेच चुके होते हैं। कृषि भूमि के मालिकाना हक को लेकर भी विवाद पुराना है। जमीनों का एक बड़ा हिस्सा बड़े किसानों, महाजनों और साहूकारों के पास है जिस पर छोटे किसान काम करते हैं। ऐसे में अगर फसल अच्छी नहीं होती तो छोटे किसान कर्ज में डूब जाते हैं। दूसरी ओर बड़े किसान प्रभावशाली हैं, वे सभी सरकारी सुविधाओं का लाभ भी लेते हैं और राजनीतिक विमर्श को भी प्रभावित करते हैं। किसानों को भी अपने तौर-तरीकों को बदलना होगा। उन्हें मिट्टी की जाँच व सिंचाई की ड्रिप तकनीक जैसी अन्य नई विधाओं को अपनाना होगा। साथ ही गेहूँ और धान के अलावा अन्य नगदी फसलों की ओर भी ध्यान देना होगा। किसानों को खेती के अलावा मछली, मुरगी और पशुपालन से भी अपने आप को जोड़ना होगा तभी यह फायदे का सौदा बन पाएगी।

कोरोना का स्वास्थ्य पर जो भी असर हो, एक असर तो हमारे सामने है कि इसने तकनीक पर हमारी निर्भरता को बढ़ा दिया है और हमारे आचार-व्यवहार को बदल दिया है। हमें आत्म-केंद्रित बना दिया है। पढ़ाई से लेकर कामकाज तक तकनीक हमारे दैनिक जीवन का हिस्सा बन गई है। इमर्सिव वर्चुअल रियलिटी स्पेस यानी मेटावर्स की अवधारणा ने इसमें एक नया आयाम जोड़ दिया है। आप एक विशेष हेडसेट लगाकर सामान्य रूप से जुड़े सहयोगियों के साथ बैठकों में भाग ले सकते हैं। दोस्तों के साथ पुरी अथवा गोवा के समुद्र तट पर चहलकदमी कर सकते हैं। यह तकनीक विदेशों में जोर पकड़ रही है। वैज्ञानिकों का दावा है कि यह तकनीक वास्तविकता और आभासी दुनिया के बीच की दूरी को मिटा देगी, लेकिन पिछले साल का सबक यह है कि तकनीक का नियंत्रित इस्तेमाल करें। यह जान लीजिए कि टेक्नोलॉजी दोतरफा तलवार है। एक ओर जहाँ यह वरदान है तो दूसरी ओर मारक भी है। मोबाइल हम-आप सबको जकड़ता जा रहा है। मुझे कोरोनाकाल से पहले लंदन में आयोजित बीबीसी के लीडरशिप समिट में हिस्सा लेने का मौका मिला था। उसमें एक प्रस्तुतीकरण में जो तथ्य सामने आए, वे चौंकाने वाले थे। बताया गया कि ब्रिटेन में हर व्यक्ति प्रतिदिन औसतन 2617 बार अपने मोबाइल फोन को छूता है। ये आँकड़े कोरोनाकाल से पहले के हैं। इसके बाद तो तकनीक पर निर्भरता और बढ़ गई है। आधुनिक टेक्नोलॉजी के साथ किस तरह तारतम्य बिठाना है, नए साल में हमें इस पर गंभीरता से विचार करना होगा।

और अंत में हरिवंश राय बच्चन की कविता की चंद लाइनें—

नवीन वर्ष में नवीन पथ वरो,
नवीन वर्ष में नवीन प्रण करो,
नवीन वर्ष में नवीन रस भरो,
धरो नवीन देश-विश्व धारणा।

□

गांधी को गाली देने का अधिकार किसी को नहीं

इस देश में महात्मा गांधी को गाली देने का जैसे चलन बन गया है। आपको जल्द सस्ते प्रचार की भूख हो, तो किसी मंच से उन्हें गाली दे डालिए। उन पर ऊल-जलूल लेख अथवा पुस्तक लिखकर सुर्खियाँ बटोर लीजिए। पर आप जान लीजिए कि महात्मा गांधी का व्यक्तित्व इतना बड़ा है कि उस पर खरोंच भी नहीं आनी है। हाल में महात्मा गांधी को अपशब्द कहने वाले धर्मगुरु कालीचरण महाराज को मध्य प्रदेश के खजुराहो से गिरफ्तार कर लिया था। पिछले दिनों छत्तीसगढ़ की राजधानी रायपुर में आयोजित धर्म संसद् में कालीचरण महाराज ने महात्मा गांधी के बारे में अनाप-शनाप कहा था। साथ ही कालीचरण ने गांधीजी की हत्या को जायज ठहराते हुए नाथूराम गोडसे को खुले मंच से नमस्कार किया था। कालीचरण के बयान के बाद से पूरे देश में बवाल मचा। उनके खिलाफ केस दर्ज हो गया और पिछले दिनों मध्य प्रदेश के खजुराहो से उन्हें गिरफ्तार कर लिया गया। हालाँकि इसी धर्म संसद् में संत रामसुंदर दास ने कालीचरण के वक्तव्य का विरोध किया था। कहा था कि जिस मंच से बापू का अपमान होगा, गालियाँ दी जाएँगी, धर्म का मंच नहीं होगा। इससे नाराज होकर उन्होंने धर्म संसद् से खुद को अलग कर लिया था, लेकिन कालीचरण रुके नहीं हैं। धर्म संसद् के बाद उनका एक और बयान सामने आया है, जिसमें वह कह रहे हैं कि गांधी को अपशब्द कहने का उन्हें कोई पश्चाताप नहीं है। उन्हें गांधी से नफरत है और उन्होंने उनके हत्यारे नाथूराम गोडसे को महात्मा बताया।

प्रधानमंत्री नरेंद्र मोदी की महात्मा गांधी पर अपार श्रद्धा है। प्रधानमंत्री मोदी ने हमेशा गांधीवादी मूल्यों को अपनाने और उन्हें जीवन का हिस्सा बनाने पर जोर दिया है। वे अकसर अपने भाषणों में महात्मा गांधी की शिक्षाओं का उल्लेख करते हैं। जब भी वे विदेश यात्रा पर जाते हैं, वहाँ वे महात्मा गांधी को श्रद्धा सुमन अर्पित करने से नहीं चूकते

हैं। कुछ समय पहले वे जब जी–20 शिखर सम्मेलन में हिस्सा लेने के लिए इटली पहुँचे थे तो उन्होंने वहाँ महात्मा गांधी की प्रतिमा को पुष्पांजलि अर्पित की थी। फरवरी 2019 में पीएम मोदी ने दक्षिण कोरिया के एक विश्वविद्यालय में गांधी की प्रतिमा का अनावरण किया था और कहा था कि बापू के विचारों और आदर्शों में आतंकवाद और जलवायु परिवर्तन के खतरे को दूर करने में हमारी मदद करने की शक्ति है। प्रधानमंत्री मोदी ने अमरीका के वाशिंगटन में महात्मा गांधी को पुष्पांजलि अर्पित की थी। ऑस्ट्रेलिया की यात्रा के दौरान उन्होंने ब्रिस्बेन में महात्मा गांधी की एक प्रतिमा का अनावरण किया था और कहा था कि 2 अक्तूबर, 1869 को पोरबंदर में एक व्यक्ति पैदा नहीं हुआ था, बल्कि एक युग का जन्म हुआ था। नवंबर 2015 में ब्रिटेन के दौरे के दौरान प्रधानमंत्री मोदी ने ब्रिटेन की संसद् के बाहर महात्मा गांधी की प्रतिमा पर श्रद्धांजलि अर्पित की थी। जुलाई 2016 में दक्षिण अफ्रीका की अपनी यात्रा के दौरान प्रधानमंत्री मोदी ने फीनिक्स सेटलमेंट में जाकर उन्हें श्रद्धांजलि दी थी, जो कभी महात्मा गांधी का निवास स्थान हुआ करता था। प्रधानमंत्री ने दक्षिण अफ्रीका में उस रूट की ट्रेन में भी यात्रा की थी, जिसमें महात्मा गांधी को रंगभेद के कारण बाहर फेंक दिया गया था। कहने का आशय यह है कि प्रधानमंत्री मोदी किसी भी अवसर पर महात्मा गांधी को याद करना नहीं भूलते हैं।

सुप्रीम कोर्ट ने 2015 में कहा था कि महात्मा गांधी को अपशब्द नहीं कहे जा सकते और न ही उनके चित्रण के दौरान अश्लील शब्दों का इस्तेमाल किया जा सकता है। एक मराठी कविता में गांधी पर आपत्तिजनक शब्दों के इस्तेमाल पर सुप्रीम कोर्ट ने कहा था कि कलात्मक स्वतंत्रता के नाम पर राष्ट्रपिता को कहे गए अपशब्दों को सही नहीं ठहराया जा सकता। सुप्रीम कोर्ट ने अपने फैसले में कहा था कि ऐतिहासिक महापुरुषों की आलोचना गलत नहीं है, लेकिन इसके लिए आपत्तिजनक या अभद्र भाषा का इस्तेमाल करना गलत है। इसे अभिव्यक्ति की स्वतंत्रता नहीं माना जा सकता। सुप्रीम कोर्ट ने कहा था कि विचारों की आजादी और शब्दों की आजादी में काफी अंतर है। अगर महात्मा गांधी के बारे में अपशब्द लिखते हैं तो वह अपराध की श्रेणी में भी आता है। जब आप गांधीजी के बारे में अपशब्द लिखते हैं, तो वहाँ आपकी अभिव्यक्ति की स्वतंत्रता का अधिकार खत्म हो जाता है।

गांधी का जीवन और उनका कार्य विस्तृत है। उनसे असहमतियाँ हो सकती हैं, लेकिन उनमें इतनी खूबियाँ हैं कि केवल असहमतियों अथवा कमियों का सहारा लेकर उन्हें खारिज कर देने से हम उनकी विरासत को नष्ट कर देंगे। गांधी के आलोचक अकसर तथ्यों की परवाह नहीं करते हैं। वे केवल एकतरफा सूचनाओं का इस्तेमाल करते हैं। ऐसा देखने में आ रहा है कि गांधी की आलोचना करने वालों की एक ऐसी पीढ़ी तैयार हो रही है, जिसकी जानकारी का स्रोत व्हाट्सएप यूनिवर्सिटी है। ऐसे लोग

असत्य जानकारियों के आधार पर महात्मा गांधी के बारे में अपनी धारणा बनाते हैं। ऐसी तथ्यहीन व झूठी जानकारियाँ अब सोशल मीडिया में बड़े पैमाने पर उपलब्ध हैं। सार्वजनिक जीवन वाले हर शख्स का कठोर मूल्यांकन होता रहा है। महात्मा गांधी भी इससे अछूते नहीं रहे हैं और उनके जीवन का लगातार आकलन होता रहा है। किसी भी व्यक्ति की सभी मुद्दों पर राय अथवा फैसले सौ फीसदी सही नहीं हो सकते, लेकिन उसके पीछे उनकी मंशा को जानना भी जरूरी है। जाति व्यवस्था जैसे मुद्दे हैं, जिस पर गांधी की आलोचना होती रही है, लेकिन इसका आशय यह नहीं है कि आप गांधी को सिरे से ही खारिज कर दें।

माना जाता है कि महात्मा गांधी को समझना आसान भी है और मुश्किल भी। दरअसल गांधी की बातें इतनी सरल और सहज लगती हैं, लेकिन उनका अनुसरण करना बेहद कठिन होता है। हम सभी जानते हैं कि महात्मा गांधी भारतीय स्वतंत्रता आंदोलन के एक प्रमुख नेता थे। आप उनकी सक्रियता का अंदाजा इस बात से लगा सकते हैं कि 2 अक्तूबर, 1869 में उनका जन्म हुआ और 30 जनवरी, 1948 को उनकी दु:खद हत्या हो गई। इस दौरान उन्होंने जो लिखा और विचार व्यक्त किए, उसे भारत सरकार ने 100 कालखंडों में प्रकाशित किया है। अपनी भारी व्यस्तताओं के बावजूद वह हर रोज अनेक लोगों को पत्र लिखते थे और हर पत्र में कोई विचार होता था। गांधी ने अपनी आत्मकथा भी लिखी—'सत्य के साथ मेरे प्रयोग'। इसके अलावा 'सत्याग्रह' और 'हिंद स्वराज' जैसी पुस्तकें लिखीं। उन्होंने शाकाहार, भोजन और स्वास्थ्य, धर्म, सामाजिक सुधार, कहने का आशय यह कि जीवन के हर प्रश्न पर उन्होंने विस्तार से लिखा। ऐसे भी लोग हैं, जो गांधी को आज के दौर में अप्रासंगिक मान बैठे हैं। वे तर्क देते हैं कि गांधी एक विशेष कालखंड की उपज थे, लेकिन जीवन का कोई ऐसा विषय नहीं है, सामाजिक व्यवस्था का कोई ऐसा प्रश्न नहीं है जिस पर महात्मा गांधी ने प्रयोग न किए हों और हल निकालने का प्रयास न किया हो। महात्मा गांधी के पास अहिंसा, सत्याग्रह और स्वराज नाम के तीन हथियार थे। सत्याग्रह और अहिंसा के उनके सिद्धांतों ने न केवल भारत, बल्कि पूरी दुनिया के लोगों को अपने अधिकारों और अपनी मुक्ति के लिए संघर्ष करने की प्रेरणा दी। यही वजह है कि इतिहास का सबसे बड़ा आंदोलन अहिंसा के आधार पर लड़ा गया। 2 अक्तूबर, 1944 को महात्मा गांधी के जन्मदिवस के अवसर पर जाने-माने वैज्ञानिक आइंस्टीन ने अपने संदेश में कहा था—'आने वाली नस्लें शायद मुश्किल से ही विश्वास करेंगी कि हाड़-मांस से बना हुआ कोई ऐसा व्यक्ति भी धरती पर चलता-फिरता था।' यह वाक्य गांधी को जानने-समझने के लिए काफी है।

□

बेटियों को बराबरी का हक

भले ही देश कितना ही प्रगति कर गया हो, लेकिन हम देखते हैं कि बेटे और बेटी की बराबरी के मामले पर अब भी बहुत से लोगों को संशय है। पिता की अर्जित संपत्ति अकसर पुरुष उत्तराधिकारियों को हस्तांतरित कर दी जाती है और बेटियों को इससे वंचित कर दिया जाता है। भारतीय समाज में बेटियों का संपत्ति में हिस्से को लेकर हमेशा से विवाद रहा है। इसको लेकर समाज में भारी भ्रम की स्थिति है कि बेटी का संपत्ति में कितना अधिकार है। कहीं धारणा है कि बेटी को बेटे से कम अधिकार हैं, तो कहीं धारणा यह है कि शादी के बाद बेटी का कोई अधिकार नहीं है। समाज में अलग-अलग तरह की भ्रांतियाँ हैं। इसकी मुख्य वजह कानून की जानकारी का अभाव है। बेटियों को संपत्ति में कितना अधिकार है, इस संबंध में कानून स्पष्ट है। कहीं कोई भ्रम की स्थिति नहीं है। हाल में देश की सर्वोच्च अदालत ने पिता की संपत्ति के मामले में महत्त्वपूर्ण फैसला सुनाया है और स्थिति को एकदम स्पष्ट कर दिया है। सुप्रीम कोर्ट ने कहा है कि किसी व्यक्ति की बिना वसीयत के मौत हो जाने पर भी उसकी संपत्ति पर उसकी बेटी का बराबरी का अधिकार बनता है। अदालत के सामने सवाल था कि अगर मृत पिता की संपत्ति का कोई और कानूनी उत्तराधिकारी न हो और उसने अपनी वसीयत न बनवाई हो, तो संपत्ति पर बेटी का अधिकार होगा या नहीं? अदालत ने अपने फैसले में कहा कि अगर ऐसे व्यक्ति की संपत्ति खुद अर्जित की हुई है अथवा पारिवारिक संपत्ति में विभाजन के बाद प्राप्त की हुई है तो वह उत्तराधिकार के नियमों के तहत सौंपी जाएगी। ऐसे व्यक्ति की बेटी का उस संपत्ति पर अधिकार दूसरे उत्तराधिकारियों से पहले होगा। देश में जहाँ महिलाओं को विरासत के लिए बड़े पैमाने पर सामाजिक और कानूनी बाधाओं का सामना करना पड़ता है, यह एक अहम फैसला है। यह मुकदमा इसलिए भी महत्त्वपूर्ण था, क्योंकि संबंधित व्यक्ति मरप्पा गौंदर की मृत्यु 1949 में हो गई थी। उस वक्त तक हिंदू उत्तराधिकार अधिनियम नहीं बना था। यह अधिनियम 1956 में बना। इस फैसले में सुप्रीम कोर्ट ने स्पष्ट कर दिया कि फैसला ऐसे मामलों पर भी लागू होगा,

जिनमें संबंधित व्यक्ति की मृत्यु अधिनियम के बनने से पहले हो गई हो। हिंदू उत्तराधिकार अधिनियम, 1956 में बेटे और बेटी को बराबर का अधिकारी माना है। किसी भी संपत्ति में जितना अधिकार बेटे को मिलता है, उतना ही बेटी को मिलता है। बेटा यह दलील नहीं दे सकता है कि बेटी की शादी हो गई है, उसे इस आधार पर पिता की संपत्ति के अधिकार से वंचित नहीं किया जा सकता।

भारत का संविधान भी सभी महिलाओं को बिना किसी भेदभाव के समान अधिकार की गारंटी देता है। इसके अलावा संविधान में राज्यों को महिलाओं और बच्चों के हित में विशेष प्रावधान बनाए जाने का अधिकार भी दिया है, ताकि महिलाओं को उनका हक मिले, लेकिन इन सब बातों के बावजूद देश में महिलाओं की स्थिति अब भी मजबूत नहीं है। दरअसल, हमारी सामाजिक संरचना ऐसी है कि यह बात बच्चों के मन में बचपन से ही स्थापित कर दी जाती है कि लड़का, लड़की से बेहतर है। परिवार और समाज का मुखिया पुरुष है और महिलाओं को उसकी व्यवस्था का पालन करना है। यह सही है कि परिस्थितियों में भारी बदलाव आया है, लेकिन अब भी ऐसे परिवारों की संख्या कम है जिनमें बेटे और बेटी के बीच कोई भेदभाव न किया जाता हो। बाद में ये बातें सार्वजनिक जीवन में प्रकट होने लगती हैं। महिलाओं के सशक्तीकरण के लिए काम करने वाली संयुक्त राष्ट्र की संस्था यूएन वीमेन ने 'महिलाओं की प्रगति 2019-2020 : बदलती दुनिया में परिवार' विषय से एक रिपोर्ट तैयार की थी। रिपोर्ट में विश्व भर से आँकड़े एकत्र करके परिवारों की मौजूद परंपराओं, संस्कृति और मनोवृत्तियों का अध्ययन किया गया है। रिपोर्ट में कहा गया है कि दुनिया भर में महिलाओं के वजूद और अधिकारों को नकारने का चलन देखा जा रहा है। यह सब परिवार की संस्कृति और मूल्यों को बचाने के नाम पर किया जाता है। हर पाँच में से एक देश में लड़कियों को लड़कों के समान संपत्ति और विरासत के अधिकार नहीं हैं। लगभग 19 देशों में महिलाओं को अपने पति का आदेश मानने की कानूनी बाध्यता है। विकासशील देशों में लगभग एक-तिहाई विवाहित महिलाओं को अपने स्वास्थ्य के बारे में खुद निर्णय लेने का अधिकार नहीं है। हालाँकि एक सकारात्मक बात यह सामने आई कि दुनियाभर में विवाह की औसत उम्र कुछ बढ़ी है और बच्चों की जन्म दर कुछ कम हुई है। साथ ही कामकाजी दुनिया में मौजूदगी बढ़ी है और उनकी आर्थिक स्वायत्तता में थोड़ी बढ़ोतरी हुई है, लेकिन महिलाएँ पुरुषों के मुकाबले घरेलू कामकाज तीन गुना ज्यादा करती हैं और इसका उन्हें कोई श्रेय नहीं मिलता है।

अपने देश में गौर करें तो पाएँगे कि महिलाओं ने शिक्षा, कला-संस्कृति और कंप्यूटर तकनीक के क्षेत्र में सफलता के झंडे गाड़े हैं, लेकिन अब भी आर्थिक क्षेत्र में महिलाओं की भागीदारी के मामले में भारत दुनिया के अन्य देशों के मुकाबले बहुत पीछे

है। वजह स्पष्ट है कि उन्हें समान अवसर नहीं मिलते हैं। भारत सरकार के आँकड़ों के मुताबिक देश के कुल श्रम बल में महिलाओं की हिस्सेदारी केवल 25.5 फीसदी है। कुल कामकाजी महिलाओं में से लगभग 63 फीसदी खेतीबाड़ी के काम में लगी हैं। जब कॅरियर बनाने का समय आता है, उस समय अधिकांश लड़कियों की शादी हो जाती है। विश्व बैंक के आकलन के अनुसार भारत में महिलाओं की नौकरियाँ छोड़ने की दर बहुत अधिक है। यह पाया गया है कि एक बार किसी महिला ने नौकरी छोड़ी, तो ज्यादातर दोबारा नौकरी पर वापस नहीं लौटती हैं, जबकि पुरुषों के मामले में ऐसा नहीं है। कुछ अरसा पहले यूनेस्को ने ग्लोबल एजुकेशन मॉनिटरिंग रिपोर्ट जारी की थी, जिसमें बताया गया था कि दुनियाभर में स्कूली पुस्तकों में महिलाओं को कम स्थान दिया जाता है, साथ ही उन्हें कमतर पेशों में दिखाया जाता है। जैसे पुरुष डॉक्टर की भूमिका में दिखाए जाते हैं, तो महिलाएँ हमेशा नर्स के रूप में नजर आती हैं। साथ ही महिलाओं को हमेशा खाने, फैशन या मनोरंजन से जुड़े विषयों में ही दिखाया जाता है। कुछ वर्ष पहले राष्ट्रीय शैक्षिक अनुसंधान और प्रशिक्षण परिषद् के जेंडर स्टडीज विभाग ने भी एक रिपोर्ट जारी की थी, जिसने यह निष्कर्ष निकाला था कि पाठ्यपुस्तकों में महिलाओं को कमतर भूमिका में दिखाया जाता है, जबकि पुरुषों को नेतृत्व और फैसले लेने की भूमिका में रखा जाता है। आजादी मिले 75 साल हो गए और अब वक्त आ गया है कि हम अपनी सामाजिक व्यवस्था को सुधार लें। मेरा मानना है कि पहल की जिम्मेदारी माता-पिता की है। वे लड़के और लड़की में भेदभाव न करें। एक बड़ी चुनौती बेटियों की शिक्षा और आर्थिक स्वायत्तता की है। हालाँकि मौजूदा दौर में लोग अधिक समझदार हुए हैं, लेकिन अब भी ऐसे लोगों की कमी नहीं है, जो यह मानते हैं कि बेटी को ज्यादा पढ़ा-लिखा देने से शादी में दिक्कत हो सकती है। ऐसे लोगों की भी बड़ी संख्या है, जो बेटी के कॅरियर को ध्यान में रखकर नहीं पढ़ाते, बल्कि शादी को ध्यान में रखकर शिक्षा दिलवाते हैं। इस मानसिकता में बदलाव लाने की जरूरत है।

□

अर्थव्यवस्था को गति देने की चुनौती

कोई भी सरकार जब अपना बजट पेश करती है तो वह आर्थिक बहीखाते के साथ-साथ एक राजनीतिक संदेश भी देती है। कोरोना के कारण अर्थव्यवस्था पटरी से उतर गई है। साथ ही पाँच राज्यों में विधानसभा चुनाव हैं। किसान आंदोलन भले ही खत्म हो गया हो, लेकिन वे अब भी असंतुष्ट हैं। रेलवे में भरती को लेकर छात्र आंदोलनरत हैं। इस पृष्ठभूमि में वित्त मंत्री निर्मला सीतारमण मंगलवार, एक फरवरी को बजट पेश करने जा रही हैं। इससे पहले बजट की पहली कड़ी आर्थिक सर्वेक्षण पेश होगा, जो एक तरह से अर्थव्यवस्था का लेखा-जोखा होता है। आर्थिक सर्वेक्षण भारतीय अर्थव्यवस्था की समग्र तसवीर पेश करता है। सर्वे यह भी बताता है कि लघु, मध्यम और दीर्घ अवधि में अर्थव्यवस्था में किस तरह की संभावनाएँ मौजूद हैं। उम्मीद की जा रही है कि यह बजट 2022 में अर्थव्यवस्था को पटरी पर लाने में मददगार साबित होगा। कुछ समय पहले भारतीय अर्थव्यवस्था दुनिया में सबसे तेज गति से बढ़ने वाली अर्थव्यवस्थाओं में शामिल थी। कोरोना ने अर्थव्यवस्था को बुरी तरह प्रभावित किया। आज जीडीपी ऐतिहासिक संकुचन के दौर में है। अर्थव्यवस्था की इस सुस्ती से सभी चिंतित हैं। हालाँकि इस सुस्ती को सीमित अवधि का बताया जा रहा है। बजट में लोगों की निगाहें इसी पर लगी हैं कि सरकार अर्थव्यवस्था की इस सुस्ती को दूर कर कैसे गति प्रदान करती है। सबसे अहम इंफ्रास्ट्रक्चर में निवेश को माना जाता है। इस क्षेत्र में निवेश अर्थव्यवस्था को एक बार फिर गति प्रदान कर सकता है, लेकिन सबसे बड़ी चुनौती इंफ्रास्ट्रक्चर योजनाओं को धरातल पर उतारने की होती है। वर्षों से हम देखते आए हैं कि योजनाएँ तो बहुत अच्छी बनती हैं, लेकिन उनका कार्यान्वयन या तो होता नहीं है अथवा बहुत खराब तरीके से होता है।

पिछले दो वर्षों में लोगों की आमदनी में अभूतपूर्व गिरावट हुई है। नौकरियों में छँटनी का दौर चला है। कोरोना के दौरान लोगों ने खर्च पर नियंत्रण रखा। इसका असर माँग पर पड़ा है। देश में अभी माँग का संकट है। अगर करदाता की जेब में पैसे बचेंगे,

तो उसका फायदा बाजार और अर्थव्यवस्था को होगा। अगर यह रकम आम आदमी के खर्च के रूप में बाजार में जाएगी, तो निश्चय ही अर्थव्यवस्था को सहारा मिलेगा। ऐसी उम्मीद जताई जा रही है मध्य वर्ग के करदाताओं को टैक्स में कुछ छूट मिल सकती है। हालाँकि पिछले कई वर्षों से मध्य वर्ग यह आस लगाए है, लेकिन वह पूरी नहीं हुई है। एसोचैम ने वित्त मंत्री को जो सुझाव सौंपे हैं, उसमें भी यह माँग की गई है कि सरकार को आयकर दरों में कमी करनी चाहिए। माँग बढ़ाने के लिए सरकार ने आत्मनिर्भर 2.0 और आत्मनिर्भर 3.0 कार्यक्रम चलाए, लेकिन कोरोना का अर्थव्यवस्था पर असर इतना व्यापक था कि उनका कोई खास फायदा नजर नहीं आया।

एनडीटीवी के प्रणय राय ने उद्योग जगत् के लोगों से बजट के बारे में बात की थी। उसमें उद्योग जगत् की बजट से अपेक्षाएँ उभरकर सामने आई हैं। उद्योग जगत् किसी भी देश की अर्थव्यवस्था की धुरी होता है, इसलिए उनका पक्ष जानना बेहद जरूरी है। भारतीय उद्योग परिसंघ (सीआईआई) के अध्यक्ष टी.वी. नरेंद्रन ने कहा कि भारत को बुनियादी ढाँचे, विशेष रूप से चिकित्सा के बुनियादी ढाँचे में निवेश करना जारी रखना चाहिए। नरेंद्रन ने कहा कि सरकार को ऐसी योजनाओं की घोषणा करनी चाहिए, जिससे समाज के सबसे कम आय-वर्ग के लोगों की खपत बढ़ सके। उनका कहना था कि सामाजिक-आर्थिक पक्ष, स्वास्थ्य के बुनियादी ढाँचे और नौकरी की सुरक्षा पर मजबूत नीतियाँ होनी चाहिए। सीआईआई के मनोनीत अध्यक्ष संजीव बजाज ने कहा कि उद्योग जगत् विनिवेश कार्यक्रम को जारी रखना चाहता है। उन्होंने कहा कि एयर इंडिया की बिक्री मौजूदा सरकार की विनिवेश की प्रतिबद्धता पर मुहर लगाती है। सीआईआई के पूर्व प्रमुख विक्रम किर्लोस्कर ने कहा कि उद्योग को ऑटो क्षेत्र में और निवेश की उम्मीद है। उन्होंने कहा कि ऑटो सेक्टर के प्रोत्साहन में बहुत कुछ नहीं किया गया है। सीआईआई के महानिदेशक चंद्रजीत बनर्जी ने कहा कि वह ग्रामीण क्षेत्रों में माँग में बढ़ोतरी देखना चाहते हैं, जिसके लिए सरकार को मनरेगा जैसी योजनाओं के समर्थन को कम नहीं करना चाहिए।

माना जा रहा है कि बजट में स्वास्थ्य और कृषि क्षेत्र के लिए बड़ा आवंटन किया जा सकता है। देश को किसी भी महामारी से प्रभावी तरीके से निपटने के लिए स्वास्थ्य क्षेत्र के बुनियादी ढाँचे में तेजी लाने की आवश्यकता है। कम-से-कम देश के हर जिले के अस्पतालों में बुनियादी स्वास्थ्य सुविधाएँ उपलब्ध होनी चाहिए। आयुष्मान भारत योजना के साथ ही राष्ट्रीय स्वास्थ्य मिशन पर भी ध्यान देने की जरूरत है। यह हम सब जानते हैं कि देश में स्वास्थ्य सेवाओं का बड़ा हिस्सा निजी क्षेत्र उपलब्ध कराता है। उसे बढ़ावा देने के साथ-साथ उस पर नियंत्रण की भी जरूरत है। किसान आंदोलन और पाँच राज्यों में चुनावों की दृष्टि से ही सही, यदि किसानों को कुछ मदद मिल जाए, तो इसमें

कोई बुराई नहीं है, लेकिन किसानों की समस्याओं का दीर्घकालीन हल निकलना चाहिए। पिछले बजट में वित्त मंत्री ने किसानों के लिए कई घोषणाएँ की थीं। दो हेक्टेयर तक खेती करने वाले छोटे किसानों को सालाना 6,000 रुपए की मदद देने की घोषणा की गई थी। यह रकम 2-2 हजार रुपए की 3 तीन किस्तों में सीधे किसान के खाते में भेजी गई। इतना ही नहीं, उन्होंने असंगठित क्षेत्र के मजदूरों के लिए पेंशन योजना भी शुरू की। बजट में कहा गया था कि प्राकृतिक आपदा में किसानों को 2 फीसदी ब्याज में छूट दी जाएगी और समय से कर्ज लौटाने पर तीन फीसदी अतिरिक्त ब्याज माफ किया जाएगा, लेकिन किसानों को हर साल 6 हजार रुपए की मदद ज्यादा चर्चा में रही थी। प्रधानमंत्री नरेंद्र मोदी ने कहा था कि पहले किसान योजनाओं का लाभ केवल 2-3 करोड़ किसानों को मिलता था, लेकिन अब 12 करोड़ किसानों को मिलने लगा है। मेरा मानना है कि किसानों को मदद मिलनी ही चाहिए। अमरीका से लेकर यूरोप तक सभी देशों की सरकारें अपने किसानों का खयाल रखती हैं और सब्सिडी के माध्यम से किसानों की मदद करती हैं। पर यह तथ्य भी है कि आर्थिक सहायता किसानों को तात्कालिक मदद तो प्रदान कर सकती है, लेकिन किसानों की समस्याओं का दीर्घकालीन हल निकालने की जरूरत है। पिछले एक दशक से अपने देश के किसानों की स्थिति बहुत खराब रही है। उन्हें उनकी उपज का उचित मूल्य नहीं मिल पाता है। यह हर साल का दृश्य है कि टमाटर और अन्य सब्जियों के दाम इतने कम हो जाते हैं कि किसान उन्हें सड़कों पर फेंककर चले जाते हैं। किसानों की सबसे बड़ी समस्या फसल का उचित मूल्य है। किसान अपनी फसल में जितना लगाता है, उसका आधा भी नहीं निकलता है। यही वजह है कि आज किसान कर्ज में डूबा हुआ है। बैंक से ज्यादा किसानों पर साहूकारों का कर्ज है। यह सही है कि केंद्र सरकार ने न्यूनतम समर्थन मूल्य में दो गुना से अधिक की वृद्धि की है, लेकिन मौजूदा समय में खेती में लागत खासी बढ़ गई है। दूसरे, कुछ व्यावहारिक समस्याएँ भी हैं जैसे सरकारें बहुत देर से फसल की खरीद शुरू करती हैं, तब तक किसान आढ़तियों को फसल बेच चुके होते हैं। कृषि भूमि के मालिकाना हक को लेकर भी विवाद पुराना है। जमीनों का एक बड़ा हिस्सा बड़े किसानों, महाजनों और साहूकारों के पास है, जिस पर छोटे किसान काम करते हैं। ऐसे में अगर फसल अच्छी नहीं होती है तो छोटे किसान कर्ज में डूब जाते हैं। अगर आप गौर करें तो पाएँगे कि विकास की दौड़ में हमारे गाँव लगातार पिछड़ते जा रहे हैं। आजादी को 75 साल हो गए, लेकिन गाँवों में बुनियादी सुविधाओं का नितांत अभाव है। विकास की प्राथमिकता के केंद्र में गाँव भी होने चाहिए। □

राजनीति का बढ़ता अपराधीकरण

संसद् और विधानसभाएँ लोकतांत्रिक व्यवस्था का आधार स्तंभ हैं। संविधान निर्माताओं ने ऐसी परिकल्पना की थी कि संसद् व विधानसभाओं के माध्यम से कानून बनेंगे और उनके द्वारा जनता की अपेक्षाओं को पूरा किया जाएगा। सदन सार्थक चर्चा और जनता की समस्याओं के निराकरण का मंच भी हैं। संविधान निर्माताओं ने उम्मीद की थी कि जो जनप्रतिनिधि चुनकर सदन पहुँचेंगे, वे शुचिता और आचरण में आदर्श नागरिक होंगे। वे सदन की गरिमा बनाए रखेंगे और देश व समाज के हित के मुद्दों को जोर-शोर से उठाएँगे, लेकिन ऐसा देखने में नहीं आ रहा है। यह गंभीर चिंता का विषय है कि सदन में अमर्यादित आचरण और शब्दों का इस्तेमाल बढ़ता जा रहा है। विधानसभा में मारपीट तक की घटनाएँ घटित होने लगी हैं। यह बात भी कोई छुपी हुई नहीं है कि भारत में प्रशासनिक कामकाज में भारी राजनीतिक हस्तक्षेप होता है। जब भी किसी पहुँचवाले शख्स को पुलिस पकड़कर ले जाती है, तो उसे छुड़वाने के लिए स्थानीय रसूखदार नेताओं के फोन आ जाते हैं। जब अपराधी खुद राजनीति में आ जाते हैं, तो मुश्किलें और बढ़ जाती हैं। सुप्रीम कोर्ट के हस्तक्षेप के बावजूद बाहुबलियों को लोकतांत्रिक प्रक्रिया से बाहर रखने में सफलता हासिल नहीं हुई है।

हाल में देश की सर्वोच्च अदालत में पेश एक रिपोर्ट में कहा गया कि संसद् और विधानसभाओं में दागी सदस्यों की संख्या बढ़ती जा रही है। सुप्रीम कोर्ट द्वारा नियुक्त न्यायमित्र (एमिकस क्यूरी) वरिष्ठ अधिवक्ता विजय हंसारिया ने अपनी प्रस्तुत रिपोर्ट में कहा है कि सांसदों, विधायकों और विधान परिषद् सदस्यों के खिलाफ कुल 4,984 मामले लंबित हैं, जिनमें से 1,899 मामले पाँच वर्ष से अधिक पुराने हैं। दिसंबर 2018 में लंबित मामलों की कुल संख्या 4,110 थी, जो अक्तूबर 2020 में बढ़कर 4859 हो गई। दिसंबर 2018 के बाद 2775 मामलों के निष्पादन के बावजूद सांसदों एवं विधायकों के खिलाफ मामले बढ़ गए हैं। यह तो तब है जब सुप्रीम कोर्ट ने इस विषय में लगातार निर्देश दिए हैं और वह निरंतर इन मामलों की निगरानी कर रहा है। रिपोर्ट में कहा गया है

कि इनमें से कुछ मामले तीन दशक से अधिक समय से लंबित हैं। 2,324 मामले मौजूदा विधायकों के खिलाफ हैं और 1,675 मामले पूर्व विधायकों के खिलाफ हैं। यहाँ तक कि 1,991 मामलों में तो अभी तक आरोप भी तय नहीं किए जा सके हैं। उच्च न्यायालयों के स्टे के कारण 264 मामले लंबित पड़े हुए हैं। रिपोर्ट के अनुसार उत्तर प्रदेश में 1 दिसंबर, 2021 तक 1,339 मामले लंबित थे। जबकि दिसंबर 2018 में यहाँ 992 मामले लंबित थे और अक्तूबर 2020 में इन मामलों की संख्या 1,374 थी। तथ्यों से पता चलता है कि अक्तूबर 2020 और 1 दिसंबर, 2021 के बीच कुछ मामलों का निपटारा किया गया है। 4 दिसंबर, 2018 से देखें तो यूपी के 435 मामलों का निपटारा किया गया, जिसमें सत्र न्यायालय द्वारा 364 और मजिस्ट्रेटों द्वारा 71 मामलों का निपटारा किया गया है। रिपोर्ट के अनुसार बिहार में दिसंबर 2018 में 304 मामले लंबित थे, जो अक्तूबर 2020 में बढ़कर 557 और फिर दिसंबर 2021 में 571 हो गए। कुल 571 मामलों में से 341 मामले मजिस्ट्रेट अदालतों में और 68 मामले सत्र न्यायाधीशों के समक्ष लंबित हैं। 2018 में सुप्रीम कोर्ट ने सांसदों और विधायकों के खिलाफ मामलों की सुनवाई में तेजी लाने के लिए विशेष अदालतें गठित करने का निर्देश दिया था। इस विषय में केंद्र सरकार से जाँच में देरी के कारणों की जाँच के लिए एक निगरानी समिति गठित करने को भी कहा गया था। रिपोर्ट में कहा गया है कि आपराधिक पृष्ठभूमि वाले अनेक लोग संसद् और राज्य विधानसभाओं में पहुँच रहे हैं। यह बेहद जरूरी है कि इस संबंध में तत्काल कड़े कदम उठाए जाएँ। इसमें लंबित आपराधिक मामलों का त्वरित निस्तारण किया जाना सबसे महत्त्वपूर्ण है। न्याय मित्र विजय हंसारिया ने कहा कि उच्च न्यायालयों द्वारा दाखिल स्थिति रिपोर्ट से भी स्पष्ट होता है कि कुछ राज्यों में विशेष अदालतें गठित की गई हैं, जबकि अन्य में संबद्ध क्षेत्राधिकार की अदालतें समय-समय पर जारी निर्देशों के तहत सुनवाई कर रही हैं। विशेष क्षेत्राधिकार वाली ये अदालतें सांसदों व विधायकों के खिलाफ मामलों की सुनवाई के साथ-साथ अन्य दायित्वों का भी निर्वहन कर रही हैं। कई राज्यों में ये अदालतें अनुसूचित जाति व अनुसूचित जनजाति अधिनियम, पॉक्सो अधिनियम आदि जैसे विभिन्न विधानों के तहत मामलों की सुनवाई भी कर रही हैं। रिपोर्ट में कहा गया है कि जाँच में देरी के कारणों का मूल्यांकन करने के लिए एक निगरानी समिति के गठन के संबंध में पिछले साल अगस्त में अदालत के आदेश के बाद भी इस मामले में कोई प्रगति नहीं हुई है।

पूर्व मुख्य चुनाव आयुक्त एस.वाई. कुरैशी ने हाल में एक लेख में कहा है कि भारतीय राजनीतिक व्यवस्था की शुचिता और स्वच्छता पर खतरा लगातार गहराता जा रहा है। उनका कहना था कि कभी सार्वजनिक जीवन में बेदाग लोगों की वकालत की जाती थी, लेकिन अब यह आम धारणा है कि राजनेता और अपराधी एक-दूसरे के

पर्याय हो चले हैं। उत्तर प्रदेश में विधानसभा चुनाव पूरे जोरों पर है। जानी-मानी संस्था इलेक्शन वॉच एसोसिएशन फॉर डेमोक्रेटिक रिफॉर्म्स (एडीआर) ने यूपी विधानसभा चुनाव 2022 के पहले चरण में चुनाव लड़ने वाले 623 में से 615 उम्मीदवारों के शपथ-पत्रों का विश्लेषण किया है। ये उम्मीदवार पहले चरण के 58 निर्वाचन क्षेत्रों से चुनाव लड़ रहे हैं। 615 उम्मीदवारों में से 156 ने अपने ऊपर आपराधिक मामले घोषित किए हैं। इसका अर्थ है कि 20 फीसदी उम्मीदवारों पर गंभीर आपराधिक मामले चल रहे हैं। इनमें से 12 लोगों पर महिलाओं से संबंधित आपराधिक मामले चल रहे हैं। एक उम्मीदवार के ऊपर बलात्कार का मामला भी है। अपने ऊपर हत्या से संबंधित मामले घोषित करने वाले उम्मीदवारों की संख्या 6 है। हत्या के प्रयास से संबंधित मामले घोषित करने वाले उम्मीदवार 30 हैं। पहले फेज के चुनाव में 615 प्रत्याशियों में 280 करोड़पति हैं। शैक्षणिक योग्यता की बात करें तो 39 फीसदी उम्मीदवारों ने अपनी शैक्षिक योग्यता 5वीं से 12वीं के बीच घोषित की है, जबकि 49 फीसदी उम्मीदवारों ने अपनी शैक्षणिक योग्यता स्नातक और इससे ज्यादा घोषित की है।

इसमें कोई दोराय नहीं है कि विभिन्न सदनों में देश व राज्य हित से जुड़े मुद्दों पर अपेक्षा के अनुरूप चर्चा नहीं हो पा रही है। एक दौर था जब संसद् में विभिन्न विषयों पर लंबी गंभीर बहसें होती थीं। यह बहुत पुरानी बात नहीं है, लेकिन अब उनका अभाव साफ नजर आता है। विधानसभाओं की स्थिति तो और खराब है। विधानसभाओं के सत्र लगातार छोटे होते जा रहे हैं। कई बार होता यह है कि पूरा-का-पूरा सत्र हंगामे की भेंट चढ़ गया और कोई विधायी कार्य नहीं हो पाया। सबसे चिंताजनक पहलू यह है कि विधेयक बिना किसी बहस और हस्तक्षेप के पारित हो जाते हैं। अनेक बार सांसद व विधायक सदन के विधायी नियमों का या तो पालन नहीं करते और बहुत से अवसरों पर उन्हें इसकी जानकारी ही नहीं होती है। हालाँकि हर सत्र से पहले सरकार और विभिन्न दलों के बीच संसदीय मर्यादा के पालन पर सहमति बनती है, लेकिन होता इसके उलट है। यह बैठक तो जैसे एक तरह की रस्म बनकर रह गई है, उसका पालन कोई पक्ष नहीं करता है। यह सब लोकतंत्र के लिए शुभ संकेत नहीं है।

□

पुस्तकों से अब मुलाकात नहीं होती

पुरानी कहावत है कि पुस्तकें ही आदमी की सच्ची दोस्त होती हैं, लेकिन अब दोस्ती के रिश्ते में दरार आ गई है। पठन-पाठन में इस कमी को देखते हुए कई बड़े शहरों में पुस्तक मेले और साहित्य उत्सव आयोजित किए जाते हैं ताकि लोगों की पुस्तकों के प्रति दिलचस्पी बनाई रखी जा सके, लेकिन ये प्रयास भी बहुत कारगर साबित नहीं हो पा रहे हैं। पिछले दिनों राँची में 'प्रभात खबर' ने भी टाटा समूह के साथ एक ऐसे ही साहित्य उत्सव का आयोजन किया था, लेकिन इसके प्रति लोगों में कोई खास उत्साह नजर नहीं आया। हम भी चाहते हैं कि साहित्य उत्सव के माध्यम से पठन-पाठन को बढ़ावा मिले। यह सर्वविदित है कि साहित्य में एक जीवन-दर्शन होता है और यह सृजन का महत्त्वपूर्ण हिस्सा है। साहित्य की समाज में एक छोटी मगर महत्त्वपूर्ण भूमिका है। इसे पढ़े-लिखे अथवा प्रबुद्ध लोगों की दुनिया भी कह सकते हैं। आजादी की लड़ाई हो या जन आंदोलन, सबमें साहित्य और पुस्तकों ने महत्त्वपूर्ण भूमिका निभाई है। साहित्य की विभिन्न विधाओं ने समाज का मार्गदर्शन किया है और समाज के यथार्थ को प्रस्तुत किया है। बावजूद इसके मौजूदा दौर में पुस्तकों को अस्तित्व के लिए संघर्ष करना पड़ रहा है। टेक्नोलॉजी के विस्तार ने पुस्तकों के सामने गंभीर चुनौती पेश की है।

हम सभी जानते हैं कि एक अच्छे पुस्तकालय के बिना ज्ञान अर्जित करना मुश्किल है। पुस्तकालयों में ही ऐसी दुर्लभ पुस्तकें मिलती हैं, जो आमतौर पर उपलब्ध नहीं होती हैं। अपने आसपास देख लीजिए, जो अच्छे पुस्तकालय थे, वे बंद हो रहे हैं। यदि चल भी रहे हैं तो उनकी स्थिति खस्ता है। यह बहुत पुरानी बात नहीं, जब लोग निजी तौर पर भी पुस्तकें रखते थे और इसको लेकर लोगों में एक गर्व का भाव होता था कि उनके पास इतनी बड़ी संख्या में पुस्तकों का संग्रह है, लेकिन हम ऐसी संस्कृति नहीं विकसित कर पाए हैं। पहले हिंदी पट्टी के छोटे-बड़े सभी शहरों में

साहित्यिक पत्रिकाएँ और पुस्तक आसानी से उपलब्ध हो जाती थीं। लोग उन्हें पढ़ते भी थे, लेकिन परिस्थितियाँ बदली हैं। हिंदी के जाने-माने लेखकों की भी पुस्तकें आपको आसानी से नहीं मिलेंगी। छोटे शहरों में तो यह समस्या और गंभीर है। हिंदीभाषी क्षेत्रों की समस्या यह रही है कि वे किताबी संस्कृति को विकसित नहीं कर पाए हैं। नई मॉल संस्कृति में हम पुस्तकों के लिए कोई स्थान नहीं निकाल पाए हैं। आप अपने आसपास के मॉल पर नजर डालिए, आपको एक भी पुस्तकों की दुकान नजर नहीं आएगी।

पिछले दिनों बिहार विधानसभा ने एक इतिहास रचा। भाकपा-माले के विधायक व बिहार विधानसभा पुस्तकालय समिति के सभापति सुदामा प्रसाद के नेतृत्व में विधानसभा के इतिहास में पहली बार पुस्तकालयों के बारे में एक प्रतिवेदन पेश किया गया। सुदामा प्रसाद का कहना था, यह संभवतः देश में भी पहला प्रतिवेदन है। यह प्रतिवेदन बिहार के 51 सार्वजनिक क्षेत्र के पुस्तकालयों को लेकर तैयार किया गया है, जिसमें पुस्तकों व आधारभूत संरचनाओं की गहरी जाँच-पड़ताल की गई है। पुस्तकालय समिति ने राज्य के 6 जिलों—कैमूर, अरवल, शिवहर, बाँका, शेखपुरा व किशनगंज में एक भी पुस्तकालय नहीं पाया। समिति ने पाया कि बाकी 32 जिलों में जो 51 पुस्तकालय हैं, उनमें से अधिकांश पुस्तकालयों की स्थिति बेहद खराब है। आधारभूत संरचनाएँ ध्वस्त हैं। पुस्तकों का अभाव है। कुरसी-टेबल, फर्नीचर और पढ़ने की जगह आदि का घोर अभाव है। लाइब्रेरियन की किल्लत है। शौचालय आदि जैसी बुनियादी सुविधाओं की कमी है। समिति ने पुस्तकालयों की स्थिति में सुधार लाने के लिए अपनी अनुशंसाएँ विधानसभा के पटल पर रखी हैं।

पोखरण का नाम आते ही हमारे दिमाग में भारत के परमाणु बम परीक्षण का दृश्य सामने आ जाता है, लेकिन बहुत कम लोगों को पता होगा कि राजस्थान के जैसलमेर जिले के कस्बे पोखरण में एशिया का सबसे बड़ा पुस्तकालय भी है, लेकिन न तो लोगों को इसकी जानकारी और न ही वे इस सुविधा का लाभ उठा पा रहे हैं। सन् 1981 में जगदंबा सेवा समिति के संस्थापक व क्षेत्र के प्रसिद्ध संत हरवंश सिंह निर्मल, जिन्हें भादरिया महाराज के नाम से जाना जाता है। उन्होंने भादरिया मंदिर के और विशाल धर्मशाला के साथ-साथ एक विशाल पुस्तकालय की भी नींव रखी थी। यही पुस्तकालय आज एशिया के सबसे बड़े पुस्तकालयों में से एक है। यहाँ वर्तमान में हर विषय से संबंधित पुस्तकें उपलब्ध हैं। इस पुस्तकालय में विश्व के कुल 11 धर्मों में से सात धर्मों का संपूर्ण साहित्य उपलब्ध है। समिति की ओर से यहाँ पुस्तकों की देखरेख व संरक्षण के लिए करीब 562 अलमारियाँ बनाई गई हैं, जिनमें लाखों पुस्तकें रखी गई हैं। इसी तरह दुर्लभ साहित्य की माइक्रो सीडी बनाने व उन्हें रखने के

लिए यहाँ पर अठारह कमरों का भी निर्माण करवाया गया है। पुस्तकालय में अध्ययन के लिए अलग से एक विशाल हॉल का निर्माण करवाया गया है जिसमें चार हजार लोग एक साथ बैठ सकते हैं। पता नहीं इसमें कितनी सचाई है, लेकिन सोशल मीडिया की खबरों के मुताबिक यह पुस्तकालय अपने अस्तित्व के लिए संघर्ष कर रहा है।

ऐसा नहीं है कि कुछ एक बुद्धिजीवी ही पठन-पाठन को लेकर चिंतित हों। इस दिशा में समाज के विभिन्न तबके के लोगों ने अनूठी पहल की है। सैलून में अमूमन मॉडल के पोस्टर, टीवी और गानों के अलावा एक अखबार भी उपलब्ध होता है, लेकिन पिछले दिनों सोशल मीडिया के माध्यम से खबर मिली कि तमिलनाडु के एक सैलून में टीवी, पोस्टर और गानों के शोरगुल के बजाय एक छोटी सी लाइब्रेरी खोल रखी है। आईएएस अधिकारी अवनीश शरण ने उनकी दुकान की फोटो शेयर की और बताया कि अगर कोई ग्राहक इस सैलून में पुस्तकें पढ़ता है, तो उसे बाल कटवाने पर डिस्काउंट मिलता है। महाराष्ट्र के सतारा जिले में खाटव तहसील के 67 वर्षीय निवासी जीवन इंगले ने आसपास के क्षेत्रों में लोगों के बीच पुस्तकें पढ़ने की आदत डालने का अभियान चला रखा है। इसके लिए वह अपनी साइकिल पर एक पुस्तकालय बनाकर लोगों को पुस्तकें बाँटते हैं। महात्मा गांधी के अनुयायी इंगले ने 12 साल पहले यह पहल शुरू की थी और अब उनका चलता-फिरता पुस्तकालय क्षेत्र में काफी लोकप्रिय हो गया है। इंगले का कहना है कि उन्होंने केवल 11वीं कक्षा तक ही पढ़ाई की है, लेकिन उन्हें सदा ही पढ़ने का शौक रहा है। उन्होंने गांधी साहित्य और साने गुरुजी (मराठी लेखक एवं स्वतंत्रता सेनानी) ने प्रेरित किया। इसके बाद उन्होंने चलते-फिरते पुस्तकालय के बारे में फैसला किया। मध्य प्रदेश के सिंगरौली जिले के हर्रई शासकीय उच्चतर माध्यमिक स्कूल में उषा दुबे शिक्षिका हैं। कोरोनाकाल में उन्होंने बच्चों की पढ़ाई के लिए खुद की स्कूटी में चलता-फिरता पुस्तकालय बनाया और बच्चों को शिक्षित करने का अपना अभियान शुरू कर दिया। अपनी स्कूटी पर बनाए चलते-फिरते इस पुस्तकालय के जरिए वह बच्चों को जागरूक कर रही हैं। अपनी स्कूटीवाले पुस्तकालय में अंग्रेजी, हिंदी, विज्ञान सहित कहानियों की पुस्तक लेकर उषा बच्चों के मोहल्ले में पहुँचती हैं। बच्चे भी उनका इंतजार करते रहते हैं। प्रधानमंत्री नरेंद्र मोदी ने उनका जिक्र 'मन की बात' में किया और उनका अनुसरण करने की बात भी कही। कुछ समय पहले प्रधानमंत्री नरेंद्र मोदी ने लोगों से अपील की थी कि लोग भेंट में एक-दूसरे को पुस्तकें दें, लेकिन लोगों ने इस बेहतरीन सुझाव का कुछ समय तो अनुसरण किया, उसके बाद इसे भुला दिया।

और अंत में जाने-माने रंगकर्मी सफदर हाशमी की कविता की कुछ लाइनें—

पुस्तकें करती हैं बातें
बीते जमानों की, दुनिया की, इनसानों की
आज की, कल की, एक-एक पल की
खुशियों की, गमों की, फूलों की, बमों की
जीत की, हार की, प्यार की, मार की
क्या तुम नहीं सुनोगे, इन पुस्तकों की बातें
पुस्तकें कुछ कहना चाहती हैं,
तुम्हारे पास रहना चाहती हैं।

□

हिंदी विरोध की राजनीति से कब मुक्त होंगे

देश में एक बार फिर से हिंदी को लेकर बहस छिड़ गई है। केंद्रीय गृह मंत्री अमित शाह ने कहा है कि राजभाषा को देश की एकता का एक महत्त्वपूर्ण अंग बनाने का समय आ गया है। जब अन्य भाषा बोलने वाले राज्यों के लोग आपस में संवाद करते हैं, तो यह भारत की भाषा में होना चाहिए, न कि अंग्रेजी में। अमित शाह ने कहा कि हिंदी को अंग्रेजी के विकल्प के रूप में स्वीकार किया जाना चाहिए। संसदीय राजभाषा समिति की बैठक की अध्यक्षता करते हुए गृह मंत्री अमित शाह ने कहा कि अब समय आ गया है कि राजभाषा हिंदी को देश की एकता का अहम हिस्सा बनाया जाए। साथ ही अमित शाह ने हिंदीभाषियों को भी संदेश दिया और कहा कि जब तक हम अन्य स्थानीय भाषाओं के शब्दों को स्वीकार करके हिंदी को सर्वग्राही नहीं बनाते हैं तब तक इसका प्रचार-प्रसार नहीं किया जा सकेगा। गृह मंत्री ने राजभाषा समिति को सुझाव दिया कि अब समय आ गया है कि हिंदी शब्दकोश को संशोधित और परिमार्जित किया जाए। उन्होंने जानकारी दी कि केंद्रीय कैबिनेट का 70 फीसदी मसौदा अब हिंदी में तैयार किया जाता है। साथ ही उन्होंने कहा कि पूर्वोत्तर के आठ राज्यों में 22 हजार हिंदी शिक्षकों की भरती की गई है और नौ आदिवासी समुदायों ने भी अपनी बोलियों की लिपियों को बदल दिया है।

गृह मंत्री अमित शाह का हिंदी को लेकर दिया गया सुझाव विपक्षी नेताओं को पसंद नहीं आया। विपक्षी नेताओं ने अमित शाह के बयान की तीखी आलोचना की और इसे भारत के बहुलवाद पर हमला बताया और कहा कि वे हिंदी साम्राज्यवाद को लागू करने के कदम को विफल कर देंगे। मुख्य विपक्षी दल कांग्रेस ने शाह पर हिंदी थोपने का प्रयास करने का आरोप लगाया। कांग्रेस नेता जयराम रमेश ने ट्वीट किया कि हिंदी राजभाषा है, न कि राष्ट्रभाषा, जैसा कि राजनाथ सिंह ने संसद् में गृह मंत्री रहते हुए कहा था। कर्नाटक के पूर्व मुख्यमंत्री और कांग्रेस के नेता सिद्धारमैया ने ट्वीट किया कि एक कन्नड़ के रूप में वह आधिकारिक भाषा को लेकर गृह मंत्री अमित शाह की टिप्पणी

का कड़ा विरोध करते हैं। हिंदी हमारी राष्ट्रभाषा नहीं है और हम इसे कभी नहीं होने देंगे। उन्होंने भाजपा पर गैर-हिंदी भाषी राज्यों के खिलाफ 'सांस्कृतिक आतंकवाद' के अपने एजेंडे को शुरू करने की कोशिश करने का आरोप लगाया। जैसी कि उम्मीद थी, तमिलनाडु से इसके विरोध में तीखी प्रतिक्रिया आई। तमिलनाडु के मुख्यमंत्री एम.के. स्टालिन ने कहा कि हिंदी पर अमित शाह का जोर भारत की अखंडता और बहुलवाद के खिलाफ है। यह देश की अखंडता को बरबाद कर देगा। उन्होंने ट्वीट किया, क्या अमित शाह सोचते हैं कि हिंदी राज्य पर्याप्त है और भारतीय राज्यों की आवश्यकता नहीं है? आप बार-बार वही गलती कर रहे हैं। हालाँकि, आप सफल नहीं होंगे। तृणमूल कांग्रेस ने कहा कि हम हिंदी का सम्मान करते हैं, लेकिन हम हिंदी थोपने का विरोध करते हैं। भाजपा की केंद्र सरकार द्वारा गैर-हिंदीभाषी राज्यों पर हिंदी थोपने के किसी भी प्रयास का विरोध किया जाएगा। तृणमूल के वरिष्ठ नेता सौगत राय ने कहा कि भारत के पहले प्रधानमंत्री जवाहरलाल नेहरू ने भी कहा था कि गैर-हिंदीभाषी राज्यों पर हिंदी तब तक नहीं थोपी जाएगी, जब तक वे इसे स्वीकार करने को तैयार नहीं होंगे।

गृह मंत्री अमित शाह जिस तरह हिंदी के पक्ष में खड़े हुए हैं, हिंदीभाषियों को राजनीति से ऊपर उठकर उनका भरपूर समर्थन करना चाहिए। यह सही है कि भारत अनेक भाषाओं का देश है और हर किसी का अपना महत्त्व है और हम सबको उनका आदर करना चाहिए, लेकिन पूरे देश में एक भाषा का होना बेहद जरूरी है, जो दुनिया में उसकी पहचान बने। हिंदी भारत के लगभग 40 फीसदी लोगों की मातृभाषा है। अंग्रेजी, मंदारिन और स्पेनिश के बाद हिंदी दुनियाभर में बोली जाने वाली चौथी सबसे बड़ी भाषा है, लेकिन यह राष्ट्रभाषा नहीं है। इसे राजभाषा का दर्जा मिला हुआ है। राजभाषा वह भाषा होती है, जिसमें सरकारी कामकाज किया जाता है। आप-हम सब जानते हैं कि नौकरशाहों की भाषा अंग्रेजी है। राजकाज की भाषा हिंदी होते हुए भी हिंदीभाषी राज्यों में भी ज्यादातर सरकारी कामकाज अंग्रेजी में ही होता है। यदि हिंदी को जन-जन की भाषा बनाना है, तो उस पर सार्थक विमर्श करना होगा। सबसे पहले तो हिंदी पट्टी के लोगों को ही अपनी भाषा पर गर्व का भाव होना चाहिए। यह जान लीजिए, सरकारी प्रयासों से तो हिंदी का भला होने वाला नहीं है। मेरा मानना है कि हमारे कथित हिंदीप्रेमियों और सरकारी हिंदी ने हिंदी को भारी नुकसान पहुँचाया है। आम बोलचाल की हिंदी के स्थान पर संस्कृतनिष्ठ हिंदी का दुराग्रह आप करेंगे, तो आप हिंदी को ही नुकसान पहुँचाएँगे। अंग्रेजी भाषा में ऑक्सफर्ड डिक्शनरी हर साल यह घोषित करती है कि वे अंग्रेजी में विभिन्न भाषाओं से कौन-कौन से शब्द शामिल कर रहे हैं। हिंदी के लूट से लेकर गुरु शब्द तक आज अंग्रेजी भाषा का हिस्सा हैं। इससे भाषा समृद्ध होती है, कमजोर नहीं होती है। मैं इस बात से पूरी तरह सहमत हूँ कि अगर हिंदी का ऐसा शब्द उपलब्ध है जिससे

बात स्पष्ट हो जाती है, तो बेवजह अंग्रेजी का शब्द इस्तेमाल करना उचित नहीं है। हिंदी में अद्‌भुत माधुर्य है। मुहावरे और लोकोक्तियाँ उसे और समृद्ध करते हैं। उदाहरण के तौर पर जैसे हिंदी को मान लिया गया है कि यह घर की मुरगी है, दाल बराबर है। फिर भी हम अंग्रेजी का दुराग्रह पाले हुए हैं। अपने बच्चों से हिंदी के साहित्यकारों का नाम पूछकर देख लीजिए। मेरा दावा है कि 90 फीसदी नहीं बता पाएँगे और जो बाकी 10 फीसदी होंगे, उनमें से अधिकांश प्रेमचंद से आगे नहीं बढ़ पाएँगे। इसमें उनका दोष नहीं है। हमने उन्हें अपनी भाषा पर गर्व करना नहीं सिखाया है, उनका सही मार्गदर्शन नहीं किया है।

यह हम सब जानते हैं कि तमिलनाडु का हिंदी से बैर पुराना है। इसमें अनेक लोगों की जानें तक जा चुकी हैं। तमिलनाडु के नेता त्रिभाषा फॉर्मूले के तहत हिंदी को स्वीकार करने को भी तैयार नहीं रहे हैं। वे हिंदी का जिक्र भर कर देने से नाराज हो जाते हैं। तमिल राजनीति में हिंदी का विरोध 1937 के दौरान शुरू हुआ था और देश की आजादी के बाद भी जारी रहा। सी. राजगोपालाचारी ने स्कूलों में हिंदी को अनिवार्य बनाने का सुझाव दिया, तब भी भारी विरोध हुआ था। तमिलनाडु के पहले मुख्यमंत्री अन्ना दुरई ने तो हिंदी नामों के साइन बोर्ड हटाने को लेकर एक आंदोलन ही छेड़ दिया था। इस आंदोलन में डीएमके नेता और तमिलनाडु के कई बार मुख्यमंत्री रहे दिवंगत एम. करुणानिधि भी शामिल रहे थे। यह तर्क समझ से परे है कि हिंदी सीखने से तमिल भाषा समाप्त हो जाएगी, लेकिन यह बात भी सही है कि उत्तर भारत के लोगों ने दक्षिण भारतीयों को जानने-समझने की बहुत कोशिश नहीं की है। जब से आईटी की पढ़ाई और नौकरी के लिए हिंदीभाषी राज्यों के हजारों बच्चे और कामगार दक्षिण जाने लगे तब से उनकी दक्षिणी राज्यों की जानकारी बढ़ी है। अन्यथा सभी दक्षिण भारतीय मद्रासी कहे जाते थे। आंध्र, कर्नाटक, तमिलनाडु और केरल का भेद और उनकी भाषाओं की जानकारी अधिकांश हिंदीभाषियों को नहीं थी। मैंने पाया कि अब भी जो हिंदीभाषी लोग दक्षिणी राज्यों में रहते हैं, उनमें उस राज्य की भाषा सीखने की कोई ललक नजर नहीं आती है। चूँकि देश की राजनीति अधिकांश: उत्तर भारत के राज्यों से संचालित होती है, इसलिए उनमें अपने आपके लिए एक श्रेष्ठता का भाव है। हिंदीभाषियों के लिए भी संदेश है कि अपनी भाषा पर गर्व करिए और सर्वग्राही बनिए।

☐

देश में जनसंख्या की थमती रफ्तार

दुनिया की सबसे बड़ी चुनौती बढ़ती जनसंख्या है। कुछ समय पहले संयुक्त राष्ट्र ने जनसंख्या को लेकर एक रिपोर्ट जारी की थी, जिसमें बताया गया था कि दुनिया की आबादी बढ़कर 7.7 अरब हो गई है, जबकि 2018 में यह आबादी 7.6 अरब थी। पिछले एक दशक में अपने देश की जनसंख्या में भी काफी तेजी से बढ़ोतरी हुई है। इसमें भी कोई शक नहीं है कि अपने देश में भी एक बड़ी चुनौती है। इसे ऐसे भी कह सकते हैं कि देश के विकास की राह में यह सबसे बड़ी बाधा है। जिस तेजी से हमारे देश की जनसंख्या बढ़ रही है, उतनी तेजी से संसाधनों का विकास संभव नहीं है, लेकिन हाल में राष्ट्रीय परिवार स्वास्थ्य सर्वेक्षण द्वारा जारी आँकड़े राहत देने वाले हैं। राष्ट्रीय परिवार स्वास्थ्य सर्वे की रिपोर्ट बताती है कि देश की कुल प्रजनन दर में कमी आई है और यह 2.2 से घटकर 2.0 हो गई है। इसे प्रति महिला से होने वाले बच्चों की औसत संख्या के रूप में मापा जाता है और उसमें गिरावट दर्ज की गई है। उल्लेखनीय है कि मुसलिम समुदाय में भी प्रजनन दर गिरकर 2.36 आ गई है। सर्वे के अनुसार सबसे तेज गिरावट इसी समुदाय में आई है। यह बात इसलिए महत्त्वपूर्ण है, क्योंकि इस विषय को राजनीतिक मुद्दे के रूप में जब-तब इस्तेमाल किया जाता है।

रिपोर्ट के अनुसार देश में गर्भनिरोधक उपायों को लेकर भी जागरूकता बढ़ी है। जनसंख्या नियंत्रण की दृष्टि से इन आँकड़ों को उत्साहजनक माना जा सकता है। जनसंख्या में बढ़ोतरी की रफ्तार को संतुलित बनाए रखने के लिए प्रति महिला औसत जन्म दर 2.1 होनी चाहिए। प्रति महिला औसत जन्म दर के 2 तक आ जाने का अर्थ है कि देश की जनसंख्या जितनी है, उतनी बनी रहने के लिए भी जरूरी जन्म दर नहीं रही। इसका नतीजा यह होगा कि कुछ वर्षों में हमारी आबादी में युवाओं का अनुपात कम होने लगेगा। इसे औसत उम्र की दृष्टि से देखें, तो भारत में अभी औसत उम्र 28 वर्ष है, जो 2026 तक बढ़कर 30 वर्ष और 2036 तक 35 वर्ष हो जाएगी। राष्ट्रीय परिवार स्वास्थ्य सर्वेक्षण सर्वे में देश के 28 राज्यों और 8 केंद्र शासित प्रदेशों के 707 जिलों से लगभग

6.37 लाख परिवारों से सैंपल लिये गए। इस सर्वे में 7.24 लाख महिलाओं और 1.01 लाख पुरुषों को शामिल किया गया। विशेषज्ञों ने पाया कि बढ़ती जनसंख्या की रोकथाम को लेकर लोग अब पहले से अधिक जागरूक हुए हैं। देश में केवल पाँच राज्य ऐसे हैं, जो 2.1 की प्रजनन दर के ऊपर हैं जिसमें बिहार (2.98), मेघालय (2.91), उत्तर प्रदेश (2.35), झारखंड (2.26) और मणिपुर (2.17) शामिल हैं। इस सर्वे में एक और उल्लेखनीय बात सामने आई है कि पिछले चार वर्षों में भारत में 5 वर्ष से कम उम्र के बच्चों की मृत्यु दर में कमी आई है। यह आँकड़ा अब 38 से घटकर 36 प्रतिशत रह गया है। ये आँकड़े दरशाते हैं कि बच्चों के पोषण और देखभाल में पहले की अपेक्षा सुधार हुआ है। सर्वे के अनुसार बढ़ता मोटापा देश में एक नई चुनौती बनकर उभर रहा है। रिपोर्ट के अनुसार महिला और पुरुष दोनों में मोटापा तेजी से बढ़ा है। महिलाओं में मोटापा 21 फीसदी से बढ़कर 24 फीसदी और पुरुषों में 19 फीसदी से बढ़कर 23 फीसदी हो गया है। स्वास्थ्य की दृष्टि से इस दर को काफी चुनौतीपूर्ण माना जा रहा है। केरल, आंध्र प्रदेश, गोवा, सिक्किम, मणिपुर, दिल्ली, तमिलनाडु, पुडुचेरी, पंजाब और चंडीगढ़ में एक-तिहाई से अधिक महिलाएँ अधिक वजन से ग्रस्त पाई गई हैं। हम सभी इस बात को भली-भाँति जानते हैं कि बढ़ता मोटापा कई प्रकार के रोगों का कारण बन सकता है और इसको लेकर सतर्क रहने की जरूरत है।

वैसे तो देश में समय-समय पर जनगणना होती रही है। उससे पता चलता है कि देश की आबादी तेजी से बढ़ी है। आजादी के बाद देश में पहली जनगणना 1951 में हुई थी और उस समय देश की आबादी थी 36 करोड़। इसके बाद हुई जनगणना में देश की जनसंख्या में लगातार वृद्धि हुई है। 1961 में हुई जनगणना में देश की आबादी बढ़कर लगभग 44 करोड़ हो गई। 1971 मे देश की जनसंख्या बढ़कर 55 करोड़ हो गई। 1981 की जनगणना में पता चला कि देश की आबादी 68 करोड़ हो गई है। 1991 में हुई जनगणना में यह आबादी बढ़कर 85 करोड़ हो गई। 2001 में हुई जनगणना में देश की आबादी 100 करोड़ पार कर गई। इसके 10 साल बाद देश में 2011 में जनगणना हुई थी और इसमें देश की जनसंख्या 121 करोड़ आँकी गई थी। अब माना जा रहा है कि देश की आबादी लगभग 135 करोड़ के आसपास होगी। बढ़ती आबादी का असर बहुआयामी है। जनसंख्या का देश की अर्थव्यवस्था पर विपरीत असर पड़ता है। इसके कारण खाद्यान्न का संकट उत्पन्न होता है, बेरोजगारी की समस्या उत्पन्न होती है। इतनी बड़ी जनसंख्या के लिए रोजगार के अवसर उत्पन्न करना नामुमकिन है। इसके कारण अनेक सामाजिक समस्याएँ उत्पन्न हुई हैं। जमीन पर बोझ बढ़ा है, जिसने पारिवारिक संघर्ष को जन्म दिया है। जनसंख्या के पक्ष में एक तर्क दिया जाता है कि इसने हमें दुनिया का दूसरा सबसे बड़ा बाजार बना दिया है, जिसके कारण हर विदेशी कंपनी भारत में आना चाहती है और निवेश करना चाहती है।

इतिहास के पन्ने पलटे तो हम पाएँगे कि इमरजेंसी के दौरान संजय गांधी ने जनसंख्या नियंत्रण के लिए व्यापक पैमाने पर जबरन नसबंदी करने की कोशिश की थी। पुष्ट आँकड़े तो नहीं हैं, लेकिन अनुमान है कि इस दौरान लगभग 60 से 65 लाख लोगों की नसबंदी कर दी गई थी। देशभर में जबरन नसबंदी हुई, नतीजा यह निकला कि इंदिरा गांधी की सरकार चली गई, लेकिन सबसे ज्यादा नुकसान यह हुआ कि नेता जनसंख्या नियंत्रण के नाम से ही भय खाने लगे और उन्होंने इसका जिक्र ही बंद कर दिया। लंबे समय तक देश के विमर्श से जनसंख्या नियंत्रण गायब रहा। अरसे बाद प्रधानमंत्री नरेंद्र मोदी लाल किले से घोषणा कर जनसंख्या नियंत्रण को राष्ट्रीय विमर्श के केंद्र में लाए। इसमें कोई शक नहीं है कि जनसंख्या पर नियंत्रण रखना लोगों की जिम्मेदारी है। जागरूकता फैलाने में केंद्र और राज्य सरकारें इसमें पहल कर सकती हैं, लेकिन एक सीमा के आगे इस संवेदनशील विषय पर सरकार की भूमिका सीमित हो जाती है। लोग स्वयं ही एक या दो बच्चे ही पैदा करें, तो बेहतर होगा। लोगों में यह भाव पैदा हो कि छोटा परिवार रखना भी एक तरह से देशभक्ति है। जनसंख्या का सीधा संबंध शिक्षा से भी है। अधिकांश शिक्षित परिवारों में आप बच्चों की संख्या सीमित ही पाएँगे, लेकिन शिक्षा के अभाव में जितने हाथ, उतनी अधिक कमाई जैसा तर्क चल पड़ता है और अशिक्षित माता-पिता अधिक बच्चे पैदा करने लगते हैं। हमें इस ओर भी ध्यान देना होगा।

□

नए युग के नए सामंत

कहा जाता है कि देश में शासन पीएम, सीएम और डीएम ही चलाते हैं। इस बात में बहुत हद तक सचाई भी है। झारखंड से लेकर दिल्ली तक में पिछले कुछ समय से कई अधिकारी-नौकरशाह सुर्खियों में हैं। यूपीएससी में जिन नवयुवकों का चयन होता है, वे कड़ी मेहनत और प्रतिस्पर्धा में अपना मुकाम हासिल कर पाते हैं। किसी नवयुवक के प्रशासनिक सेवा में चयन पर बधाइयों का ताँता लग जाता है। पूरे परिवार का नाम रोशन हो जाता है, लेकिन जब-तब अधिकारियों के आचार-व्यवहार को लेकर निराशाजनक खबरें सामने आती हैं, तो सिर शर्म से झुक जाता है। इन दिनों दिल्ली के त्यागराज स्टेडियम में अपने कुत्ते के साथ सैर करने वाले आईएएस अफसर संजीव खिरवार का मामला चर्चा में है। दिल्ली सरकार में प्रमुख सचिव संजीव खिरवार पर आरोप है कि वह रोज शाम को दिल्ली के त्यागराज स्टेडियम में अपने कुत्ते को टहलाने ले जाते थे। इसके मद्देनजर पूरा स्टेडियम खाली करा दिया जाता था और वहाँ प्रशिक्षण प्राप्त कर रहे सभी खिलाड़ियों को स्टेडियम से बाहर निकाल दिया जाता था। 'इंडियन एक्सप्रेस' में छपी खबर के अनुसार पिछले कई महीनों से यह हो रहा था कि शाम होते ही सुरक्षाकर्मी स्टेडियम पर कब्जा कर लेते थे और प्रैक्टिस कर रहे खिलाड़ियों और उनके कोच को स्टेडियम से बाहर कर दिया जाता था ताकि अधिकारी कुत्ते को वहाँ टहला सकें। 'इंडियन एक्सप्रेस' अखबार में खबर छपने के बाद गृह मंत्रालय ने आईएएस दंपती का तबादला कर दिया। खिरवार का तबादला लद्दाख कर दिया गया, वहीं उनकी आईएएस पत्नी का तबादला अरुणाचल प्रदेश कर दिया गया। कुछ दिन पहले 'इंडियन एक्सप्रेस' में ही खबर छपी कि भले ही एयर इंडिया टाटा समूह के पास चली गई हो, लेकिन ब्यूरोक्रेट का जलवा कम नहीं हुआ है। ब्यूरोक्रेट अपनी निजी विदेश यात्रा के दौरान करते यह हैं कि वे अपनी हवाई यात्रा का टिकट इकोनॉमी क्लास में कटवाते हैं और उसे अपने प्रभाव से कई गुना अधिक कीमत के बिजनेस क्लास में परिवर्तित करा लेते हैं। हाल में नागरिक उड्डयन विभाग से जुड़े एक वरिष्ठ नौकरशाह ने भी ऐसा ही

किया और उनका निजी यात्रा का सपत्नीक इकोनॉमी टिकट बिजनेस क्लास में अपग्रेड कर दिया गया। अगर आपको याद हो, अगस्त में हरियाणा के करनाल जिले में पुलिस ने प्रदर्शन कर रहे किसानों पर लाठीचार्ज किया था। इस लाठीचार्ज में कई किसान गंभीर रूप से घायल हो गए थे। इस दौरान करनाल के एसडीएम का एक वीडियो वायरल हुआ था, जिसमें उन्हें पुलिसकर्मियों को किसानों का सिर फोड़ने का आदेश देते हुए स्पष्ट सुना जा सकता था। एसडीएम पुलिसकर्मियों को निर्देश दे रहे थे—उठा-उठा के मारना पीछे सबको, मेरे पास एक भी बंदा निकल के नहीं आना चाहिए। अगर आए तो उसका सिर फटा हुआ होना चाहिए। छत्तीसगढ़ के सूरजपुर में भी कोरोना लॉकडाउन के दौरान जिलाधिकारी को एक नवयुवक ने दवाई की पर्ची भी दिखाई और बताया कि वह दवा लेने मेडिकल स्टोर जा रहा था, लेकिन डीएम नहीं माने और उन्होंने नवयुवक को थप्पड़ जड़ दिया था। किसी ने डीएम का वीडियो रिकॉर्ड कर लिया और उन्हें लेने के देने पड़ गए। कोरोनाकाल में त्रिपुरा से भी एक ऐसा वीडियो आया था, जिसमें वहाँ के तत्कालीन डीएम ने एक शादी को बीच में ही रुकवा दिया था। सोशल मीडिया पर उनका वीडियो वायरल हुआ और सरकार ने उन्हें निलंबित कर दिया था।

कहने का आशय यह है कि अधिकारियों में पद के दुरुपयोग की प्रवृत्ति बढ़ गई है। जिसके लिए प्रशासनिक सेवा गठित की गई थी, वह अपना काम नहीं कर रही है। उनमें संवेदना और मानवीय मूल्यों का अभाव साफ नजर आता है। वे प्रशासनिक ओहदे का बेजा इस्तेमाल करते नजर आ रहे हैं। हमारे सामने ऐसी अनेक घटनाएँ हैं, जिनमें अधिकारियों के पास से बड़ी राशियाँ बरामद हुई हैं। उपलब्धि के नाम पर देखें तो आईएएस अधिकारी ने एक यूपीएससी की परीक्षा ही तो पास की होती है, लेकिन जल्द ही वे अपने आप को इस देश का भाग्य विधाता समझने लगते हैं, लेकिन ऐसा भी नहीं है कि सभी अधिकारी अपने अधिकारों का दुरुपयोग करते हों। ऐसे भी अनेक अधिकारी हैं कि जिनका ध्येय जनसेवा है। हाल में असम में बाढ़ के हालातों में एक आईएएस अधिकारी कीर्ति जल्ली की कीचड़ में उतरकर लोगों की मदद करते हुए तसवीर सोशल मीडिया पर वायरल हुई। इसकी लोगों ने भारी सराहना की। फोटो में आईएएस अधिकारी कीर्ति जल्ली एक अन्य महिला के साथ एक नाव में खड़ी हैं, जहाँ दोनों के ही पाँव कीचड़ से सने हुए हैं। असम में बाढ़ के बीच लोगों की मदद करने के लिए, उनकी दिक्कतें सुनने के लिए आईएएस अधिकारी कीर्ति जल्ली बाढ़ प्रभावित इलाके में पहुँच गईं। उनकी एक और फोटो सामने आई थी जिसमें वे नाव में बैठकर बाढ़ प्रभावित हालातों का जायजा ले रही थीं। स्थानीय लोगों का कहना है कि पिछले 50 वर्षों से ही बाढ़ से परेशान होते चले आ रहे हैं, लेकिन ऐसा पहली बार हुआ है कि जब कोई आईएएस अधिकारी उनके पास बाढ़ के दिनों में आया हो और उनकी दिक्कतें सुनी हों।

वैसे हमारे देश में ही अशोक खेमका जैसे अफसर भी हैं, जो अपनी ईमानदारी के लिए जाने जाते हैं। हरियाणा कैडर का यह अधिकारी किसी भी व्यवस्था को रास नहीं आता। कुछ समय पहले अशोक खेमका ने रॉबर्ट वाड्रा के कथित भूमि सौदे उजागर किए थे, जिसके बाद उनका कई बार ट्रांसफर किया गया। सत्ता बदल गई, लेकिन वह व्यवस्था में फिट नहीं बैठ पाए। वह सबसे अधिक स्थानांतरित होने वाले अधिकारियों में से एक हैं। मुंबई में अवैध निर्माण के खिलाफ अभियान चलाने के कारण खेरनार चर्चित हुए थे। किरण बेदी जब दिल्ली पुलिस की अधिकारी थीं तो बेहद चर्चित रही थीं। उन्होंने ट्रैफिक व्यवस्था को सुचारु करने और अवैध वाहनों को हटाने के लिए पहली बार दिल्ली में क्रेन का इस्तेमाल किया था और लोग उन्हें क्रेन बेदी तक कहने लगे थे, लेकिन सत्ता प्रतिष्ठानों को भी ऐसे अफसर पसंद नहीं आते और उनके बार-बार तबादले हुए थे, लेकिन अब ऐसे नौकरशाह उँगलियों पर गिने जा सकते हैं। कुछ समय पहले पूर्व मीडिया में केंद्रीय मंत्री और मध्य प्रदेश की मुख्यमंत्री उमा भारती का नौकरशाही को लेकर एक विवादित बयान सामने आया था कि जब तक सरकार होती है तब तक प्रशासनिक अधिकारी नौकर की तरह आगे-पीछे घूमते हैं। बाद में उन्होंने इस पर सफाई भी दी थी। इसको लेकर उन्होंने एक किस्सा भी सुनाया था। उमा भारती ने कहा कि साल 2000 में वह केंद्र में अटलजी की सरकार में पर्यटन मंत्री थी, तब बिहार में तत्कालीन मुख्यमंत्री राबड़ी देवी और लालू यादवजी के साथ उनका पटना से बोधगया हेलीकॉप्टर से जाने का कार्यक्रम बना। हेलीकॉप्टर में सामने की सीट पर बिहार के एक वरिष्ठ आईएएस अधिकारी भी बैठे हुए थे। लालू यादवजी ने उनके सामने अपने पीकदान में थूका और उस वरिष्ठ आईएएस अधिकारी के हाथ में थमा दिया और कहा कि उसको खिड़की के बगल में नीचे रख दें। उस वरिष्ठ अधिकारी ने ऐसा ही किया। उमा भारती ने कहा कि 2005-06 में जब उन्हें बिहार का प्रभारी बनाया गया, तो उन्होंने पीकदान को भी मुद्दा बनाया था। उन्होंने प्रशासनिक अधिकारियों से अपील की थी कि यदि आप आज उनका पीकदान उठाते हो, कल हमारा भी उठाना पड़ेगा। अपनी गरिमा को ध्यान में रखो और पीकदान की जगह फाइल और कलमदान पकड़ो। अधिकारियों को यह समझना होगा कि उनको यह स्थान उनकी योग्यता के कारण मिला होता है और वे किसी भी राजनीतिक दल के चाकर नहीं हैं। उनकी पहली जवाबदेही लोगों के प्रति है। देश में अधिकारियों का सम्मान बना रहे, इस पर उन्हें स्वयं गौर करना होगा।

□

मोबाइल की बढ़ती लत

मोबाइल ने सारा परिदृश्य बदल दिया है। मोबाइल चुपके से कब हमारे जीवन का अहम हिस्सा बन गया, हमें पता ही नहीं चला। अब हम सब, मौका मिलते ही मोबाइल के नए मॉडल की बातें करने लगते हैं। व्हाट्सएप, फेसबुक और ट्विटर तो जीवन की जरूरतों में कब शामिल हो गए, हमें पता ही नहीं चला। मोबाइल फोन के बिना तो हमारा जीवन जैसे अधूरा ही है। शायद आपने अनुभव किया हो कि यदि आप कहीं मोबाइल भूल जाएँ या फिर किसी तकनीकी खराबी से वह बंद हो जाए, तो आप कितनी बेचैनी महसूस करते हैं। जैसे जीवन का कोई अहम हिस्सा अधूरा रह गया हो। सूचनाएँ हों अथवा कारोबार हो या फिर मनोरंजन, मोबाइल फोन की लोगों को लत लग गई है। हाल में राँची में हिंसा के बाद इंटरनेट सेवाएँ ठप थीं। पत्रकार के रूप में मेरे पास राँची शहर का हाल जानने से अधिक इस बात के लिए फोन आए कि इंटरनेट सेवा कब शुरू होगी। हाल में लखनऊ में एक बेटे ने माँ के मोबाइल फोन पर पबजी खेलने से मना करने पर उनकी गोली मारकर हत्या कर दी। घटना रोंगटे खड़े कर देने वाली है और बताती है कि हम तकनीक के कितने बंधक हो गए हैं और उसके लिए किस हद तक जा सकते हैं। बेटे ने दो दिन तक घटना को छिपाए रखा। शव से दुर्गंध आने पर बेटे ने पिता को जानकारी दी। पिता की सूचना पर पुलिस ने शव बरामद किया। बेटे से पूछताछ हुई तो पता चला कि पबजी गेम खेलने से मना करने पर उसने माँ को गोली मार दी थी। दूसरी घटना मुंबई की है। वहाँ एक 16 वर्षीय बच्चे ने ट्रेन के सामने कूदकर आत्महत्या कर ली। पुलिस के अनुसार बच्चा अपने घर में मोबाइल पर गेम खेल रहा था, तभी उसकी माँ ने उसके हाथ से मोबाइल छीना और कहा कि दिन भर गेम खेलता रहेगा तो पढ़ाई कब करेगा। इस पर गुस्से में आकर बच्चे ने एक नोट लिखा और घर से चला गया। कुछ समय बाद जब माँ घर पहुँची तो उसने एक चिट्ठी देखी, जिसमें बच्चे ने लिखा था कि वह आत्महत्या करने जा रहा है। इस नोट के मिलने के तुरंत बाद घर वालों ने नजदीकी पुलिस स्टेशन को इसकी जानकारी दी। पुलिस बच्चे की खोज में जुट गई। पता चला कि दो स्टेशन के बीच में किसी

ने आत्महत्या कर ली है। पुलिस मौके पर पहुँची, तो बच्चे का शव बरामद हुआ। मोबाइल की लत से नवयुवकों का सोना-जागना, पढ़ना-लिखना और खान-पान सब प्रभावित हो जाता है और वे बेगाने-से हो जाते हैं। इसके लिए कुछ हद तक माता-पिता भी दोषी हैं। माँ-बाप को लगता है कि वे बच्चों को सँभालने का सबसे आसान तरीका सीख गए हैं। दो-ढाई साल की उम्र के बच्चे को कहानी सुनाने के बजाय मोबाइल पकड़ा दिया जाता है और जल्द ही उन्हें इसकी लत लग जाती है।

यह जान लीजिए कि टेक्नोलॉजी दोतरफा तलवार है। एक ओर जहाँ यह वरदान है, तो दूसरी ओर मारक भी है। टेक्नोलॉजी की ताकत इतनी है कि उसके प्रभाव से कोई भी मुक्त नहीं रह सकता है। बच्चे को तो छोड़िए, हम-आप भी इससे मुक्त नहीं हैं। मैंने पाया कि कुछेक लोगों को व्हाट्सएप की लत इतनी लग जाती है कि वे थोड़ी-थोड़ी देर बाद उसको अगर नहीं देख लेते हैं, तो परेशान हो उठते हैं। शायद आपने गौर नहीं किया कि टेक्नोलॉजी ने हमारी युवा पीढ़ी में कितना परिवर्तन कर दिया है। मोबाइल ने उनका बचपन छीन लिया है। उसके सोने, पढ़ने का समय, हाव भाव और खानपान सब बदल चुका है। पहले माना जाता था कि पीढ़ियाँ 20 साल में बदलती हैं, उसके बाद तकनीक ने इस परिवर्तन को 10 साल कर दिया और अब नई व्याख्या है कि पाँच साल में पीढ़ी बदल जाती है। इसका मतलब यह कि पाँच साल में दो पीढ़ियों में आमूलचूल परिवर्तन हो जाता है। अब बच्चे किशोर, नवयुवक जैसी उम्र की सीढ़ियाँ चढ़ने के बजाय सीधे वयस्क बन जाते हैं। शारीरिक रूप से भले ही वे वयस्क नहीं होते हैं, लेकिन मानसिक रूप से वे वयस्क हो जाते हैं। उनकी बातचीत, आचार-व्यवहार में यह बात साफ झलकती है। इसमें टेक्नोलॉजी की लत तो साफ नजर आती है। वे घर के किसी अँधेरे कमरे में हर वक्त मोबाइल अथवा कंप्यूटर में उलझे रहते हैं। अब खेल के मैदानों में आपको गिने-चुने बच्चे ही नजर आएँगे। एक बात और मैंने नोटिस की कि माता-पिता भी बच्चे से कुछ कहने से डरते हैं कि वह कहीं कुछ न कर ले। एक गंभीर संवादहीनता की स्थिति निर्मित होती जा रही है। दिक्कत यह है कि हम सब यह चाहते हैं कि देश में आधुनिक टेक्नोलॉजी आए, लेकिन उसके साथ किस तरह तारतम्य बिठाना है, इस पर कोई विचार नहीं करते। नोकिया वार्षिक मोबाइल ब्रॉडबैंड इंडेक्स रिपोर्ट, 2022 से पता चलता है कि भारत दुनिया में सबसे अधिक डाटा उपयोग करने वाले देशों में से एक है। इस रिपोर्ट के अनुसार भारत में लोग अन्य देशों की तुलना में स्मार्टफोन पर औसतन ज्यादा समय बिताते हैं। रिपोर्ट के अनुसार भारत में स्मार्टफोन पर वीडियो देखने का चलन खासा बढ़ा है और यह 2025 तक आते-आते बढ़कर चार गुना तक हो जाएगा। भारत में 2021 में डाटा ट्रैफिक में 31 फीसदी की वृद्धि हुई है और औसत मोबाइल डाटा खपत प्रति उपयोगकर्ता प्रतिमाह 17 जीबी तक पहुँच गई है।

कुछ वर्ष पहले मुझे बीबीसी के लंदन में आयोजित मीडिया लीडरशिप इवेंट में हिस्सा लेने का मौका मिला। इसमें बदलते तकनीकी परिदृश्य पर विस्तार से चर्चा हुई। तकनीक को लेकर तो मीडिया के क्षेत्र में भी खूब प्रयोग हुए हैं। लोग अखबार तो पढ़ ही रहे हैं, साथ ही वे वेबसाइट और अन्य नए माध्यमों के जरिए भी खबरें प्राप्त कर रहे हैं। इस दौरान एक दिलचस्प तथ्य भी सामने आया कि यूरोप में मोबाइल इस्तेमाल करने वाले औसतन दिन में 2617 बार अपने फोन स्क्रीन को छूते हैं। कोरोनाकाल में निश्चित रूप से इस औसत में और वृद्धि हुई होगी। मुझे लगता है कि भारत भी इस मामले में बहुत पीछे नहीं होगा। नीलसन की रिपोर्ट के अनुसार दिसंबर 2021 तक 64.6 करोड़ भारतीय इंटरनेट का इस्तेमाल कर रहे थे। कुछ अन्य संस्थाएँ यह संख्या 80 करोड़ तक का दावा करती हैं। यह बहुत बड़ी संख्या है। इससे अंदाजा लगता है कि हमारे जीवन में तकनीक का हस्तक्षेप कितना बढ़ गया है। हमें नई परिस्थितियों से तालमेल बिठाने के विषय में सोचना होगा। यह समस्या भारत की ही नहीं, बल्कि पूरी दुनिया की है। सभी देश इससे जूझ रहे हैं, लेकिन वे समस्या का समाधान निकालने का प्रयास कर रहे हैं, लेकिन भारत में अब तक इस दिशा में कोई विचार नहीं हुआ है। किसी भी समाज और देश के लिए यह बेहद चिंताजनक स्थिति है।

□

एकल प्लास्टिक का इस्तेमाल रोकना होगा

भारत में पर्यावरण को लेकर एक बड़ा खतरा पॉलीथीन और प्लास्टिक से है। बिहार, झारखंड समेत कई राज्यों में पॉलीथीन पर तो प्रतिबंध है और 1 जुलाई से देशभर में एक बार इस्तेमाल होने वाली प्लास्टिक पर प्रतिबंध लगा दिया गया है। एकल उपयोग वाले प्लास्टिक उत्पादों पर लगा राष्ट्रव्यापी प्रतिबंध दो दशक के लंबे प्रयास के बाद लगा है। इसकी शुरुआत 1999 में पॉलीथीन बैग पर प्रतिबंध के साथ हुई थी। तब से एकल उपयोग वाली प्लास्टिक को समाप्त करने के लिए तीन राष्ट्रीय और अनेक राज्यों ने कानून बनाए हैं। जैसा कि नाम से जाहिर है कि प्रतिबंध उन प्लास्टिक उत्पादों पर लगा है, जो एक बार उपयोग किए जाते हैं और फेंक दिए जाते हैं। जिन वस्तुओं पर प्रतिबंध लगा है, उनमें प्लास्टिक की प्लेट, कप और गिलास और कटलरी जैसे काँटे, चम्मच, चाकू व ट्रे आदि शामिल हैं। प्रतिबंध मल्टी-लेयर्ड पैकेजिंग को कवर नहीं करता है, जिसका इस्तेमाल चिप्स से लेकर गुटखा पाउच जैसे सामानों में इस्तेमाल किया जाता है। केंद्र सरकार ने मल्टी-लेयर्ड प्लास्टिक व पैकेजिंग को चरणबद्ध तरीके से खत्म करने के लिए निर्माताओं को दो साल का समय दिया है। वैसे तो देश में हर प्रतिबंध पिछले एक की तुलना में अधिक कठोर रहा है, लेकिन पिछले दो दशकों के प्रयास नाकाफी साबित हुए हैं। हम पॉलीथीन इस्तेमाल को नियंत्रित करने में तो सफल रहे हैं, लेकिन इसके इस्तेमाल को खत्म करने में विफल रहे हैं। प्रधानमंत्री नरेंद्र मोदी ने चार साल पहले एकल इस्तेमाल की प्लास्टिक के इस्तेमाल को चरणबद्ध तरीके से खत्म करने की घोषणा की थी। उसके बाद अब 1 जुलाई से देश ने इस दिशा में अपना पहला कदम उठाया है। यह सही है कि यह अभियान धीरे-धीरे ही जोर पकड़ेगा।

दरअसल, सामान्य सी दिखने वाली पॉलीथीन और प्लास्टिक हम सबके जी का जंजाल बन गई है। यह पूरे पर्यावरण के लिए बेहद खतरनाक है और इसमें वह जहर घोल रही है। इनसान, जानवर और पेड़-पौधों इसने किसी को नहीं छोड़ा है। प्रकृति के लिए यह अत्यंत घातक है। माना जाता है कि प्लास्टिक अजर-अमर है और इसको नष्ट

होने में एक हजार साल लग जाते हैं। इसके नुकसान की लंबी-चौड़ी सूची है। जलाने पर यह ऐसी गैस छोड़ती है, जो जानलेवा होती है। यह जल-चक्र में बाधक बनकर बारिश को प्रभावित करती है। नदी-नालों को अवरुद्ध करती है। खेती की उर्वरा शक्ति को प्रभावित करती है। पशु खासकर गाएँ इसको खा जाती हैं और यह जाकर उनकी आँतों में अटक जाती है और उनकी मौत का कारण बन जाती है। और तो और, प्लास्टिक तो दूध और अन्य खाद्य पदार्थों के माध्यम से हमारे खून में पहुँचने लगा है। पर्यावरणविदों का आकलन है कि औसतन एक भारतीय हर साल करीब 10 किलो प्लास्टिक का इस्तेमाल करता है। एक आकलन के अनुसार देश में हर साल लगभग 35 लाख टन घरेलू प्लास्टिक का कचरा पैदा हो रहा है। आप देखेंगे कि हर शहर में प्लास्टिक के कचरे का अंबार लगा रहता है। लाखों टन प्लास्टिक कचरे को खाली जगहों पर फेंक दिया जाता है, जहाँ वे छोटे माइक्रोप्लास्टिक में विघटित हो जाती हैं। इसके बाद यह सब्जियों व खाद्यान्नों के माध्यम से मानव खाद्य श्रृंखला में प्रवेश कर जाती है। पर्यावरणविदों का कहना है कि हम रोजाना प्लास्टिक खा रहे हैं। यह हमारे खाने-पीने की वस्तुओं तक में प्रवेश कर गई है। यह जान लीजिए कि प्लास्टिक महज कूड़ा नहीं है, बल्कि यह एक जहरीला रसायन है, जो धीरे-धीरे खाने-पीने की वस्तुओं के माध्यम से हमारे शरीर में प्रवेश कर रहा है। हम लोग अकसर खाने की वस्तुएँ पॉलीथीन में रख लेते हैं, जिससे कैंसर की संभावना बढ़ जाती है। इसके खिलाफ हमें समय रहते कोई काररवाई करना बेहद जरूरी हो गया है।

लेकिन इसका दूसरा पहलू भी है। लाखों लोग इसके कारोबार से जुड़े हैं। केंद्रीय प्रदूषण नियंत्रण बोर्ड के अनुसार देश में लगभग 683 इकाइयाँ हैं, जो हर साल लगभग 2.4 लाख टन एकल इस्तेमाल की प्लास्टिक का निर्माण करती हैं। समस्या यह है कि रोजमर्रा की प्लास्टिक की वस्तुओं के विकल्प महँगे हैं। यह अपने आप में बड़ी चुनौती है। बायोडिग्रेडेबल प्लास्टिक भी काफी महँगी है। सड़क किनारे समान बेचने वाले के लिए यह महँगा सौदा है। इससे उनकी लागत काफी बढ़ जाएगी। इसके अलावा इसमें गरम खाना और पेय पदार्थ परोसा नहीं जा सकता है। कागज से तैयार होने वाले अधिकांश उत्पादों की कीमत प्लास्टिक से कहीं अधिक है। साथ ही कागज से बने सामान पर्यावरण पर और अधिक बोझ डालते हैं। अधिकांश पेपर कप की मजबूती के लिए उसके साथ प्लास्टिक का उपयोग किया जाता है। इस वजह ये इसका कचरा नॉन-रीसाइकिलेबल हो जाता है। एकल उपयोग वाले प्लास्टिक प्रतिबंध से छोटे निर्माताओं को नुकसान होने की संभावना है। इस उद्योग के प्रतिनिधियों का कहना है कि इस उद्योग का टर्नओवर 10 हजार करोड़ रुपए है और इसमें सीधे तौर पर 2 लाख लोग जुड़े हुए हैं। इस प्रतिबंध से रीसाइकिलिंग उद्योग पर भी असर पड़ेगा जो अप्रत्यक्ष रूप से

4.5 लाख लोगों की रोजी-रोटी से जुड़ा है। प्लास्टिक की वस्तुओं को कूड़े से उठाने वाले उन्हें रिसायकल करने वाले उद्योगों को बेचते हैं, जो उनका इस्तेमाल विभिन्न प्लास्टिक उत्पादों के निर्माण के लिए करते हैं। आँकड़ों के हिसाब से देश में सभी तरह की प्लास्टिक के निर्माण का उद्योग करीब 40 लाख लोगों को रोजगार मुहैया कराता है। इसमें करीब 60 हजार से ज्यादा प्रसंस्करण इकाइयाँ शामिल हैं, जिनमें से लगभग 90 फीसदी मध्यम व लघु उद्योग क्षेत्र में हैं। विशेषज्ञों का कहना है कि इस फैसले का ज्यादातर बोझ मध्यम व लघु क्षेत्र पर ही पड़ेगा। इसका एकमात्र हल यही है कि सरकारों को इस क्षेत्र की सहायता के लिए आगे आना होगा।

हो सकता है कि अगले कुछ महीनों में जब आप बाजार जाएँ तो इसका असर दिखाई दे। अपने इर्द-गिर्द नजर घुमाकर देखिए, क्या अभी भी पेय पदार्थों के साथ प्लास्टिक का पाइप दिया जा रहा है। क्या मिठाई के डिब्बे अब भी प्लास्टिक फिल्म से पैक कर दिए जा रहे हैं। अगर सबकुछ पहले की तरह है तो इसका अर्थ होगा कि देश में एकल उपयोग प्लास्टिक के खिलाफ जंग की सफलता अभी कोसों दूर है। इसमें सहयोग के लिए हम सबको आगे आना होगा और यह तय करना होगा कि पॉलीथीन व एकल प्लास्टिक का इस्तेमाल नहीं करेंगे, तभी यह प्रतिबंध प्रभावी होगा। यह सच्चाई है कि इसको लेकर समाज में जैसी चेतना होनी चाहिए, वैसी नजर नहीं आती है, लेकिन अब समय आ गया है कि जब हम इस विषय में संजीदा हों। यह जान लीजिए कि जब तक लोग इसके प्रति चेतन नहीं होंगे तब तक कोई उपाय कारगर साबित नहीं होने वाले हैं। इसकी मिसाल हमारे सामने है। इससे पहले कई राज्यों में पॉलीथीन पर प्रतिबंध लगाया गया, लेकिन जब तक जनता इस मुहिम से नहीं जुड़ी, तब तक योजना प्रभावी नहीं हुई। अपने पर्यावरण को बचाना एक सामूहिक जिम्मेदारी है। इसकी अनदेखी की भारी कीमत चुकानी पड़ सकती है। हमें पॉलीथीन और एकल इस्तेमाल की प्लास्टिक को नियंत्रित करने के प्रयासों में योगदान करना होगा, तभी स्थितियों में सुधार लाया जा सकता है। □

मानसिक स्वास्थ्य की चिंताजनक स्थिति

विश्व स्वास्थ्य संगठन की मानसिक स्वास्थ्य पर रिपोर्ट चिंतित करती है। विश्व स्वास्थ्य संगठन ने बताया है कि अवसाद और व्यग्रता से पीड़ित लोगों की संख्या कोविड काल में 25 फीसदी बढ़ गई है। किसी भी देश के लोगों का मानसिक स्वास्थ्य बेहद महत्त्वपूर्ण है, क्योंकि यह देश की अर्थव्यवस्था और सामाजिक ताने-बाने पर भी असर डालता है। विश्व स्वास्थ्य संगठन इसे कोविड के बाद का एक बड़ा वैश्विक संकट मानता है, जिससे पूरी दुनिया जूझ रही है। डब्ल्यूएचओ ने सभी देशों की सरकारों से तत्काल इस ओर ध्यान देने का आग्रह किया है। रिपोर्ट में कहा गया है कि बड़ी संख्या में महिलाएँ, युवा और बच्चे मानसिक रोगों का शिकार हो रहे हैं। रिपोर्ट के मुताबिक साल 2019 में 8 लोगों में से एक को मानसिक रूप से दिक्कत थी, लेकिन अब यह आँकड़ा बढ़ गया है। रिपोर्ट में कहा गया है कि मनोविकार से ग्रस्त 100 में से एक व्यक्ति आत्महत्या कर लेता है। समस्या यह है कि अधिकांश देश मानसिक स्वास्थ्य पर बहुत ध्यान नहीं देते हैं। यहाँ तक कि दुनिया के अनेक देशों में मानसिक स्वास्थ्य पर खर्च करने के लिए बजट का भी प्रावधान नहीं रखा जाता है। विश्व भर में मनोविकार के कुल पीड़ितों में से 71 फीसदी लोगों को मानसिक स्वास्थ्य सेवा ही नहीं मिल पाती है। ऐसा नहीं है कि गरीब देशों में यह समस्या हो, मनोविकार के 70 फीसदी मरीज अमीर देशों में रहते हैं। गरीब और विकासशील देशों में तो स्थिति और चिंताजनक है। यहाँ केवल 12 प्रतिशत को ही मानसिक चिकित्सा सुविधा उपलब्ध हो पाती है। मानसिक अवसाद के लिए स्वास्थ्य सेवा उपलब्धता में भी गरीब-अमीर के बीच बड़ी खाई है। यहाँ तक कि विकसित देशों में भी मनोविकार के रोगियों में से एक-तिहाई को ही मानसिक स्वास्थ्य सेवा हासिल हो पाती है। गरीब देशों में स्थिति विकट है। यह सही है कि पिछले एक दशक में मानसिक स्वास्थ्य को लेकर जागरूकता बढ़ी है, लेकिन इसकी गति बेहद धीमी है, लेकिन यह भी सच्चाई है कि पिछले कई दशकों से मानसिक स्वास्थ्य चिकित्सा एक ऐसा क्षेत्र है जिसकी पूरी तरह अनदेखी कर दी जाती है

और पर्याप्त संसाधन उपलब्ध नहीं कराए जाते हैं। अनेक देशों में वंचित समूहों के लिए मानसिक बीमारी की चुनौती विकट होती है। उनके पास उपयुक्त देखभाल और इलाज की सुविधा का अभाव होता है। विश्व स्वास्थ्य संगठन ने सभी देशों से मानसिक स्वास्थ्य योजना को लागू करने की दिशा में तेजी से कदम उठाने का आग्रह किया है। उसने अनेक सिफारिशें भी की हैं, जिनमें मानसिक स्वास्थ्य के प्रति रवैए में बदलाव लाना और मानसिक स्वास्थ्य देखभाल की व्यवस्था को मजबूत करना शामिल है।

राँची में जाना-माना केंद्रीय मनोचिकित्सा संस्थान है, जो वर्षों से मानसिक रोगियों की सेवा कर रहा है। एक बार किसी कार्यवश मुझे उसके पास से गुजरने का अवसर मिला। मैंने पाया कि ओपीडी के बाहर मानसिक रोगियों व परिजनों की भारी भीड़ लगी थी। हमारे देश में एक और समस्या है कि परिजन मानसिक रोगियों को जहाँ-तहाँ छोड़कर चले जाते हैं। यह किसी मरीज के साथ कितना अमानवीय व्यवहार है। हमारे देश में मानसिक रोगियों के साथ दुर्व्यवहार के भी अनेक मामले देखने में आते हैं। मानसिक रोगी समाज में उपहास का पात्र माना जाता है और छोटे से लेकर बड़े तक उसकी बीमारी का मजाक उड़ाते नजर आते हैं। कई बार तो उनको शारीरिक रूप से प्रताड़ित किया जाता है। सबसे बड़ी समस्या यह है कि भारत में अवसाद को बीमारी ही नहीं माना जाता है। अकसर मानसिक रोग को ऊपरी बाधा मान लिया जाता है और झाड़-फूँक से उनका इलाज करने की कोशिश की जाती है। हर शहर व गाँव-कस्बे में कई झाड़-फूँक वाले मिल जाएँगे जो परिस्थितियों का भरपूर दोहन करते हैं और लोगों से पैसा ठगते हैं। ऐसा नहीं है कि बिना पढ़े-लिखे लोग ही उनका शिकार बनते हों, पढ़े-लिखे भी इस मामले में पीछे नहीं हैं। कई धर्मस्थलों को तो इस मामले में विशेषज्ञता हासिल है और वे मारपीट से लेकर अन्य अनेक विधियों से मानसिक विकार को ऊपरी बाधा बताकर इलाज करते हैं। दुर्भाग्य यह है कि सर्व समाज ने उनके इस इलाज की पद्धति को स्वीकार कर लिया है।

मौजूदा दौर की गलाकाट प्रतिस्पर्धा और माता-पिता की असीमित अपेक्षाओं के कारण यहाँ तक कि बच्चों को भी मानसिक तनाव का सामना करना पड़ रहा है। बेटियाँ तो और भावुक होती हैं। दूसरी ओर माता-पिता के साथ संवादहीनता बढ़ रही है। ऐसे अनेक उदाहरण हैं, जहाँ बच्चे परिवार, स्कूल और कोचिंग में तारतम्य स्थापित नहीं कर पाते हैं और अवसाद का शिकार हो जाते हैं। विश्व स्वास्थ्य संगठन ने बाल्यावस्था में यौन दुर्व्यवहार और डराने-धमकाने को भी मानसिक अवसाद की एक बड़ी वजह बताया है। हमारी व्यवस्था ने बच्चों के जीवन में अब सिर्फ पढ़ाई को ही रख छोड़ा है। रही-सही कसर मोबाइल ने पूरी कर दी है। दूसरी ओर माता-पिता के पास वक्त नहीं है, उनकी अपनी समस्याएँ हैं। नौकरी और कारोबार की व्यस्तताएँ हैं, उसका तनाव

है। जानी-मानी विज्ञान पत्रिका 'लैंसेट' में कुछ वर्ष पहले किए गए एक अध्ययन को प्रकाशित किया गया था जिसके अनुसार सात में से एक भारतीय व्यक्ति किसी-न-किसी तरह की मानसिक अस्वस्थता से ग्रसित है। देश में भी किए एक अध्ययन के अनुसार कोरोना महामारी के बाद भारतीयों में तनाव बढ़ा है। लगभग 10 हजार भारतीयों पर यह जानने के लिए सर्वेक्षण किया गया था कि वे कोरोना वायरस के बाद उत्पन्न परिस्थिति का किस तरह सामना कर रहे हैं। अध्ययन में शामिल 26 प्रतिशत लोगों ने बताया कि वे हलके अवसाद से ग्रस्त हैं, जबकि 11 प्रतिशत लोगों ने कहा कि वे काफी हद तक अवसाद से ग्रस्त हैं, वहीं 6 प्रतिशत लोगों ने अवसाद के गंभीर लक्षण होने की बात स्वीकार की। विश्व स्वास्थ्य संगठन के अनुसार दुनिया में लगभग आठ लाख लोग हर साल आत्महत्या कर लेते हैं। ऐसा नहीं है कि केवल निराशा और अवसाद से पीड़ित भारत में ही हों। सबसे विकसित देश अमरीका में सबसे अधिक लोग अवसाद से पीड़ित हैं, लेकिन चिंताजनक बात यह है कि पीड़ित लोगों में से केवल आधे लोगों का इलाज हो पाता है। आत्महत्या की एक बड़ी वजह आर्थिक परेशानी पाई गई है। हमारे पूर्वजों ने वर्षों के अध्ययन और मनन के बाद एक बात कही थी, तेते पाँव पसारिये, जेती लांबी सौर। जितनी चादर है, उतने ही पैर फैलाएँ, लेकिन हम इस जीवन-दर्शन को भूल गए हैं और आर्थिक चकाचौंध में फँस गए हैं। अब हम उधार लेकर घी पीने के विदेशी चिंतन के मायाजाल में फँस गए हैं। जाहिर है कि ऐसी परिस्थिति में जीवन में ऐसे अनेक अवसर आएँगे जब व्यक्ति आर्थिक कारणों से तनाव और अवसाद का शिकार हो सकता है। कई लोग संघर्ष करने के बजाय हार मानकर आत्महत्या का सहज रास्ता चुन लेते हैं। यह बेहद दुर्भाग्यपूर्ण है कि परीक्षा अथवा प्रेम में असफल होने, नौकरी छूटने अथवा बीमारी जैसी वजह से भी लोग आत्महत्या कर लेते हैं। दरअसल, भारत में परंपरागत परिवार का ताना-बाना टूट गया है। व्यक्ति एकाकी हो गया है। यही वजह है कि अनेक लोग अवसादग्रस्त हो जाते हैं और आत्महत्या जैसे अतिरेक कदम उठा लेते हैं। गंभीर होती जा रही इस समस्या का कोई हल निकलता हुआ नजर नहीं आ रहा है।

□

द्रौपदी मुर्मू : आदिवासी अस्मिता को मान

द्रौपदी मुर्मू आज देश के राष्ट्रपति का पदभार ग्रहण कर लेंगी। यह इस दृष्टि से बड़ी घटना है कि देश के आदिवासी समुदाय का पहला व्यक्ति और वह भी एक महिला दुनिया के सबसे बड़े लोकतंत्र की राष्ट्रपति बन रही हैं। किसी भी लोकतांत्रिक देश के लिए यह बड़े मान की बात है कि देश के सबसे वंचित तबके की कोई महिला देश के सर्वोच्च पद पर पहुँच रही है। यह एक ऐतिहासिक घटना है और दुनियाभर के लिए एक मिसाल है। अमरीका जैसे दुनिया के सबसे पुराने लोकतंत्र में भी महिलाओं और वहाँ के आदिवासी रेड इंडियंस समाज को लेकर एक संकुचित नजरिया रहा है। यही वजह है कि अमरीका में आज तक कोई महिला राष्ट्रपति नहीं बन सकी है। हिलेरी क्लिंटन ने एक इंटरव्यू में कहा था कि अमेरिकी समाज आज भी किसी महिला को राष्ट्रपति बनाने के लिए तैयार नहीं है और अमेरिकी लोगों को महिलाओं के प्रति अपना नजरिया बदलना होगा। शायद आपको पता हो कि जिस देश के लोकतंत्र का इतिहास 200 साल से ज्यादा पुराना हो, वहाँ हिलेरी क्लिंटन अमरीका के राष्ट्रपति पद के लिए पहली महिला उम्मीदवार बनी थीं। हालाँकि वह जीत नहीं पाई थीं, लेकिन इससे पहले तक अमरीका के किसी भी दल ने राष्ट्रपति पद के उम्मीदवार के योग्य किसी महिला को नहीं माना था। हिलेरी क्लिंटन ने अमेरिकी चुनाव में अपनी हार के बाद लिखी पुस्तक—'व्हाट हैपेंड' में लिखा है कि यह पारंपरिक सोच नहीं है कि महिलाएँ नेतृत्व करें या राजनीति में शामिल हों। यह सोच न तो पहले थी और न ही आज है। उनकी यह बात भारतीय राजनीति में महिलाओं की भूमिका को लेकर समाज के नजरिए पर भी खरी उतरती है। भारतीय राजनीति में भी महिलाओं की पर्याप्त हिस्सेदारी नहीं है। भारत का संविधान सभी महिलाओं को बिना किसी भेदभाव के समान अधिकार की गारंटी देता है, लेकिन इन सब बातों के बावजूद देश में महिलाओं की स्थिति अब भी मजबूत नहीं है। देश में द्रौपदी मुर्मू को राष्ट्रपति पद का उम्मीदवार बनाए जाने पर भी कुछेक आलोचक सवाल उठा रहे हैं। क्या उनके राष्ट्रपति चुने जाने से आदिवासी समाज की कायापलट हो जाएगी। ऐसे लोगों

को यह समझना होगा कि जब हम आजादी का अमृत महोत्सव मनाने जा रहे हैं, ऐसे में किसी महिला और वह भी सबसे वंचित आदिवासी समुदाय से चुना जाना लोकतंत्र के लिए शुभ संकेत है। उन्हें यह भी समझना होगा कि किसी भी देश व समाज में रातोरात परिस्थितियाँ नहीं बदलती हैं, लेकिन द्रौपदी मुर्मू के समर्थन में जिस तरह से सभी दलों के लोग आगे आए हैं, वह इस बात का प्रमाण है कि सर्वसमाज इस बात को स्वीकार करता है कि सबसे वंचित समुदाय का शीर्ष पद पर प्रतिनिधित्व आज वक्त की जरूरत है।

द्रौपदी मुर्मू बेहद सामान्य परिवार से आती हैं। उनका देश के शीर्ष पद पर पहुँचना अपने आप में एक मिसाल है। उनका जन्म ओडिशा के मयूरभंज जिले में एक आदिवासी परिवार में हुआ था। द्रौपदी मुर्मू ने अपने गृह जनपद से आरंभिक शिक्षा पूरी करने के बाद भुवनेश्वर से स्नातक की डिग्री हासिल की। पढ़ाई पूरी होने के बाद एक शिक्षक के तौर पर अपने कॅरियर की शुरुआत की। द्रौपदी मुर्मू का विवाह श्यामाचरण मुर्मू से हुआ। इससे उनके दो बेटे और एक बेटी हुई। उनके दोनों बेटों और पति का निधन हो गया। बच्चों और पति का साथ छूटना द्रौपदी मुर्मू के लिए बेहद मुश्किल दौर था, लेकिन उन्होंने हार नहीं मानी और आदिवासी समाज के लिए कुछ करने के लिए राजनीति में कदम रखा। द्रौपदी मुर्मू ने अपने राजनीतिक कॅरियर की शुरुआत ओडिशा के रायरंगपुर नगर पंचायत के पार्षद चुनाव में जीत से की। उन्होंने ओडिशा के रायगंज विधानसभा सीट से चुनाव जीता और वह ओडिशा में भाजपा और बीजू जनता दल की गठबंधन की सरकार में मंत्री रहीं। बाद में वह झारखंड की पहली महिला राज्यपाल बनीं। इस दौरान 'प्रभात खबर' से उनका विशेष अपनत्व रहा। वे 'प्रभात खबर' के अनेक कार्यक्रमों में मुख्य अतिथि रहीं। उन्होंने अन्य विषयों के अलावा आदिवासी समाज से जुड़े मुद्दों को प्रमुखता से उठाया।

यह अत्यंत दु:खद है कि जब हम आजादी के 75 साल का उत्सव मना रहे हैं। इस दौर में भी आदिवासी समाज गरीबी, अभाव, शिक्षा व स्वास्थ्य जैसी मूलभूत समस्याओं से जूझ रहा है। उनका सबसे बड़ा मुद्दा उनका जंगल व जमीन है, जिस पर विभिन्न तिकड़मों से लोग कब्जा करना चाहते हैं। एक बात आदिवासी समाज को सबसे अलग करती है और वह है समाज में महिलाओं का स्थान और प्रगतिशील विचार। आदिवासी समाज के सामाजिक जीवन में महिलाओं की जबरदस्त भागीदारी रही है। जिस महिला उत्थान और बराबरी की बात आज सारी दुनिया कर रही है, उसकी शुरुआत आदिवासी समाज में वर्षों पहले हो गई थी। आदिवासी समाज को करीब से देखें तो पाएँगे कि किस तरह महिलाएँ घर की परिधि से निकलकर काम करती हैं, पर्व-त्योहारों में आजादी के साथ शरीक होती हैं। आदिवासी समाज में महिलाओं का समाज में बराबरी का स्थान बहुत सुकून देता है। आज तथाकथित समृद्ध समाज में दहेज रहित शादी की बात

की जाती है, आदिवासी समाज में दहेज रहित विवाह एक प्रेरणादायक उदाहरण है। आदिवासी समाज की लड़कियों को जब भी मौका मिला है, वे अपनी प्रतिभा को साबित करने में पीछे नहीं रही हैं। उन्होंने देश-दुनिया में नाम कमाया है, एक इतिहास रचा है। झारखंड की महिलाओं और लड़कियों की बात करें, तो विषम परिस्थितियों के बावजूद समय-समय पर उन्होंने अपना करिश्मा दिखाया है। चाहे वह हॉकी में हो, तीरंदाजी में हो या मुक्केबाजी में, हर क्षेत्र में यहाँ की महिलाओं ने नाम कमाया है। झारखंड की सावित्री पूर्ति, असुंता लकड़ा, बिगन सोय ने अंतरराष्ट्रीय हॉकी में भारत का नाम रोशन किया। अगर आज झारखंड में जंगल बचा हुआ है तो इसमें चामी मुर्मू जैसी अनेक महिलाओं का योगदान है।

पिछले कुछ वर्षों में सरकारी कोशिशों और सामाजिक जागरूकता अभियानों के कारण महिलाओं की स्थिति में धीरे-धीरे ही सही, मगर सुधार आया है, लेकिन इस दिशा में बहुत कुछ किया जाना बाकी है। बदलाव शिक्षा से लेकर स्वास्थ्य तक के आँकड़ों में दिखाई देते हैं। राष्ट्रीय परिवार स्वास्थ्य सर्वेक्षण के अनुसार शिक्षा में महिलाओं की भागीदारी बढ़ी है। सरकारी प्रयासों के कारण शिक्षण संस्थानों तक लड़कियों की पहुँच लगातार बढ़ रही है। मिड डे मील योजना बड़ी कारगर साबित हुई है। एक दशक पहले हुए सर्वेक्षण में शिक्षा में महिलाओं की भागीदारी 55.1 प्रतिशत थी, जो अब बढ़कर 68.4 तक पहुँच गई है यानी शिक्षा के क्षेत्र में 13 फीसदी से अधिक की वृद्धि दर्ज की गई है। बाल विवाह की दर में गिरावट को भी महिला स्वास्थ्य और शिक्षा के लिहाज से महत्त्वपूर्ण माना जा रहा है। कानूनन अपराध घोषित किए जाने और सरकारों के लगातार जागरूकता अभियानों के कारण इसमें कमी तो आई है, लेकिन बाल विवाह का चलन खासकर गाँवों में अब भी बरकरार है। मोदी सरकार की मुहिम के कारण बैंकिंग व्यवस्था में भी महिलाओं की भागीदारी बढ़ी है। शिक्षा और जागरूकता का सीधा संबंध घरेलू हिंसा से है। अब इन मामलों में भी कमी आई है। रिपोर्टों के अनुसार वैवाहिक जीवन में हिंसा का सामना करने वाली महिलाओं का प्रतिशत 37.2 से घटकर 28.8 प्रतिशत रह गया है। यह सही है कि महिलाओं के सशक्तीकरण की दिशा में प्रगति तो हुई है, लेकिन यह अब भी नाकाफी है।

□

देश की आजादी और भारत छोड़ो आंदोलन

15 अगस्त को देश की आजादी के 75 वर्ष पूरे होने जा रहे हैं जिसे पूरा देश आजादी के अमृत महोत्सव के रूप में मना रहा है। यह देश के लिए बेहद महत्त्वपूर्ण पड़ाव है। यह अवसर है जब हम इतिहास का सिंहावलोकन करें और भविष्य का चिंतन करें। देश की आजादी में दो पड़ाव सबसे ज्यादा महत्त्वपूर्ण हैं—पहला 1857 की क्रांति और दूसरा 1942 का 'भारत छोड़ो आंदोलन', जिसे 'अगस्त क्रांति' के नाम से भी जाना जाता है। यह आजादी के आंदोलन में सबसे बड़ा जनसंघर्ष था। हमें यह याद रखना चाहिए कि यह आजादी बड़े संघर्षों के बाद मिली है। इसके लिए देश के लाखों वीर सपूतों ने अपनी जान न्योछावर की थी। आजादी की कीमत को हम सभी लोगों को समझना चाहिए और इसका सम्मान करना चाहिए। साथ ही आजादी के लिए जान न्योछावर करने वाले सपूतों के प्रति कृतज्ञता का भाव होना चाहिए। आजादी की लड़ाई में भारत छोड़ो आंदोलन अहम पड़ाव साबित हुआ था। इसके पाँच साल बाद अंग्रेजों को भारत छोड़ना पड़ा था। 'भारत छोड़ो आंदोलन' की शुरुआत 8 अगस्त, 1942 को महात्मा गांधी ने की थी। इसका मकसद था देश को अंग्रेजों की गुलामी से मुक्त कराना। महात्मा गांधी ने इस आंदोलन की शुरुआत अखिल भारतीय कांग्रेस समिति के मुंबई अधिवेशन से की थी। इस मौके पर महात्मा गांधी ने देश को 'करो या मरो' का नारा दिया था। गांधी ने स्पष्ट कर दिया था कि इस बार आंदोलन बंद नहीं होगा। उस समय द्वितीय विश्वयुद्ध चल रहा था। भारत छोड़ो आंदोलन से ब्रितानी हुकूमत परेशान हो उठी थी और उसने क्रांतिकारियों पर काबू पाने के लिए देशव्यापी गिरफ्तारियाँ शुरू कर दीं। 8 अगस्त को आंदोलन शुरू हुआ और 9 अगस्त, 1942 को दिन निकलने से पहले ही बड़ी संख्या में क्रांतिकारी गिरफ्तार कर लिये गए थे। कांग्रेस को गैर-कानूनी संस्था घोषित कर दिया गया। महात्मा गांधी को नजरबंद कर दिया गया था। इस आंदोलन की तीव्रता का एहसास इस बात से लगाया जा सकता है कि इसमें 940 लोग मारे गए थे और 60 हजार से अधिक लोगों ने गिरफ्तारियाँ दी थीं। महात्मा गांधी की गिरफ्तारी के बाद तो देश की जनता सड़कों पर

उतर आई। एक और अहम बात यह थी कि इस आंदोलन का नेतृत्व युवा क्रांतिकारियों ने किया। आंदोलन को कुचलने के लिए अंग्रेजों ने दमन की नीति अपनाई, लेकिन आंदोलन थमा नहीं, बल्कि और तीव्र हो गया। देश भर में मजदूर हड़ताल पर चले गए और सरकारी कर्मचारियों ने भी काम करना बंद कर दिया। स्वाधीनता आंदोलन का यह सबसे महत्त्वपूर्ण पड़ाव था। 'भारत छोड़ो आंदोलन' के दौरान ही डॉ. राम मनोहर लोहिया, जय प्रकाश नारायण और अरुणा आसफ अली जैसे नेता उभरकर सामने आए। हालाँकि इस आंदोलन को आंशिक सफलता ही मिली, लेकिन इस आंदोलन ने देश को एक सूत्र में बाँध दिया और अंग्रेजी हुकूमत की नींव हिला दी थी। अंतत: ब्रिटिश सरकार झुकी और वह सत्ता का हस्तांतरण करने पर राजी हो गई। आजादी के अमृत महोत्सव के मौके पर हम सभी को यह याद रखना चाहिए कि अंग्रेजी हुकूमत के अमानवीय दमन के बावजूद लाखों लोगों के बलिदान से ही हमें आजादी मिल पाई है।

आजादी के अमृत महोत्सव की शुरुआत प्रधानमंत्री नरेंद्र मोदी ने 12 मार्च, 2021 महात्मा गांधी के दांडी मार्च के दिन अहमदाबाद के साबरमती आश्रम से की थी। प्रधानमंत्री ने कहा था कि आजादी का अमृत महोत्सव यानी आजादी की ऊर्जा का अमृत, स्वाधीनता सेनानियों से प्रेरणाओं का अमृत, नए विचारों का अमृत, नए संकल्पों का अमृत और आत्मनिर्भरता का अमृत है। उल्लेखनीय है कि 12 मार्च,1930 को महात्मा गांधी ने नमक सत्याग्रह की शुरुआत की थी। अंग्रेजों के शासनकाल में भारतीयों को नमक बनाने का अधिकार नहीं था। उन्हें इंग्लैंड से आने वाले नमक का ही इस्तेमाल करना पड़ता था। महात्मा गांधी ने देश के दर्द को महसूस किया और इसे जन-जन का आंदोलन बनाया था। यह गांधी के विचारों की ताकत ही है कि उनके विचार आज भी जिंदा हैं। देश-दुनिया में बड़ी संख्या में लोग आज भी उनके विचारों से प्रेरणा लेते हैं। इधर देखने में आ रहा है कि व्हाट्सएप के ज्ञान के आधार पर कुछ लोग महात्मा गांधी पर सवाल खड़े करने लगते हैं। जबकि यह अवसर है गांधी के प्रति कृतज्ञता ज्ञापन करने का। गांधी का जीवन और उनका कार्य विस्तृत है। उनसे असहमतियाँ हो सकती हैं, लेकिन उनमें इतनी खूबियाँ हैं कि केवल असहमतियों अथवा कमियों का सहारा लेकर उन्हें खारिज कर देने से हम उनकी विरासत को नष्ट कर देंगे। गांधी के आलोचक अकसर तथ्यों की परवाह नहीं करते हैं। वे केवल एकतरफा सूचनाओं का इस्तेमाल करते हैं। ऐसा देखने में आ रहा है कि गांधी की आलोचना करने वालों की एक ऐसी पीढ़ी तैयार हो रही है जिसकी जानकारी का स्रोत व्हाट्सएप यूनिवर्सिटी है। ऐसे लोग असत्य जानकारियों के आधार पर महात्मा गांधी के बारे में अपनी धारणा बनाते हैं। ऐसी तथ्यहीन व झूठी जानकारियाँ अब सोशल मीडिया में बड़े पैमाने पर उपलब्ध हैं। सार्वजनिक जीवन वाले हर शख्स का कठोर मूल्यांकन होता रहा है। महात्मा गांधी भी इससे अछूते

नहीं रहे हैं और उनके जीवन का लगातार आकलन होता रहा है। किसी भी व्यक्ति की सभी मुद्दों पर राय अथवा फैसले सौ फीसदी सही नहीं हो सकते हैं, लेकिन उसके पीछे उनकी मंशा को जानना भी जरूरी है। ऐसे भी लोग हैं, जो गांधी को आज के दौर में अप्रासंगिक मान बैठे हैं। वे तर्क देते हैं कि गांधी एक विशेष कालखंड की उपज थे, लेकिन जीवन का कोई ऐसा विषय नहीं है, सामाजिक व्यवस्था का कोई ऐसा प्रश्न नहीं है, जिस पर महात्मा गांधी ने प्रयोग न किए हों और हल निकालने का प्रयास न किया हो। महात्मा गांधी के पास अहिंसा, सत्याग्रह और स्वराज नाम के तीन हथियार थे। सत्याग्रह और अहिंसा के उनके सिद्धांतों ने न केवल भारत, बल्कि पूरी दुनिया के लोगों को अपने अधिकारों और अपनी मुक्ति के लिए संघर्ष करने की प्रेरणा दी। सबसे बड़ी बात यह है कि गांधी अपने सिद्धांतों से कभी समझौता नहीं करते थे। एक बार वह तय कर लेते थे तो वह उससे पीछे नहीं हटते थे। विपरीत परिस्थितियाँ भी गांधी को उनके सिद्धांतों से नहीं डिगा पाईं। गीता ने गांधीजी को सबसे अधिक प्रभावित किया था। यह उनकी प्रिय आध्यात्मिक पुस्तक थी। गीता के दो शब्दों को गांधीजी ने आत्मसात् कर लिया था। इसमें एक था—अपरिग्रह, जिसका अर्थ है मनुष्य को अपने आध्यात्मिक जीवन को बाधित करने वाली भौतिक वस्तुओं का त्याग कर देना चाहिए। दूसरा शब्द है समभाव। इसका अर्थ है दुःख-सुख, जीत-हार, सबमें एक समान भाव रखना, उससे प्रभावित नहीं होना। 2 अक्तूबर, 1944 को महात्मा गांधी के जन्मदिवस के अवसर पर जाने-माने वैज्ञानिक आइंस्टीन ने अपने संदेश में कहा था—'आने वाली नस्लें शायद मुश्किल से ही विश्वास करेंगी कि हाड़-मांस से बना हुआ कोई ऐसा व्यक्ति भी धरती पर चलता-फिरता था।' यह वाक्य गांधी को जानने-समझने के काफी है। जो बातें और रास्ता समाज के विकास के लिए महात्मा गांधी दिखा गए हैं, उनमें से जो हमें अनुकूल लगे, उसका अनुसरण करें। गांधी और आजादी की लड़ाई में अपना संपूर्ण न्योछावर करने वाले देश के वीर सपूतों को हम सबकी यही सच्ची श्रद्धांजलि होगी।

□

आजादी का अमृत महोत्सव और नए संकल्प

राष्ट्रकवि रामधारी सिंह दिनकर ने 15 अगस्त, 1947 को स्वतंत्रता के स्वागत में 'अरुणोदय' शीर्षक से एक कविता लिखी थी।

मंगल-मुहूर्त; रवि! उगो, हमारे क्षण ये बड़े निराले हैं,
हम बहुत दिनों के बाद विजय का शंख फूँकने वाले हैं।
मंगल-मुहूर्त; तरुगण! फूलो, नदियों! अपना पय-दान करो,
जंजीर तोड़ता है भारत, किन्नरियो! जय-जय गान करो।
भगवान् साथ हों, आज हिमालय अपनी ध्वजा उठाता है,
दुनिया की महफिल में भारत स्वाधीन बैठने जाता है।
आशीष दो वनदेवियो! बनी गंगा के मुख की लाज रहे,
माता के सिर पर सदा बना आजादी का यह ताज रहे।

आजादी का यह ताज बड़े तप से भारत ने पाया है,
मत पूछो, इसके लिए देश ने क्या कुछ नहीं गँवाया है।

यह 15 अगस्त खास है, क्योंकि आज देश आजादी के 75 वर्ष पूरे कर रहा है। यह बेहद महत्त्वपूर्ण अवसर है जब हम इतिहास का सिंहावलोकन करें और भविष्य का चिंतन करें। आजादी का अमृत महोत्सव आजादी की लड़ाई में अपना सर्वस्व न्योछावर करने और उन्हें श्रद्धांजलि अर्पित करने का अवसर भी है। युवा पीढ़ी को यह बताना भी जरूरी है कि स्वतंत्रता सेनानियों के कितने त्याग व संघर्ष के बाद हमें यह आजादी मिली थी। यह मौका है जब हम पिछले 75 वर्षों में भारत द्वारा की गई प्रगति का जश्न मनाएँ। आजादी का अमृत महोत्सव देश की सामाजिक-सांस्कृतिक, राजनीतिक और आर्थिक प्रगति के आत्मावलोकन का भी एक अवसर है। प्रधानमंत्री नरेंद्र मोदी ने 12 मार्च, 2021 महात्मा गांधी के दांडी मार्च के दिन अहमदाबाद के

साबरमती आश्रम से आजादी का अमृत महोत्सव की शुरुआत की थी। प्रधानमंत्री ने कहा था, यह उपयुक्त अवसर है, जब हम सन् 2047 पर ध्यान केंद्रित करें, उस समय देश स्वतंत्रता के 100 वर्ष मनाएगा। उस समय कमान वर्तमान पीढ़ी के हाथों में होगी। देश का भाग्य उनके हाथों में होगा। प्रधानमंत्री ने कहा कि इस अवसर पर हमें अपने पूर्वजों को नहीं भूलना चाहिए, जिन्होंने देश के लिए अपने जीवन का बलिदान दिया था। 12 मार्च,1930 को महात्मा गांधी ने नमक सत्याग्रह की शुरुआत की थी। अंग्रेजों के शासनकाल में भारतीयों को नमक बनाने का अधिकार नहीं था। उन्हें इंग्लैंड से आने वाले नमक का ही इस्तेमाल करना पड़ता था। नमक उस समय भारत की आत्मनिर्भरता का प्रतीक था। महात्मा गांधी ने देश के दर्द को महसूस किया और इसे जन-जन का आंदोलन बनाया। यह आंदोलन हर भारतीय का छू गया, क्योंकि नमक हमारे लिए श्रम और समानता का प्रतीक है। आजादी की लड़ाई में 1857 का स्वतंत्रता संग्राम, महात्मा गांधी देश को फिर से सत्याग्रह की शक्ति की याद दिलाना, लोकमान्य तिलक का पूर्ण स्वराज का आह्वान, नेताजी सुभाष चंद्र बोस के नेतृत्व में आजाद हिंद फौज का 'दिल्ली चलो' का नारा, हम सबको याद रखना चाहिए।

आजादी के इस अमृत काल में हमें कई संकल्प लेने होंगे। हम अभी तक बुनियादी समस्याओं को हल नहीं कर पाए हैं। यह सही है कि देश में धीरे-धीरे ही सही गरीबी घट रही है और विकास के अवसर बढ़े हैं, लेकिन आजादी के 75 साल बाद भी समाज में भारी असमानताएँ मौजूद हैं। बेहतर स्वास्थ्य सेवाएँ हों अथवा शिक्षा के अवसर, अब भी ये अमीरों के पक्ष में हैं। यह तथ्य सर्वविदित है कि आर्थिक असमानता के कारण समाज में असंतोष पनपता है। मशहूर पत्रिका 'फोर्ब्स' का कहना है कि महामारी के बावजूद दुनिया के रईस लोगों के लिए यह दौर बहुत अच्छा रहा है। इस दौरान उनकी दौलत में पाँच खरब डॉलर की वृद्धि हुई है और नए अरबपतियों की संख्या भी बढ़ी है। दूसरी ओर दुनिया में गरीबों की संख्या में भारी बढ़ोतरी हुई है। विश्व बैंक का अनुमान है कि कोरोना महामारी के दौरान दुनियाभर में 11.5 करोड़ लोग अत्यंत निर्धन की श्रेणी में पहुँच गए हैं। आर्थिक सुधारों का अपेक्षित लाभ मध्य वर्ग और गरीब तबके तक नहीं पहुँचा है। अनेक क्षेत्रों में उल्लेखनीय उपलब्धि के बावजूद हम स्वास्थ्य सेवाओं के मामले में बहुत पिछड़े हैं। कोरोना ने स्पष्ट कर दिया है कि देश में स्वास्थ्य सेवाओं की हालत चिंताजनक है। देश में न तो पर्याप्त डॉक्टर हैं, न स्वास्थ्यकर्मी। शहरी और ग्रामीण इलाकों में तो स्वास्थ्य सुविधाओं में खाई बहुत चौड़ी है। ग्रामीण इलाकों में स्वास्थ्य सेवाओं की स्थिति तो बेहद चिंताजनक है। इंडियन मेडिकल एसोसिएशन के आँकड़ों के अनुसार सवा सौ करोड़ की आबादी

का इलाज करने के लिए भारत में केवल 10 लाख एलोपैथिक डॉक्टर हैं। इनमें से केवल 1.1 लाख डॉक्टर सरकारी स्वास्थ्य क्षेत्र में काम करते हैं। ग्रामीण क्षेत्रों की लगभग 90 करोड़ आबादी स्वास्थ्य देखभाल के लिए सीमित डॉक्टरों पर ही निर्भर है। बजट की कमी, राज्यों के वित्तीय संकट, डॉक्टरों और उपकरणों की कमी के कारण सार्वजनिक स्वास्थ्य व्यवस्था चरमराई हुई है। आजादी के 75 वर्षों के बाद भी हम हर जिले में एक अच्छा सरकारी अस्पताल उपलब्ध कराने में नाकामयाब रहे हैं।

कोरोनाकाल ने मजदूरों और उनकी कठिनाइयों को विमर्श के केंद्र में ला दिया है। यह बात भी साबित हो गई कि इस देश की अर्थव्यवस्था का पहिया कंप्यूटर से नहीं, बल्कि मेहनतकश मजदूरों से चलता है। यह भी स्पष्ट हो गया है कि बिहार, झारखंड, मध्य प्रदेश, छत्तीसगढ़ और उड़ीसा के मजदूरों के बिना किसी राज्य का काम चलने वाला नहीं है। गुजरात, महाराष्ट्र, पंजाब, हरियाणा और दिल्ली जैसे राज्यों की जो आभा और चमक-दमक नजर आती है, उसमें प्रवासी मजदूरों का भारी योगदान है, लेकिन यह भी देखने में आता है कि इन मजदूरों को जैसा आदर, सुविधाएँ और वेतन मिलना चाहिए, वैसा नहीं मिलता है। यह सच है कि यूपी, बिहार, झारखंड, मध्य प्रदेश और छत्तीसगढ़ जैसे हिंदी पट्टी के राज्यों में हम अभी बुनियादी समस्याओं को हल नहीं कर पाए हैं। अनेक क्षेत्रों में उल्लेखनीय उपलब्धि के बावजूद ये राज्य प्रति व्यक्ति आय के मामले में अब भी पिछड़े हुए हैं। हमें इन राज्यों में ही शिक्षा और रोजगार के अवसर उपलब्ध कराने होंगे। देश की बड़ी आबादी खेती पर निर्भर है, लेकिन अब यह फायदे का सौदा नहीं रह गई है। यह सही है कि मौजूदा केंद्र सरकार ने न्यूनतम समर्थन मूल्य में दो गुना की वृद्धि की है, लेकिन मौजूदा समय में खेती में लागत खासी बढ़ गई है। दूसरी कुछ व्यावहारिक समस्याएँ भी हैं जैसे सरकारें बहुत देर से फसल की खरीद शुरू करती हैं, तब तक किसान आढ़तियों को फसल बेच चुके होते हैं। कृषि भूमि के मालिकाना हक को लेकर भी विवाद पुराना है। जमीनों का एक बड़ा हिस्सा बड़े किसानों, महाजनों और साहूकारों के पास है जिस पर छोटे किसान काम करते हैं। ऐसे में अगर फसल अच्छी नहीं होती है, तो छोटे किसान कर्ज में डूब जाते हैं। विकास की दौड़ में भी हमारे गाँव लगातार पिछड़ते जा रहे हैं। बिजली-पानी, सड़क, शिक्षा और स्वास्थ्य जैसी बुनियादी सुविधाएँ शहरों में केंद्रित होकर रह गई हैं। विकास की प्राथमिकता के केंद्र में गाँव होने चाहिए, उन तक भी विकास की किरण पहुँचनी चाहिए। कोरोना ने शिक्षा के चरित्र को भी बदल दिया है। मौजूदा दौर में बच्चों का पढ़ाना कोई आसान काम नहीं रहा है। कुछ समय पहले तक माना जाता था कि बच्चे, शिक्षक और अभिभावक शिक्षा की तीन महत्त्वपूर्ण कड़ी हैं।